WOOD
IS CAFÉ
Stonecot
Lama Haus
HILL
WOODLAND PARK
College
CHURCH VIEW

BRITTA SABBAG

BLACKWOOD

BRIEFE AN MICH

FJB

MIX
Papier aus verantwortungsvollen Quellen
FSC® C083411
www.fsc.org

Erschienen bei FISCHER FJB

Satz: Pinkuin Satz und Datentechnik, Berlin
Druck und Bindung: CPI books GmbH, Leck
Printed in Germany
ISBN 978-3-8414-4013-6

For whatever we lose (like a you or a me),
It's always ourselves we find in the sea.

E. E. CUMMINGS

Für alle Mutigen da draußen.
Besonders für die,
die ihrem Schicksal ab
und an mal ein Schnippchen schlagen.

Lasst eure Träume der Kompass
eures Lebens sein.

B. S.

PROLOG

RADIO BLACKWOOD

»Guten Morgen, liebe Blackwood-Gemeinde, da sind wir wieder, so verlässlich wie unser irisches Wetter! Gut, dieser Vergleich hinkt in etwa so wie der alte Bauer O'Sullivan, der im Übrigen auf dem Weg der Besserung ist, gutes Heilfleisch also von uns noch mal! Hier im Sender hinkt schon mal keiner, was ja eine gute Nachricht ist, und das ist immerhin besser als keine, nur schlechte Nachrichten sind Nachrichten, oder? Mist, jetzt habe ich meine eigene Frage nicht verstanden. Whatever! Es spricht für euch wie immer euer Bran Foley ohne Punkt und Komma, wie ihr wisst, redet selbst meine alte Mutter nicht so viel, aber sie wird ja auch nicht dafür bezahlt, ha! Das hab' ich ihr schon als kleiner Hosenscheißer verzapft, irgendwann verdien' ich mal meine Kohle damit, Mum! Sie wollte es ja nicht glauben, aber wer glaubt schon irgendwas, außer natürlich es wird hier berichtet.

Heute habe ich wahrhaft brisante News, einen Neuankömmling betreffend. Natürlich spann' ich euch auf die Folter, wie sollte es anders sein, ich bin der Master of Cliffhanger, und dieser hier ist mindestens so steil wie unsere Cliffs in Doolin – ihr erfahrt noch früh genug, wer es sein wird. Erst einmal sind Blackwoods Bonnie und Clyde, die beiden Deckbullen aus dem Hause O'Connor, Tyree und Tyran, schon wieder tatkräftig unterwegs, ergreift also die notwendigen Maßnahmen und passt auf eure Kühe auf! Auf das Bonnie-und-Clyde-Konto gehen dieses Jahr 23 ungewollte Schwangerschaften, die O'Conners kriegen die Jungs einfach nicht in den Griff, wobei ich natürlich ganz und gar auf deren Seite stehe, wer sollte sich so ein Vergnügen auch entgehen lassen? Ich jedenfalls nicht.

So, die tierischen News sind abgehakt, dann wäre noch von der Swanton-Familie zu erzählen, holt eure Stifte raus, ach was, geht direkt hin: Das Swanton Irish-Crystal expandiert weiter, es wird eine Produktionshallenvergrößerung geben, wer also noch auf der Suche nach einem Sommerjob ist, kann sich da ab sofort melden. Und wo wir gerade bei den Reichen und Schönen sind: Die Marygold-Butter-Aktie steht übrigens nach wie vor gut, ich weiß zwar, ihr seid alle versorgt, aber denkt an eure Enkel und Urenkel, die sollen doch auch noch genügend Butter auf dem Brot haben, richtig?

So, nun zu meinem Cliffhanger: Breaking News! Mir ist da aus beinahe erster Hand zu Ohren gekommen, dass wir ein neues Mitglied in unserem schönen Ort begrüßen dürfen. Und zwar nicht als Gast, liebe Leute, nein, diese junge Dame hat vor, länger zu bleiben. Gesine Nowak ist ihr Name, und die Neue wird in das Stone Cottage von Wanda einziehen. Und zwar noch heute! Glaubt es oder glaubt es nicht, das kam auch für uns wirklich überraschend! Ich bin gespannt wie ein Flitzebogen, und so, wie ich euch kenne, kriegt ihr vor Aufregung den Pulled Pork Pie, den es heute zum Lunch in Mimis Café gibt, nicht runter. Von unserer Cookfairy soll ich übrigens schöne Grüße ausrichten, der Lunch startet heute eine Stunde später, denn unsere Pummelfee muss den Neuling noch aus der Stadt abholen, und da braucht man noch nicht mal ein detektivisches Gespür für, um darauf zu tippen, dass Wandas Schrottkarre die Ursache dafür ist. Das kommt davon, wenn man seinem Auto einen Namen gibt und sein Geld lieber für massenweise Schlamm raushaut statt für einen anständigen Mechaniker. Nicht, dass wir in Blackwood einen hätten! Zurück zum Neuankömmling: Es ist ein Mädchen, fünfzehn Jahre alt und, ja, ihr erinnert euch an Wandas jüngere Schwester? Ein tragischer Autounfall, crash boom bang, der liebe Gott hab sie selig, das Kind steht nun ganz alleine da. Wir wären ja nicht die stolzen Einwohner von Blackwood, die wir sind, wenn wir so ein armes Mädchen nicht mit offenen Armen aufnehmen würden, no? Sie kommt aus Wien, da ist es doch sowieso viel zu voll von Touristen, und immer diese öden Schnitzel. Da ist uns ein gutes Irish Stew doch viel lieber. Mimi macht ihr irgendwas mit viel Butter, dann geht's ihr gleich besser. Ich bin sicher, wenn die Kleine sich erst mal eingelebt hat, will sie gar nicht mehr weg!

Ich halte euch auf dem Laufenden, macht's gut, bis später, euer Bran Foley.«

1. KAPITEL

Da bist du ja!«

Eine kurvige Frau um die dreißig mit rundlichem Gesicht, in dem auffallende Grübchen wie zwei warme, weiche Versprechen auf ein ›Alles wird gut‹ wirkten, kam mir mit wild fuchtelnden Händen entgegen. Unter ihre Arme hatte sie je ein riesiges Paket Mehl geklemmt, beide in etwa in der Größe meines Schulrucksacks, so dass ihre Wangen ganz rot vor Anstrengung waren. Ihre blonden, schulterlangen Locken wippten dabei genau wie ihr üppiges Dekolleté, das unübersehbar und rosa in einem figurbetonten Sommerkleid steckte.

»Ich hab' schon befürchtet, dass ich dich nicht erkenne. Aber du bist ihr ja wie aus dem Gesicht geschnitten.«

Sie schielte über den einen Mehlsack auf ein Foto, das sie in der Hand hielt, dann sah sie mich an.

»Obwohl du dich seit dieser Aufnahme schon ein kleines bisschen verändert hast!«

Ohne Vorwarnung ließ sie die Säcke auf den Boden plumpsen, und augenblicklich standen wir beide inmitten einer Mehlwolke. Sie verstaute das Foto hektisch in einer ihrer Rocktaschen, dann nahm sie mir mein Gepäck aus der Hand und umarmte mich überschwänglich.

»Ich bin Mimi!«

»Hallo«, antwortete ich zögerlich, denn sie schien genau zu wissen, mit wem sie es zu tun hatte. Im Gegensatz zu mir – ich hatte noch nie etwas von einer Mimi gehört.

»Deine Tante hat es leider nicht geschafft«, erklärte Mimi, die mich wieder losgelassen hatte und nun mit den zwei Mehlsäcken unter dem einen Arm und meinem Gepäck unter dem anderen voranschritt.

Ein Koffer – und darin war mein ganzes Leben.

»Joe hat wieder Zicken gemacht. Ich habe ihr gleich gesagt, dass ein Männername nur für Probleme sorgen wird. Ich meine, ich bitte dich, es gibt doch weitaus originellere Namen als ›Joe‹!«

Mimi rümpfte ihre Stupsnase und lachte. Ihre wasserblauen Augen strahlten dabei, als hätte sie nicht diesen Trauerkloß vor sich, der ich nun mal war, sondern mindestens einen Kobold mit Regenbogen und Goldtopf an dessen Ende.

»Aber bitte, sie wollte es so«, plauderte Mimi weiter, während wir den Bahnsteig entlanggingen, »... jetzt hat sie den Salat. Joe ist dermaßen dickköpfig, dass er glatt ein irisches Fabrikat sein könnte.«

Ich sah sie fragend an.

»Dabei kommt er sogar aus Deutschland!«

»Ich fürchte, ich verstehe nicht so ganz«, sagte ich.

Sie zeigte auf einen weißen Pick-up vor uns, der am Straßenrand stand.

»Da lang!«

Mimi wankte vor mir her. Vollkommen überladen erinnerte sie mich an einen fröhlichen Packesel, der irgendwie auch ein bisschen betrunken war.

»Ich kann meinen Koffer doch auch ...«

»Nichts da!«

Ihr Ton ließ keine Fragen offen.

»Hach, was freue ich mich, dich endlich kennenzulernen!

Ich meine, den Anlass hätten wir uns bei Gott anders gewünscht … mein herzliches Beileid, Mäuschen.«

Sie hatte die Türen geöffnet und deutete mir an einzusteigen, doch ich blieb unbeirrt stehen. Ich wusste weder, wer Mimi war und warum sie mich anstelle meiner Tante Wanda abholte, noch, wer dieser sture Joe sein sollte. Ein starker Windstoß wehte mir meine Haare ins Gesicht, so dass ich fast gar nichts mehr sehen konnte und wie angewurzelt stehen blieb.

»Ganz schön windig hier!«, murmelte ich in das Haarnest, das sich vor meinem Gesicht gebildet hatte.

»Das ist noch gar nichts!«, winkte Mimi ab. »Wenn die Schafe keine Locken mehr haben – dann ist es windig!«

»Na los, hüpf rein!«

Ich sah sie fragend an. »Wo ist Wanda? Und wer ist Joe? Und wer bist du überhaupt?«

Mimi, die eben noch dabei war, die Mehlsäcke unter lautem Stöhnen auf die Vordersitze des Wagens zu hieven, hielt schlagartig inne.

»Ach, das tut mir leid, das muss alles viel zu viel für dich sein!«

Sie ging wieder um den Wagen herum und kam auf mich zu. Sogar ohne Mehlsäcke glühten ihre Wangen rosarot, und ihre Locken wippten, als ob sie hüpfte. Dann drückte sie mich an sich, so dass ich mit dem Gesicht wie auf zwei weiche Kissen gepresst wurde.

»Ich habe deiner Tante angeboten, dich abzuholen, weil ich sowieso Einkäufe für den Laden machen musste. Wanda wartet zu Hause mit einem warmen Essen auf dich. Also, in deinem neuen Zuhause, meine ich. Das hat sie sich nicht nehmen lassen, obwohl ich ihr angeboten habe, dass ihr auf

Kosten des Hauses bei mir essen könnt. Nein, hat sie gesagt, Mimi, das ist ab heute meine Aufgabe, misch dich da nicht ein, das Kind muss erst mal in Ruhe ankommen. Genau das hat sie gesagt.«

Mimi ließ mich los, legte ihre Arme auf meine Schultern, presste ihre Lippen zusammen und sah mich an. Ihr Gesicht war so offen und warm, dass ich das Gefühl hatte, sie nicht erst vor wenigen Minuten kennengelernt zu haben.

»Und Joe ist ein Mercedes.«

»Joe ist ein … Mercedes?«, wiederholte ich ungläubig.

Mimi nickte.

»Kein Mensch weiß, warum Wanda so an ihm hängt. Eigentlich ist er nicht mehr als eine alte Schrottkarre. Aber sie weigert sich, ihn abzugeben. Wir haben schon alles Mögliche versucht. Einmal hat ihr ein Tourist, der solche Autos sammelt, sogar fünftausend Euro geboten! Kannst du dir das vorstellen? Fünftausend für einen Haufen Schrott! Aber Wanda …«

Mimi schüttelte seufzend den Kopf. »Diese Sturheit liegt wohl in der Familie. Deine Mutter war ja auch so …«

Abrupt brach sie ab.

»Tut mir leid.«

»Schon gut«, erklärte ich, obwohl ich sofort einen Kloß im Hals spürte, als Mimi meine Mutter erwähnte. Es fühlte sich immer noch alles vollkommen unreal an, erst recht hier in dieser seltsam fremden Umgebung. Ich packte den Haltegriff über dem Fenster und zog mich hoch in den Wagen.

»Willst du fahren?«, fragte Mimi und lächelte mich mit verschränkten Armen an.

Ich sah hoch: Das Lenkrad hing direkt vor mir. Ich war es einfach gewohnt, rechts einzusteigen, und hatte gar nicht darüber nachgedacht, dass es hier Linksverkehr gab und man als Beifahrer entsprechend auch auf der linken Seite saß.

»Nein, nein«, winkte ich ab.

»Wegen mir kannst du«, sagte Mimi und pfiff durch die hübsche Lücke ihrer Vorderzähne.

»Hier kontrolliert dich sowieso keiner.«

»Nein, danke«, wiederholte ich und wechselte die Seite.

»Oh, warte kurz!«, rief Mimi hektisch, »Du sitzt sonst auf dem Puderzucker!«

Sie schob zwei kleinere Pakete zur Seite und klopfte auf den Sitz. Sofort pufften weiße Mehlwolken auf, und ich musste husten.

»So, jetzt kannst du.«

»Danke.«

Ich hatte die begründete Befürchtung, an einer Mehlwolke zu ersticken, noch bevor wir an Wandas Haus ankommen würden.

»Entschuldige das Chaos hier«, erklärte Mimi und hielt mir mit einem breiten Lächeln einen der beiden Mehlsäcke entgegen.

»Könntest du?«

Ich nahm den Sack auf den Schoß und schloss die Autotür.

»Einmal in der Woche muss ich in die Stadt, den Großeinkauf erledigen. Und weil man bei unserem Wetter ja nie weiß, lasse ich das Mehl lieber hier vorne.«

Ich sah durch den kleinen Spalt hinter uns, der den Blick auf die Ladefläche freigab. Eine vollkommen durchlöcherte Plastikplane war mit einigen Seilen an den Seiten festgemacht –, wenn es regnete, würde Mimi anstatt mit zwei Säcken mit zwei riesigen Klumpen Mehlpampe zu Hause ankommen. Sie startete den Wagen, der sofort zu rumpeln und zu vibrieren begann. Ich drehte mich wieder um und sah aus dem Fenster. Der Himmel war graublau und dramatisch bewölkt, aber selbst zwischen den ganz großen Wolkenschichten kamen einige Sonnenstrahlen hervor, die sich wie ein Fächer auf die grüne Landschaft legten.

»Dann wollen wir mal«, sagte Mimi fröhlich, und es klang so, als würden wir einen schönen Ausflug unternehmen, auf den man sich freuen konnte. Ich stützte meinen Arm auf den Mehlsack auf meinem Schoß, neben mir quetschte sich noch der zweite Sack zusammen mit den beiden Paketen Puderzucker. Hier, eingeklemmt zwischen kiloweise weißem Staub, fühlte sich alles noch viel unwirklicher an, als es das ohnehin schon die ganze Zeit tat.

Mit der freien Hand tastete ich in meine Jackeninnentasche. Ja, er war noch da.

Das Papier fühlte sich mittlerweile nicht mehr so hart an, wie am Anfang, als ich den Brief in meine Brusttasche gestopft hatte. Vom vielen Herumtragen hatte es sich schon ein wenig verbogen und sicher schon einige Knicke bekommen. Der Brief meiner Mutter war alles, was mir noch von ihr geblieben war, und ich hütete ihn wie einen Schatz. Obwohl ich nicht wusste, was darin stand, musste ich alle paar Minuten kontrollieren, ob er noch da war. Ich hatte es nach ihrem Unfall einfach nicht fertiggebracht, ihn zu öffnen, es war, als würde ich damit das letzte bisschen, das mir von ihr geblieben war, aufbrauchen.

Im Grunde hatte ich seitdem gar nichts mehr fertiggebracht, sondern ging, wie eingetaucht in eine seltsam abgepufferte Wattewelt, ziellos denen hinterher, die mir sagten, was ich tun sollte.

»Du wirst vom Glauben abfallen, wenn du gleich Wandas

Haus siehst. Das Stone Cottage ist zwischen zwei Felsen gebaut und eine echte Attraktion in Blackwood. Manche Touristen kommen nur her, um das zu sehen.«

Dann zwinkerte sie mir zu. »Na ja, und für meinen berühmten Shepherd's Pie vielleicht auch.«

»Du hast also einen Laden?«, begann ich, weil mir nichts Besseres einfiel.

»Ja, Mimis Café auf dem Birdhill, mitten in Blackwood. Der Birdhill ist eigentlich gar kein richtiger Berg, mehr so ein Hügel. Na ja, ein sehr kleiner Hügel. Ich glaube, unsere Vorfahren wollten unbedingt einen Berg im Ort ihr Eigen nennen, und da haben sie einfach eine Menge Sand herangekarrt und aufgeschüttet, und schwupps!, hatte Blackwood einen Berg.«

Ich sah Mimi skeptisch an. »Ihr macht eure Berge selber?«

Mimi lachte.

»Du wirst dich über die irische Seele noch öfter wundern. Wir machen alles, sagen wir mal so, auf unsere eigene Art. The irish way, weißt du?«

»Hm.«

»Bis nach Blackwood brauchen wir ungefähr eine Dreiviertelstunde. Es sei denn, wir kommen in eine oder mehrere Schafherden. Dann dauert es natürlich länger.«

Mimi strahlte mich an, während sie den großen Wagen auf eine kleine Seitenstraße lenkte, die einen spektakulären Blick auf die grüne Landschaft freigab.

»Genug Zeit also, dass du mir was von dir erzählen kannst.«

»Was möchtest du denn wissen?«, fragte ich zögerlich. Eigentlich war ich nicht in Plauderstimmung und hätte es vorgezogen, weiterhin stumm aus dem Fenster zu starren. Schafe. Überall Schafe. Mehr Schafe als Menschen. Das war das Einzige, was ich je über Irland gehört hatte. Und jetzt saß ich hier mit nichts als einem Koffer in einem Land, von dem ich sonst rein gar nichts wusste.

Die Straßen waren ganz anders als in Wien. Viel enger und kurviger, und ständig rumpelte der Wagen, weil wir in ein Schlagloch fuhren. Anstelle von Zäunen gab es überall Mauern aus alten Steinen, und die Landschaft wirkte seltsam entrückt, wie aus einer anderen Zeit gefallen.

»Alles natürlich!«

Mit einem lauten Rumms landeten wir im nächsten Schlagloch. »Diese verflixten Dinger«, schimpfte Mimi wie ein Rohrspatz, »… dass sie die nicht reparieren können. Eines Tages verschwindet einer in so einem Loch und ward nie wieder gesehen.«

Dann lachte Mimi wieder. »Na ja, bei dem einen oder anderen wäre es gar nicht mal so schade.«

Ich musste schmunzeln, obwohl ich gar nicht wollte. Ich konnte mir gut vorstellen, dass die herzliche Mimi auch eine andere, explosive Seite hatte.

»Na, komm schon, erzähl mir ein bisschen von dir. Was hast du in Wien so alles getrieben? Es ist sicher eine aufregende Stadt, oder? Du hast bestimmt viele Freunde dort? Aber keine Sorge, hier wirst du schnell neue finden. Was die Gastfreundschaft angeht, sind wir unschlagbar. Da können sich selbst die feinen Engländer eine ordentliche Scheibe von uns abschneiden, mein' ich!«

Ich überlegte. Was konnte ich zu Wien überhaupt erzählen? Alles wirkte immer noch wie in einem Albtraum, aus dem ich nicht aufzuwachen schien.

»Fangen wir doch mit dem Anfang an, Gesine«, half Mimi, die anscheinend merkte, dass ich feststeckte.

»Wie bist du an diesen großartigen Namen gekommen? Er ist einfach so … besonders!«

»Ja, leider«, seufzte ich. »Eigentlich nennt mich kaum jemand Gesine. Mama hat mich immer …«

Ich brach ab.

»Eher Ge.«

»Ge?«, fragte Mimi.

»Ja, ausgesprochen wie Gigi Hadid, nur ohne das zweite -gi und ohne das Hadid, na ja und auch ohne das i, dafür aber mit e …«

Ich merkte beim Reden, wie absurd sich meine Ausführungen wohl anhören mussten.

»Ich kenne zwar keine Gigi, aber ich nenne dich gern so«, antwortete Mimi, und ihre Stimme klang tröstlich.

Die Geschichte, wie ich zu meinem Namen gekommen war, war nämlich genauso speziell wie der Name selbst. Er ist das Einzige, was noch von meinem Vater übrig geblieben war. Wäre es nach meiner Mutter gegangen, hieße ich heute Magdalena Wanda Dala Nowak, was sicherlich kein Himmelsgeschenk, aber doch im Vergleich zu *Gesine Rosine*, wie ich überall melodisch gesungen gerufen wurde, einen enormen Fortschritt darstellen würde.

Unmittelbar nach meiner Geburt, die angeblich dreißig Stunden gedauert hatte, wie mich meine Mutter regelmäßig hatte wissen lassen – *»Iss bitte deinen Obstsalat auf, Gesine, ich lag nicht dreißig Stunden in den schlimmsten Wehen, die das Universum je gesehen hat, damit dich am Ende eine Erkältung dahinrafft!«* –, war es an meinem Vater, mich geburtsurkundlich anzumelden.

Mein Vater, ein Spring-ins-Feld ohne Ausbildung, aber mit großem Optimismus dem Leben gegenüber ausgestattet, war der Familie mütterlicherseits immer ein Dorn im Auge.

Meine Mutter selbst bezeichnete die Liaison mit ihm als *kurzfristig zufriedenstellend*. Zur Anmeldung seines ersten Kindes gab sie ihm einen Zettel mit, auf dem *Magdalena Wanda Dala Nowak* stand. Auf dem Weg dahin traf er einen alten Bekannten, der ihn nicht lange dazu überreden musste, zur Feier meines Geburtstages die Biergartensaison zu eröffnen. Einige Biere und unzählige Trinksprüche später kam mein Vater genau fünf Minuten vor Büroschluss beim Standesamt an. Doch als er in seine Jackentasche griff, war der Zettel mit meinem Namen verschwunden. Und da mein Vater über kein besonders gutes Gedächtnis verfügte, gewaltig angetrunken war und die Beamtin die letzten Sekunden bis zu ihrem aus ihrer Sicht wohlverdienten Feierabend laut abzählte, musste er irgendwas in dieses Anmeldeformular schreiben. Und da er sich nicht mehr an die Auswahl meiner Mutter erinnern konnte, wählte er das Naheliegendste: den Namen *seiner* Mutter. Gesine.

Es ist unbekannt, ob sie eine ähnliche Tragödie wie mich mit diesem Namen ereilte, denn als mein Vater mit der Anmeldung zurück ins Krankenhaus kam, brach ein mittelschweres Drama aus. Die Hebammen hatten ihre liebe Mühe damit, den Kindsvater heil aus dem Wochenbettzimmer herauszuholen, waren aber darüber nicht sonderlich schockiert, denn zu solchen Zwischenfällen käme es nach ihrer Erfahrung immer mal wieder so frisch nach den Geburten, da sei einfach noch nicht alles wieder an seinem Platz. Mein Vater jedenfalls wurde nach diesem Zwischenfall nie wieder gesehen, und meine Mutter verlor kaum ein Wort über ihn. So wurde die Rosine sein einziges Erbe, das ich gerne ausgeschlagen hätte. Ich konnte nicht verhindern, dass die Rosine sich immer wieder an die Gesine hängte. In der Schule wurde ich seit der ersten Klasse damit aufgezogen, und je älter ich war, umso mehr störte mich der fiese Singsang, der mir wie ein unliebsamer Rattenschwanz hinterherlief. Einmal rief irgendjemand quer über den Schulhof: »Ge-sine, Ge-sine, hat zwischen den Beinen ’ne Ro-sine«, und ab dem Moment war alles vorbei. Die Rosine ließ meine Wangen hochrot erglühen, und ich wäre am liebsten gar nicht mehr auf den Pausenhof gegangen.

Da dies aber nun nicht mehr zu ändern war, tat ich alles, um diesem mittelprächtigen Start möglichst viel entgegenzusetzen: Ich lernte, was das Zeug hielt. Ich träumte davon, später Nobelpreisträgerin zu werden, oder mindestens Professorin, denn dann würde jeder meinen Namen mit Ehrfurcht aussprechen, und niemals wieder würde er gesungen werden. Ich hatte bis vor wenigen Tagen einen genauen und bis ins kleinste Detail ausgearbeiteten Plan gehabt, wie mein Leben aussehen sollte. Meine Mutter war immer meine Verbündete bei diesem Plan gewesen.

»Wir waren die zwei Musketiere, die keinen dritten im Bund brauchten«, erklärte ich mit dünner Stimme, und Mimi nickte wissend.

Ich wollte also einen Einser-Abschluss machen und studieren und in Wien eine beispiellose Karriere hinlegen, die meinen Namen in Stein meißelte, so dass sich niemand mehr an die Rosine von einst erinnern konnte.

»Na ja, und nun bin ich hier«, schloss ich seufzend meine Ausführungen und wunderte mich über meine Offenheit Mimi gegenüber. Es musste wohl an ihrer hoffnungsvollen Art liegen, der man einfach nicht widerstehen konnte. Sie hatte in Blackwood sicher reihenweise Verehrer.

»Jetzt hier zu landen war also nicht ganz der Plan, den ich mir zurechtgelegt hatte.«

Mimi nickte zustimmend.

»Niemand weiß, wo eine Geschichte beginnt oder wo sie aufhört. Vielleicht gibt es auch nie ein Ende, und wir schreiben sie jeden Tag neu. In jedem Fall ist das hier ein Beginn, mein Kleines. Und wir werden alles dafür tun, dass du dich bei uns wohl fühlst, das verspreche ich dir.«

Mit Schwung nahmen wir die nächste Kurve. Die Straßen hier waren nicht nur schlangenlinienförmig und voller Schlaglöcher, sondern auch vollkommen hubbelig, so dass mich das Ganze an eine Achterbahnfahrt erinnerte. Da Mimis Wagen die Straße fast komplett ausfüllte, fragte ich mich, was wir täten, wenn uns ein Auto entgegenkäme. Prompt bekam ich meine Antwort. Ein Wagen, der fast frontal auf uns zuraste, versetzte mir einen Schock. Sofort hielt ich mich an der Armatur fest.

»Mimi!«

Doch Mimi drehte sich unbeeindruckt um, legte den Rückwärtsgang ein und setzte den Wagen gekonnt ein paar Meter auf einem Stück Wiese zur Seite. Der entgegenkommende Wagen fuhr an uns vorbei, allerdings nicht ohne dass sich der Fahrer mit der flachen Hand grüßend bedankte. Mimi grüßte auf ihre Weise zurück: mit ihrem unschlagbaren Lächeln.

2. KAPITEL

Wir sind gleich da«, sagte Mimi und sah zu mir herüber. »Jetzt kommt erst mal die Magic Road. Das ist die einzige Straße, die nach Blackwood führt.«

»Eine magische Straße?«, fragte ich nach und dachte an einen Touristentrick, der mit Sicherheit hier seinen Ursprung gefunden hatte.

»Das kannst du selbst beurteilen«, antwortete Mimi und schaltete den Wagen aus, als wir auf einer kleinen Anhöhe angekommen waren. Vor uns lag eine lange, einspurige Landstraße, die alles andere als magisch auf mich wirkte. Mimi nahm den Gang raus, die Füße vom Pedal und lehnte sich mit verschränkten Armen zurück.

Langsam rollte der Wagen an – nur nicht die Anhöhe hinab, sondern rückwärts hoch.

»Was hast du gemacht?«, fragte ich leicht panisch, obwohl wir im Schneckentempo rollten. Trotzdem fand ich die Tatsache, rückwärts eine Anhöhe hochzurollen, ohne dass Mimi etwas sichtbar dazu beigetragen hatte, höchst merkwürdig.

»Gar nichts«, sagte Mimi grinsend. »Ich hab dir doch gesagt, dass das die Zauberstraße ist.«

»Aber wie kann das sein?«

Ich kurbelte das Fenster herunter und sah aus dem Auto. Irgendwas musste uns doch ziehen – unsichtbare Schienen etwa? Aber es war rein gar nichts zu sehen.

»Wie …?«

Ich brach ab. Das war ganz und gar unmöglich!

Mimi grinste immer noch, als sie den Wagen wieder anließ.

»Manche sagen, es hat mit dem Erdmagnetfeld zu tun. Andere halten es für eine optische Täuschung. Ich für meinen Teil glaube lieber an die Kraft der Feen, die uns zeigt, dass wir hier nicht alleine sind, auf sie achtgeben sollen und nicht zu schnell fahren.«

»Aha.«

Mimis Erklärung verwirrte mich nur noch mehr, als ich es ohnehin schon war. Sie hatte soeben eine Glanzleistung vollbracht: Ich war noch nicht mal richtig angekommen, und schon hielt ich das Land und seine Einwohner für nicht ganz zurechnungsfähig.

Als wir wieder wie normale Menschen die Straße entlangfuhren, bemerkte ich Mimis Blick auf meinem Körper, und obwohl er ganz sicher wohlwollend war, war es mir unangenehm.

»Eigentlich bist du gar kein Mauerblümchen«, resümierte sie ihre eingehende Betrachtung.

»Wie meinst du das?«, fragte ich irritiert.

»Na dein Mauerblümchen-Outfit«, antwortete Mimi lachend und warf den Kopf in den Nacken, »das täuscht mich nicht.«

Ich sah an mir herunter. Ich trug Turnschuhe, eine einfache Jeans und eine Bluse aus hellblauer Baumwolle. Darüber hatte ich meinen ausgeleierten Cardigan gezogen, von dem ich mich einfach nicht trennen konnte. Ma hatte ihn schon letztes Jahr aussortieren wollen, und ich war nachts heimlich auf Zehenspitzen zu den Kleidersäcken im Flur gelaufen, um ihn wieder herauszuklauben.

»Du bist eine von diesen ganz besonderen Schönheiten«, erklärte sie weiter und grinste verschmitzt vor sich hin. »Man sieht dich nicht auf den ersten Blick, weil du dich nicht laut und übertrieben in den Vordergrund drängst. Aber beim zweiten Blick dann in deine dunkelblauen Augen ist man hoffnungslos verloren.«

Ich musste schmunzeln. »Du klingst wie einer dieser Jungen, die glauben, jedes Mädchen mit ihren unglaublich charmanten Sprüchen einwickeln zu können.«

»Ich glaube, es ist eher andersrum, Kleines«, spottete Mimi. »Und du brauchst bestenfalls noch nicht mal einen Spruch dafür.«

Ich schüttelte den Kopf. »Mit Jungs habe ich nichts zu tun. Die Schule geht vor.«

Mimi lachte. »Verstehe.«

Ich sah wieder stumm aus dem Fenster. Mimis Einschätzung konnte ich ganz und gar nicht verstehen. Bis jetzt war noch niemand hoffnungslos verloren, dem ich in die Augen gesehen hatte. Außer vielleicht Herr Krautbart, mein Mathelehrer, der weniger seine Augen als vielmehr seine Nerven mit mir in dem einzigen Fach, in dem ich nicht brillieren konnte, verloren hatte.

»Da vorne ist es«, sagte Mimi jetzt und deutete mit dem Kinn auf eine Straße vor uns. Wobei die Bezeichnung »Straße« wohl etwas zu viel gesagt wäre, denn der hügelige Weg bestand größtenteils aus Rasen, auf dem sich die Spuren vorangegangener Besucher in einer Art Trampelpfad wiederfanden.

»Diese Straße hat keinen Namen, aber jeder weiß trotzdem, wo das Stonecot ist. Außer Wanda wohnt nur noch Mrs Bangert-Wokittel hier. Bei ihr musst du aufpassen, sie taucht immer und überall ungefragt auf und ist eine echte

Klatschbase. Na ja, hier weiß sowieso jeder alles, daran kannst du dich direkt schon mal gewöhnen. Schwer, in Blackwood Geheimnisse zu bewahren.«

Ich presste meine Hand auf meine Brusttasche.

»Ich habe keine Geheimnisse.«

»So was kommt mit der Zeit«, murmelte Mimi, und es klang so, als würde sie es eher zu sich selbst sagen.

Mimi hielt den Wagen direkt vor dem Haus. Sie hatte recht gehabt, mit dem, was sie über das Stone Cottage gesagt hatte: Zwei riesige Felsen umschlossen ein leicht schiefes, freundliches Steinhaus, aus dessen Kamin silbergrauer Rauch emporstieg. Die Steinriesen umarmten das Haus nahezu und überragten es um Längen, so dass das Cottage noch viel kleiner wirkte, als es sicherlich war. Wenn ich es nicht besser gewusst hätte, hätte ich geglaubt, vor einer Filmkulisse zu stehen. Die Felsen waren erstaunlich hell, fast weiß, und wurden von wildwachsenden Bäumen und Büschen umsäumt, die sich im Wind wiegten. Vor dem Eingangsbereich waren unzählige weiße Kieselsteine aufgeschüttet, unter denen nun der Staub durch die Wagenräder aufgewirbelt wurde. Direkt daneben stand ein schwarzer Oldtimer Mercedes, wie ich ihn aus alten Hitchcock-Filmen kannte, die ich immer gerne mit Ma zusammen unter eine Decke gekuschelt angesehen hatte. Es war ein zierlicher, eleganter Wagen mit silbernen Griffen und Radkappen. Zumindest waren sie das mal, denn der Glanz war einem matten Grauton gewichen, der davon zeugte, dass sich länger niemand um den Wagen gekümmert hatte. Ob das Joe war? Ich öffnete die Autotür, und schon wehte mir eine kühl-salzige Luft entgegen. Das Meer konnte nicht weit entfernt sein. Mimi hingegen bewegte sich nicht, sondern drückte dreimal kräftig auf die rostige Hupe des Pick-up.

Eine zierliche Frau mit jungem Gesicht, das im starken Kontrast zu ihren grauen, leicht gelockten, schulterlangen Haaren stand, öffnete die dunkelgrün lackierte Holztür. Mit den ebenso grünen Fensterläden, die rechts und links von den kleinen Strebenfenstern angebracht waren und von denen einige etwas windschief hingen, wirkte es seltsam verwunschen. Das winzige Haus passte zu der aus der Zeit gefallenen Umgebung – es war unvorstellbar, dass es irgendwo anders stehen konnte. Als sie mich entdeckte, hielt sie die Hand vor ihren Mund. Ich erkannte die dunkelblauen Augen, an deren Rändern sich Lachfältchen gebildet hatten – oder Sorgenfalten.

Die gleichen dunkelblauen Augen, wie Ma sie gehabt hatte. Die gleichen Augen, wie ich sie hatte.

»Da ist unser Goldstück«, rief Mimi ihr aus dem Wagen zu. »Und wehe ihr kommt mich nicht gleich diese Woche im Laden besuchen! Ich weiß genau, dass der Kleinen eine ordentliche Portion Butter guttun wird.«

Dann zog Mimi die Tür hinter mir zu, wendete den Wagen, indem sie zweimal mit der Ladefläche halb in den Büschen versank, und brauste davon. Wenn ich nicht gewusst hätte, dass es Staub gewesen sein musste, ich wäre sicher gewesen, dass sie in einer Mehlwolke verschwand.

Wanda nickte und kam stumm auf mich zu. Kurz vor mir blieb sie stehen, so dass ich ihre feuchten Augen sehen konnte. Dann zog sie mich vorsichtig an sich, bis nur noch wenige Zentimeter zwischen uns waren.

»Es tut mir so leid.«

Ich war nicht imstande, etwas darauf zu antworten, denn im Grunde gab es keine Antwort darauf. Es war ja noch nicht einmal eine Frage. Wir standen beide einige Sekunden unbeweglich voreinander, bis Wanda ihre Fassung wiedererlangt hatte. Sie lächelte mich an, und ich sah, wie sie sich schnell eine Träne mit dem Handrücken aus dem Augenwinkel wischte.

»Komm erst mal rein.«

Sie schob mich sanft durch die Tür in einen großen Raum, dessen Wände auch von innen aus weiß getünchtem Stein bestanden, an der Decke bildeten dunkle Holzstreben das Gewölbe. Aus dieser Perspektive wirkte das Haus gar nicht mehr so winzig wie von außen. Wir befanden uns direkt in einer Art Wohnküche, in deren Mitte ein großer Holztisch stand. Im Kamin neben uns, der aus unterschiedlich großen, alten Steinen gemauert war, brannte ein Feuer.

»Du musst völlig ausgehungert sein«, sagte Wanda, nahm mir meinen Koffer ab und stellte ihn neben die Tür.

Ich schüttelte den Kopf.

»Eigentlich habe ich gar keinen Appetit.«

Es stimmte – ich merkte zwar, dass ich hungrig war, denn ich hatte seit Stunden nichts mehr gegessen –, aber ich verspürte überhaupt keinen Appetit. Den hatte ich, wie so vieles in letzter Zeit, in Wien verloren.

»Der kommt schon wieder«, sagte Wanda zuversichtlich. »Die Meerluft hier macht ständig hungrig. Das liegt an dem hohen Sauerstoffgehalt.«

»Hm.«

»Setz dich doch erst mal. Komm, ich nehme dir deine Jacke ab.«

Doch als sie ihre Hand ausstreckte, wich ich zurück. Blitzschnell hatte sich meine Hand wieder auf die Brusttasche gelegt.

Ja, er war noch da.

»Ich lasse sie lieber an.«

»Natürlich.«

Wanda nahm einen kupferfarbenen Topf vom Herd. »Ich habe uns eine Suppe gemacht. Die wärmt von innen.«

Sie hatte die Ärmel ihres übergroßen Hemdes umgekrempelt, und ihre Hände wirkten im Gegensatz zu ihrer zierlichen Statur seltsam rau.

»Verzeih meinen Aufzug, ich war bis eben noch im Garten.«

Sie füllte einen tiefen Tonteller mit der Suppenkelle.

»Du findest mich eigentlich immer im Garten. Oder in der Pottery.«

Dann stellte sie einen Teller vor mich. »Lass es dir schmecken.«

»Du hast also eine Pottery?«, fragte ich.

Wanda nickte. »Die Teller hier sind auch von mir. Gefallen sie dir?«

Ich sah auf die efeuartigen Verzierungen, die den Tellerrand schmückten. Sie waren grün- und blaulackiert, und Wandas Teller sah meinem zwar ähnlich, war aber doch ein wenig anders. Hätte ich diese Teller in einem Laden in Wien gesehen, hätte ich ihnen sicher keinen zweiten Blick geschenkt. Wir hatten zu Hause eher praktische Sachen geschätzt, keinen Schnickschnack, wie Ma es immer nannte. Aber hier, in dieses Haus, passten sie irgendwie.

»Sie sind hübsch«, sagte ich, und Wanda lächelte fast erleichtert.

»Wenn du magst, zeige ich sie dir gleich. In der Pottery mache ich Tassen, Teller und Vasen. Ach, eigentlich alles, was man so braucht.«

Sie zwinkerte mir zu. »Oder auch nicht braucht. Im Dorfladen wird vieles verkauft, hauptsächlich an Touristen. Manche kommen sogar hierher. Und Mimi hat in ihrem Laden auch viele meiner Sachen.«

»Töpfern ist dann sozusagen dein Job?«, fragte ich und nahm aus Höflichkeit einen Löffel Suppe, die warm und samtig war und nach etwas schmeckte, das ich nicht kannte.

»Genau. Und das Gemüse für die Suppe kommt aus dem Garten hinter dem Haus.«

Das war es: Die Suppe schmeckte erdig. Es war ein Geschmack, den man sicher schätzen lernen konnte. Ein Geschmack, der wie Heimat war. Wenn man eine hatte.

Ich legte den Löffel ab. »Ich habe wirklich keinen Hunger. Darf ich auf mein Zimmer?«

Ich wollte nicht so unfreundlich klingen, wie es sich anhörte, aber ich merkte, wie mir alles zu viel wurde. Was sollte ich hier? Keine Suppe der Welt würde helfen, mich hier zu Hause zu fühlen! Das war nicht mein Zuhause und das würde es auch nie werden.

Wanda sah enttäuscht aus, und augenblicklich machte sich ein schlechtes Gewissen in mir breit.

Sie nahm einen neuen Anlauf. »Wie wäre es, wenn ich dir direkt alles zeige? Die Suppe kann ich dir dann später noch mal warm machen.«

Jetzt lächelte sie mich an. »Gärten machen alle Menschen glücklich. Außerdem kannst du dann gleich unsere Mitbewohner kennenlernen.«

Ich konnte mich weder erinnern, dass mich je ein Garten glücklich gemacht hatte – aber wir hatten in unserer Stadtwohnung in Wien auch nur einen Balkon gehabt –, noch hatte ich gewusst, dass Wanda Untermieter in diesem kleinen Haus hatte, was angesichts der Übersichtlichkeit des Cottage schwer vorstellbar schien.

Ich folgte Wanda durch die Hintertür, die direkt in den Garten führte. Im Haus hatte sie nur Socken getragen, und neben dem Türabsatz standen mehrere Paar Gartenschuhe, von denen sie nun eins in die Hand nahm. Aber anstatt die Schuhe anzuziehen, hielt sie sich beide nacheinander vor den Mund und flüsterte etwas Unverständliches. Dann erst schlüpfte sie hinein.

Mir fiel direkt auf, dass der Rasen so leuchtend grün war, dass er fast künstlich wirkte. Es roch nach feuchtem Moos, und überall wuchsen Büsche und wildangelegte Beete, die von vielen, unterschiedlich großen Natursteinen umrandet waren. Auf den ersten Blick herrschte eine chaotische Ordnung, aber trotzdem schienen jede Pflanze, jeder Busch und sogar jeder Zweig an seinem Platz zu sein. Auch die Pflanzen leuchteten in dem grünsten Grün, das ich je gesehen hatte. Die feuchten Blätter glänzten in der Sonne, und alles hatte etwas Magisches.

»Und das ist Catan.«

Zu meinen Füßen hatte sich ein Kater herangeschlichen, der sich nun kreisend um meine Beine schmiegte. Eigentlich hätte ich meine Hand ausgestreckt, um ihn zu streicheln. Er war schwarzweiß-gefleckt, aber die weißen Stellen waren vor lauter Schmutz ganz grau. Ich hatte noch nie einen so schmutzigen Kater gesehen. Reflexartig steckte ich meine Hände in die Jeanstaschen.

»Ach, das meintest du mit Mitbewohner«, sagte ich erleichtert. Ich war doch ganz froh, heute keine weiteren fremden Menschen mehr um mich zu haben.

Wanda lachte. »Catan ist auch ein Mitbewohner, das stimmt. Allerdings kommt und geht er, wann er will. Die anderen sind eigentlich immer da.«

Wanda ließ ihren Blick zufrieden durch den Garten schweifen.

»Außer, sie feiern ihre Feste. Dann treffen sie sich an bestimmten heiligen Orten, die man dann auf keinen Fall stören sollte.«

»Ich verstehe nicht ganz?«, fragte ich.

»Na, die Fairies. Und natürlich auch die Leprechauns. Ganz entzückende Wesen! Du wirst begeistert sein, wie freundlich sie sind. Die eine oder der andere fremdelt vielleicht ein wenig, weil sie anfangs noch scheu sind, aber das legt sich schnell, du wirst sehen.«

Hatte ich richtig gehört? Sprach meine Tante da gerade von Feen? Und von …?

»Leprechauns sind unsere Waldgeister. Sie waren schon hier, bevor wir alle kamen, und haben großzügig ihr Land mit uns geteilt. Sie sind besonders flink, deswegen oft schwer zu sehen. Aber wenn du mal kaputte Schuhe hast, kannst du sie hier in den Garten stellen. Wenn sie einen guten Tag haben, sind sie am nächsten Tag repariert.«

Ich glaubte nicht, was ich da hörte.

»Bitte?«

»Du darfst nie vergessen, sie höflich zu bitten herauszukommen, wenn du diese Gartenschuhe hier anziehst«, erklärte meine Tante bestimmt. »Sonst besteht die Gefahr, dass du einen von ihnen zerquetschst!«

»Das ist doch ein Scherz, oder?«, versicherte ich mich.

Jetzt sah Wanda mich an, als hätte ich gerade davon erzählt, dass wir in Wien ein Einhorn auf dem Balkon gehabt hätten, und hielt eilig ihren Finger vor den Mund.

»Psst! Lass sie das nicht hören. Immerhin haben sie auch ihren Stolz!«

Jetzt musste ich wirklich lachen. »Das kannst du einfach nicht ernst meinen.«

»Natürlich meine ich das ernst! Damit macht man keine Scherze!«

Ich hatte ja schon das eine oder andere über die Iren gehört, und auch, dass sie als eigentümliches Völkchen galten. Aber dass selbst meine eigene Tante so verrückt war, an Feen in ihrem Garten zu glauben und mit Leprechauns in ihren Gartenschuhen zu sprechen, konnte ich kaum fassen. Das schien mir noch fremder als diese seltsam verlassene Landschaft, die so gar nichts mit dem Stadttrubel in Wien zu tun hatte, den ich gewohnt war.

»Und jetzt zeige ich dir die Pottery!«, sagte Wanda und schritt voran.

Catan hatte es anscheinend aufgegeben, eine Krauleinheit einzufordern. Ich nahm mir vor, ihn, sobald ich mich etwas ausgeruht hatte, ordentlich abzuschrubben, damit ich seiner Aufforderung nachkommen konnte.

»Wanda«, sagte ich und lief ihr schnell nach. »Wärst du böse, wenn wir das auf später verschieben würden? Ich bin müde und würde mich gerne ein bisschen ausruhen.«

Es stimmte, ich war wirklich müde. Aber in erster Linie wollte ich alleine sein. Für den ersten Tag hatte ich genug gehabt, und ich hatte die begründete Befürchtung, dass noch einige Überraschungen dieser Art auf mich warteten.

»Natürlich, du musst ja völlig erschöpft sein. Wir machen den Rest später. Komm, ich bringe dich auf dein Zimmer.«

Wir gingen zurück in die Wohnküche, ich nahm meinen Koffer und folgte meiner Tante eine schmale, knirschende Holztreppe hoch. Sie öffnete eine Tür, die mir höchstens bis zum Kinn ging.

»Hier musst du aufpassen, dass du dir nicht deinen Kopf stößt«, sagte sie lächelnd. »Bei diesem Türrahmen hat man schneller ein Brett vorm Kopf, als man denken kann.«

Ich bückte mich und trat in das Zimmer. Es war winzig, gerade so groß, dass ein Bett, ein schmaler Kleiderschrank und ein Schreibtisch darin Platz fanden. Die Möbel aus dunklem, altem Holz stammten sicherlich aus dem letzten Jahrhundert. Solche Löwenkopffüße, wie der Schreibtisch sie vorzuweisen hatte, wurden heute bestimmt nicht mehr hergestellt. Das Zimmer hatte nur eins der kleinen Fenster, die ich bei meiner Ankunft schon bewundert hatte.

»Das Badezimmer ist direkt nebenan. Wenn du etwas brauchst, sag bitte Bescheid.«

Wanda legte ihre flache Hand an meinen Rücken, ohne mich direkt zu berühren. »Egal was.«

»Danke.«

Als Wanda die Tür hinter sich geschlossen hatte, ließ ich mich auf das schmale Bett sinken. Es war, als wäre soeben der letzte Funken Kraft aus mir entwichen. Ich legte mich auf die Seite, zog meine Beine zum Bauch, schlang meine Arme um sie und legte meine Jacke wie eine Decke darüber. Noch bevor ich einen weiteren Gedanken fassen konnte, war ich eingeschlafen.

Als ich aufwachte, hörte ich ein leises Rumpeln, dann eine schrille Stimme. Tante Wanda musste Besuch bekommen haben. Ich rieb mir die Augen und setzte mich auf. Hatte ich lange geschlafen? Wie spät es wohl war? Immerhin war es noch hell, denn Licht schien durch das winzige Fenster von draußen herein. Jetzt erst fiel mir auf, dass zusätzlich zu den weißen Holzstreben, die das Glas in vier gleichgroße Stücke teilten, diese auch noch durch kleine, rautenförmige Streben unterteilt waren, so dass keine Gardine mehr nötig war. Ich presste meine Nase ans Fenster und sah durch eine dieser Rauten nach unten auf den verrückten Garten. Er war von einer alten Steinmauer umrandet, die hier überall als Abgrenzung dienten. Ich hob meinen Blick und sah über die Mauer hinweg. Gerade in diesem Moment lichtete sich der bewölkte Himmel, und ein heller Sonnenstrahl fiel auf einen silbergrauen Horizont, der sich wildaufschäumend bewegte: das Meer. Dass es so nah war, hatte ich nicht geglaubt, denn bei meiner Ankunft hatte ich kein Rauschen wahrgenommen. Allerdings hätte Mimi das mit ihrem fröhlichen Geplauder ohnehin übertönt, und im Garten stand ich sicherlich unter einer Art Mythologieschock.

Das Meer wirkte schwer und das Wasser in dem Licht fast silbern wie flüssiges Blei. Ich zog an dem weißlackierten Metallgriff des Fensters, doch es ließ sich nicht öffnen. Wie verflucht noch mal ließ sich dieser Hebel bewegen? Ich kannte diese Art von Fenstergriff nicht und versuchte es wieder, diesmal in die andere Richtung, und mit einem leisen *Klack!* öffnete sich endlich der Verschluss. Der starke Wind blies mir das Fenster beinahe ins Gesicht, ich konnte gerade noch ausweichen. Da war sie wieder, diese kühl-salzige Luft, und jetzt konnte ich auch das Rauschen laut und deutlich hören. Ich nahm einen tiefen Atemzug, so dass sich meine Lungen komplett mit Luft füllten. Schwer vorzustellen, aber dieser Ort wäre unter anderen Umständen sicher toll gewesen, für einen Familienurlaub vielleicht. Ma hatte nie über ihren Heimatort gesprochen, so wie über das meiste nicht. Ihr

Testament, in dem festgelegt war, dass ich im Falle ihres Ablebens zu Wanda nach Blackwood kommen würde, war ein Schock für mich gewesen. Sie hatte nie von Wanda oder dem Stone Cottage erzählt, und für mich war es, als wäre dieser Ort mit Mas Tod wie aus dem Nichts aufgetaucht. Zusammen mit dem Notar noch hatte ich den Wikipedia-Eintrag von Blackwood aufgerufen, der einzig und allein einen dürftigen Halbsatz zu verzeichnen hatte: ›*Keine nennenswerten Sehenswürdigkeiten oder Persönlichkeiten*‹.

Erneut kam ein Windstoß zum Fenster herein und wehte mir meine Haare vor die Augen. Ich strich mir eine Strähne aus dem Gesicht und schloss das Fenster, was angesichts des starken Windes eine echte Herausforderung darstellte. Ich musste mit meinem ganzen Gewicht dagegenhalten.

Plötzlich war es kurz still, das Rauschen war ausgesperrt, und dann hörte ich die schrille Stimme wieder. Und ich spürte meinen Magen knurren, jetzt hatte ich wirklich Hunger. Vorsichtig ging ich die Holztreppe hinab und achtete auf jeden Schritt, denn sie wirkte nicht vertrauenerweckend stabil.

»Ich sag's dir, Wanda, du musst jetzt eine strenge Hand beweisen. Dieses Kind muss geführt werden, und zwar an der ganz kurzen Leine. Mitten am Tag schlafen, wer macht denn so was?«

Sprach die schrille, unbekannte Stimme etwa über mich? Abrupt blieb ich auf dem Treppenabsatz stehen.

»Sie ist müde und erschöpft, Meredith. Kein Wunder, nach dem, was sie in den letzten Tagen erlebt hat« – das war Wanda. Dann wieder die andere Stimme: »So ist das Leben. Nun ist sie hier, und es geht weiter. So wie es immer weitergeht.«

Ich hörte Wanda seufzen. Ich hatte an ihren immerwährend glänzendnassen Augen seit meiner Ankunft hier erkannt, dass ihr der Tod von Ma sehr zu schaffen machte, und ich spürte, wie sie sich in meiner Gegenwart zusammenriss.

»Ich denke, für sie sieht es gerade so aus, als würde gar nichts weitergehen. Sie wirkte so schrecklich blass und traurig, als sie vorhin hier ankam. Ich weiß gar nicht, wie ich ihr helfen soll …«

Ja, sie sprachen eindeutig über mich.

»Helfen wird ihr eine gehörige Portion Strenge, Disziplin und Vernunft. Wenigstens eine muss hier ja die Nerven behalten. Ich habe dir immer gesagt, dass deine Schwester nicht in der Lage ist, die richtigen Entscheidungen zu treffen. Dieser Nacht-und-Nebel-Umzug nach Wien war schon so eine Fehlentscheidung, und das Kind mit diesem *Spalpeen* erst recht.«

Ich wusste nicht genau, was das Wort *Spalpeen* bedeutete, aber das musste ich auch nicht, denn die Art, wie es ausgesprochen wurde, sagte alles.

Was erlaubte sich diese Person, so über meine Eltern zu sprechen?

Ich merkte, wie eine innere Hitze in mir aufstieg. Am liebsten wäre ich sofort runtergelaufen und hätte wem auch immer meine Meinung gesagt. Aber ich fühlte mich noch müde und ausgelaugt, so dass ich auf dem Treppenabsatz kehrtmachte. Dabei hatte ich vergessen, dass hier alles alt war und altes Holz nun mal knarzte.

»Gesine? Bist du das?«

Ich hielt inne.

»Ja, ich wollte gerade …«

Schlagartig war der Hunger verschwunden.

»Komm doch zu uns.«

Tante Wandas Stimme klang im Gegensatz zu diesen fremden, schrillen Tönen gleich wie eine Wohltat in meinen Ohren.

»Na gut.«

Ich ging die letzten Stufen der Treppe hinab in die Wohnküche. Wanda saß am Tisch, neben ihr eine weitaus ältere Frau mit hoch zusammengebundenem Dutt, der ihre weißen Haare wie einen gepuderten Nistplatz wirken ließ. Ihr Gesicht war faltig und schlaff, und ihre winzigen, zusammengekniffenen Augen waren hinter den runden, zierlichen Brillengläsern kaum zu erkennen. Sie trug ein langes, erdfarbenes Kleid, das ihre schlaksige Figur betonte, und saß kerzengerade auf ihrem Stuhl.

»Das ist Mrs Meredith Bangert-Wokittel, unsere Nachbarin«, stellte Wanda uns vor, »und das ist meine liebe Nichte, Gesine.«

»Eigentlich Llewely ap Dafydd ap Leuan ap Griffit ap Meredith«, korrigierte Mrs Bangert-Wokittel meine Tante, »das ist mein original walisischer Name.«

Das war sogar für mich unmöglich zu merken. Langsam wunderte ich mich über die Leute hier nicht mehr.

»Meredith kommt eigentlich aus Wales, sie ist vor zwanzig Jahren zu unserem Peter, Gott hab ihn selig, ins Nachbarhaus gezogen.«

»Ganz genau zwanzig Jahre ist das her, dass ich meine geliebte Heimat verlassen habe«, bestätigte Mrs Bangert-Wokittel, und es klang wie ein Vorwurf.

Dann musterte sie mich durch ihre Brille, die sie mit abgespreiztem kleinen Finger ganz vorne auf ihre Nasenspitze schob.

»Ich hab schon viel über dich gehört.«

»Ich auch über Sie«, antwortete ich und merkte, wie die Wut über das, was sie vorhin so achtlos über meine Eltern gesagt hatte, wieder in mir aufstieg.

»Ach ja?«, fragte Mrs Bangert-Wokittel geschmeichelt.

»Ja, nur leider nichts Gutes.«

»Gesine!«

Erschrocken und mit aufgerissenen Augen sah Wanda mich an. Mrs Bangert-Wokittel hingegen sprang wie von einer Tarantel gestochen vom Stuhl auf, so dass dieser beinahe nach hinten kippte. Sie schürzte ihre schmalen Lippen zu einer schmatzenden Spitze, während sie nach Fassung rang.

Das war vielleicht nicht der allerbeste zweite Satz, den je jemand bei einem ersten Treffen über die Lippen gebracht hatte, aber ich bereute es nicht. Immerhin nannte Mimi sie eine Klatschbase, was sich soeben als wahr herausgestellt hatte. Wie konnte jemand sich nur herausnehmen, so über meine Eltern zu sprechen, ohne sie überhaupt zu kennen?

»Bitte entschuldige dich bei Meredith«, flüsterte Wanda, immer noch sichtlich erschrocken. Was ich gesagt hatte, tat mir direkt leid, vor allem aber, meine Tante so aufgebracht zu sehen.

Mrs Bangert-Wokittel hingegen schnappte übertrieben hysterisch nach Luft.

»Ich habe dir gesagt, Wanda, dieses Kind ist ganz und gar verzogen!«

Vor lauter Aufregung spuckte sie beim Sprechen und erinnerte mich an ein Lama, das ich mal mit Ma im Wiener Zoo gesehen hatte.

»Du wirst noch deine liebe Mühe mit ihr haben, das steht fest!«

Jetzt tat es mir auf einmal nicht mehr leid.

»Gesine, ich bitte dich!«, wiederholte Wanda, doch Mrs Bangert-Wokittel war bereits auf dem Weg zur Tür.

Ich war hin- und hergerissen, denn natürlich wollte ich Wanda nicht in Verlegenheit bringen, aber gleichzeitig konnte ich auch nicht über meinen Schatten springen. Mrs Bangert-Wokittel legte ihre Hand auf den Türgriff und drehte sich noch mal zu uns um. Sie drückte ihr kinnloses Gesicht an ihren langen Hals, und ich wurde das Lamabild einfach nicht mehr los.

Sie schien tatsächlich auf eine Entschuldigung zu warten. Mein Blick schweifte wieder zu Wanda, die mich flehend ansah.

»Gut«, murmelte ich. »Ich entschuldige mich, dass ...«

»Unter den gegebenen Umständen verzeihe ich dir unter einer Bedingung«, unterbrach das Lama mich, ließ den Türgriff los und blinzelte mich durch ihre leicht benebelte Brille von oben herab an. »Wenn du auf der Stelle hoch und heilig versprichst, dass du dich besserst.«

Das Lama würde eine perfekte Besserungsanstaltsvorsitzende abgeben, schoss es mir durch den Kopf. Und sicher keine üble Knastwärterin.

»Gott hat den, der von keiner Sünde wusste, für uns zur Sünde gemacht, damit wir in ihm die Gerechtigkeit würden, die vor Gott gilt. 2. Korinther 5,21. Unsere Wochenlosung.«

Ich holte tief Luft und beendete meinen Satz.

»... dass ich die Wahrheit gesagt habe.«

3. KAPITEL

Es lag nicht an dem suboptimalen Einstieg, den ich zugegebenermaßen mit der sehr gläubigen Mrs Bangert-Wokittel aka Das Lama hatte, und auch nicht an Tante Wandas seltsamer Feenleidenschaft, und auch nicht an der fremden Umgebung, die so gar nicht zu meinem Leben passen wollte. Es war ganz einfach so, dass ich mich hier nicht zu Hause fühlte, weil ich hier nicht zu Hause war. Das alles hier gehörte nicht zu meinem Leben, das ich unter allen Umständen wiederhaben wollte. Ich wusste, dass ich Ma nicht zurückhaben konnte, aber meine Heimatstadt schon, meine alte Schule und alles, was ich kannte. Ich hatte keinen Plan, wie ich das anstellen sollte. Ich wusste nur eines: Ich wollte hier weg.

Tante Wanda hatte versucht, mir keine Vorwürfe wegen des Lamas zu machen, aber ich merkte an der darauffolgenden Stille zwischen uns, dass ich zu weit gegangen war. Ich lag, immer noch in meinen Reiseklamotten, auf dem Bett und starrte an die Decke. Mittlerweile war es draußen dunkel geworden, und ich hatte mich zum frühen Schlafengehen verabschiedet. Mein Koffer stand unberührt neben dem Bett, und Mas Brief befand sich noch immer in der Brusttasche meiner Jacke. Ich würde nichts auspacken, denn ich würde auch nicht bleiben. Es war vielleicht kindisch, so zu denken, und auch undankbar meiner Tante gegenüber, aber ich konnte nicht anders. Ich wollte zurück nach Wien, wie verrückt diese Idee auch war. Ich wollte nach der Schule eine heiße

Wiener Mélange trinken, am Prater vorbeispazieren und mich über die frierenden Touristen in den Kutschen lustig machen. Samstags über den Naschmarkt schlendern, die vielen wunderbaren Gerüche einatmen und mit Ma um die Wette raten, was sich hinter diesem oder jenem besonderen Duft verbarg, und auf diese Weise immer eine neue Köstlichkeit entdecken.

Ich wollte zurück dahin, wo ich mich auskannte, wo ich wusste, wie man sich richtig verhielt. Zurück dahin, wo ich weniger verloren war. Dahin, wo ich hingehörte.

Sobald Wanda schlief, würde ich gehen.

Ich hätte mich verteufeln können, dass ich keine Taschenlampe dabeihatte. Jeder vernünftige Mensch hätte sich an einer Hand abzählen können, dass es in einer Gegend wie dieser abseits der Hauptstraßen stockdunkel war. Der Trampelpfad unter meinen Füßen bestand aus einem unebenen Sand- und Steingemisch, für meine leichten Gummisohlen denkbar ungeeignet.

Es war schwer, in der Dunkelheit mit dem Koffer die Balance zu halten, und ich hielt immer wieder inne, um mich zu orientieren. Der Mond, der hier in Blackwood größer schien als überall sonst, wurde immer wieder von Wolken bedeckt, die sich vor ihn schoben und mir den letzten Rest der Sicht raubten. Es war um mich herum kein einziges Geräusch zu hören, außer das Stapfen meiner Schritte und mein Atem, der laut und unregelmäßig wie ein kaputter Ventilator die stumpfen Schritte übertönte. Ich begann, mich mit gebeugten Knien voranzutasten, um nicht zu stolpern und hinzufallen. So würde ich mindestens doppelt so lange für die knapp dreißig Meilen nach Dublin brauchen. Aber wenn ich die Nacht durchlief, konnte ich vielleicht morgen ungesehen die erste Fähre nach Holyhead erwischen und weiter mit dem Bus nach London, um von da aus direkt mit der ersten Zugverbindung nach Wien zu fahren.

In weniger als 48 Stunden hätte ich dieses seltsame Land hinter mir gelassen und würde endlich wieder zurück in Wien und damit zu Hause sein.

»Autsch!«

Meine Stimme klang stechend schrill in der Stille.

Ich fluchte leise vor mich hin und winkelte mein rechtes Bein an, so dass ich mit der Hand die Sohle abtasten konnte. Ausgerechnet einer dieser besonders hartnäckigen, spitzen Steine hatte sich in meine dünne Sohle gebohrt. Ich zog die Spitze aus dem weichen Gummi und hielt mir den Übeltäter direkt vor die Augen. Ich konnte im schwachen Mondlicht nicht viel erkennen und tastete die Form, die fast kegelförmig war und oben scharf zulief, mit den Händen ab.

»Miststück!«, beschimpfte ich den Stein, als ob er sich mir absichtlich in den Weg gelegt hätte, und warf ihn mit Schwung ins Gebüsch.

Ich hatte mir vorgenommen, auf meinem Weg keinesfalls stehen zu bleiben, und mir eingeredet, wenn ich nur schnell genug lief, jeglicher potentieller Gefahr zu entkommen. Doch das konnte ich jetzt vergessen, denn mein Fuß tat höllisch weh, und unter der gesamten Fußsohle breitete sich ein flammenartiges Brennen aus. Ich wusste nicht, ob ich blutete, und hielt es auch für besser, es nicht zu wissen.

Einfach weiterlaufen!, befahl ich mir in Gedanken, irgendwann hörte es sicher auf. Doch jeder Schritt war mit einem stechenden Schmerz verbunden, und ich merkte, dass ich nur noch humpeln konnte. Ich würde den Gewaltmarsch nach Dublin so nicht schaffen, weder in zehn noch in fünfzehn Stunden. Ich blieb erneut stehen, um mich zu orientieren.

Anscheinend war ich nicht besonders weit gekommen, die Hauptstraße musste noch irgendwo in der Nähe sein. Wenn ich querfeldein humpelte, konnte ich vielleicht einen Wagen anhalten, der Richtung Stadt fuhr.

Mit jedem Schritt durch das hohe Gestrüpp spürte ich den Schmerz in meiner Fußsohle mehr.

»Nicht mehr weit, nicht mehr weit«, versuchte ich, mich selbst zu beruhigen, als ich plötzlich ein lautes Rascheln vor mir hörte. Abrupt blieb ich stehen und sah mich um, konnte aber nichts erkennen.

Ob es ein Tier gewesen war?

Hier liefen doch überall Schafe frei herum. Aber nachts? Oder Rehe? Wild war doch auch nachtaktiv, oder nicht?

Ich humpelte weiter – wieder ein Geräusch. Auf das Rascheln folgte diesmal ein leises Zischen. Dann hörte ich lallende Männerstimmen und lautes, schallendes Lachen, wie es oft bei Betrunkenen klingt.

»Die Kleine hättest du dir schnappen sollen!«, grölte eine dunkle Stimme. »Auch wenn sie sich so geziert hat. Eine dämliche Masche! Am Ende wollen sie doch trotzdem alle nur das eine!«

Das schallende Lachen setzte wieder ein. »Die Nächste, die mir vor die Nase kommt, hat Glück!«

Jetzt wurde das Lachen zu einem Grunzen. »Über die Nächstbeste herfallen werde ich!«

Das hatte mir gerade noch gefehlt. Zwei Volltrunkene mitten im Nirgendwo auf der Suche nach der nächsten Möglichkeit, jemanden … *abzuschleppen* –, ob dieser Jemand nun wollte oder nicht. Panik stieg in mir auf.

»Hast du das gehört?«, sagte einer der beiden. »Da ist was im Gebüsch!«

Ich hielt die Luft an.

»Da!«, rief der andere. »Es kommt von da drüben!«

Sie hatten mich entdeckt. Zwar nicht gerade *mich*, denn sie wussten noch nicht, wer oder was ich war, aber es war nur eine Frage sehr kurzer Zeit, bis die beiden mich erreicht haben würden. Jetzt gab es nur zwei Möglichkeiten für mich: Entweder, ich duckte mich wie ein ängstlicher Hase ins Gebüsch und setzte mich der Gefahr aus, von den beiden unberechenbaren Trunkenbolden gefunden zu werden. Oder aber ich lief so schnell wie möglich auf die Straße und ins Licht. Die Entscheidung war klar. Doch von Laufen konnte keine Rede sein: Ich humpelte gegen den Schmerz an, und je schneller ich war, umso weniger spürte ich die brennenden Stiche. Da war ein Abhang, den musste ich runter, dahinter vermutete ich einen Weg, vielleicht sogar eine Straße.

Doch durch das Gewicht des Koffers überschlugen sich meine Beine, und ich kam ins Straucheln. Noch bevor ich mein Gleichgewicht wiedererlangt hatte, saß ich auf dem Hosenboden im Gebüsch.

Na gut, dann zog ich mich eben so hier runter! Was machte schon eine schlammige Jeans, wenn es um mein Leben ging! Außerdem hatte ich genug Geld dabei, um mir neben den Bus-, Zug- und Fährtickets auch eine neue Hose zu kaufen. Laut atmend schob ich den Koffer mit den Füßen den Abhang runter und zog mich hinterher.

Als ich aufsah, konnte ich ein Scheinwerferlicht erkennen. Ein Auto! Ich rutschte, so schnell ich konnte, weiter. Mit den Füßen ertastete ich einen Abgrund vor mir, so etwas wie einen Graben.

Wie sollte ich den verdammten Koffer da durchhieven?

Ich schob ihn vorsichtig weiter, aber der Abhang war zu steil. Mit einem durch das Gestrüpp gedämpften Rutsch landete der Koffer im Graben. Doch das war mir erst mal egal, ich wollte nur diesen verdammten Wagen rechtzeitig erreichen!

Ich kletterte in den Graben, zog mich, begleitet von unterdrücktem Stöhnen, hoch und humpelte auf die Straße, um das Auto wildwinkend aufzuhalten. Es war ein großer, dunkler Wagen, ein SUV, vielleicht ein Landrover, der jetzt mit quietschenden Reifen vor mir zum Stehen kam. Jetzt half nur noch Beten, dass in dem Wagen halbwegs normale Leute saßen. Die Tür öffnete sich, aber anstelle eines Menschen sprang etwas schwarzweiß Geflecktes auf vier Beinen heraus, das direkt auf mich zu gerannt kam. Ohne zu überlegen, sprang ich zurück in den Graben.

»Shila!«, rief eine tiefe Stimme.

Sofort bremste der Vierbeiner ab und landete mit seiner Schnauze direkt vor meinem Gesicht. Ein Hund! Es war nicht unbedingt so, dass ich Angst vor Hunden hatte. Aber hier, wie ein Häschen in der Grube mit der geöffneten Schnauze direkt über meinem Gesicht, konnte einem schon anders werden.

»Shila, komm sofort her!«

Die dunkle Männerstimme gehörte einem großgewachsenen, sportlich wirkenden Mann, vielleicht Mitte vierzig, der sich vor den Graben kniete. Im Scheinwerferlicht konnte ich erkennen, dass einzelne Strähnen seiner roten Haare ihm über die Augen fielen, und er hatte auch die typischen Sommersprossen. Sein Kinn war markant, und die Muskeln hinter den Wangen waren zu erkennen. Soweit ich das aus meiner Schützengrabenposition erkennen konnte, sah er verdammt gut aus. Seine dunklen Augen musterten mich besorgt.

»Was machen Sie denn da im Graben, Miss? Ganz alleine um diese Uhrzeit?«

Er hielt mir seine Hand hin, die ich, ohne eine Sekunde zu zögern, ergriff. Sie war mindestens doppelt so groß wie meine und fühlte sich stark an. Mit einem Ruck hatte er mich aus dem Graben gezogen. Als ich mich aufrichtete, kam der stechende Schmerz zurück, und ich knickte mit dem einen Bein ein.

»Mein Koffer«, sagte ich verlegen, »der ist noch im Graben.«

Der Mann beugte sich vornüber und zog den Koffer aus dem Schlamm. Einen neuen Koffer konnte ich mir zusätzlich zu der Jeans also auch gleich auf die Einkaufsliste schreiben.

»Danke«, sagte ich kleinlaut. Von meiner Euphorie, den Wagen wildwinkend aufzuhalten, war nicht mehr viel übrig geblieben. So schlammig und gerade aus dem Graben gezogen, hier an einer Straße mitten in der Nacht, kam ich mir albern vor.

»Ich bin Ruben Iesenhart.«

Dann zeigte er auf den Hund, der fast unbeweglich neben ihm stand. Erst jetzt erkannte ich, dass es einer dieser Sheepdogs sein musste, die es hier wegen der vielen Schafe sicherlich häufiger gab.

»Und das ist Shila. Darf ich fragen, wer Sie sind und was Sie zu dieser unchristlichen Zeit hier suchen?«

»Ich bin Gesine. Ich …«

Ich stockte. Sollte ich mir schnell eine Geschichte ausdenken? Der stechende Schmerz in meinem Fuß wurde immer schlimmer, und anscheinend kam er jetzt auch in meinem Gesicht an.

»Was ist mit Ihnen? Sind Sie verletzt?«

Routiniert suchte er mein Bein nach einer Wunde ab.

»Ich bin in einen spitzen Stein getreten«, erklärte ich. »Ich glaube, mein Fuß blutet.«

»Okay«, sagte Ruben, schlang seine Arme unter meine Beine und meinen Rücken und hob mich hoch. Mich hatte noch nie ein Mann auf den Armen getragen, und es fühlte sich seltsam an. Es wirkte fast so, als täte Ruben das mit Leichtigkeit und als sei ich eine Art Fliegengewicht.

Er ging zum Wagen, beugte sich mit mir im Arm nach vorne und klopfte mit dem Handknöchel gegen die Rücksitztür. Die öffnete sich nun, ohne dass ich erkennen konnte, wer darin saß. Vorsichtig ließ Ruben mich auf dem Sitz ab.

»Ich hole den Koffer«, sagte er und lehnte die Tür an.

Als ich aufsah, bemerkte ich einen anderen Mann direkt neben mir. Besser gesagt einen Jungen, der ungefähr in meinem Alter war.

Er hatte sich zu mir gedreht, einen Arm auf der Rücklehne abgestützt, den anderen lässig auf seinem Bein.

»Du bist also der Grund für unseren ungeplanten Stopp?«

Die Innenbeleuchtung des Wagens war hell genug, dass ich einen schnellen Blick auf ihn werfen konnte. Abgesehen davon, dass wir ganz sicher gleich alt waren, wirkte er um Längen souveräner. Er trug seine dunkelblonden Haare lässig über die Stirn, so dass sie ihm wie zufällig ins Gesicht fielen. Seine hellen Augen lächelten mich verschmitzt und neugierig an. Das Licht war allerdings zu schwach, um die Farbe genau zu erkennen. Ich konnte einfach nicht aufhören, ihn anzustarren. Seine weiche, leicht gebräunte Haut war so ganz anders als die typische irische Blässe, und seine Oberlippe war halbherzförmig, so dass sein sinnlicher Mund, der bei diesem Lächeln perfekte, weiße Zähne freigab, mich ganz nervös machte. Er hatte eine feine Nase und besonders ausgeprägte Gesichtszüge mit hohen Wangenknochen.

Der angesichts meiner aktuellen Situation bescheuertste Gedanke von allen schoss mir durch den Kopf: Er war das Schönste, das ich je gesehen hatte. Gleichzeitig wirkte er seltsam vertraut auf mich, wie einer dieser Schauspieler, die man zu kennen glaubt, nur weil man sie seit Jahren in seinen Lieblingsfilmen gesehen hatte.

»Arian«, sagte er. »Und du bist auf jeden Fall schon mal kein Schaf.«

Ich konnte ihn nur fragend anstarren.

»Das hatten Ruben und ich jedenfalls zuerst vermutet.«

»Da lagt ihr gar nicht mal so falsch«, murmelte ich zögerlich.

»Bitte?«

Arian wirkte für einen kurzen Moment irritiert, und ich ärgerte mich über meine verbale Entgleisung. Es musste eindeutig an seiner Erscheinung liegen.

»Na ja, es ist wohl wirklich nicht besonders schlau, hier mitten in der Nacht herumzulaufen.«

»Und warum bist du hier mitten in der Nacht herumgelaufen?«, fragte er.

In meinem Kopf drehte sich alles.

Was sollte ich antworten?

Weil ich zurück nach Wien wollte?

Weil meine Mutter gestorben war?

Weil ich nicht in diesem seltsamen Land sein wollte, in das ich überhaupt nicht gehörte?

»Weil … weil meine Tante mit ihren Gartenschuhen spricht.«

Ruben kniete vor der offenen Autotür. Er hatte einen Verbandskasten aus dem Kofferraum geholt, den er jetzt neben sich ausbreitete. Neben verschiedenen Verbänden und Pflastern, Mullbinden und allerlei Scheren enthielt er auch Nähzeug. Dieser Verbandskasten war sicherlich nicht das, was man zu der Grundausstattung solcher Autos dazubekam. Oder war das in Irland anders? Routiniert zog er mir den Schuh aus und streifte die blutgetränkte Socke vorsichtig ab.

»Sssssshhhh!«, machte ich und verzog mein Gesicht.

»Bist du gegen Tetanus geimpft?«

Ich hob die Schultern. Meinen Impfpass hatte Ma immer gehabt. Ich war nicht mal sicher, ob ich ihn überhaupt aus Wien mitgenommen hatte.

»Das musst du dann unbedingt nachholen. Das ist wichtig, damit sich die Wunde nicht entzündet. Im schlimmsten Fall kommt es zu einer Blutvergiftung.«

Ich antwortete nicht, denn ein Arztbesuch in Blackwood stand sicherlich als Letztes auf meiner Liste. Mit ruhiger Hand desinfizierte Ruben die bohnengroße Wunde mit einem Spray, das sich eiskalt und brennend auf der Wunde anfühlte. Ich riss mich zusammen, um vor Arian nicht wie eine Heulsuse zu wirken. Dabei war mir wirklich zum Heulen zumute. So konnte ich auf keinen Fall weiter, obwohl ich unbedingt wollte. Aber eine Blutvergiftung war ja auch keine Alternative.

»Autsch«, sagte Arian und sah mich mitfühlend an. »Tut es sehr weh?«

Ich schüttelte den Kopf. »Geht schon.«

Ruben sah kurz auf und mir direkt in die Augen. Er wusste, dass ich log, und ich wusste, dass er es wusste. Es war peinlich.

»Sie scheinen das öfter zu machen«, kommentierte ich Rubens routinierte Bewegungen. Er wickelte mir einen leichten Mullverband um meinen Fuß und befestigte ihn mit einem silbernen Klämmerchen.

»Das bringt der Job so mit sich. Also, im schlechtesten Fall.«

Ob er Arzt war? Dann konnte er mir die Spritze vielleicht direkt geben, und ich könnte doch noch die Fähre nach London nehmen?

»Sind Sie Arzt?«, fragte ich und klang neugieriger, als ich wollte.

Ruben lachte. »Nein. Ich bin …«

»Er ist mein bester Freund«, unterbrach Arian ihn. »Wir machen alles zusammen.«

Überrascht sah ich erst Ruben, dann Arian an. Ruben war sicher dreimal so alt wie Arian. Ohne vollkommen spießig zu denken, fand ich diese Freundschaft in jedem Fall besonders. »Schön, wenn man so gute Freunde hat«, flüsterte ich und versuchte nun, meinen Schuh wieder über den Verband zu ziehen. Aber der Verband war zu dick, ich kam gar nicht erst hinein.

»Leg den Fuß am besten, so häufig es geht, hoch«, erklärte Ruben. »Und jetzt bringen wir dich erst mal nach Hause, Miss. Ich habe da so einen Verdacht, wo du hingehörst.«

»Ach ja?«, antwortete ich aufmüpfig.

Er wusste ganz sicher nicht, wo ich hingehörte. Ich wusste es ja selbst nicht mal.

Ruben schien allerdings unbeeindruckt, hob mein Bein an und legte es auf den Sitz. Doch mein Bein war zu lang, der Fuß lag direkt auf Arians Schoß.

Der grinste mich an. »Ich wollte schon immer mal einen blutenden Fuß einer Fremden mitten in der Nacht auf meinem Schoß halten. Ist fast romantisch.«

Ich spürte, wie die Hitze in mir aufstieg. Ruben schloss ohne große Worte die Tür, setzte sich ans Steuer, startete den Wagen und fuhr los.

Woher wollte er wissen, wo er mich hinbringen sollte? Mal ganz abgesehen davon, dass ich da ja überhaupt nicht hin wollte!

»Radio Blackwood«, beantwortete Arian meine ungestellte Frage. »Da wird jeden Tagen alles, was hier passiert, berichtet.«

Ich verstand nicht ganz. »Im Radio?«

»Ja, das ist so eine Art Buschfunk. Die Familien hier kennen sich alle ein Leben lang. Da wird jeder Neuankömmling mit Argusaugen beobachtet.«

Also da lief der Hase lang. »Du meinst, über mich wurde im Radio gesprochen?«, fragte ich entgeistert.

»Klaro. Das war *der* Aufhänger heute Morgen. Du hättest unseren Foley mal hören sollen, das war eine Sternstunde in seiner Moderation. So was passiert hier in Blackwood vielleicht alle zwanzig Jahre. Normalerweise kommt niemand hierher, der hier nicht geboren ist. Die Letzte, die kam, war Mrs Bangert-Wokittel. Und das war vor meiner Geburt.«

Er sah mich an. »Und sicher auch vor deiner.«

»Ah, das Lama.«

Sofort biss ich mir auf die Lippen.

»Das Lama?«

»Ach, wir hatten nicht gerade einen optimalen Start«, versuchte ich, meine vorschnelle Aussage abzuschwächen.

»Das kann ich mir gut vorstellen. Wusstest du, dass sie beim Reden spuckt, wenn sie sich besonders aufregt?«

Ich nickte.

»Deswegen also das Lama?«, hakte Arian nach.

Ich hob die Schultern. »Na ja, ihren seltsamen walisischen Namen kann sich doch ohnehin niemand merken.«

»Das passt wie die Faust aufs Auge.«

Arian lachte laut auf, klopfte sich dabei auf den Oberschenkel und streifte meinen Fuß.

»Au!«

Sofort zuckte er zusammen.

»Mist! Tut mir leid!«

Er nahm beide Hände hoch, so als hätte ich eine geladene Waffe auf ihn gerichtet.

Jetzt musste ich lächeln, und den Schmerz in meinem Fuß hatte ich fast vergessen.

»Du bist wirklich ein ganz besonderer Neuankömmling.«

Als wir am Stonecot ankamen, stieg Ruben sofort aus und hob mich aus dem Wagen. Es war mehr als verrückt, aber ich war fast traurig, meinen Fuß von Arians Schoß zu nehmen. Der war ebenfalls ausgestiegen und holte Tante Wanda nun mit dem schweren Eisentürklopfer aus dem Schlaf. Es wunderte mich nicht, dass Wanda keine Klingel besaß. Wahrscheinlich würde man damit auch die Leprechauns verscheuchen. Der Türklopfer hatte, wie auch schon die Füße des Schreibtischs in ›meinem‹ Zimmer, die Form eines Löwenkopfes.

Nach nur wenigen Augenblicken öffnete meine Tante uns verschlafen und im Morgenmantel mit Blumenmuster die Tür. Als sie mich auf Rubens Arm sah, riss sie erschrocken die verschlafenen Augen auf.

»Um Himmels willen, was ist passiert?«

»Alles in Ordnung«, beruhigte Ruben sie. »Kann ich?«

Es dauerte einige Sekunden, bevor meine Tante Ruben den Weg in die Wohnküche frei machte, so, als müsse sie sich dazu überwinden, ihn hineinzulassen.

Doch nach dem anfänglichen Zögern trat sie einen Schritt zur Seite, und Ruben setzte mich auf einem der Stühle ab.

»Nichts Wildes, nur eine kleine Wunde.«

Arian trat in die Wohnküche und sah sich um, als hätte er noch nie ein Cottage von innen gesehen.

»Gemütlich hier«, sagte er, »ein richtiges Zuhause.«

Ruben hatte seine Hand auf Wandas Schulter gelegt, die vor lauter Aufregung ganz zittrig war.

»Bitte beruhigen Sie sich. Es ist alles noch mal gutgegangen. Es wäre allerdings wichtig, sobald wie möglich eine Tetanus-Auffrischung machen zu lassen. Spätestens morgen früh. Noch vor der Schule.«

Die Schule … Darüber hatte ich mir noch gar keine Gedanken gemacht! Ich wollte nicht in eine dieser dämlichen Dorfschulen, wo man bestenfalls noch irgendwelche Polyester-Uniformen tragen musste, an denen sich jeden Morgen die Haare elektrisch aufluden. Ich hatte so etwas oft in Filmen gesehen und hielt diese Schulverkleidung schon immer für vollkommen unnütz.

»Dann sehen wir uns wohl morgen gleich wieder«, sagte Arian, und es klang nicht wie eine Frage.

»Wir haben hier ja nur eine Highschool.«

Dann grinste er. »Genaugenommen haben wir hier nur eine einzige Schule.«

Wanda sah immer noch vollkommen erschrocken aus. »Mit der Schule wollte ich eine Zeit warten. Gesine soll sich erst mal einleben, in die Schule kann sie ja immer noch, wenn sie hier richtig angekommen ist.«

Arian sah mich an, aber ich konnte seinen Blick nicht richtig deuten. Was ich allerdings ganz genau deuten konnte, war der Stich in der Magengegend, den genau dieser Blick in exakt diesem Moment verursachte.

»Also … so gesehen bin ich ja sogar schon zweimal angekommen«, wandte ich vorsichtig ein, »das müsste dann doch vielleicht für die Schule reichen. Oder?«

Ja, tatsächlich, dieser Satz war soeben aus meinem höchsteigenen Mund gekommen. Ich fürchtete allerdings, dass er weniger im Kopf, als mehr in der Bauchgegend formuliert worden war …

»Ich weiß nicht«, antwortete Wanda skeptisch.

Arian stand mit verschränkten Armen vor mir und strich sich nachdenklich über sein Kinn. »Wer zweimal in Blackwood ankommt und immer noch da ist, der bleibt auch hier.«

»Dann gehe ich also morgen?«, fragte ich zögerlich.

Wanda seufzte. »Wenn du meinst.«

»Nachdem du beim Arzt warst«, brummte Ruben.

Ich nickte.

»Erst Arzt, dann Schule.«

Hätte mir jemand vor drei Stunden gesagt, dass ich einen

Arztbesuch und eine freiwillige, verfrühte Einschulung in Blackwood meiner Rückkehr nach Wien vorziehen würde, hätte ich wahrscheinlich nie wieder aufgehört zu lachen.

Aber in letzter Zeit änderte sich mein Leben öfter mal von einem auf den anderen Augenblick.

4. KAPITEL

Zurück auf meinem Zimmer, konnte ich nicht schlafen. Tante Wanda hatte mir keine Vorhaltungen gemacht, im Gegenteil. Sie schien einfach nur erleichtert zu sein, dass mir nichts Schlimmeres passiert und ich wieder da war. Gleichzeitig machte sie sich Vorwürfe und hatte mich gefragt, ob mir etwas fehle, und was sie noch tun könne, damit ich es leichter hätte, was mir wiederum ein fürchterlich schlechtes Gewissen machte.

Ich war nicht in der Lage gewesen, ihr zu antworten, denn das Einzige, was mir mein Leben zurückholen würde, konnte sie mir nicht geben. Niemand konnte das.

Im Nachhinein ärgerte ich mich über meine Dummheit, einfach so losgelaufen zu sein. Aber das Allerpeinlichste war die So-gesehen-bin-ich-ja-sogar-schon-zweimal-angekommen-Nummer vor Arian. Was für einen Quatsch hatte ich da bloß von mir gegeben? Was sollte er bloß von mir denken? Dass ich eine Irre und eine Streberin war, die erst von Zuhause weglief, um es dann nicht erwarten zu können, in die Schule zu kommen? Oder, noch viel schlimmer: dass ich wegen ihm so schnell wie möglich in die Schule wollte?

Ich spürte, wie mein Kopf bei dem Gedanken an Arian ganz heiß wurde, und hätte ich hier nicht im Dunklen unter der Decke gelegen, hätte man sicher auch beobachten können, wie er rot anlief.

Spätestens jetzt war der Gedanke, nie wieder mit Ma reden zu können, unerträglich. Ich wünschte, überhaupt mit jemandem reden zu können, der mein altes Leben kannte. Bevor alles in sich zusammengefallen war wie ein fragiles Kartenhaus, in dem nun die Herzdame fehlte. Ich zog die Decke so weit über meinen Kopf, dass ich komplett darunter verschwand. Das war es, was ich am liebsten getan hätte: mich in Luft auflösen. Ich fühlte mich fehl am Platz, und wenn ich ehrlich war, wäre ich das ohne Ma in Wien genauso gewesen.

Wie hätte ich dort ohne sie leben wollen? Diesen Gedanken hatte ich einfach nicht zu Ende gedacht. Aber hier war genauso wenig ein Platz für mich. Wanda schien vollkommen überfordert, und ich nahm es ihr auch nicht übel. Schließlich hatte man sie genauso wenig gefragt wie mich, ob ich hierher und in ihr Leben passte. Ich wunderte mich im Nachhinein nicht darüber; ich spürte, dass sie mit der neuen Situation genauso schlecht zurechtkam wie ich. Jetzt, allein auf meinem Bett, während ich die Decke anstarrte, hätte ich mir fast gewünscht, sie würde vor mir stehen und mir Vorwürfe machen, mich anschreien. So wie Ma es getan hätte, wäre sie noch hier.

Ach Ma …

Wenn mir jemand noch vor ein paar Tagen gesagt hätte, dass ein Lebensplan nur so viel wert ist, wie das Papier, auf dem er steht, hätte ich es nicht geglaubt. Ich hätte so vieles nicht geglaubt, allem voran nicht, dass ich einmal in einem Kaff am gefühlten anderen Ende der Welt landen würde. Nichts von dem, was mir in den letzten Tagen passiert war, hätte ich geglaubt. Es kam mir vor wie gerade eben, als ich meine Mutter das letzte Mal gesehen hatte.

Damals hatte sie mich mehrere Male rufen müssen.

»Ge, Schatz«, hatte sie die Treppe hochgerufen, »komm runter, wir müssen los, dein Ballettunterricht beginnt in einer Viertelstunde!«, und ihre Stimme drang so laut durch meine halbgeöffnete Zimmertür, dass man hätte denken können, sie stünde direkt davor.

»Ich koooooooommeeeeee!«, hatte ich zurückgegrölt und mir meine Balletttasche geschnappt. Zu dieser Zeit waren Vorpremiereproben für ein ganz besonderes Stück angesetzt, in dem ich die Hauptrolle übernehmen sollte. Mit einem kurzen Blick prüfte ich, ob auch alles eingepackt war, was ich brauchte. Etwas Kreide noch, um die Sohlen rutschfester zu machen, schoss es mir durch den Kopf, und ich holte mir ein Stück aus der Schublade meines Nachtischs. Kreide war immer gut, besser zu viel als zu wenig, sagte unsere Ballettlehrerin Frau Dupont stets. Man könne zwar ausrutschen und hinfallen, dann müsse man sein Krönchen richten, den Staub abklopfen und wieder aufstehen. Aber besser wäre es, von vorneherein gar nicht erst auszurutschen.

»Hast du deine Hausaufgaben fertig?«, fragte meine Mutter vom Fahrersitz aus und riskierte einen kurzen, aber scharfen Blick in meine Richtung. »Ist das eine ernst gemeinte Frage?«, antwortete ich gelangweilt.

»Natürlich nicht«, winkte sie ab, »rein rhetorisch. Die Macht der Gewohnheit.«

»Aha.«

Ich sah aus dem Fenster, an dem die dicken Regentropfen dieses nasskalten Wintermorgens entlangkrochen wie Nacktschnecken. Ich mochte Regen nicht, ich hatte ihn noch nie leiden können und wäre tatsächlich lieber zu Hause geblieben. Aber es stand außer Frage, dass ich es tat, immerhin durfte ich die wichtige Probe nicht verpassen.

»Ich habe letztens mit deinem Deutschlehrer gesprochen. Herr Pusch ist der Meinung, dass du außerordentlich talentiert bist, was das freie Schreiben betrifft. Nicht, dass mir das nicht klar war. Im Grunde wusste ich schon, welche Begabung du hast, als du mit zehn Monaten anfingst, ganze Sätze zu sprechen. Ich hatte mir das immer ganz furchtbar romantisch vorgestellt, wenn du unbeholfen deine ersten süßen Worte sprechen würdest. Stattdessen hast du von Anfang an geredet wie eine Erwachsene und mich ständig korrigiert, wenn ich die Babysprache verwendete.«

»Was habe ich gesagt?«, fragte ich, während ich weiter die Nacktschneckenregentropfen beobachtete.

»Bitte?«

»Was war mein erstes Wort?«

»Da muss ich nicht lange überlegen«, sagte meine Mutter lachend und warf den Kopf in den Nacken. »Ich hatte mir die ganze Zeit ausgemalt, wie schön es wird, wenn du das erste Mal ›*Mama*‹ sagst. Ich meine, als allererstes Wort deines Lebens.«

»Und das habe ich nicht?«

Meine Mutter schüttelte den Kopf.

»Was habe ich dann als Allererstes gesagt?«

»Du hast ›*Nein*‹ gesagt.«

Ich musste schmunzeln.

»Ich wusste damals schon, dass du ein besonderes Kind bist«, redete meine Mutter weiter. »Wobei das natürlich jede Mutter von ihrem Kind denkt. Aber bei dir ist es wahr.«

»Hm.«

»Na ja, jedenfalls, um auf das Gespräch mit Herrn Pusch zurückzukommen«, sagte sie, »er ist der Meinung, dass es nur eines gibt, an dem du zwingend arbeiten musst …«

»… und das ist meine Schrift«, ergänzte ich und versuchte, dabei nicht die Augen zu verdrehen, was mir allerdings nicht gelang.

»Ja, deine Schrift. Herr Pusch sagt, die Linien sehen aus wie eine Herzrhythmusstörung.«

Ich seufzte.

»Und da muss ich ihm ausnahmsweise zustimmen, mein Schatz.«

»Ich arbeite daran«, erwiderte ich. »Wirklich. Aber es will mir einfach nicht von der Hand gehen. Ich weiß auch nicht, warum.«

»Na ja, etwas Gutes hat es vielleicht schon«, sagte meine Mutter und setzte den Blinker, um in die kleine Nebenstraße zu fahren, in der meine Ballettschule lag. »Deine Schrift erkennt man unter Tausenden auf einen Blick wieder!«

Als ich ausstieg, gab ich ihr einen Kuss auf den Mund, so, wie wir es immer taten, wenn wir uns verabschiedeten.

Wenn ich damals gewusst hätte, dass ich sie in diesem Moment zum letzten Mal sah, hätte ich meine Arme um meine Mutter geschlungen und sie nie wieder losgelassen.

Auch der Ballettunterricht an diesem Tag, der mir wie eine Ewigkeit her vorkam, verlief wie immer.

»Un, deux, trois!«, hatte Frau Dupont aufgezählt.

»Maria, passe auf, auf deine Attitude!« und »Louise, Ballonné! Du springst wie eine Mädchenéléphant, oui?«

Als sie bei mir ankam, zog sie ihre kleine goldene Nickelbrille ganz weit runter auf die Nase und blinzelte mich mit ihren winzigen, schwarzen Äuglein an.

»Ahhh, oui, Gesiné. Parfait!«

Frau Dupont war zierlich und sehr drahtig, und sie trug ihre Haare immer und ausschließlich zu einem perfekten Knoten zusammengebunden. Die schwarzen Strähnen färbten sich langsam grau. Ich konnte mich noch daran erinnern, dass sie bei unserem Kennenlernen vor zehn Jahren kein einziges graues Haar besessen hatte.

Die feindseligen Blicke der anderen Mädchen trafen mich wie kleine Pfeile in den Rücken. Obwohl ich sie nicht sah, da ich meinen Blick streng geradeaus gerichtet hatte, konnte ich sie spüren.

»Merci.«

»Filles! Nehmte euche eine Spielbei von die trés brillant Gesiné, oui?«

Wieder flogen ein paar Pfeile, und sie waren nicht von Amor. Meine Füße schmerzten, und meine Wadenmuskeln, obwohl sie täglich trainiert wurden, hielten der Anspannung kaum noch stand. Aber jetzt, da alle Augen auf mich gerichtet waren, konnte und durfte ich auf keinen Fall einknicken.

»Parfait!«, wiederholte Frau Dupont jetzt immer wieder laut und klatschte zackig in ihre kleinen, sehnigen Hände, »Parfait, parfait, parfait!«

Dann öffnete sich die Tür unseres Übungsraumes, und ein Mann trat ein. Er trug einen Anzug, und ich hatte ihn noch nie zuvor hier gesehen. Er ging, ohne sich umzusehen, geradewegs auf Frau Dupont zu, deutete ihr an, sich ein Stück von uns zu entfernen, und beugte sich dann mit vorgehaltener Hand nach unten, um ihr etwas ins Ohr zu flüstern. Ob es ein Ballettagent sein könnte, der nach neuen Talenten Ausschau hielt? Ich spannte meinen Körper mit allerletzter Kraft an, streckte meinen Hals durch und blickte langsam rüber.

Tatsächlich sahen Frau Dupont und der fremde Mann mich jetzt an. Aber ihr Blick war nicht der einer stolzen Lehrerin und der eines interessierten Talentsuchers. Ihr Blick war steif vor Schock, wie gelähmt. In ihm lag etwas, was ich mein ganzes Leben lang nie vergessen würde. Etwas, das ich zuvor noch nie in den Augen der Menschen gesehen hatte, die mich ansahen.

Grenzenloses Bedauern.

Und es galt mir.

»Gesiné, ma adorable jeune fille, komm zu mir …«, flüsterte Frau Dupont, und ihre Worte schienen ihr fast im Hals stecken zu bleiben. Die Anspannung wich schlagartig aus meinem Körper, und auch wenn ich nicht wusste, was sie von mir wollte, war mir klar, dass es nicht um die Besetzung eines neuen Stückes ging. In solchen Momenten ist der Kopf leer und sucht nach Zusammenhängen, Assoziationen und Bildern, um sich einen Reim auf diese Blicke zu machen. Die drei Sekunden, die vergingen, bis ich Frau Duponts winkenden Arm erreicht hatte, der sich sofort um meine Schultern legte und sich fest um mich krallte, vergingen in Zeitlupe.

»Ma Chérie, deine Maman …«

Es gibt Sätze, die nicht ausgesprochen werden müssen, damit man sie versteht. Ich wusste, wie dieser Satz zu Ende gehen würde, ich hatte es in ihrem Blick gelesen. Aber mein Gehirn schien die Annahme der Nachricht zu verweigern.

»Dein Mutter, o Chérie, es tute mir so leid …«

»Mein Name ist Patrick Wals«, sagte der Mann neben Frau Dupont jetzt, die nach Worten rang. »Ich bin Kriminalbeamter hier in dem Bezirk. Ich muss Ihnen leider mitteilen, Fräulein Nowak, dass Ihre Mutter vor einer Stunde einen tödlichen Unfall hatte. Es tut mir sehr leid.«

Die Momente, die schlagartig dein ganzes Leben verändern, ahnst du nie voraus. Es sind immer die, die dich aus dem Nichts anspringen, wie eine fauchende Katze in einer stockfinsteren Nacht.

Das Letzte, was ich damals bewusst gehört hatte, bevor alles hinter einer Art Nebelwand verschwand, war »Bitte folgen Sie mir« gewesen.

Die Gedanken an all das schienen mir immer noch unwirklich, und ich ertappte mich dabei, wie mein Oberkörper leicht erschauerte, als könne ich damit die Tatsache, dass all das wirklich passiert war, einfach wegschütteln. Aber es war passiert, und jetzt lag ich hier am Ende der Welt, und hatte niemanden, mit dem ich reden konnte.

Ich spürte, wie die Luft unter der Decke sich durch meinen Atem erhitzt hatte, und atmete schneller. Doch stattdessen sog ich die Decke noch enger um Mund und Nase, so dass ich kaum noch Luft bekam. Sofort streifte ich sie ab und nahm einen tiefen Atemzug, doch irgendwas schien sich wie eine schwere Last auf meine Brust zu pressen. Ich versuchte ein Gähnen, um mehr Luft in meine Lungen zu bekommen, aber auch das war vergeblich. *Aufsetzen hilft bestimmt*, dachte ich und stützte mich am Bettrahmen ab. Als auch das keine Verbesserung brachte, stand ich auf, ging zum Fenster, öffnete es einen Spaltbreit und ließ die Dunkelheit herein. Sofort kam mir die kühle, salzige Luft entgegen. Ich schloss meine Augen und versuchte, mich auf das Atmen zu konzentrieren.

Ein und aus.

Ein und aus.

Ein und aus.

Ich stützte mich mit beiden Armen am Fensterrahmen ab und versuchte weiter, ganz tief einzuatmen. Mit dem Wind im Gesicht gelang es mir besser, aber die Last auf meiner Brust verschwand nicht. Ich musste mit jemandem reden, jetzt sofort. Ich hielt es einfach keine Sekunde länger aus, sonst würde ich noch an meiner Trauer ersticken. Nur mit wem? Und wie?

Der Wunsch war mittlerweile unerträglich geworden. In meiner Brust machte sich ein starkes Brennen bemerkbar. Es war, als hätte ich dort eine offene Wunde, und anders als die Verletzung an meinem Fuß, die immer noch weh tat, war dieses Brennen eines, das tiefer ging als alles, was ich je zuvor gespürt hatte. Es war eine dieser Wunden, von denen man wusste, dass sie nie vollends heilen würden. Eine von denen, die jederzeit wieder aufreißen würde, wenn man den Gedanken daran auch nur eine Sekunde lang zuließ. Eine von denen, die man immer unsichtbar bei sich trug. Ich lehnte mich mit dem Rücken an die Wand neben dem Fenster und verbarg mein Gesicht in meinen Händen. Als ich wieder hochsah, fiel mein Blick auf die Umrisse des gigantischen antiken Schreibtischs neben mir, der im schwachen Mondlicht wie ein riesiger Berg wirkte.

Wanda hatte überall in ihrem Cottage alte Möbel herumstehen, die aussahen wie aus einer anderen Zeit. Ma hätte sie vielleicht als ›urig‹ bezeichnet, ich konnte hingegen den Gedanken ›moderig‹ nicht aus meinem Kopf bekommen. Aber dieser Schreibtisch hier war anders. Er bestand aus dunklem Eichenholz, und auf den Türen rechts und links umrankten aufgesetzte Schnitzereien in Form von verdrehten Stäben geheimnisvoll wirkende Ornamente. Seine schweren Tatzenfüße schienen so fest auf dem Boden zu stehen, dass man das Gefühl bekam, das Haus müsse um ihn herum gebaut worden sein. Ich konnte es nicht beschreiben, aber trotz seiner kühlen Ausstrahlung ging eine Faszination von ihm aus, der ich mich nicht entziehen konnte.

Ich setzte mich auf den klapprigen Stuhl, der mit Sicherheit mehrere Menschenleben lang treu durchgehalten hatte, ließ meine Finger über das kalte Holz der Tischplatte gleiten und knipste die kleine goldene Lampe mit dem grünen Lampenschirm aus Glas an. Sie erinnerte mich an die Lampen in den alten Bibliotheken dieser Welt, in denen wichtige Gelehrte große Bücher verfasst hatten. Ich ließ meinen Blick weiter über den Tisch schweifen. Jetzt erst wurde mir die Größe und Übermacht dieses Möbelstücks bewusst. Der Schreibtisch war im Grunde viel zu groß für dieses kleine Zimmer, und ich fragte mich, welche Geschichte er wohl hatte.

Was dieses Holz wohl alles gesehen und erlebt hatte, mit all seinen Besitzern? Wie oft wohl jemand so verzweifelt wie ich gerade davor gesessen hatte?

Ich entdeckte eine kleine Schublade, auf der eine Libelle, etwa so groß wie meine Handfläche, eingeschnitzt war. Ich ließ meine Hand über den Körper des anmutigen Tieres gleiten und ging mit dem Zeigefinger die Flügelumrandungen nach. Ob diese Schnitzerei etwas zu bedeuten hatte?

Ich wollte die Schublade aufziehen, doch sie war verschlossen. Direkt unter der Tischplatte befand sich ein weiteres, sehr flaches Schubfach, das beim Aufziehen nachgab. Auf den ersten Blick war es leer, doch bei genauerem Hinsehen konnte ich einen kleinen, eisernen Schlüssel entdecken. Ich nahm ihn in die Hand und drehte ihn in das Schlüsselloch der Libellenschublade.

Ob Wanda dort alte Familiengeheimnisse versteckte?

Insgeheim hoffte ich auf irgendetwas von Ma, vielleicht

ein paar alte Fotos. Etwas aus der Zeit, in der sie hier gelebt hatte. Der Schlüssel passte, und ich zog die Schublade vorsichtig auf. Aber ich wurde enttäuscht – nichts von dem, was ich mir erhofft hatte, befand sich darin. Lediglich ein paar weiße Bögen Briefpapier und eine alte Feder, ein Holzlineal und ein paar verstreute und bereits angerostete Büroklammern, eine leere Dose Pfefferminz *Lofthouse's Original* sowie ein kleines Tintenfass. Ich nahm das Glasfläschchen heraus und hielt es unter die Lampe. *Winsor & Newton Ink, 951 Black Indian* stand darauf. Ich schraubte es auf, und ein wenig Farbe blätterte vom Rand ab, so dass man erahnen konnte, wie lange es schon nicht mehr benutzt worden war. Als ich meine Nase darüberhielt, kam mir ein leicht metallischer Geruch entgegen. Kein Mensch schrieb doch heute mehr mit Tinte und Feder! Ich fragte mich, wie lange beides hier bereits ungenutzt lag. Aber andere Schreibgeräte wie Kugelschreiber oder Bleistifte konnte ich nicht entdecken. Ich hatte noch nie eine Feder benutzt und betrachtete sie im grünschimmernden Licht der Lampe. Sie war aus ebensolchem braunen Holz wie der Schreibtisch selbst und besaß einen goldenen Federkopf. Wie es wohl war, damit zu schreiben? Ich legte einen der Briefbögen vor mich, tunkte die Feder ein wenig zu tief in das Fläschchen und setzte sie auf das Papier. Sofort entstand ein riesiger Klecks, der sich in das Papier saugte und in Zeitlupengeschwindigkeit vergrößerte. Diesmal tunkte ich die Feder nicht in das Fässchen, sondern in den Klecks. Wenn meine Schrift ohnehin aussah wie eine Herzrhythmusstörung, machte ein Klecks auch nichts mehr.

Aber was sollte ich schreiben? Und vor allem, an wen? Ich fühlte mich wie der einsamste Mensch der Welt. Ma hatte mir nie, nicht mal als ich ein kleines Kind war, vom Himmel erzählt. Für sie lebten Tote in unseren Gedanken weiter. Ich hatte die Vorstellung immer schön gefunden – bis zu Mas Tod. Ich konnte schon den Schmerz beim kleinsten Gedanken an sie kaum ertragen, er raubte mir die Luft zum Atmen und schnürte meinen Brustkorb regelrecht zu. Ich wusste, dass ich ihr Andenken nur in meinem Herzen bewahren konnte, aber noch war die Wunde zu frisch, und jede Erinnerung riss sie erneut auf. Ich musste warten, bis eine Narbe an ihre Stelle getreten war. Es gab niemanden, mit dem ich reden konnte, und erst recht niemanden, dem ich schreiben konnte. Ich war so verzweifelt, dass ich es sogar für einen kurzen Moment in Erwägung zog, den Brief an Madame Dupont zu adressieren. Aber mehr als ein »Ma pauvre fille!«, hätte ich sicherlich auch nicht zurückbekommen.

Es gab einfach niemanden mehr für mich. Außer vielleicht …

Meine Finger hielten die Feder, die sich nun langsam zu bewegen begann. Die ersten Buchstaben formten sich.

Liebe Ge,

Es war verrückt, aber es fühlte sich richtig an. Vielleicht war das ein Weg, mich zu beruhigen. Ich schrieb weiter.

ich schreibe dir, weil ich mit niemandem sonst sprechen kann. Es ist in den letzten Tagen so vieles passiert, und in meinem alten Leben hätte ich jetzt mit Ma gesprochen. Doch sie ist nicht mehr da. Meine ganze Welt scheint sich zusammen mit ihr in Luft aufgelöst zu haben, und ich stecke wie in einem Aufzug zwischen zwei Etagen fest und kann nicht aussteigen. Ich kann nicht mehr richtig atmen, denn all die ungesagten Worte drücken wie eine schwere Last auf meine Brust. Ich möchte Mas Namen schreien, so lange bis endlich eine Antwort käme, aber ich weiß, dass es sinnlos ist. Trotzdem schwirren unendlich viele Fragen in meinem Kopf herum, aber allen voran die eine: Warum?

Warum musste das passieren? Warum musste Ma sterben? Warum konnte sie nicht einen anderen Weg nehmen? Warum ist sie ausgerechnet an dem Tag einen Umweg gefahren? Warum hat es plötzlich so geregnet? Warum war die Straße ausgerechnet an dieser Stelle so glatt? Jedes einzelne Warum tut weh. Aber keins so sehr wie diese eine Frage: Bin ich schuld an Mas Tod?

Wäre es nicht passiert, hätte sie mich nicht zum Ballett gefahren? Es wäre ganz sicher nicht passiert. Hätte ich doch nur den Bus genommen. Hätte ich doch nur nie mit diesem bescheuerten Ballett angefangen. Dann wären wir noch immer die zwei Musketiere, die keinen Dritten im Bunde brauchten. Dann wären wir noch immer zusammen in Wien und ich nicht hier, am Ende der Welt, mit Menschen, die nicht verstehen können, wie wir gelebt haben. Bei jedem Gedanken an sie fühlt es sich an, als würde mir ein Teil meines Herzens aus der Brust gerissen, den ich mit aller Kraft festhalten will. Und trotzdem gelingt es mir nicht, ich spüre den Riss in mir, der sich so tief anfühlt, dass er nie wieder heilen kann. Ich weiß einfach nicht, wie ich weiterleben soll, und ich habe Angst. Und gleichzeitig ertappe ich mich dabei, wie mir diese eine Begegnung nicht aus dem Kopf geht.

Aber wie kann ich in dieser Situation überhaupt an einen Jungen denken? Ma ist tot!

Alles ist so durcheinander und wirr, als hätte jemand mein altes Lebenspuzzle mit einem neuen hier vermischt. Unzählige

Teile dieser zwei nicht zusammenpassenden Puzzle liegen nun ungeordnet vor mir. Die beiden Leben passen einfach nicht zusammen, egal wie oft ich die Teile drehe und wende.
Was soll ich bloß tun?

Ich spürte, wie mir heiße Tränen in die Augen stiegen. Keine Sekunde später rannen kleine Sturzbäche meine Wangen herab. Diesen Brief zu schreiben war albern, denn es gab keine Antwort auf all die Warums. Außerdem hatte Herr Pusch recht gehabt: Meine Schrift sah aus wie eine Herzrhythmusstörung, und das Schreiben mit der Feder inklusive Klecks machte es nicht besser. Zusammen mit meinen Tränen, die einige Worte verschwimmen ließen, konnte man kaum etwas lesen. Nur ich selbst wäre in der Lage, mein Geschmiere zu entziffern, aber einen anderen Adressaten gab es ja ohnehin nicht.

Ich stopfte das Blatt Papier, auf dem Tinte und Tränen noch feucht waren, zurück in die Schublade.

Atmen, das war das Einzige, was ich tun konnte. Einfach weiteratmen.

5. KAPITEL

RADIO BLACKWOOD

»Guten Morgen, liebe Blackwood-Gemeinde, da sind wir wie immer pünktlich zum Start in den Tag! Und was das für einer ist! Besser gesagt: Was für eine Nacht das war! Da hat sich unser Neuankömmling glatt selbständig gemacht und wollte unser gemütliches Nest Knall auf Fall einfach so verlassen. Das muss man sich mal vorstellen, wo sie doch so nett von uns aufgenommen wurde. Aber wir wären nicht die stolzen Einwohner von Blackwood, die wir sind, wenn wir nicht gelassen damit umgingen. Blackwood ist nun mal ein Ort, dessen Charme man erst mal entdecken muss. Ich meine, ihr wisst, wovon ich rede. Einen Platz wie diesen gibt es kein zweites Mal. Und ich rede nicht von magischen Orten wie dem Birdhill oder dem Ausblick oben von der Church View, nicht von den Cliffs oder dem kuscheligen Stonecot, und erst recht nicht von der Swanton Villa oder dem grandiosen Mary Manor House, sondern ganz einfach von uns! Wir sind doch der beste Grund, hier zu bleiben. Los, Blackwood-Gemeinde, zeigt, was ihr drauf habt, und nehmt das Mädel mal an die Hand. Sie scheint ein wenig Beistand zu brauchen. Ruben Iesenhart, unser edler Prinz auf dem weißen Ross oder besser gesagt in dem schwarzen Rover, hat es schon vorgemacht und sie heute Nacht aus dem Graben an der Kikok Road gefischt. Wenn ihr also ein unbekanntes Gesicht seht, dann schnappt euch diese Gesine Nowak. Selbstredend hättet ihr das auch ohne meinen Aufruf getan, aber doppelt hält besser, das weiß zum Beispiel auch Christina Carey, die zum zweiten Mal Zwillinge erwartet. Was anderes hätte man bei der Plauze auch nicht erwarten können, außer ein U-Boot oder ein zwölfstöckiges Kreuzfahrtschiff vielleicht. Das sind dann, lasst mich kurz durchzählen, Herr im Himmel – sieben Kinder! Ich möchte nicht mit unserem armen Sam Carey tauschen, der mit seinen fünfzehn Jahren sicher anderes zu tun hat, als kleine Geschwister zu hüten. Also ich hatte mit fünfzehn zumindest Besseres zu tun, wenn ihr wisst, was ich meine, ha! Ein Kind von Traurigkeit war ich jedenfalls nie. Apropos: Unsere kleine Deserteurin hat heute ihren ersten Schultag. Da dürfen wir doch gespannt sein, wie sie sich so macht. Ich halte euch auf dem Laufenden, wie immer, euer Bran Foley.«

Ich musste auf dem Schreibtisch eingeschlafen sein, denn als ich aufwachte, war es bereits hell. Ein Blick auf meine Uhr bestätigte mir, dass es allerhöchste Eisenbahn war, wenn ich immer noch vorhatte, pünktlich zum ersten Schultag zu kommen. Denn noch schlimmer, als an einem Ort zu sein, an dem man nicht leben wollte, war es, an einem solchen Ort nichts zu tun zu haben und darauf zu warten, wie die Zeit verging. Nicht nur Einstein hatte gewusst, dass Zeit, die man mit Warten verbringt, unendlich wirkt.

Ich trug noch dieselben Sachen wie gestern, aber zum Frischmachen war es zu spät – heute musste eine Katzenwäsche reichen. Apropos: Ich nahm mir vor, Catan heute direkt nach der Schule einer echten Menschenwäsche zu unterziehen. Tante Wanda würde sich sicher über die Hilfe freuen, und ich konnte etwas gegen mein im Hinterkopf schlechtes

Gewissen tun. Ich schnappte mir eilig meine Sachen und verließ das Zimmer.

Den Brief an mich selbst hatte ich bereits längst vergessen.

Mein Besuch beim einzigen Arzt von Blackwood war praktischerweise sehr gut mit dem Schulstart zu verbinden, denn die winzige Praxis war in einem Nebengebäude der Schule untergebracht.

»Soll ich nicht doch besser mit reinkommen?«, fragte Wanda, die noch geschlafen hatte, als ich fertig angezogen an ihrer Tür geklopft hatte. Sie war so aufgeregt gewesen, dass sie sich zuerst in ihrem fliederfarbenen Bademantel an Joes Lenkrad setzen wollte, bis ich sie dann darauf aufmerksam gemacht hatte. Ich merkte, dass Wanda lange Zeit alleine gelebt hatte und ihr die Umstellung schwererfiel, als sie wahrscheinlich angenommen hatte. Wahrscheinlich war es selbst für Menschen, die sich nahestanden, schwer, zusammen um eine geliebte Person zu trauern. Doch Wanda und ich hatten uns gerade erst kennengelernt, und wir waren wie durch eine Glaswand getrennt, die zwischen uns stand. Außerstande, das, was uns verband, zu teilen.

Immerhin waren wir jetzt beide vernünftig angezogen (bis auf Wandas lilafarbene Plüschpuschen, aber das war zu vernachlässigen; es war einfach nicht genug Zeit übrig gewesen, alle Waldgeister aus den Gartenschuhen zu verscheuchen) und, wenn auch nur mit Katzenwäsche, halbwegs pünktlich losgekommen, denn auch Joe hatte zu meiner Freude mitgespielt und nicht die Landhausdiva raushängen lassen.

Irgendwie hatte ich das Gefühl, beide, Wanda und ihr dickschädeliges Auto Joe, hatten sich auf ihre Art wirklich Mühe gegeben, mir das Ankommen hier leichter zu machen, und das rührte mich. Und gleichzeitig konnte ich es nicht ertragen, irgendetwas für sie zu fühlen. Überhaupt etwas zu fühlen, das sich von dem schmerzenden Kloß unterschied, der mich seit Mas Tod ausfüllte. Es war, als würde alles, was ich sonst fühlte, die Leere nur noch schlimmer machen.

»Nein, danke.«

Ich schüttelte den Kopf. Ich war schließlich kein Kleinkind mehr, und Angst vor Spritzen hatte ich auch nicht. Aber wenn ich ehrlich zu mir selbst war, wollte ich bloß vermeiden, dass Arian auf dem Weg zur Schule womöglich mitbekam, wie meine Tante mich zum Arzt begleitete, als wäre ich fünf. Und nicht fünfzehn.

»Das geht schon«, erklärte ich. »Danke für's Bringen.«

»Da hatten wir heute aber mächtiges Glück, dass Joe gute Laune hatte«, antwortete Wanda.

Sie hatte darauf bestanden, den kurzen Weg vom Stonecot bis hierher mit dem Oldtimer zu fahren, der noch mehr ächzte und rumpelte als Mimis Pick-up. Trotzdem waren es keine fünf Minuten bis hierher gewesen, und zu Fuß wäre ich sicherlich auch nicht länger als fünfzehn Minuten unterwegs. Blackwood hatte, so wie Wanda es mir erklärte, im Grunde nur eine große Hauptstraße. Die Kikok Road, auf der mich Ruben letzte Nacht aufgegriffen hatte, führte durch den gesamten Ort bis hoch zum Birdhill, von dem Mimi erzählt hatte und auf dem ihr Café liegen musste. Rechts und links von der Hauptstraße gingen einige rumpelige Nebenstraßen ab, die meistens in Sackgassen endeten. Hier die Übersicht zu verlieren schien mir fast unmöglich. Dagegen kam mir Wien wie ein eigener Kontinent vor!

»Dann wünsche ich dir einen ganz tollen Start«, sagte Wanda und klang unsicher. Ich merkte, wie sie sich zum Gehen abwandte, dann aber doch zögerte. Ich vermutete, dass sie Angst hatte, ich würde einen erneuten Weglaufversuch unternehmen.

»Du brauchst dir keine Sorgen zu machen, ich bleibe«, probierte ich sie zu beruhigen. »Diese Nacht war erst mal genug für mich.«

Wanda lächelte erleichtert.

»Ich wüsste ehrlich gesagt auch nicht, was ich dann tun sollte«, gab sie zu.

»Versprochen«, wiederholte ich.

Als Wanda mit Joe davonfuhr, winkte sie durchs Fenster, als läge eine weite Reise vor ihr. Ich hob automatisch auch die Hand, um zurückzuwinken, bremste mich aber, als ich lautes Gelächter von der Seite hörte. Einige Schüler versammelten sich bereits auf dem Schulhof. Sofort fiel mir die Schuluniform auf, die sie trugen. Die Jacken, Hosen und Röcke waren dunkelgrau und besaßen bordeauxrote Knopfleisten und Accessoires. Ich trug wie immer meine verwaschene Jeans, ein dunkelblaues Oberteil und einen Hoodie, und würde alleine dadurch in der Schule schon auffallen. Da das aber das Letzte war, was ich wollte, würde ich gleich als Erstes ins Schülerbüro gehen, um mir einen Satz Kleidung zu bestellen. Auch wenn ich mir Schöneres vorstellen konnte, als in einem tristen, graubordeaux-farbenen Faltenrock (war der nicht eigentlich schon seit den 50er Jahren ausgestorben?) herumzulaufen, war es mir dennoch lieber, als auch noch mit meinen Klamotten »*Hier! Ich bin die Neue!*« zu schreien.

Auf dem Schild neben der Tür vor mir stand *Dr. Grady Stra-*

cker, Med & Dent. Ich drückte auf den Klingelknopf, und sofort ertönte ein leises Summen, und mit einem Klack öffnete sich die Türverriegelung.

Wenn ich gewusst hätte, was dieser Tag mir noch bringen sollte, hätte ich Wanda ganz sicher nicht so leichtfertig mein Versprechen gegeben zu bleiben.

»Dann wollen wir mal«, sagte Dr. Grady, ein leicht untersetzter Mann mit kreisrundem Haarausfall, Brille und freundlichem Gesicht. Mein Blick fiel auf die Ablage vor mir, auf der eine überdimensional große Spritze lag. Sie war mindestens so lang wie mein gesamter Unterarm und so breit wie ein Zwei-Euro-Stück. Wie schnell so ein Anblick einen dann doch um zehn Jahre jünger werden ließ!

Mein Blick musste dem eines erschrockenen Koboldmaki gleichen, denn Dr. Grady winkte ab.

»Keine Sorge, das da ist nur eine Pferdespritze. Ich sehe keinen Anlass, Ihnen eine solche Portion zu verpassen.«

Dann räusperte er sich. »Zumindest bis jetzt noch nicht.«

»Vielen Dank«, antwortete ich erleichtert.

Selbst die Ärzte hier in Blackwood schienen anders zu sein als zu Hause. Dr. Grady untersuchte und verband meinen Fuß zuerst fachmännisch, dann holte er eine normale Spritze aus der Schublade unter der Ablage, zog sie auf und setzte sie mir in den Muskel meines Oberarms.

»So, das war's«, erklärte er zufrieden und drückte ein Pflaster auf den winzigen Einstich.

»Gut, dass Sie so schnell gekommen sind. Mit Tetanusgeschichten spaßt man nicht.«

»Ich musste es Ruben Iesenhart versprechen«, gab ich reumütig zu.

»Hmja, bei ihm liegt die Genauigkeit in der Natur der Sache, gut so. Kommen Sie einfach in zwei Tagen wieder, dann sehen wir noch mal nach dem Fuß und machen einen neuen Verband.«

»Okay«, antwortete ich. »Zu welchem Termin?«

Dr. Grady lachte. »Kommen Sie einfach so. In Blackwood gibt's nicht so viele Kranke, was weniger an der besonders guten körperlichen Verfassung der Einwohner hier liegt als vielmehr daran, dass es hier kaum Einwohner gibt.«

»Ich kann also immer ohne Termin kommen?«, wunderte ich mich. »Auch wenn es kein Notfall ist?«

»Natürlich«, bestätige Dr. Grady meine erstaunte Erkenntnis. »Egal was Sie haben. Ob einen verletzten Fuß, Zahnschmerzen oder …«

»Sie sind auch Zahnarzt?«

Dr. Grady schüttelte den Kopf.

»Eigentlich nicht. Aber die groben Sachen mache ich hier mit. Für spezielle Eingriffe muss man dann natürlich in die Stadt fahren. Aber mit den meisten Kinkerlitzchen komme ich auch so klar. Ich vertrete ab und an auch meinen tierischen Kollegen und hab sogar schon mal einem Tinkerpferd den Wolfszahn, so etwas wie bei den Menschen ein Weisheitszahn, gezogen. Auf dem Land lernt man schnell, praktisch zu denken.«

So was wäre in Wien ganz und gar unvorstellbar gewesen, dachte ich. Dort gab es einen Spezialisten für so ziemlich alles, und Termine gab es nie unter drei Monaten.

»Gut«, schloss Dr. Grady unser Gespräch und streckte mir die Hand entgegen. »Dann willkommen in Blackwood.«

»Danke«, sagte ich, rutschte von der Behandlungsliege und stellte mich auf. »Hier ist wirklich alles ein bisschen anders als …«

Ich wollte *bei uns zu Hause* sagen, aber im selben Moment fiel mir ein, dass es das nicht mehr gab.

»… woanders.«

Nervöser, als mir lieb war, betrat ich den Schulhof. Er war ebenso wie jedes Grundstück hier von einer grauweißen Steinmauer umgeben. Ich ging durch das große Eisentor und versuchte, mich nicht allzu auffällig umzuschauen. Zu meiner Überraschung schienen sich aber hauptsächlich Jüngere hier aufzuhalten. Der Eingangsbereich unterschied sich bereits deutlich von dem meiner alten Schule. Direkt am Foyer befanden sich zwei kleinere Steintreppen, die rechts und links in die zweite Etage führten. Ich schritt den grauen Steinboden auf der Suche nach dem Schülerbüro, in dem ich mich melden sollte, ab. An den Türen waren kleine silberne Schilder angebracht, auf denen verschiedene Namen oder Bezeichnungen eingraviert waren.

Nur ein Schild war goldfarben: *E.E.O'Reilly* stand darauf, und es wirkte auf mich auf eine besondere Art erhaben, so dass ich fast auf Zehenspitzen vorbeihuschte. Die nächste Tür mit der Aufschrift *Education Guidance* schien meine zu sein. Ich klopfte an.

»Hereinspaziert«, tönte es aus dem Inneren. Eine mächtige Matrone mit auberginefarben gefärbter Dauerwelle, deren Pony allerdings glattgezogen über ihrer Stirn klebte, winkte mich zu sich herein. Sie trug eine riesige silberne Brille, die wie ein Relikt aus den Siebzigern wirkte, und darunter so viel Schminke, dass es sicher für eine ganze Halloween-Saison gereicht hätte. So sah es also aus, wenn man sich abends das Make-up nicht entfernte. Oder niemals. Ihre glitzernden Klippohrringe wackelten im Takt der Tippgeschwindigkeit, mit der sie irgendwas in die Computertastatur hackte.

Ohne aufzuschauen, tippte sie weiter. »Hab' schon auf dich gewartet, Mädchen!«

Langsam sollte es mich zwar nicht mehr wundern, dass mich hier scheinbar alle kannten –, trotzdem sah ich sie fragend an. Sie schien nicht nur beim Tippen Multitaskingtalente zu beweisen.

»Du bist doch das Nowak-Mädchen aus dem Schnitzelland, nicht?«, fragte sie, wieder ohne aufzuschauen.

Schnitzelland?!

»Also, mein Name ist Gesine Nowak, ich komme aus Wien …«

»Sag' ich doch!«, tönte die Matrone und lachte krachend, so dass ihr doppeltes Doppelkinn vibrierte und ihre riesigen Klippohrringe so wild schaukelten, dass ich befürchtete, gleich von einem der beiden erschlagen zu werden.

Ich stützte meine Hände auf der schmalen Theke ab, die ihren Schreibtisch wie eine Schutzmauer nach draußen abschirmte, und beugte mich leicht nach vorn. Jetzt konnte ich auch ihr Namensschild lesen: Ms Fitzpatrick.

»Hier drauf alles eintragen«, erklärte Ms Fitzpatrick und pfefferte ein Blatt Papier und einen Kugelschreiber auf die Theke, während sie mit der anderen Hand weitertippte.

»Ja, ich bin auch wegen der Schuluniform hier, und einen Stundenplan brauche ich auch noch«, setzte ich erneut an. Jetzt hielt Ms Fitzpatrick inne, zog die Brille bis zur Nasenspitze, sah mich durch die leicht beschlagenen Gläser eindringlich an und tippte mit ihren sehr langen, roten Fingernägeln auf das Blatt.

»Erst ausfüllen.«

Wenn die hier alle so sind, hätte ich auch direkt zur Army gehen können, dachte ich schmollend und zog das Blatt widerwillig zu mir. Wobei – gab es überhaupt eine in Irland? Es gab ja kaum Menschen hier. Wenn, dann wohl eher eine Armee aus Schafen, aber der wollte ich auch nicht angehören. Ich nahm den Kugelschreiber mit der Aufschrift *RADIO BLACKWOOD – immer topinformiert* und begann, die Spalten auszufüllen. War das also dieser mysteriöse Lokalsender? Und tatsächlich, im Hintergrund näselte etwas vor sich hin, was aus einem staubigen, würfelförmigen Etwas mit Antenne kam. Ich konnte mich nicht erinnern, wann ich das letzte Mal so ein Uraltradio gesehen hatte, aber es fügte sich ganz wunderbar in das Stillleben von Ms Fitzpatricks Büro ein, das durch die ganzen leicht angegilbten Papierstapel, Kaffeebecher, Schminkutensilien und Mini-Topfpflanzen wie ein Mausoleum wirkte.

»*… da sind wir wieder, und diesmal: Breaking News! Christina Carey hat just entbunden, es ist doch kein zwölfstöckiges Kreuzfahrtschiff geworden, die Zwillinge sind wohlauf …*«

Ms Fitzpatrick stöhnte so leidend, als hätte sie die Zwillinge selbst just entbunden.

»Die Careys rammeln wie die Karnickel, sag' ich dir. Würde mich nicht wundern, wenn die es noch auf zehn Kinder bringen.«

»Danke für diese … umfangreiche Information«, gab ich leicht irritiert zurück. »Wie schön, dass die Menschen hier in Blackwood über ein intaktes Sexualleben verfügen.«

»Wer verfügt über ein intaktes Sexualleben?«

Ich drehte mich um. Hinter mir stand Arian.

Durch die schmierige Fensterfront kam nicht viel Licht, aber gerade genug, dass ein Sonnenstrahl direkt in sein Gesicht fiel.

Nicht starren!

Ich starrte.

Graue Augen. Er hatte graue Augen. Sie sahen aus wie ein Gewitter im April, wenn der Himmel gerade noch babyblau gewesen war und sich wie aus dem Nichts mit etwas Dunklem vermischt, das aber immer ein wenig pastellig bleibt.

»Ich nicht!«

O mein Gott. Wieso öffnete sich mein Mund, ohne vorher mit meinem Gehirn zu kooperieren? Und dass auch noch immer dann, wenn er gerade in der Nähe war?

»Das tut mir leid«, sagte Arian in meine Richtung. Im hellen Tageslicht glänzten einige Strähnen seiner dunkelblonden Haare, die ihm wieder lässig und wie zufällig in die Stirn fielen, fast goldfarben.

»Danke«, antwortete ich, mein treuloses Hirn immer noch auf Stand by.

»Ich auch nicht!«, jammerte Ms Fitzpatrick.

»Das glaubt Ihnen aber doch niemand«, feixte Arian.

Sie zwinkerte ihm zu.

Flirteten die beiden etwa?!

»Was kann ich für dich tun, Schätzchen?«

Mit Arians Erscheinen war Ms Fitzpatrick Freundlichkeitsskala um mindestens zehn Punkte noch oben geschnellt.

»Ich bräuchte fünfzehn Kopien von dem Text hier für die Theater-AG.«

Arian hielt eine Art Skript in der Hand, und Ms Fitzpatrick lächelte verständnisvoll.

»Aber sicher doch, das mache ich gerne. Wenn du ein Sekündelchen warten würdest?«

Ich konnte nicht fassen, wie der Navy-Seal vor mir sich gerade innerhalb eines Sekündelchens in eine Schmusekatze mit Zuckerguss und Kirsche obendrauf verwandelt hatte.

»Wie geht's dem Fuß?«, fragte Arian.

Ich starrte immer noch.

»Welchem Fuß?«

»Ehm, deinem?«

»Ach dem! Na ja, ganz gut. Ich bin bei Dr. Grady gerade noch so um eine Pferdespritze herumgekommen.«

Arian grinste. »Da hast du aber Glück gehabt. An schlechten Tagen vertut er sich manchmal.«

»Fertig?«, richtete die Schmusekatze ihren gewohnt derben Ton wieder an mich. Doch noch Navy-Seal, allerdings nur in meine Richtung.

»Ja, nur bei *Eltern* konnte ich nicht viel eintragen, und alle Daten habe ich von meiner Tante auch nicht …«

»Dann trage ich's eben nach«, brummte Ms Fitzpatrick vor sich hin. »Ich war mit Wanda in einer Klasse. Ich weiß praktisch alles über sie. Sogar ihre Körbchengröße.«

»Okay«, lachte Arian, »das scheint mir heute ein wenig zu viel an Informationen zu sein hier.«

Dann sah er mich an. »Wir sehen uns.«

Ich hielt meinen Mund vorzugsweise geschlossen, das war immer noch besser, als wieder irgendwas Hirnverbranntes zu sagen, und nickte nur.

Sobald Arian den Raum verlassen hatte, verschwand das Lächeln auf Ms Fitzpatricks Gesicht.

»Wenn ich's mir recht überlege, habe ich zu viel zu tun, um auch noch das Geschreibsel anderer Leute auf mich zu nehmen. Gib das deiner Tante, sie kann das selbst ausfüllen. Zumindest kann ich mich daran erinnern, dass sie's kann. Dann bringst du's morgen wieder mit.«

Mit diesen Worten wandte sie sich wieder ihrem Bildschirm zu und würdigte mich keines weiteren Blickes.

»Das ist Gesine Nowak«, erklärte Mrs Todd, eine ältere Dame mit dunklen Haaren, deren Gesicht von zwei weißen Strähnen eingerahmt wurde. Die ließen sie älter wirken, als sie höchstwahrscheinlich war.

»Ich würde mich freuen, wenn ihr Gesine den Start hier leichtmacht und sie ein wenig an die Hand nehmt.«

Ich stand mit dem Rücken zur Tafel vor der Klasse und wusste nicht so recht, wo ich meinen Blick hinwenden sollte. Auf keinen Fall wieder so ein Gestarre wie vorhin.

»Hier ist noch Platz«, meldete sich ein Junge mit feuerrotem Haar und unzähligen Sommersprossen aus der dritten Reihe. Von weitem sah er aus wie ein riesiger Feuermelder, der im Sitzen fast genauso groß schien wie ich im Stehen.

»Wunderbar, dann setzt du dich zu Sam«, nickte Mrs Todd.

Ich folgte der Aufforderung, während ich mir im Geist immer wieder ›Nicht starren!‹ und ›Nicht stolpern!‹ aufsagte. Aus dem Augenwinkel sah ich Arian, der eine Reihe vor dem Feuermelder saß, und zwar nicht allein. Aber ich wollte auf keinen Fall wieder so auffällig stieren, also sah ich besser gar nicht erst genauer hin.

»Sam«, sagte der Junge, als ich mich setzte.

Er hielt mir seine Hand hin. Die war ungefähr doppelt so lang wie meine. »Long dogs need short names.«

Sein Gesicht war so übersät von Sommersprossen, dass man fast nichts von seiner kalkweißen Haut sehen konnte.

»Gesine Nowak.«

»Oh, so offiziell«, sagte Sam und zog eine Augenbraue hoch, so dass sich sein Gesicht zu einer Grimasse formte.

»Dann ziehe ich auch höchstoffiziell nach. Gestatten: Sam Carey. Es ist mir eine Ehre.«

Mrs Todd forderte alle auf, Seite 94 im Englischbuch aufzuschlagen, das ich allerdings noch nicht besaß. Sam schob seines in die Mitte des Tisches.

Carey? Hatte ich den Namen nicht schon mal gehört? War vorhin in Ms Fitzpatricks Büro nicht die Rede von einer Christana Carey gewesen, die gerade Zwillinge bekommen hatte?

Meine Neugier machte sich Luft. »Kennst du eine Christina Carey?«

Sam lachte. »Klar.«

»Sie war heute Morgen im Radio.«

Sam teilte meine Verwunderung anscheinend nicht. »Ist jeder von uns fast jeden Tag.«

»Was meinst du damit?«

»Gesine, da du ja noch keine Bücher hast, bitte ich dich, besonders aufzupassen«, rügte Mrs Todd mich.

Als ich sie schuldbewusst ansah, wurde ihr Ton direkt weicher.

»Komm nach der Stunde zu mir, dann suchen wir dir alles, was du brauchst, raus.«

Erleichtert atmete ich aus. Das Letzte, was ich wollte, war, direkt am ersten Tag negativ aufzufallen. Zwar war mir die Länge meines Aufenthalts in Blackwood noch immer nicht ganz klar, aber verbocken wollte ich es mir hier auch nicht direkt. Sam dagegen war anscheinend schwerer zu beeindrucken. Er flüsterte hinter vorgehaltener Hand, die wie ein riesiger Fächer wirkte – irgendwie praktisch.

»Du bist ein echter Radio-Liebling in Blackwood.«

»Bitte?«

Was meinte er denn jetzt schon wieder damit?

»Alle können nicht genug von dir kriegen«, flüsterte Sam weiter. »Besonders nach deiner spektakulären Flucht. Oder besser gesagt, dem Fluchtversuch. Echt hollywoodmäßig!«

»Woher weißt du davon?«, fragte ich und war so erschrocken, dass ich Mrs Todds Warnung schlagartig vergessen hatte.

»Na aus dem Radio«, wunderte sich Sam.

»Ich verstehe das alles einfach nicht. Woher wissen die vom Radio davon?«

Sam grinste. »Ich glaube, ich muss dir gleich mal so einiges erklären.«

Als die Pausenklingel ertönte, hatte es offenbar niemand besonders eilig, auf den Schulhof zu kommen. Ein Blick aus dem Fenster genügte, um das zu erklären: Es regnete in Strömen. Seit ich angekommen war, war das schon mindestens dreimal passiert, und genauso schnell hatte es auch wieder aufgehört. Ich beobachtete Arian und konnte mir einen Blick auf seine Sitznachbarin nicht verkneifen. Von hinten konnte ich allerdings nur eine zierliche Gestalt und lange, perfekt gelockte Haare erkennen, die aus einer Mischung von Goldblond und Hellrot wie flimmernde Wellen über den Rücken des Mädchens flossen.

»Es heißt, Ruben hat dich im Graben an der Kikok Road gefunden?«, fragte Sam, diesmal ohne seine Fächerhand.

»Ich beantworte dir alle Fragen, wenn du mir erklärst, was es nun mit diesem ominösen Radio auf sich hat.«

Sam war einverstanden. Radio Blackwood existierte seit über sechzig Jahren und hatte sich laut Sam seitdem kaum einen Deut verändert. Ursprünglich diente es den Bauern dazu, die entlaufenen Tiere über lange Strecken wiederzufinden, Arbeitsangebote in Gegenden, in denen es keine Zeitung gab, auszurufen oder den einen oder anderen Junggesellen durch die in Irland berühmten ›Match-Maker‹, eine altertümliche Variante von *Bauer sucht Frau*, unter die Haube zu bringen. Doch schon bald mogelte sich ein wenig Buschfunk unter die Neuigkeiten, über den die Bewohner in ihrem oft einsamen Alltag auf dem Land immer dankbar waren. Über die Jahre hatte sich der ländliche Gossip dann so etabliert, dass er einer der wichtigsten Programmpunkte wurde, den alle in Blackwood jeden Morgen herbeizusehnen schienen.

»Und wie kommt der Sender an alle diese Informationen?«, hakte ich nach. »Sie stellen doch nicht extra dafür Privatdetektive ein.«

Sam grinste. »Das müssen sie auch nicht. Das machen hier alle freiwillig. Die meisten melden sich von ganz alleine mit News, oder der eine kennt jemanden, der irgendwas über den anderen gesagt hat, na ja, so eben. Und dann gibt es natürlich noch die Profis.«

»Profis?«

»Ja, Reporter. Wie mich zum Beispiel.«

»Du bist Reporter?«, wiederholte ich ungläubig.

»Junior-Reporter«, erklärte Sam wichtig. »Ich bin so gut

wie jeden Tag im Sender und berichte hauptsächlich über die heißesten neuen Schulgerüchte.«

Er zwinkerte mir verschwörerisch zu. »Und über das, was nach Schulschluss sonst noch passiert.«

Ich fand es ziemlich befremdlich, dass sich ein ganzes Dorf scheinbar bereit erklärte, seine mehr oder weniger schmutzige Wäsche in der Öffentlichkeit zu waschen. Und das auch noch vollkommen freiwillig!

»Ich meine, woher hätte unser Moderator Bran denn wissen sollen, dass Mum schon wieder Zwillinge kriegt? Ich hab ihm direkt aus dem Auto geschrieben. Er wusste es sogar noch vor meinen anderen Geschwistern.«

Ich hob meine Augenbrauen.

»Du bist also der Sam Carey mit den vielen«, ich versuchte mich zu erinnern, wie viele es exakt waren, kam aber nicht darauf, »… Geschwistern?«

»Jap«, machte Sam. »Sechs Geschwister, zweimal Zwillinge. Ich bin der Älteste.«

»Und«, fragte ich, weil mir nichts Besseres einfiel, »wie ist das so?«

»Beengt.«

Das konnte ich mir wiederum gut vorstellen.

»Ich teile mir mit den mittleren Zwillingen ein Zimmer. Unser Cottage hat nur drei. Du kannst dir also vorstellen, wie oft ich freiwillig zu Hause bin.«

Er pfiff durch die Vorderzähne, die genau wie die anderen Zähne ein wenig hervorstanden.

»Irgendwann nehme ich Bran Foleys Platz ein, und dann bin ich der Moderator von Radio Blackwood.«

Jeder Mensch hat unterschiedliche Träume, Wünsche und Ziele, hat Ma immer gesagt, und jeder sollte in dem großartig sein, was er liebte. Für Sam war es scheinbar dieses ominöse Radio.

»Es macht dir also nichts aus, wenn der Moderator sagt, dass deine Mutter aussieht, als würde sie ein sechsstöckiges Kreuzfahrtschiff zur Welt bringen?«

Sam hob die Schultern.

»Wieso denn? Mein Vater hatte schon Angst, dass es diesmal Vierlinge werden und Dr. Grady nur nicht richtig aufgepasst hat. Im Gegenteil, es war sogar meine Idee.«

Dann schob er grinsend hinterher: »Und es waren zwölf.«

»Zwölf was?«

»Stockwerke.«

»Und du kommst also aus dem Schnitzelland?«, fragte eine glockenklare Stimme aus dem Off.

Eine Gruppe von Mädchen hatte sich von mir unbemerkt um unseren Tisch versammelt. Ich erkannte die langen, roten Locken wieder, die bis kurz über der Tischkante hingen. Als ich aufsah, blickte ich dem Mädchen direkt ins Gesicht.

»Hi. Ich bin Lilian Swanton«, sagte sie. »Das sind Ava, Hedda und Lynn.«

Die anderen Mädchen beäugten mich mit skeptischem Blick, und auch Lilians Lächeln war für mich schwer einschätzbar.

»Hallo«, sagte ich und stand auf. »Ich bin Gesine. Aber ich werde eigentlich nur Ge genannt.«

»Ge also«, sagte das Mädchen, das Lilian mir gerade als Hedda vorgestellt hatte. »Interessanter Name. Was bedeutet er?«

»Ich weiß es gar nicht«, gab ich zu. Die Geschichte, *wie* ich allerdings zu meinem Namen gekommen war, würde ich ganz bestimmt nicht erzählen.

»Kümmer dich nicht um Hedda«, winkte Lilian ab, »sie ist immer viel zu neugierig. Hier hat fast jeder Name irgendeine überflüssige Bedeutung. Lilian zum Beispiel kommt von Lilie und steht für Vollkommenheit.«

Jetzt wurde Lilians Lächeln breit, und ein goldener Schimmer breitete sich auf ihrer Porzellanhaut aus. Wer auch immer ihren Namen ausgesucht hatte, lag damit genau richtig: Lilian war eine vollkommene, klassische Schönheit. Sie sah aus wie eine irische Fee, und wenn ihre zierlichen Schultern jetzt noch zwei durchsichtige Flügel freigegeben hätten, um damit an die Schuldecke zu schweben –, es hätte mich nicht gewundert. Ihre großen Augen waren umrandet von langen, geschwungenen Wimpern, und ihre rosafarbenen Lippen waren voll und glänzten wie von einem natürlichen Lipgloss. Auf jeder Wange waren drei oder vier winzige Sommersprossen so perfekt platziert, als hätte ein Maler ganze Arbeit geleistet, um für jede einzelne von ihnen den perfekten Platz zu finden. Ava, Hedda und Lynn sahen auch gut aus, jede auf ihre Weise. Hinter Lilian aber wirkten sie fast wie Backgroundtänzerinnen, während der Scheinwerfer alleine Lilian anstrahlte. Neben ihr fühlte ich mich in meinem verwaschenen Hoodie augenblicklich wie Rumpelstilzchen.

»Dann sehen wir uns sicher gleich bei Mr Walrick in Mathe wieder«, sagte Lilian und machte auf dem Absatz kehrt. Die anderen folgten ihr wie auf Kommando wortlos.

»Ja, mach's gut«, sagte ich noch, aber Lilian kicherte bereits mit Ava über irgendetwas, und es war nicht auszuschließen, dass ich gemeint war.

»Puh«, machte ich und ließ mich wie einen nassen Sack zurück auf den Stuhl plumpsen. Jetzt erst merkte ich, wie angespannt ich neben ihr gewesen war.

»Das ist also Lilian«, sagte ich, als ob ich eine bestimmte Erwartung an sie gehabt hätte.

Sam hatte seinen Kopf auf seinen Arm gestützt und sah Lilian verträumt und vollkommen bewegungslos hinterher.

»Sam?«

»Es ist das erste Mal, dass sie an meinen Tisch gekommen ist«, antwortete er immer noch geistesabwesend. »Das ist der beste Tag meines Lebens.«

»O Mann«, sagte ich und sah Lilian hinterher, die sich nun auf einen der anderen Tische gesetzt hatte. Allerdings war es nicht irgendein Tisch.

Es war Arians Tisch.

Sie legte den Kopf schief und lachte breit, nicht so verhalten wie gerade noch bei mir, und legte ihre Hand auf Arians Schulter. Es war unberechtigt und sicher auch albern, aber mich durchzog ein blitzartiges Stechen.

»Vergiss es«, sagte Sam.

Er war anscheinend aus seinem Lilian-Traum wieder aufgewacht.

»Was?«

Sam deutete mit dem Kinn nach vorne. »Ihn. Arian und Lilian sind seit Ewigkeiten ein Paar. Um nicht zu sagen, sie sind füreinander bestimmt. Der Butterjunge und die Crystal-Erbin. Perfect Match, würde ich sagen. Das sehen ihre Eltern übrigens auch so. Ich würde sogar so weit gehen zu sagen, dass sie füreinander geboren wurden.«

Sam seufzte. »Das macht es mir natürlich nicht leichter. Aber manche Dinge sind eben gottgegeben.«

Sam war ohne Zweifel ein Informationspaket sondergleichen, aber ich kam bei seinem Tempo einfach nicht mit.

»Der Butterjunge?!«

Langsam kam ich mir vor wie eine investigative Journalistin, die immer nur Wortfetzen erhascht und sie wiederholt, um an den Informationskern zu kommen.

»Arian Mary. Klingelt's da?«

Ich schüttelte den Kopf. Es klingelte rein gar nichts.

»Mary von *Marygold*.«

»Du meinst doch nicht etwa diese Butter?«, fragte ich ungläubig.

Ich erinnerte mich, wie Ma und ich die beliebte irische Butter samstags manchmal zusammen mit frischem Ofenbrot gekauft hatten, um, zu Hause angekommen, gierig einige Stücke von dem noch warmen Brot abzureißen, es mit der goldigsanften, leicht gesalzenen Marygold-Butter zu beschmieren und uns die Mischung, die wie Wolken schmeckte, auf der Zunge zergehen zu lassen.

»Klar meine ich die.«

»Arian *Mary* wie *Marygold*?«

Sam grinste. »Irland ist das einzige Land, in dem du mit Butter so reich werden kannst. Was glaubst du denn, warum er immer von Ruben begleitet wird?«

»Arian sagte, Ruben sei ein Freund.«

»Genau«, antwortete Sam spöttisch, »und der fährt ihn deswegen auch Tag und Nacht durch die Gegend und begleitet ihn überallhin, weil sie ja so gut befreundet sind. Ruben ist Arians Bodyguard.«

Aha! Daher der routinierte Umgang mit dem Verbandskasten, seine Fachkenntnis und die durchtrainierte Figur, schoss es mir durch den Kopf.

»Manche nennen ihn auch den *Butterprinzen*, aber ich weigere mich, Monarchien, die auf Streichfett gebaut sind, anzuerkennen.«

Sam schnaubte.

»Trotzdem sind die Marys hier so was wie das Königshaus. Und Lilian ist die Tochter der Swantons vom *Swanton Irish Crystal*. Der Kristallglashersteller Nummer eins im Land und ein echter Exportschlager. Nicht ganz so reich wie die Mary-Familie, aber am Hungertuch nagen die Swantons schon seit mindestens hundert Jahren nicht mehr.«

Jetzt verstand ich Sams Anspielung vorhin mit dem ›Perfect Match‹ auch. Arians und Lilians Familien waren beide reich, und Geld suchte bekanntlich immer die Nähe von Geld, das wusste sogar ich, obwohl wir nie viel gehabt hatten. Arian hatte also Lilian.

Und ich hatte gerade den einzigen (ja, ich wusste, es war lächerlich, aber es war nun mal so) Grund verloren, länger als nur eine weitere Nacht in Blackwood bleiben zu wollen.

»Schönheit und Geld«, sagte Sam und seufzte noch mal tief, »das kriegt nichts auseinander.«

6. KAPITEL

In der ersten Pause hatte ich bereits meine Kleidung abholen können. Man konnte sicher viel über Ms Fitzpatrick sagen, aber nicht, dass sie nicht zackig war. Dass es doch schneller ging als erwartet, löste eine gewisse Erleichterung bei mir aus. Es war zwar nicht gerade berauschend, sich in der großen Pause auf der Mädchentoilette umzuziehen, aber ich wollte unter allen Umständen meinen Neulingstempel loswerden, und das schien mir der einfachste Weg zu sein. Die Bluse unter dem kratzigen, grauen Pullunder mit dem höchst merkwürdigen Schulwappen – einem goldenen Kuhkopf vor grünen Hügeln und dem blauen Meer – war ein wenig zu groß und der Faltenrock definitiv zu lang, aber ich war trotzdem erleichtert, unauffälliger aus der Toilette herauszukommen, als ich hineingegangen war. Zumindest kam es mir jetzt so vor, als wären die Blicke der anderen weniger geworden.

Der Matheunterricht bei Mr Walrick war hier genauso scheußlich wie der in Österreich. Die verschiedenen Formeln wollten einfach nicht in meinen Kopf, und von zu vielen Zahlen wurde mir schon immer ganz schwindelig. Das Ganze auf Englisch machte es auch nicht besser, und obwohl es Ma immer höchstheilig gewesen war, dass wir uns zu Hause in ihrer Muttersprache unterhielten, gab es immer noch einiges, das ich nicht verstand. Aber wie immer, wenn es Zahlen betraf, war die Sprache fast nebensächlich. Kaum sah ich irgendwo eine Formel, ging bei mir eine Art Denkvorhang zu, und mein Hirn schaltete in den Stand-by-Modus. Zusätzlich war es meiner Konzentration auch nicht gerade behilflich, Arian in meiner Nähe zu wissen. Wenigstens saß das perfekte Paar im Matheunterricht nicht zusammen; stattdessen kicherte Lilian die ganze Zeit mit ihren Freundinnen, während sie immer wieder mit einem goldenen Bleistift herumfuchtelte, der mit seiner kleinen, geschliffenen Glaskugel, die im Licht in tausend Farben erstrahlte, wie ein kleiner Zauberstab wirkte. Ihre Freundinnen hatten alle ähnliche, wenn auch weniger verzierte, silberne Stifte, die um die Wette zu glitzern schienen.

Arian hingegen folgte dem Unterricht meist ernsthaft und aufmerksam. Wahrscheinlich war er auch noch so was wie Klassenbester oder sogar Schulsprecher, eben einfach zu gut für diese Welt. Dass ich mir jeden weiteren Gedanken zu diesem Thema aus dem Kopf schlagen musste, war mir spätestens jetzt klar. Es war ohnehin vollkommen befremdend, dass ich mir überhaupt solche Gedanken machte. Und dazu war es nicht nur lächerlich, sondern angesichts der Umstände meiner Ankunft hier auch noch vollkommen unpassend. Sam hatte es augenscheinlich auch nicht besonders eilig gehabt, in den Matheunterricht zu kommen, und erschien vollkommen abgehetzt ganze zwanzig Minuten zu spät. Wie selbstverständlich setzte er sich auf den freien Platz neben mich.

»Da sind Sie ja schon«, kommentierte Mr Walrick Sams Erscheinen. »Wie schön, dass Sie es einrichten konnten, Mr Carey.«

Sam hechelte so laut, dass man annehmen konnte, er käme gerade von einem Marathon.

»Sorry, der Bus hatte Verspätung.«

»Sie kommen aus der großen Pause, Mr Carey.«

»Ich nutze nun mal meine Zeit besonders effizient«, erklärte Sam todernst, obwohl alle anderen spöttisch lachten.

»Und ich nehme Ihre Noten besonders ernst«, erwiderte Mr Walrick. »Und die sehen wie immer recht dürftig aus.«

Sam winkte ab. »Ich brauche keine guten Noten, ich werde nämlich ein berühmter Moderator.«

Wieder lachte die gesamte Klasse, und auch ich musste nach einer kurzen Sekunde der Erschrockenheit grinsen. Sam machte sich wirklich nicht das Geringste aus den Ansagen der Lehrer, was mich einerseits schockierte, aber gleichzeitig auch beeindruckte.

»Wie schön für Sie.«

Mr Walrick schien weder schockiert noch beeindruckt.

»Für's Erste werden Sie aber noch mit dem gemeinen Pöbel hier vorliebnehmen müssen. Seite 134, Aufgabe 9a. Mr Carey, bitte.«

Das war gemein, aber berechtigt. Sam quälte sich durch die Aufgabe, während ich aus dem Fenster sah. Zuerst gab es nur – wie überall – das grüne Grün zu sehen, aber in der Ferne war mehr zu entdecken. Ich kniff die Augen zu schmalen Schlitzen zusammen, um schärfer sehen zu können. Hinter der hügeligen Wiese ging es bergauf, und man konnte Teile einer Ruine erkennen, die wie Reste einer alten Kirche aussahen. Davor waren weiße und graue Steinplatten aufgestellt, einige davon standen schief oder lagen flach auf dem Rasen. Was das wohl für ein seltsamer Ort war?

»Wali ist ganz schön anstrengend heute«, flüsterte Sam, als er endlich Mr Walricks langen, dünnen Fingern entglitten war.

»Ihr nennt ihn Wali?«, fragte ich.

»Ich nenne ihn so«, erklärte Sam, »findest du nicht, dass er aussieht wie ein Wali?«

Ich betrachtete Mr Walrick, wie er Lilian wohlwollend bei einer Aufgabe auf die Sprünge half. Ihr Faltenrock war sicher nur halb so kurz wie meiner, der mir fast bis zu den Waden ging, und gab ihre Knie und ein winziges Stück ihrer Oberschenkel frei. Lilian schaffte es natürlich mühelos, den verstaubten Faltenrock im einundzwanzigsten Jahrhundert sexy wirken zu lassen. Mr Walrick hingegen sah aus, als ob er mal einer von diesen Jungen gewesen war, von denen man immer hoffte, dass sie einen bloß nicht ansprechen. Eigentlich sah er auch immer noch genauso aus wie dieser Junge.

Auf einmal knisterte es laut, darauf folgte ein ohrenbetäubendes Räuspern.

»Liebe Schüler, liebe Lehrerschaft! Aufgrund einer Brandschutzübung muss ich Sie alle unverzüglich auf den Schulhof bitten. Der Unterricht entfällt bis auf weiteres.«

Sam sah Richtung Decke, an der ein Lautsprecher links von der Tafel angebracht war.

»Danke, Gott!«

Sofort sprangen alle wild auf und packten ihre Sachen zusammen.

»Ich glaube nicht, dass der liebe Gott gerade ein Herz für Matheloser wie dich und mich hat«, seufzte ich und stand ebenfalls auf.

Außer meiner Plastiktüte mit meinen Klamotten hatte ich noch nichts, was ich zusammenpacken konnte.

»Klar hat er, hast du doch gerade gehört.«

Ich lachte. »Das war also Gott?«

»Das war E. E. O'Reilly«, erklärte Sam. »Vor dem kriegt sogar Gott weiche Knie.«

Ich erinnerte mich an das goldene Türschild. »Ist das der Direktor?«

Sam nickte. »Mr Earnan Eanruig O'Reilly. Der eiserne Herrscher über das Haus.«

Sam pfiff Luft durch seine Vorderzähne, so dass es sich wie ein kalter Windhauch anhörte. Ich konnte anhand dieser Geste bereits erahnen, wie Mr O'Reilly diese Schule führte, und war nicht unbedingt scharf auf meine erste Begegnung mit ihm.

»Wali kann jetzt keine Hausaufgaben aufgeben«, feixte Sam, »das macht ihn sicher fertig!«

»Mich macht dieser Rock hier eher fertig«, sagte ich und sah an mir herunter, während wir aus der Klasse gingen.

»Wieso?«, fragte Sam, »Du gibst doch eine 1a-Klosterschülerin ab!«

»Es ist eben nicht jeder ein Typ für Uniformen«, versuchte Sam, seine Klosterschülerin-Bemerkung herunterzuspielen, als er mein entsetztes Gesicht gesehen hatte. Allerdings machte er es damit nur noch schlimmer.

»Ich weiß ja selbst, dass ich bescheuert aussehe. Wie macht Lilian das nur? Sie sieht aus wie aus einem *Cheerleader des Jahres*-Katalog.«

Sofort bekam Sam wieder diesen leicht verklärten, verstört-verträumten Blick.

»Lilian könnte einen von Mimis Riesenwindbeuteln tragen, und sie sähe immer noch perfekt aus.«

»Mimi macht Riesenwindbeutel?«

»Stimmt, du hast sie ja schon kennengelernt, richtig«, resümierte Sam. »Mimi probiert sich durch die gesamte Weltküche. Aus süßen Rezepten macht sie immer herzhafte, weil sie dann noch mehr Butter verwenden kann. Sie ist sehr experimentierfreudig. Ihre Siebenkäsecroissants sind göttlich! Und die Butterschnecken erst!«

Sam leckte sich mit der Zunge über die sommersprossigen Lippen.

»Hört sich interessant an«, antwortete ich und zupfte an meinem Rock.

Ich wollte unbedingt vermeiden, dass Arian auch gleich die Klosterschülerin-Assoziation hatte, und versuchte, den Saum oben mehrmals einzuklappen, so dass der Rock nicht mehr bis zu den Waden, sondern nur noch bis zu den Knien ging. Das stellte sich während des Gehens inmitten des ganzen aufgeregten Schülergewusels als komplizierter als gedacht heraus.

Als wir auf dem Schulhof ankamen, lichtete sich die Menge etwas, und ich sah Arian mit ein paar anderen Jungen im Kreis stehen, während Lilian mit ihren Backgroundtänzerinnen etwas seitlich hinter mir stand. Immerhin regnete es jetzt nicht mehr.

»Komm doch nachher mit zu Mimi, wir gehen da öfter nach der Schule hin. So viele Möglichkeiten gibt es hier ja nicht«, sagte Sam. »Sie macht außerdem einen unwiderstehlichen Salzkaramellkakao. Wenn ich's nicht besser wüsste, würde ich glatt behaupten, dass sie da auch Butter reintut.«

»Ahhhaaaaahaaaaaaaaaa!«

Ein schrilles Kreischen riss uns aus unserem Gespräch. Ich drehte mich um – Lilian stand mit vorgehaltener Hand und aufgerissenen Augen da. Ava, Hedda und Lynn sahen auch aus, als hätten sie gerade etwas sehr Schlimmes gesehen, und ich versuchte, ihrem Blick zu folgen. Dabei drehte ich mich einmal um meine eigene Achse.

Jetzt kam das »Ahhhaaaaahaaaaaaaaa!« aus allen möglichen Richtungen. Auch Arian und die anderen Jungs sahen her.

»Oh, Shit!«, rief Sam und riss sich sein Jackett vom Leib, als wolle er einen Brand löschen.

»War es doch keine Brandschutzübung?«, rief ich aufgeregt. »Brennt es wirkl…«

Doch da hatte Sam bereits seine Jacke über mein Hinterteil gelegt, und beide Ärmel um meine Hüften gebunden.

»So kann man das auch nennen«, zischte er mir ins Ohr. »Dein Arsch brennt gewissermaßen.«

Ich fasste mit meiner Hand unter die Jacke.

O mein Gott!

Ich hatte beim Hochwickeln des Saumes nicht daran gedacht, dass sich der Rock nicht an allen Stellen gleichmäßig nach oben gerollt hatte. Irgendwie musste er hinten um einiges weiter nach oben gerutscht sein, als ich beabsichtigt hatte. Konnte es wahr sein, dass jetzt die gesamte Schule einen freien Blick auf meinen Hintern gehabt hatte?

Der ganze Schulhof lachte jetzt schrill. Um mich herum verschwamm sofort alles, ich merkte, wie sich ein riesiger Kloß in meinem Hals bildete.

Irgendjemand sagte: »Also wenn das der letzte Schrei im Schnitzelland ist, wundert einen gar nichts mehr.«

Alle hatten meinen Hintern gesehen. Alle.

Arian hatte … o Gott.

»Ach, stellt euch doch nicht so blöde an«, rief eine mir bekannte Stimme aus der Menge. »Wenn Taylor Swift einen kalkulierten Poblitzer macht, rastet ihr doch auch alle vor lauter Freude aus.«

Es war Lilians Stimme.

Ich war wie versteinert, paralysiert, vollkommen bewegungslos. Durch meinen nassen Blick sah ich, wie sie auf mich zukam.

»Du hast das sicher geplant, um deinen Einstand hier in einem Abwasch zu erledigen, richtig? So muss man sich nicht jedem Einzelnen dieser Langweiler vorstellen. Echt clever, Ge!«

Sie nahm meine Hand, die wie ein toter Fisch an meinem herunterhängenden Arm hing, und hielt sie hoch.

»Das ist Gesine, Leute. Wenn ihr nett seid, dürft ihr sie Ge nennen. Und *ihr seid* nett zu ihr, sonst kriegt ihr es mit mir zu tun, verstanden?«

Das schrille Lachen der Menge versiegte langsam. Ich konnte nicht fassen, was ich da eben gehört hatte. Ausgerechnet Lilian half mir aus diesem Schlamassel?

»Geniale Show«, flüsterte Lilian mir zu und drückte meine Hand noch mal, bevor sie sie losließ. »Die Idee hätte glatt von mir sein können.«

Dann stiefelte sie mit vorgeschobenem Kinn zurück zu den anderen. Arian drehte sich schmunzelnd wieder dem Kreis der Jungs zu.

»Was hab ich gesagt«, murmelte Sam. »Diese Frau ist eine Göttin.«

Ich schluckte den Kloß in meinem Hals runter und holte tief Luft.

»Du hast recht«, antwortete ich. »Das ist sie.«

Ohne Vorwarnung begann es wieder zu regnen.

»Sei froh, dass du nicht so einen Hintern wie ich hast«, stöhnte Mimi, die Sam und mir nach seiner Bestellung die gewünschten Salzkaramellkakaos auf den Tisch stellte.

»Deiner kann in jedem Fall noch die eine oder andere Butterschnecke vertragen!«

Ich hatte erst nach längerem Zögern und Sams größter Überredungskunst eingewilligt, mit in Mimis Café zu kommen. Im Grunde wollte ich nur noch in mein Zimmer, mir die Bettdecke über den Kopf ziehen und nie wieder aufstehen. Aber Sam hatte ganze Arbeit geleistet.

»Wenn man vom Pferd fällt, muss man sofort wieder aufsteigen, sagen die Iren.« Sam hatte steif und fest behauptet, der Spruch käme ursprünglich von hier. Und er bedeutete nun mal, dass ich mich sofort wieder ins Getümmel werfen musste, wenn ich hier in Blackwood noch einen Fuß auf den Boden kriegen wollte. Außerdem hatten weder Arian noch Lilian den Anschein erweckt, das Café besuchen zu wollen, denn beide waren von dunklen SUVs abgeholt worden.

Mimis Café wirkte wie ein verwunschener Traumort auf mich. Schon beim Reingehen war es, als übertrete man die Schwelle zu einer eigenen Welt. Ein warmer, sanfter Geruch von Butter und frisch gebackenem Brot stieg einem in die Nase. An der Tür war ein Klingelchen angebracht, das jeden neuen Besucher verschmitzt ankündigte. Der Innenraum war mit vielen unterschiedlich großen, teils winzigen Tischen ausgestattet, an denen bunt zusammengewürfelt alte und wieder neu aufgearbeitete Stühle standen. Der goldbraune Holzboden, von zu vielen Schritten bereits abgelaufen, wirkte warm und einladend, so wie alles hier. An den stuckbesetzten Wänden hingen goldene Rahmen in unterschiedlichen Größen, in denen aber keine Bilder schwebten, sondern schmale Böden, so dass sie als Bücherregale dienten. Die Werke in allen möglichen Sprachen wirkten bereits gelesen, und es hätte mich nicht gewundert, wenn der ein oder andere Gast eines der Bücher aus seinem Land mitbrachte und ein anderes dafür mitnahm. Von der Decke hingen viele verschiedenfarbige von innen beleuchtete Tee- und Kaffeekannen, die als Lampen dienten. Die Machart der Kannen erinnerte mich an Wandas Geschirr, das auch hier überall zu finden war. Hier wirkte es noch einzigartiger und fügte sich perfekt in das außergewöhnliche und fast magische Ambiente.

Die große, weißlackierte Theke stand im Zentrum des Ladens, hinter der Mimi bei unserem Eintreten kräftig herumwerkelte. Auf der Arbeitsplatte standen unzählige Etageren und Platten mit Glashauben, unter denen Pasteten, Pies und allerlei andere köstlich aussehende Kunstwerke gestapelt waren.

An der Fensterfront am Ende des Raumes, die den Blick auf die weite Landschaft freigab, stand eine lange Sitzbank, die mit pastellfarbenen Kissen in allen möglichen Formen und Farben ausgelegt war. Das leise Gemurmel der Gäste bildete ein wohliges Hintergrundgeräusch, das nur von Mimis Gewerkel an der riesigen, kupferfarbenen Kaffeemaschine unterbrochen wurde.

Mimis Café war ein Ort, an den man sich wünschte, wenn die Seele Trost brauchte. Nach der Po-Katastrophe war ich hier anscheinend goldrichtig.

»Mir hat es auch so schon gereicht«, seufzte ich und sah brummig in meinen Kakao.

»Du hast fünf Marshmallows drin«, erklärte Mimi, die wohl dachte, dass ich gerade Marshmallowzählerei betrieb. Als Sam ebenfalls in seinen Kakao sah, schob sie mahnend hinterher: »Du auch, junger Mann! Jeder von euch hat fünf!«

Jetzt musste ich wieder grinsen und bekam Lust, einen Schluck von dem wunderbar duftenden Getränk vor mir zu nehmen.

»Vorsicht, heiß!«, warnte Mimi mich, beugte sich über die Theke und begann, in meinen Kakao zu pusten. Beim letzten Mal, als jemand das für mich getan hatte, musste ich ungefähr vier gewesen sein.

»So, jetzt«, sagte Mimi und sah mich zufrieden an. Noch bevor ich den ersten Schluck nehmen konnte, fragte sie ungeduldig: »Und?«

Ich nippte an dem samtig-dickflüssigen Getränk. Tatsächlich – irgendetwas daran war vollkommen anders als alles, was ich je zuvor getrunken hatte. Der salzig-süße Geschmack legte sich wie eine warme Kuscheldecke auf meinen Gaumen und breitete sich wohlig in meinem Magen aus.

»Jetzt weiß ich, was du mit der Buttersache meinst«, sagte ich zu Sam, der wissend nickte.

»Schmeckt herrlich«, gab ich Mimis erwartungsvollem Blick nach. »Aber was um Himmels willen ist da drin, dass es sich im Mund anfühlt wie ein Kuschelkissen?«

Mimi lächelte, so dass sich ihre Grübchen tief in ihren Wangen abzeichneten.

»Die geheime Geheimzutat wird nicht verraten«, sagte sie mit gespieltem Ernst.

Butterkakao wird es ja wohl nicht sein, dachte ich und spürte, wie es mir direkt besser ging. Wie konnte so etwas

Einfaches wie eine Tasse Kakao so eine beruhigende Wirkung auf mich haben?

»Ich habe von deiner Nacht- und Nebelaktion gehört«, sagte Mimi und wirkte schlagartig ernst. »Das Glück findet man selten da, wo es einen verlassen hat, Liebes.«

Ich stellte den Kakao auf der Theke vor mir ab und legte meine Handflächen wie einen schützenden Mantel um die heiße Tasse.

»Ich wusste einfach nicht, wohin.«

»Natürlich. Hier, nimm eine Butterschnecke«, antwortete Mimi wissend, als wäre eine gute Portion Mehl mit Butter die Antwort auf jede Frage.

Mit einem erwartungsvollen Lächeln schob sie einen kleinen Teller mit einem goldgelb-glänzenden Blätterteigpie vor mich.

»Eigenkreation, mit einem Hauch von Safran. Die üblichen Pies hier kann ja keiner mehr sehen. Außerdem macht es Sinn, dafür selbstgemachten Blätterteig zu verwenden, weil man da viel mehr Butter unterbringen kann.«

Sams Augen vergrößerten sich augenblicklich, als er den Teller vor uns sah. »Mimi steht auf Küchenexperimente. Und glaub mir, sie sind jeden Mut wert.«

Mimis geschmeicheltes Lächeln brachte wieder ihre Grübchen zum Vorschein.

»Das hast du aber schön gesagt.«

Dann wandte sie ihren Blick über die Ladentheke hinweg durch die Fensterfront auf die weite, grüne Landschaft.

»Wenn man schon nicht viel zum Reisen kommt, dann muss man sich die Welt eben auf den Teller holen.«

Apropos Teller: Ich hatte ganz vergessen, dass ich heute noch nichts Richtiges gegessen hatte, und nahm das Butterkunstwerk in die Hand. Obwohl es kleiner war als meine Handinnenfläche, war es sicher dreimal so schwer, wie ich erwartet hätte. Ich biss herzhaft hinein.

»900 Gramm Butter auf 1000 Gramm Teig. Das ergibt 108 feine Teigschichten. Mein persönlicher Rekord!«, erklärte Mimi stolz.

Schlagartig blieb mir der Bissen im Hals stecken.

»Meunhummerdgamm?!«

Mimi nickte. »Du kannst es vertragen, Kleines.«

Ich spürte, wie sich der warme, weiche Buttergeschmack ausbreitete. Der Teig schmolz in meinem Mund förmlich dahin, als würde jede dieser unfassbaren Butterschichten sich erneut wie eine sanfte Umarmung auf meine Zunge legen. Ich hatte mal gehört, dass ein Mann in Russland einmal eine Pizza geheiratet hatte. Bis zu diesem Moment hatte ich das nie verstanden. Es war köstlich – verboten köstlich!

Ich schluckte mein schlechtes Gewissen herunter. »Aber so viel Butter? Ist das nicht schädlich?«

Mimi sah mich mit einer hochgezogenen Augenbraue an. »Butter ist niemals schädlich, es sei denn, dir fällt eine Kiste davon aus dem 5. Stock auf den Kopf.«

»Aber ein Bissen übertrifft schon deine Tageskalorienanzahl«, fügte Sam seelenruhig hinzu und schnappte sich mit einem gezielten Griff meine Schnecke.

»Außerdem hat Mimi noch nichts von der Füllung erzählt. Die ist nämlich …«

»Schscht!«, warnte Mimi.

»Na ja, deswegen ist es besser, wenn ich dir helfe.«

Am Nebentisch ließ sich ein älterer Mann mit Schiebermütze und Regencape nieder. Er trug einen grauen, ungekämmten Bart, der aussah, als wäre ein sehr altes, pelziges

Tier an seinem Kinn gestorben. Der Mann grüßte Mimi mit einer kurzen Andeutung, indem er seine Mütze leicht anhob. Sein Lächeln legte eine Zahnreihe frei, bei der mindestens jeder dritte Zahn fehlte, was seinem Gesicht trotz seines offensichtlich vorangeschrittenen Alters eine fremdartig kindliche Weichheit verlieh.

»Das ist Horsley«, erklärte Mimi und nickte ihm zu.

»Wie immer?«

Der Mann namens Horsley bestätigte Mimis Vermutung. »Eine Portion Porridge mit Bacon, kommt sofort.«

Trotz der Bestellaufnahme bewegte sich Mimi keinen Millimeter von der Stelle. Stattdessen beugte sie sich wieder zu mir.

»Yorick Horsley ist der Kutscher im Ort.« Mimi zog eine Augenbraue hoch. »Du wunderst dich vielleicht, weil das etwas rückständig klingt, aber in der Saison nutzen die Touristen eine Kutschfahrt sehr gerne, um den Ort und den Park zu erkunden.«

»Und außerhalb der Saison ist Horsley ein prima Taxifahrer«, fügte Sam ungefragt grinsend hinzu. »Das heißt, wenn er gut drauf ist.«

Doch Mimi korrigierte Sam schnell. »Du meinst, wenn Chepi gut drauf ist.«

»Stimmt auch wieder«, lenkte Sam ein. »Die gute alte Chepi ist seine Stute.«

»Ich wundere mich überhaupt nicht«, antwortete ich Mimi, »in Wien ist es ganz üblich, dass sich die Touristen in Kutschen herumfahren lassen. Ich könnte mir die Stadt ohne das ganze Hufgetrappel gar nicht vorstellen.«

Es war schön zu wissen, dass es zwischen Wien und Blackwood wenigstens eine kleine Gemeinsamkeit gab, wo ich mich hier doch sonst ständig nur verloren fühlte. Ich hatte noch kein Wort mit Horsley gewechselt, der gerade dabei war, sich eine Pfeife zu stopfen, aber ich freute mich bereits über seine Anwesenheit. Sie gab mir ein seltsam heimeliges Gefühl.

»Wir hatten sogar mal ein Taxi im Ort«, erklärte Sam, »aber der Fahrer ist leider tot. Seitdem gibt es nur noch Horsley.«

»Können wir zahlen?«, fragte einer der Gäste quer durch den Raum.

»Sie sehen doch, dass ich hier gerade eine Notverköstigung vornehme«, schimpfte Mimi zurück, allerdings nicht ohne dass ihre Grübchen dabei nicht ganze Arbeit leisteten.

»Natürlich«, gab der Gast zufrieden zurück, so, als habe Mimi ihm gerade eben erst ein Kompliment über seine windschiefe Frisur gemacht. Die brachial-opiumartige Wirkung dieser Frau beeindruckte mich nach wie vor. Oder lag es zusätzlich an dem zauberhaften Butterduft, der sich wie ein Nebel aus Wohlgefallen auf alles legte und jeden hier so besänftigte?

Mimi seufzte. »Erst stirbt mir Ludwig der 13. unter den Händen weg und jetzt auch noch ungeduldige Gäste. Ungeduld ist der Feind eines guten Teiges, wisst ihr das?«

»Wer ist Ludwig der 13.?«, fragte ich vorsichtig.

»War«, verbesserte Sam mich.

Mimi deutete auf einen Topf auf der Fensterbank, der etwas beinhaltete, das mal eine Pflanze gewesen sein könnte.

»Mit Basilikum habe ich einfach kein Glück. Na ja, vielleicht klappt es beim 14. Versuch …«

Ich fragte mich langsam, ob es eine irische Macke war, dass alle hier Namen für Dinge hatten. Oder war das eine spezifische Blackwood-Marotte, weil es hier zu wenig Menschen gab?

Dann sah Mimi wieder zu mir.

»Geht es dir besser?«, fragte sie und tätschelte liebevoll meinen Arm. Der tote Fisch hatte sich wieder zu einer lebendigen Hand entwickelt.

Ich nickte.

»Ja, danke. Das war genau das, was ich nach diesem Tag gebraucht habe. Einen blöderen Einstand hätte ich wirklich nicht haben können.«

»Morgen haben es alle vergessen, du wirst sehen. Allerdings wundert mich die Sache mit Lilian doch etwas«, grübelte Mimi, »sonst ist sie nicht so zuvorkommend.«

Sam, der eben noch genüsslich in meine Butterschnecke versunken war, schien mit einem Mal hellwach zu sein.

»Das ist sie wohl. Sie ist ganz und gar großartig!«

»Ach«, machte Mimi und winkte ab. Dann beugte sie sich zu mir, so dass ich einen unfreiwillig tiefen Einblick in ihr üppiges Dekolleté bekam.

»Bei ihm bricht jedes Mal der Wahnsinn aus, wenn es um diese Lilian geht. Und am Rande des Wahnsinns stehen bekanntlich keine Zäune!«

Dann wandte sie sich breit lächelnd dem Gast mit der windschiefen Frisur zu.

Mimi bestand darauf, uns zu meinem Einstand in Blackwood einzuladen, was Sam augenscheinlich entgegenkam. Er verputzte noch zwei weitere Schnecken, ohne mit der hellroten Wimper zu zucken. Ich wunderte mich, wo er das alles hinsteckte, denn er war wirklich spindeldürr. Allerdings war er ja auch fast doppelt so groß wie ich, und auf die Länge verteilt brauchte er sicher mindestens drei dieser Butterklöpse, um satt zu werden.

Gerade als wir aufstanden, ertönte das feine Türklingelchen, und ein mir bekanntes Gesicht kam zum Vorschein.

»Ah, schön dich zu treffen«, sagte Ruben beim Näherkommen und sah auf meinen Fuß. »Wie geht es dir? Warst du beim Arzt?«

Er trug eine riesige Holzkiste mit Butterpäckchen auf dem Arm, die so wirkten wie kleine, gestapelte Goldbarren. Natürlich war es die Marygold-Butter, das erkannte ich sofort an dem vierblättrigen Kleeblattaufdruck.

»Besser, und ja«, antwortete ich zackig wie bei einer Vernehmung. Dieser Mann hatte etwas Soldatenhaftes an sich, was mich augenblicklich gerader stehen ließ. Trotzdem lächelte er sympathisch.

»Dann ist ja gut.«

Als sein und Mimis Blick sich trafen, passierte etwas Interessantes. Rubens Körperspannung, die ihn immer so hünenhaft wirken ließ, löste sich augenblicklich in Luft auf.

Er stellte die Kiste auf der Theke ab und begann, mit Mimi zu plaudern. Durch das Gemurmel der anderen Gäste verstand ich nicht alles, was die beiden redeten, aber Mimis Gestik reichte vollkommen, um zu erkennen, dass da alles mehr als nur in Butter war.

»Wir glauben alle, dass Mimi nur deswegen so viel Butter verwendet, damit Ruben sie öfter mit Marygold beliefert«, flüsterte Sam mir hinter seiner Fächerhand zu.

»Ihr Verbrauch steigerte sich enorm mit dem Tag, an dem Ruben für den Auslieferer Blake eingesprungen ist, weil der sich ein Bein gebrochen hatte. Blake ist seit Monaten wieder gesund, aber Ruben bringt die Butter immer noch.«

»Ah«, machte ich. Ich konnte Mimi verstehen, Ruben war wirklich ein attraktiver Mann mit dem gewissen Etwas. Und Mimi – Mimi war wie ihre geliebte Butter: Weich, warm, und jedes Pfund an ihr wirkte wie aus purem Gold.

»Allerdings gibt es da ein Problem«, kommentierte Sam das Schauspiel vor uns.

»Und das heißt Randle Molloy. Eigentlich wären Mimi und er schon längst geschieden, aber er zögert es immer wieder hinaus. Wahrscheinlich weil ihm zu spät aufgegangen ist, was er da für eine Granate verloren hat.«

Dass Mimi sich gerade mitten in einer Scheidungssache befand, hätte ich nicht vermutet. Sie wirkte so ausgeglichen und zufrieden, und waren Scheidungen nicht immer entsetzlich aufreibend?

»Mimi Molloy«, sagte ich leise vor mich hin, während ich Ruben immer noch beobachtete, der sich einen Pie-to-go einpacken ließ. Wie immer war er auf dem Sprung, er setzte sich nie hin und wirkte andauernd wie auf glühenden Kohlen. »Und wie ist dieser Randle so?«, hakte ich nach. Sam hatte wirklich eine investigative Wirkung auf mich.

»Hm«, machte Sam und hob seine spitzen Schultern. »Seltsame Gestalt, nicht besonders beliebt. Das mit ihm und Mimi konnte hier keiner so richtig verstehen. Er arbeitet gleich nebenan bei den *O'Connor Funeral Undertakers* und wird den Laden bald übernehmen. Wollte, dass Mimi bei ihm ins Geschäft mit einsteigt, sie hat sich aber geweigert. Kannst du dir Mimi als Bestatterin vorstellen?«

»In hundert Jahren nicht!«, antwortete ich empört. »Es sei denn, sie begräbt einen in Butter.«

»Genau«, lachte Sam, »verscheiden durch Buttertod!«

Jetzt lachten wir beide. Ich winkte Mimi und Ruben zu,

bekam von Mimi einen unwiderstehlichen Luftkuss, von Ruben ein zurückhaltendes Nicken, schnappte mir meine Jacke und folgte Sam aus dem Laden. Vor der Tür stieß ich beinahe mit einer dunklen Gestalt mit hochgestelltem Kragen und zurückgegelten Haaren zusammen. Ich entschuldigte mich, doch der Mann, der es besonders eilig zu haben schien, erwiderte nichts und verschwand stattdessen hastig in Mimis Laden.

»Das war er«, sagte Sam, und ich wusste sofort, von wem die Rede war. Dieser Typ passte auf den ersten Blick genau so zu Mimi wie vegane Diät-Margarine.

»Die Liebe ist wohl manchmal kompliziert«, murmelte ich, während Sam voranging.

Doch er hatte mich trotzdem gehört.

»Manchmal? Immer!«

Nachdem wir ein Stück den Birdhill geschlendert und die Kikok Road überquert hatten, trennten sich Sams und meine Wege. Sam zeigte mit seinem langen Arm, der in dieser Haltung beinahe wie ein Fahnenmast wirkte, schräg hoch in die Luft.

»Ich wohne hinter der Kirche, direkt hinter dem Friedhof da oben. Na ja, eigentlich sogar fast auf dem Friedhof.«

Dann grinste er mich wieder mit dem typischen sommersprossigen Sam-Grinsen an. »Das waren mal die teuersten Grundstücke hier, wegen der schönen Ruhe.«

Ich musste auch grinsen. »Verstehe.«

»Komm mich doch bei Gelegenheit mal besuchen, der Blick vom Friedhof aus auf Blackwood ist nicht von schlechten Eltern. Ich bin oft dort, wenn es mir zu Hause zu eng wird.«

Dann fügte er, etwas leiser, noch hinzu: »Also eigentlich immer.«

Ein angedeutetes Winken mit der flachen Hand später hatte Sam sich umgedreht »Geh einfach quer durch Woodlands Park, dann kommst du automatisch zum Stonecot, das kannst du gar nicht verfehlen«, und er schlurfte mit den Händen in den Hosentaschen davon.

Ich stand etwas ziellos vor der grünen Parkfläche, die von riesigen Bäumen umgeben war. So ganz sicher war ich mir nicht, dass ich den Weg schon finden würde, schließlich war ich mit Wanda und Joe anders gefahren.

»Na gut«, sagte ich zu mir selbst und atmete tief durch, »so groß kann dieses Kaff ja nicht sein, dass ich mich hier am helllichten Tag verirre.«

Entschlossen schritt ich an dem Holzschild *Woodlands Park – only carriages* vorbei und folgte dem gepflasterten Pfad ein paar Meter, bevor er zum Waldweg wurde. Mir fiel die Stille auf, die hier herrschte –, nur einige Vögel und das Rauschen des Windes waren zu hören. Es war unglaublich, wie klein man sich selbst in dieser Stille fühlte – nichts lenkte von einem selbst ab, nichts schien die Welt mit lautem Getöse zu füllen, außer die eigenen weichen Schritte auf dem moosbedeckten Weg.

Aber da war noch ein Geräusch – eines, das ich sehr gut von den saisonbedingt lebhaften Straßengeräuschen von zu Hause kannte. Ein lautes Pferdeschnauben, direkt hinter mir. Ich trat einen Schritt zur Seite und drehte mich um. Der alte Mann mit der Schiebermütze – Mimi hatte ihn Horsley genannt, wenn ich mich nicht irrte – lässig auf einer braunen Holzkutsche sitzend wurde von einem schnaubenden, braunweißen Schecken gezogen. Die üppige, weiße Mähne des Pferdes wippte im Takt mit, und ich entdeckte eine rote Plastikrose, die hinter dem ledernden Stirnriemen steckte und ebenfalls mitwippte.

»Hoooooh!«, machte Horsley und zog die Zügel an, so dass die Kutsche, deren gelblackierte Reifen ebenfalls aus Holz bestanden und die größer als ich waren, direkt neben mir zum Stehen kam. Er tippte mit dem Zeigefinger an seine Wachshutkrempe, die er passend zum dunkelgrünen Regencape trug: »*Dia dhuit.*«

Dann beugte er sich ein kleines Stück zu mir herunter. Ich musste meinen Kopf trotzdem komplett in den Nacken legen, so hoch saß er.

»Junge Lady, wohin des Weges?«, fragte er, ohne dabei die rauchende Pfeife aus dem Mundwinkel zu nehmen.

Ich ignorierte die gälische Begrüßung (zumindest schätzte ich, dass es gälisch war, oder eine andere, sehr seltsam klingende Sprache, bei der man unaussprechliche Laute von sich gab, so, als hätte man eine Art Gesichtskrampf) und antwortete: »Zum Stonecot. Ich hoffe, ich bin auf dem richtigen Weg.«

»Richtiger Weg vielleicht, aber nicht die richtige Zeit«, entgegnete er brummig und klopfte auf ein etwas in Mitleidenschaft gezogenes Kissen neben ihm.

Horsleys Tonfall wirkte ganz und gar nicht freundlich, aber in seinen Augen lag etwas jungenhaft Verschmitztes.

»Wie bitte?«, fragte ich, aber statt einer Antwort hielt Horsley eine Gerte in den Himmel.

»Es regnet gleich. Bis zum Stonecot siehst du aus wie ein Pudel, den man aus der Pfütze gezogen hat.«

»Ah«, machte ich, hielt mir die Handfläche wie einen Schirm an die Stirn und sah nach oben. Tatsächlich entdeckte ich jetzt auch die dunkelgrauen Wolken am Himmel, die sich dramatisch vor die weißen Schäfchenwolken schoben. Mit einem Regencape wie seinem konnte man hier augenscheinlich nichts falsch machen.

»Hopp, spring auf.«

Horsley wechselte die Zügel und reichte mir seine faltige, von Adern durchzogene Hand.

»Na los doch, keine Angst. Horsley bringt dich hin.«

Was für mich in Wien unvorstellbar gewesen wäre, war hier fast eine Selbstverständlichkeit. Leute kannten sich, und wen sie nicht kannten, sprachen sie an. Kein Wunder bei den gefühlt-geschätzten siebzehn Familien im Umkreis, dachte ich, da konnte man sich wohl schlecht aus dem Weg gehen.

»Das ist nett, danke.«

Ich zog mich mit Hilfe von Horsleys überraschend starkem Griff nach oben und ließ mich auf den Fahrersitz plumpsen.

»Ganz schön hoch«, sagte ich noch, bevor Horsley die Stute mit einem gezielten Wink mit der Gerte und einem Klackton gefolgt von »Go-go, Chepi!« antrieb und ich in die Sitzlehne gedrückt wurde.

»Wie gefällt es der jungen Lady hier?«, fragte Horsley, während die schwere Stute gemächlich vor sich hin trabte.

»Schwer zu sagen«, antwortete ich ehrlich, »so viel habe ich hier ja noch nicht gesehen.«

Horsley nahm einen tiefen Zug aus seiner Pfeife. »Horsley zeigt dir was.«

Er lenkte das Pferd in eine Abzweigung der Waldstraße, woraufhin Chepi unwillig schnaubte.

»Sie weiß, dass wir einen kleinen Umweg machen«,

schmunzelte Horsley, »das gefällt ihr nicht. Aber wenn wir uns ranhalten, schaffen wir es trotzdem noch vor dem Regen.«

Er pfiff durch die vom Rauchen angegilbten Vorderzähne.

»Step on!«

Schon die nächste Biegung gab den Blick auf einen glasklaren See frei, der die dunklen Gewitterwolken und einige sich durchkämpfende Sonnenstrahlen wie ein Spiegel doppelte, so dass man fast nicht zwischen Himmel und Wasser unterscheiden konnte.

»Das ist der Ross Lake«, brummte er, »dahinten liegt das Bridge Side Café mit dem Golfplatz. Aber ich schätze mal, das ist nicht ganz deine Kragenweite.«

Horsley hustete eine Rauchwolke aus. »Da muss man schon ein paar Scheinchen unter der Matratze haben.«

»Und ein paar Jahre mehr auf dem Buckel«, ergänzte ich, während ich das weiße Gebäude im Gründerzeitstil mit zusammengekniffenen Augen fokussierte.

Horsley schmunzelte, ohne mich anzusehen. Das jungenhaft Verschmitzte kam jetzt trotz aller Falten wieder zum Vorschein. »Das trifft wohl beides zu.«

»Bei uns in der Stadt gab es keine Golfplätze«, erzählte ich, »ich war noch nie auf einem.«

»Wien, hm? Schön da, aber dem alten Horsley ein bisschen zu hektisch.«

»Oh, wann waren Sie da?«, fragte ich neugierig.

Horsley schüttelte den Kopf. »Horsley ist noch nie da gewesen. Überhaupt noch nie irgendwo gewesen.«

»Woher wissen Sie dann, wie es dort ist?«

»Weißt du«, sagte Horsley und sah in die Ferne. »Horsley fährt seit über dreißig Jahren Kutsche. Leute von überall saßen hier, wo du jetzt sitzt, und erzählten von ihren Städten, Ländern und ihren Leben. Es gibt nichts, was Horsley noch nicht gehört hat. Horsley muss nicht reisen, denn die Welt kommt zu ihm.«

Ein seltsamer Mann, dachte ich, der in der dritten Person von sich selbst sprach und die Grenzen des Ortes noch nie verlassen hatte. Doch noch bevor ich über das Gesagte nachdenken konnte, hielt die Kutsche mit einem Ruck an.

»Folge einfach dem Pfad hier, dann kommst du zum Stonecot. Dort gibt es keine Wendemöglichkeit, und Chepi hasst es rückwärtszugehen.«

Ich bedankte mich für die Fahrt und winkte dem weißen Pferdekopf mit der wippenden Rose noch nach, doch Horsley sah sich nicht mehr um.

Als ich am Haus meiner Tante ankam, begann es zu regnen.

7. KAPITEL

So, mein Kleiner«, sagte ich leise, während ich Catan in die Badewanne setzte.

Catans Antwortmurren klang allerdings semibegeistert.

»Wir machen dich jetzt richtig hübsch. Und dann besuchen wir Wanda in der Pottery, die wird sicher Augen machen!«

Ich hatte mehr als nur ein schlechtes Gewissen und hoffte, Wanda damit eine Freude zu machen. Außerdem hatte ich die Pottery, ein zum Haus dazugehörender umgebauter Stall, noch gar nicht besichtigt. So könnte ich Wanda gleich besuchen und ihr den neuen, sauberen Catan vorstellen, um vielleicht ein wenig von dem Fehltritt der letzten Nacht wiedergutzumachen. Allerdings war es nicht so leicht gewesen, wie ich gedacht hatte, Catan ins Badezimmer zu manövrieren. Trotz seiner Kraulbedürftigkeit schien er gekachelte Räume sicherheitshalber zu meiden. Als ich den Wasserhahn vorsichtig aufdrehte, sprang Catan wie vom Blitz getroffen in die entgegengesetzte Ecke der Badewanne.

»Schon gut«, versuchte ich ihn zu beruhigen, und schaltete auf die Brause um. »Du wirst sehen, nach einer ausgiebigen Dusche fühlt man sich gleich besser!«

Doch Catan schien ganz und gar nicht meiner Meinung zu sein, machte einen Buckel und gab schrille Katzenlaute von sich. Ich versuchte, ihn mit einer Mischung aus Kraulen und Einseifen und säuselndem Gebrabbel einzuwickeln, so dass ich währenddessen etwas Wasser in die Wanne einlassen konnte, aber wenn er nicht mit allen vieren strampelte und mir seine Krallen in den Unterarm rammte, wand er sich wie ein Aal aus meinem Griff und versuchte, die glatte Badewannenwand zu erklimmen. Irgendwann hatte ich ihn zumindest notdürftig mit Seife bedeckt und spülte ihn mit der Brause vorsichtig ab. Daraufhin sprang er wieder an das entgegengesetzte Ende der Wanne und stieß dabei einen so schrillen Laut aus, dass ich mir reflexartig an mein Ohr fasste.

»Aua!«

Dummerweise hatte ich dabei die Brause losgelassen, die nun wie eine wildgewordene Schlange das ganze Badezimmer unter Wasser setzte und auch mich selbst vollspritzte.

»Na toll!«, murmelte ich und dachte an den Badezimmerputz, der mir jetzt auch noch bevorstand.

In einer letzte Runde wollte ich es aber noch mal versuchen, diese grauen Flecken mussten doch irgendwie abgehen …

»Was in Gottes Namen ist denn hier los?«

Wanda stand aufgebracht in der Tür.

»Um Himmels willen!«

Sofort griff sie zu einem Handtuch und hob den begossenen Catan, der jetzt mehr als nur beleidigt dreinblickte, aus der Wanne.

»Was machst du denn da?! Katzen wäscht man nicht, sie können sich selber um ihre Fellpflege kümmern!«

Sie schien richtig empört zu sein.

»Ich wollte dir eine Freude machen«, erklärte ich zerknirscht. »Er sah so dreckig aus mit den vielen grauen Schmutzflecken, und da dachte ich, ein bisschen mehr als nur eine Katzenwäsche würde ihm guttun.«

»Das sind aber doch keine Schmutzflecken!«, empörte sich Wanda weiter. »Das ist seine Fellfärbung!«

»Waaas?«

Wanda wickelte das Handtuch um Catan wie um ein frisch geborenes Baby und hielt ihn fest im Arm. Mit einem herabwürdigenden Blick in meine Richtung drehte er sich Wanda zu und begann langsam wieder zu schnurren.

»Er ist im Grunde dreifarbig, was für einen Kater eigentlich unmöglich ist. Aber die schwarzen Flecken sind an einigen Stellen nun mal heller, eben grau. Seine Mutter war ganz weiß, und sein Vater war schwarzweiß gefleckt. Er ist etwas ganz Besonderes, unser Catan.«

»Oh«, machte ich und zog den Stöpsel, so dass das Wasser mit einem lauten Gurgeln den Abfluss hinunterspülte. Am liebsten wäre ich gleich mit darin verschwunden.

»Das tut mir leid«, erklärte ich. »Das wusste ich wirklich nicht. Die Flecken sahen nun mal so aus wie Schmutz und …«

»… und du denkst, weil wir hier auf dem Land sind, ist alles gleich schmuddelig? Nur weil nicht alles so schnieke und goldglänzend wie in Wien ist?«

In Wandas Augen konnte ich die Enttäuschung sehen, die ich mit meiner blöden Idee hervorgerufen hatte.

»Nein, gar nicht, im Gegenteil«, versuchte ich, mich zu erklären, doch Wanda hatte Catan bereits in den Flur getragen. Zu Hause hatten wir es alles andere als schnieke gehabt, und ich fragte mich, was Wanda über unser Leben dort überhaupt wusste oder sich wohl vorgestellt hatte. Dann drehte sie sich noch mal zu mir um.

»Entschuldige, wenn ich dir nicht das bieten kann, was du von zu Hause gewohnt bist. Wir leben hier nun mal ein einfaches Leben, ich für meinen Teil zumindest. Aber das heißt nicht, dass man sich automatisch gerne im Dreck suhlt!«

»Nein, nein, so war das doch gar nicht gemeint!«, rief ich ihr hinterher. »Mir tut es wirklich sehr leid!«

Doch Wanda reagierte nicht mehr.

Ich sah an mir herunter: Meine Klamotten waren klatschnass und klebten förmlich an mir, und zusammen mit meinem Gesicht sah ich sprichwörtlich aus wie ein begossener Pudel.

»Super«, murmelte ich und ließ mich wie ein nasser Sack auf den Badewannenrand plumpsen.

Selbst wenn ich etwas gut machen wollte, entwickelte es sich hier zu einer Katastrophe. Zu Hause hatte ich mich ausgekannt, ich wusste, was zu tun war, wie man sich in der Schule benahm oder kleidete, wen man was fragen konnte oder wo ich mich einmischen konnte und wo nicht. Hier in Blackwood schien ich auf alle Tretminen zu stoßen, die es nur gab, und jedes Mal, wenn ich überhaupt etwas tat, machte ich es falsch.

Mal wieder bildete sich ein dicker Kloß in meinem Hals, er wurde mittlerweile zu einem guten Bekannten, genau wie das Gefühl, vollkommen verloren zu sein. Wenn ich doch nur jemanden hätte, den ich um Rat fragen könnte.

Jemanden, der sich mit meinem Leben besser auskannte als ich selbst.

Zurück auf meinem Zimmer, setzte ich mich an den Schreibtisch. Das hier war alles vollkommen sinnlos und ganz sicher nicht das, was Mimi mit einem Neubeginn meinte. Es war ein absoluter Fehlstart. Mit einem Ruck zog ich die Libellenschublade auf. Den albernen Brief von gestern würde ich sofort zerreißen, nicht, dass Wanda ihn am Ende fand und noch enttäuschter von mir war. Obwohl es langsam sicher egal wurde, denn was ich in den letzten sechsunddreißig Stunden alles verbockt hatte, konnte man kaum übertreffen. Aber ein Blick in die Schublade bestätigte mir, dass der Brief noch da war. Erleichtert holte ich ihn heraus. Allerdings steckte er in einem Umschlag, und ich konnte mich nicht erinnern, gestern Nacht einen benutzt zu haben.

»Für Gesine« stand darauf in meiner Handschrift geschrieben. Na ja, vielleicht hatte ich ihn doch in einen hineingesteckt. Bestimmt hatte ich es über der ganzen Aufregung der letzten Stunden schlichtweg vergessen. Allerdings war die Tinte, in der mein Name auf den Umschlag geschrieben war, blau und nicht schwarz. Und das kleine Tintenfass vor mir beinhaltete ganz eindeutig nur schwarze Farbe ... Konnte die Tinte so alt sein, dass sie über Nacht ihre Farbe verlor? Ob die Tinte auf dem Brief ebenfalls ihre Farbe verändert hatte?

Ich öffnete den Umschlag mit einem alten, rostigen Brieföffner, dessen Griff die Form von zwei Blättern hatte und der ebenfalls auf dem Schreibtisch lag. Ich faltete das Blatt auseinander, und tatsächlich: Die Schrift des gesamten Briefes erstrahlte jetzt in schönstem Blau. Ich wollte noch einmal meine albernen Zeilen der gestrigen Nacht überfliegen, bevor ich den Brief zerreißen würde.

Liebe Ge,
bitte erschrick nicht. Ich bin es, dein Ich aus der Zukunft.

Was war das denn?! Eindeutig nicht meine Zeilen! Aber genauso eindeutig meine Handschrift. Sofort stieg eine brennende Hitze in meinen Kopf, und meine Gedanken überschlugen sich. Ich hörte die Stimme meiner Mutter in meinem Ohr.

»Herr Pusch sagt, die Linien sehen aus wie eine Herzrhythmusstörung. Man erkennt deine Schrift unter Tausenden auf einen Blick wieder!«

Ich legte das Blatt vor mich auf den Schreibtisch und rieb mir die Augen. Ich war sicher übernächtigt und hatte mir da etwas zusammengesponnen. Dann las ich erneut.

Liebe Ge,
ich weiß, du wirst überrascht sein – und mehr als das! –, von mir zu lesen. Doch ich konnte deinen Brief nicht unbeantwortet lassen. Ich verstehe deine Verzweiflung und deine Angst, denn sie waren auch meine.
Bitte erschrick nicht. Ich bin es, dein Ich aus der Zukunft. Dass du Angst hast, bedeutet aber nur, dass du gerade dabei bist, etwas sehr Mutiges zu tun. Du stellst dich dieser Angst, und das ist der einzige Weg, sie zu verlieren.
Du fragst nach der Schuld an Mas Tod. Du hast keine Schuld daran. Niemand hat es, es waren eine ganze Reihe unglücklicher Verkettungen und trauriger Umstände, die dazu geführt haben. Bitte denke nie wieder, dass du etwas hättest anders machen können.
Du fragst dich, ob du je darüber hinwegkommen wirst, ob du je wieder glücklich sein kannst. Lass mich dir sagen, dass dies ein Schmerz ist, mit dem man zu leben lernt, jeden Tag ein bisschen mehr. Er wird nie aufhören, denn er wird zu einem Teil von dir, zu etwas, was dich ausmacht, etwas, was zu dir gehört wie die kleine Narbe auf deiner Stirn. Weißt du

noch, wie du sie bekommen hast? Du wolltest Ma ärgern und bist unter den kleinen Wohnzimmertisch gekrabbelt, hast dich darunter auf den Rücken gelegt und die Tischplatte mit deinen Beinen angehoben, so dass der Kaffee aus den Tassen gekippt ist. Ma hat sich schrecklich aufgeregt, dich unter dem Tisch hervorgescheucht, und du bist hektisch zur anderen Seite herausgekrochen und hast dir dabei die Stirn an der Tischkante angeschlagen. So in etwa ist es mit dem Schmerz, den du ab jetzt für immer bei dir tragen wirst. An manchen Tagen vergisst du, dass er da ist, und dann, bei einem Blick in den Spiegel erkennst du Mas Augen, ihr Lächeln, und du spürst ihn wieder wie am ersten Tag.
All die Puzzleteile, die noch ungeordnet vor dir liegen, wirst du nach und nach zusammensetzen.
Und ein Teil davon gehört zu einem Jungen. Du musst dich nicht dafür schämen, dass du in solch einer Situation an ihn denkst, denn das Herz kennt kein Timing. Es kennt nur richtig oder falsch, und wenn es sich für dich richtig anfühlt, dann ist es das auch.
Deswegen tu, was dein Herz dir sagt. Es kennt den Weg.

Sei weiter so mutig, kleine Ge, und vertrau dir.
Du bist dabei, die zu werden, die du bist.

Deine Ge aus der Zukunft.

Gut, es konnte nicht wahr sein. Dann war es das auch sicherlich nicht.

Oder?!

Ob Wanda sich einen blöden Scherz erlaubt hatte? Das sah ihr allerdings gar nicht ähnlich. Und überhaupt – wie hätte sie meine ›einzigartige‹ Schrift, so perfekt imitieren können? Manche Leute hatten für so etwas ja ein Talent – aber Wanda? Doch wer könnte es sonst gewesen sein? Ich versuchte, meine Gedanken zu sortieren. Normalerweise hätte ich jetzt eine Person gefragt, wäre zu ihr gelaufen, und wir hätten zusammen darüber gegrübelt, wer der geheimnisvolle Schreiber gewesen wäre. Aber diese eine Person konnte ich nicht mehr fragen.

Doch … Ich sprang vom Schreibtisch auf und griff nach meiner Jacke, die über der Bettkante hing. Ma hatte mir einen Brief hinterlassen, und vielleicht würde er mir helfen, mich hier in diesem ganzen Wirrwarr zu finden. Die Angst, die mich seit der Übergabe durch ihren Notar begleitete und die immer wieder aufkam, wenn ich daran dachte, ihre letzten Zeilen zu lesen, wich mit jeder Sekunde meiner wachsenden Neugier mehr. Ich tastete die Brusttasche der Jacke ab. Ja, er war noch da. Erleichtert atmete ich aus. Ich öffnete die Tasche und zog den Brief, dessen Kanten bereits fast rundlich eingedrückt waren, heraus.

Ge stand darauf.

Nur zwei Buchstaben. Und für mich eine ganze Welt.

Vorsichtig schob ich die Spitze des Brieföffners in den Umschlagschlitz und schnitt ihn auf. Es war nur ein Blatt Papier darin. Ich würde diese Worte bloß ein einziges Mal zum ersten Mal lesen können, dessen war ich mir bewusst. Was auch immer ich zu lesen erwartete, es würde in wenigen Augenblicken erfüllt oder enttäuscht worden sein. Ein kleiner Anflug von Angst stieg wieder in mir hoch – das sollte nun die letzte Begegnung von Ma und mir sein, hier, an diesem Schreibtisch, an diesem seltsamen Ort.

Ich begann zu lesen.

Mein liebster Schatz, mein Herz, meine Ge,
es sollte nie dazu kommen, dass du diesen Brief lesen musst. Doch du liest ihn jetzt, und das bedeutet, dass ich es nicht geschafft habe, meinem Schicksal zu entkommen.

Sofort hörte ich Mas Stimme in meinen Ohren, die mir jedes Wort vorlas. Unwillkürlich füllten sich meine Augen mit Tränen, doch ich holte tief Luft und las einfach weiter.

Ich habe viele Male daran gedacht, dir davon zu erzählen. Aber ich glaubte, man könne seinem Schicksal einfach davonlaufen. Doch wenn man einmal flieht, flieht man immer. Wien schien mir weit weg genug von allem zu sein, aber das war es nicht. Denn dein Schicksal folgt dir, mein Schatz, egal, wohin du gehst. Und wenn man ihm also nicht entfliehen kann, dann muss man ihm die Stirn bieten.
Ich war nicht stark genug dafür. Aber du bist es. In Blackwood liegt der Schlüssel zu einem Geheimnis, das ich nie ergründen wollte. Deswegen habe ich das Stonecot damals Hals über Kopf mit einem Koffer in der Hand verlassen.

Ma hatte Blackwood mit nur einem Koffer verlassen, ich war hier mit nur einem Koffer angekommen – eine winzige und unbedeutende Gemeinsamkeit, die trotzdem einen Funken Hoffnung in mir aufkommen ließ. Ma und ich, wir waren immer zwei Teile eines Ganzen gewesen. Noch bevor die Buchstaben vor meinen Augen erneut verschwammen, las ich weiter.

Ich hatte gehofft, ein anderer Ort, ein anderes Land und andere Menschen würden helfen.
Und es gibt keine schlimmere Vorstellung für mich, als nicht mehr auf dich achtgeben zu können.
Mein süßer Schatz, ich wünschte, ich könnte dich in meinen Armen halten und dir die widerspenstige Haarsträhne, die sich immer über deine Stirn kringelt, aus dem Gesicht streichen.
Die kleinen Dinge werden wichtiger, wenn man sie mit Abstand betrachtet.
Deswegen ist es umso tröstlicher für mich, dich in Wandas Obhut zu wissen. Meine Schwester war immer ein wichtiger Mensch für mich, auch in den vielen Jahren, in denen wir keinen Kontakt hatten.
Ich bin sicher, dass du diese Entscheidung eines Tages verstehen wirst. Sie war es, die mich damals nicht gehen lassen wollte. Doch ich habe mich von ihr abgewandt, in dem Glauben, meine Zukunft dadurch verändern zu können.
Das war falsch, das weiß ich jetzt. Mein Schicksal ist besiegelt – aber deins, große, starke Ge, ist noch nicht zu Ende geschrieben. Du stellst dir unendlich viele Fragen, dein Kopf ist derart voll davon, dass du das Gefühl hast, er könne platzen. Du wirst die Antworten auf all deine Fragen finden, aber das braucht Zeit. Ich weiß, Geduld ist nicht deine Stärke. Aber du wirst mit der Zeit lernen, dass du zu

viel mehr in der Lage bist, als du jemals gedacht hättest. Du bist schon immer ein besonderes Kind gewesen. Deine Willensstärke, deine Entschlossenheit, für deine Überzeugungen einzustehen, dein Mut – all das fehlte mir.
Ich weiß, es ist schwer, dich gerade jetzt in einer Situation, die so aussichtslos erscheint, um etwas zu bitten. Ich mache es trotzdem, denn es wird das Letzte sein, was ich tue.
Du bist die Einzige, die unserem Familienschicksal ein Ende setzen kann, und zwar dort, wo alles begann: in Blackwood. Bitte begehe nicht denselben Fehler wie ich. Man hat nur zwei Möglichkeiten. Entweder man stellt sich seinem Schicksal, oder man flieht davor. Aber dann flieht man ewig. Du weißt, wofür ich mich entschieden habe. Mach du es besser als ich. Laufe nicht davon. Stelle dich deinem Schicksal. Biete ihm die Stirn.

Deine dich über alle Zeiten hinweg liebende
Ma

Mit zitternden Händen legte ich das Blatt vor mir auf die Tischplatte. Das waren also Mas letzte Worte, alles, was mir von ihr geblieben war. Diese Worte waren wie eine letzte Umarmung, die ich mir so sehr gewünscht hatte. Und trotzdem waren da, wo vorher leere Stellen waren, nur noch mehr Fragezeichen.

Sie hatte recht – mein Kopf schien vor lauter Gedanken und Fragen zu platzen.

8. KAPITEL

Dieses Jahr ist unser sogenanntes Transition-Jahr«, erklärte Mrs Todd, »das ist ein zum Teil berufsorientiertes Jahr. Allerdings soll es den Schülern auch die Möglichkeit geben, sich ganz persönlich weiterzuentwickeln. Dafür sind die kreativen AGs gedacht.«

Sie hielt mir den Stundenplan mit ein paar leeren Feldern zum Eintragen der Wahlfächer hin.

»Dieses Jahr bieten wir ganz neu die Fächer *Digital Media*, *Computer*, *Mini Company* und *Life* an.«

Hatte ich richtig gehört? Es gab einen Kurs, der *Life* hieß? Mein Life war so im Eimer, dass ich ganz sicher in einen Anfängerkurs gehörte. Seit ich diesen mysteriösen Brief von meinem angeblichen Selbst bekommen hatte, versuchte ich, nicht durchzudrehen. Wanda wollte ich nach der Geschichte mit Catan nichts davon erzählen. Und wen hatte ich sonst, dem ich so etwas Verrücktes erzählen konnte? Sam tratschte beruflich sofort alles an Radio Blackwood weiter, und einen Gewissenskonflikt konnte ich nicht riskieren. Ich wollte keinesfalls als die Psychotante von Blackwood abgestempelt werden, und mit dem Stempeln waren sie hier ja recht schnell. Mimi kannte ich ebenfalls noch nicht gut genug, und sonst fiel mir niemand ein. Niemand, der noch lebte.

Andererseits: Wenn man *Leben lernen* konnte, dann gab es ja noch Hoffnung. Ob es da auch die Lerneinheit ›*Arian Mary nicht permanent in der Öffentlichkeit anstarren*‹ gab?

Die ersten beiden Stunden bei Wali hatte ich mir Arians Nacken eingeprägt und die winzigen Flaumhaare, die man nur sehen konnte, wenn er sich zum Schreiben nach vorne beugte. Ganz klar zeugte dieses Verhalten von eindeutigen stalkeristischen Merkmalen, aber ich konnte einfach nicht aufhören, ihn anzusehen. Und weil das mit Sicherheit die einzige Aktivität zwischen mir und Arian blieb, hielt ich es für gerade noch annehmbar. Irgendwann strich er sich dann mit der Hand über den Nacken, so, als ob er meine Blicke förmlich gespürt hätte. Das hielt mich allerdings nur weniger als drei Minuten davon ab, meine Stalkerqualitäten weiter auszuweiten.

Zu Hause hatte ich mich so gut wie nie mit Jungs aus meiner Klasse oder von irgendwoher anders beschäftigt, und ich musste zugeben, dass ich damit so ziemlich alleine dastand. Im Grunde hatten alle bereits einen Freund, eine Beziehung oder zumindest eine Schwärmerei gehabt, nur ich nicht. Ich wusste nicht, ob mein wenig ausgeprägtes Interesse auf der anderen Seite als Arroganz wahrgenommen wurde oder ob es schlichtweg an der *Rosine* lag. Ganz sicher aber spielte die in der Sexyness-Skala eine nicht ganz unwichtige Rolle. Wer wollte denn schon mit einem Mädchen ausgehen, die bei allen nur als *Die Rosine* bekannt war?

Im Grunde genommen war es mir sogar ganz recht gewesen, nicht der Mittelpunkt des männlichen Interesses zu sein, denn ich wusste sowieso nicht, wie ich meine Nachmittage mit ihnen hätte verbringen sollen. Die waren nämlich gefüllt mit Ballettunterricht gewesen oder mit lustigen Unternehmungen mit Ma. Oft schlenderten wir durch die geheimen Gassen der Stadt, in denen es immer etwas zu sehen gab. Im letzten Sommer hatte sich ein Touristenfänger in einer der engen Nebenstraßen platziert, um ahnungslosen Besuchern überteuerte Henna-Tattoos aufzumalen. Ma hatte es direkt gepackt, und sie wollte uns beiden eines verpassen lassen, weil so was in Wien so gut wie nie angeboten wurde. Sie handelte so lange, bis der fliegende Händler aufgab und uns zwei zum Preis von einem machte: Jeder von uns bekam eine wunderschöne Libelle auf die Innenseite des Unterarms. Wir gackerten und kicherten beim Aufmalen wie junge Hühner, denn es kitzelte wunderbar angenehm. Doch noch bevor die Libellenflügel auf meinem Arm ganz mit Ornamenten ausgefüllt waren, tauchte ein Ordnungshüter auf, der lauthals und wild gestikulierend auf uns zurannte. Der fliegende Händler (»Iche binne Spanier, aus die beste Stadte der Welte, Barcelona! Müsst ihr wisse, dass die heißblutige Sonne da macht heißblutige Mann, si?«) schnappte sich lediglich seine Farben, nahm die Beine in die Hand, ließ den Stand inklusive mich mit der halben Libelle stehen und rannte wie der heißblutigste Teufel aller Zeiten. Ma brach in wildes Gelächter aus, während sie mich hinter sich herzog und wir ebenfalls davonliefen, obwohl wir sicher nichts Illegales getan hatten. Wir rannten in eine unserer geheimen Gassen und drückten uns schnaubend mit dem Rücken an eine der kühlen Hauswände. Mit vorgehaltenen Händen kicherten wir noch eine Zeitlang so weiter, bis wir laut Ma nichts mehr zu befürchten hatten. Ich erinnerte mich noch gut, wie irritiert Madame Dupont gewesen war, als sie mich später mit dem halbfertigen Tattoo auf Zeit im Ballettunterricht gesehen hatte. Ganze drei Wochen starrte sie leicht angewidert auf meine halbe, immer mehr verblassende Libelle, aber ich hatte es einfach nicht fertiggebracht, sie mit aller Gewalt abzuwaschen, weil die Erinnerung an den Nachmittag mit Ma so schön gewesen war. Im Grunde genommen war Ma immer die Spontanere von uns beiden gewesen, und wenn sie eine Idee gut fand, dann hat sie sie durchgezogen, egal, was andere davon hielten. Vielleicht lag es eben auch daran, dass ich so wenige Freunde in Wien hatte –, wir waren nun mal die zwei Musketiere, die keinen Dritten im Bunde brauchten.

»Natürlich kannst du dich auch im Debattierclub oder für Golf eintragen«, riss mich Mrs Todd aus meinen Gedanken. »Stehst du gerne auf der Bühne? Dann ist die Theater-AG was für dich. Du hast Glück, dass du am Anfang des Trimesters zu uns gekommen bist, jetzt ist noch alles möglich.«

Das Schulsystem hier war eindeutig anders als in Wien, aber es gefiel mir sogar. Auch wenn ich es für einigermaßen verrückt hielt, Kurse anzubieten, in denen pausenlos diskutiert oder Golf gespielt wurde (war das nicht ein Seniorensport?), immerhin brachte es Abwechslung in den schnöden Schulalltag.

»Ich sehe mir nachher alles in Ruhe an und trage mich dann morgen für die Kurse ein, wenn das in Ordnung ist«, antwortete ich Mrs Todd, die wohlwissend nickte. Die Sache mit dem *Life-Kurs* war mir nicht ganz geheuer, obwohl ich neben Neugier ganz sicher ein echtes Bedürfnis vorweisen konnte.

»Natürlich, auf einen Tag mehr oder weniger kommt es nicht an. Wobei …«, sie hielt kurz inne und kramte in ihren Unterlagen, »wenn ich das richtig sehe, vergeben wir heute Nachmittag die Rollen in der Theater-AG. Das ist aber ja nur wichtig, wenn du vorhast, die Bretter dieser Welt zu besteigen.«

Mrs Todd zwinkerte mir wohlwollend zu. Ich war überrascht, wie nett die Lehrer hier waren, selbst Wali machte einen vernünftigen Eindruck auf mich. Gegenüber Sam war er trotzdem fair geblieben, obwohl der ihn bei jeder Gelegenheit auf die Schippe nahm. Überhaupt schien hier alles ein wenig lockerer als in Wien zu sein, was man bei den steifen Uniformen auf den ersten Eindruck nicht vermutet hätte.

»Theater ist eigentlich nicht unbedingt meins«, überlegte ich laut, »auch wenn ich Bühnen mag. Allerdings waren es in der Vergangenheit eher Ballettbühnen.«

»Du tanzt?«, fragte Mrs Todd nach und klang freudig überrascht. »Aber das passt ja ganz hervorragend! Wir werden dieses Jahr zum Winteranfang den Nussknacker vorführen, und was passt da besser als eine Primaballerina? Du musst unbedingt kommen, ich trage dich sofort ein!«

Der Nussknacker? Das Kinderstück?

»Na ja«, sagte ich und hob die Schultern, »eine Primaballerina würde ich mich nicht unbedingt nennen. Und ich habe in letzter Zeit einiges schleifen lassen und bin sicher etwas aus der Übung …«

»Ich habe dich eingetragen«, entgegnete Mrs Todd mir, diesmal freundlich bestimmt. »Das wird dir sicher helfen, schnell Kontakte zu deinen Mitschülern aufzubauen.«

Mir fiel ein, dass Arian gestern einige Blätter für die Theater-AG bei Ms Fitzpatrick im Büro kopieren wollte. Es war also mit höchster Wahrscheinlichkeit anzunehmen, dass er die AG auch besuchte. Dieser Gedanke war schön, andererseits machte er mich gleichzeitig unsicher.

»Ich weiß wirklich nicht …«

Doch Mrs Todd ließ sich nicht umstimmen. Bevor sie die Türschwelle zum Klassenraum betrat, drehte sie sich noch einmal zu mir um.

»Ich rechne heute Nachmittag fest mit dir.«

Natürlich hätte ich mir denken können, dass Sam ebenfalls in der Theater-AG war.

»Ich schärfe da mein Profil«, erklärte er mir, als wir nach dem regulären Unterricht den Flur entlangschlenderten. Wir hatten nach Mrs Todd und Wali noch zwei Stunden Französisch bei Mrs Reid gehabt, die die letzten Klassenarbeiten zurückgab und besprach, was mir etwas freie Zeit zum Grübeln verschaffte.

»Deine Note ist schon wieder die schlechteste der Klasse«, hatte sie Sam gerügt, »du ziehst den gesamten Schnitt nach unten. Gut, dass wir Lilian und Arian haben, die den Klassenschnitt wiederum retten.«

Lilian warf ihre roségoldenen Haare über die Schulter und lächelte stolz, während Arian sich nur ungerührt über sein Kinn strich.

Mrs Reid rümpfte ihre knollige Nase. »Exercez-vous plus!« Dann pfefferte sie das Heft auf unseren Tisch.

»Ah oui, pronto, prego!«, antwortete Sam, und sofort lachte die ganze Klasse – außer Mrs Reid. Ich konnte ihre Verärgerung wie auch die von Wali gestern sogar zum Teil verstehen, denn Sam war weder durch schlechte Noten noch durch Rügen zu beeindrucken und brachte so ziemlich jeden Lehrer schnell an seine Grenzen.

»Nimm dir bloß kein Bespiel an ihm«, sagte Mrs Reid zu mir und unterbrach meinen Gedankenfluss. »Es sei denn, du willst auch Aushilfsfriedhofsgärtner werden wie sein Vater.«

Gut, es waren wohl nicht alle hier so nett. Sofort wich das breite Grinsen aus Sams Gesicht einem ausdruckslosen Starren. Mrs Reid hatte wohlweislich einen wunden Punkt bei Sam getroffen, und es war ganz sicher kalkuliert gewesen.

»Lassen Sie meinen Vater aus dem Spiel«, antwortete Sam, und der Ärger in seiner Stimme war kaum zu überhören. »Ohne ihn wäre der Friedhof ein einziger Dschungel. Oder stört es Sie, dass Ihre Eltern in einem gepflegten Grab zur letzten Ruhe kommen?«

Touché – das hatte gesessen. Sam konnte den Klassenclown sondergleichen hergeben, und man neigte schnell dazu, ihn zu unterschätzen. Ich nahm mir vor, das nicht zu tun.

»Nun ja«, hatte sich Mrs Reid noch geräuspert, bevor sie auf die einzelnen Aufgaben einging.

Ich hatte den gesamten Tag damit verbracht, mir zu überlegen, ob es eine so gute Idee war, in die Theater-AG einzutreten. Arian dort auch noch zu sehen, würde sicher der berühmten Mohrrübe gleichen, nur dass ich in diesem Fall der Esel war. »Und dir würde ein bisschen mehr Präsenz auch guttun«, resümierte Sam jetzt auf dem Weg zum Theaterraum.

»Na danke jedenfalls«, schmollte ich, »es ist ja nicht so, dass ich hier den besten Start aller Zeiten hingelegt habe. Da braucht man natürlich solche aufmunternden Worte.«

»Was denn? Ich will dir ja nur helfen!«

Das konnte keiner, dachte ich, erst recht nicht, seit ich diesen seltsamen Brief und Mas kryptische Zeilen gelesen hatte. Ich wusste immer noch nicht, was ich damit anfangen, geschweige denn, ob ich es jemandem erzählen sollte – dafür war das Ganze einfach zu verrückt. Dazu kam auch noch der blöde Streit mit Tante Wanda. Das alles war so unglaublich – ich glaubte es nicht mal selbst.

»Ach komm schon«, feixte Sam und stupste mich in die

Seite. »Du wirst gleich bestimmt für eine tragende Rolle besetzt, und danach geht es dir direkt besser!«

Ich sah ihn fragend an. »Ich glaube nicht, dass genug Schauspieltalent in mir steckt.«

»Ich schon«, erwiderte Sam. »Ganz sicher sogar.«

»Meinst du?«

»Ja, du hast so was von …«, Sam überlegte künstlich angestrengt.

»… von einer Nuss!«

»Also«, erklärte Mrs Todd, als wir uns in dem riesigen Theaterraum im Kreis um sie herum versammelt hatten, »jeder von euch hat nun eine Kopie der Synopsis und der verschiedenen Rollen. Das ganze Stück drucke ich dann später für die Haupt- und Nebenrollen aus.«

Der Theaterraum war eine große, steinerne Halle mit Holzbühne und einem echten Samtvorhang in Rot. An den Wänden hingen Bilder vorangegangener Auftritte von älteren Klassen, die sich im Jubel des Publikums an den Händen haltend verbeugten. So klischeehaft es auch war, der Raum gefiel mir auf Anhieb. Vielleicht lag es daran, dass der gesamte Raum keine Fenster besaß und nur durch einige wenige Scheinwerferlichter beleuchtet wurde, in denen unzählige Staubkörner tanzten. So war die Luft hier irgendwie anders und roch nach etwas, was ich vom Ballettunterricht kannte – eine Mischung aus großen Träumen, erhitzten Körpern und etwas von der großen, weiten Welt. Selbst hier in einem Kaff wie Blackwood konnte ich es deutlich spüren.

»Wer sich für Licht, Ton oder Bühnenbild bewerben will,

kann direkt zu mir kommen«, erläuterte Mrs Todd den Ablauf weiter.

Sofort versammelte sich eine kleine Menge um Mrs Todd, so dass diese kaum mehr zu sehen war.

»Ich will eine Rolle mit viel Sprachpotential«, sagte Sam, der sich schräg hinter mich platziert hatte. Ich musste meinen Kopf in den Nacken legen, um zu ihm hochzusehen. Im Stehen sah er zumindest von hinten mit seiner beeindruckenden Größe eher aus wie ein Lehrer.

»Ich möchte lieber keine Rolle«, murmelte ich leise. »Und bevor du wieder deine Nuss-Witze reißt«, fügte ich streng hinzu, »auf eine stumme Nebenrolle kann ich auch verzichten.«

Sam verschränkte seine dünnen Heuschreckenarme.

»Aber was willst du denn dann machen?«

Ich hob die Schultern. Ton und Musik interessierten mich nur begrenzt, und was das Bühnenbild betraf, gab es anscheinend mehr als genug Interessenten, zumal meine Basteltalente sich in Grenzen hielten.

»Rumstehen?«, war die einzige Antwort, die mir einfiel.

Der Kurs war voller, als ich vermutet hatte. Der Nussknacker schien hier in Blackwood wohl gerade im Trend zu sein, wohingegen er auf meiner Wiener Schule sicher allen nur ein müdes Lächeln abgerungen hätte. Worüber ich mich allerdings nicht wunderte, war, dass Lilian und die Backgroundsängerinnen ebenfalls die AG besuchten. Sie schien mir der geborene Bühnenmensch zu sein, denn sie leuchtete von selbst, ganz ohne Theaterscheinwerfer.

»Na sieh mal einer an, unsere fesche Gesine ist auch dabei!« Lilian begrüßte mich mit je einem angedeuteten Luftkuss rechts und links neben meinen Wangen. Es wirkte so, als würden wir uns schon seit Ewigkeiten kennen, und anstatt mich geschmeichelt zu fühlen, machte es mich ein wenig unsicher. Zu ihrem selbstbewussten Auftreten trug sie ihre Schuluniform ohne Jacke und mit weit offener Bluse. Bei jeder anderen hätte es billig ausgesehen, wohingegen es bei Lilian einfach umwerfend wirkte. Sie schaffte es mit Leichtigkeit, einen gewissen Glamour zu versprühen. Ava, Hedda und Lynn hatten versucht, es ihr gleichzutun, aber keine von ihnen wirkte auch nur annähernd so stilvoll damit.

Ich sah an mir und meiner Schlabberuniform herunter – gegen Lilians Style wirkte ich wie frisch aus dem Frauenknast entlassen.

»Ich habe mir gedacht, ich style mich heute mal etwas dramatischer, passend zum Anlass«, erklärte sie mir, allerdings so laut, dass es alle verstehen konnten. »Wenn man schon in diese drittklassige Polyesterschande gezwungen wird. Da kann ja keiner seine Persönlichkeit zum Vorschein bringen.«

Dann sah Lilian an mir herunter. »Wobei es bei einigen ja scheinbar ganz zutreffend ist.«

Das war fies, und ich lief auf der Stelle rot an.

Lilian lachte abwiegelnd. »Das war natürlich nur ganz allgemein dahingesagt«, erklärte sie und zog sich ihre Lippen mit einem zartrosé Lipgloss nach, ganz ohne einen Spiegel zu brauchen. »Du bist ein Unikat, Ge, das habe ich direkt erkannt.«

Lilian schaffte es, etwas zu sagen oder zu tun, was wie ein stumpfer Dolch direkt in die Magengrube ging, es dann aber so in Rosen einzubetten, dass ihr niemals jemand etwas übelnehmen konnte.

»Sorry für die Verspätung.«

Arian erschien keuchend in der Tür. »Der Film war gar nicht so leicht zu kriegen.«

Arian hielt MrsTodd über die Köpfe der anderen eine DVD hin. Jetzt erst fiel mir auf, dass er größer als die meisten anderen Schüler war. Sam natürlich ausgenommen.

»Danke, Arian«, sagte Mrs Todd und hielt die DVD hoch.

»Bevor ihr euch für die verschiedenen Rollen bewerbt, sehen wir uns noch den Film hier an, sozusagen als Inspiration. Dann verteile ich die Texte der zu vergebenden Rollen, und ihr sagt mir, was ihr euch vorstellen könnt. Bei den beiden Hauptrollen, Nussknacker und Mascha, möchte ich euch darauf hinweisen, dass es dafür sehr viel Text zu lernen gilt. Am besten wäre deswegen eine Paarung, die sich gut versteht, denn ihr werdet viel Zeit zum Lernen miteinander verbringen.«

»Da wüsste ich schon ein Paar«, flüsterte Lilian gerade laut genug, dass Arian es hören konnte. Sie zwinkerte ihm zu, und er erwiderte es mit einem Lächeln.

Ja, ich gab es zu. Die beiden waren perfekt (zusammen waren sie sogar perfekt-perfekt. Kaum auszuhalten, aber leider wahr.)

Die nächsten hundertsechs Minuten verbrachten wir im Schneidersitz auf dem Boden damit, dem traurigen Schicksal des Nussknackerprinzen zu lauschen, der sich mit einem Heer aus Spielzeugsoldaten gegen den Rattenkönig auflehnte. Lilian saß mit Arian seitlich von mir, und ich hörte sie bei den romantischen Szenen ständig leise kichern.

»Ich finde ja, der Rattenkönig hat zu Unrecht so ein schlechtes Image«, flüsterte Sam mir ins Ohr.

»Lass mich kurz überlegen«, antwortete ich, »eine fiese Ratte mit monströsem Gebiss, die die Sonne hasst, den

Himmel mit einer schwarzen Wolke verdunkelt, indem sie alles Spielzeug der Kinder verbrennt und den Nussknackerprinzen und die Mascha umbringen will, einfach nur, um mal eben die Welt zu beherrschen, ist eigentlich zu Unrecht negativ dargestellt?«

»Ja«, murmelte Sam nachdenklich, »jeder hat doch so seine Schwächen. Vielleicht hat sie nur eine Sonnenallergie?«

Ich musste seufzen. »Jetzt bin ich nicht mehr überrascht, warum du auf Lilian stehst. Wobei ich ja zugeben muss, dass sie auch ihre guten Seiten hat. Zumindest, was ich bis jetzt beurteilen kann.«

»Ich denke, ich werde mich für den Rattenkönig bewerben«, sagte Sam entschlossen und setzte sich wieder gerade zurück in den Schneidersitz. »Es ist an der Zeit, dass diese Figur nicht nur eindimensional gezeigt wird.«

Als der Film zu Ende war, schaltete Mrs Todd das Licht wieder an. Eine seltsame, fast heroische Stimmung lag in der leicht verbrauchten Luft im Theaterraum – so, als hätte nicht nur der Prinz den Kampf gewonnen, sondern wir alle mit ihm.

»Ich hoffe, der Film konnte euch inspirieren. Wobei mir eine moderne, frischere Version des Ganzen vorschwebt.«

»Genau«, sagte Lilian und sah verschwörerisch in die Runde. »Meint ihr nicht auch, das Ganze wäre viel stärker, wenn man die Liebesgeschichte mehr hervorheben würde?«

Die Backgroundsängerinnen kicherten sofort los, und Arian hob beide Augenbrauen.

»Ich meine, die Liebe ist die stärkste Kraft der Welt, ist es nicht so? Und sie wird hier nur im Nebenstrang erzählt, das ist doch recht dürftig. Also für meine Verhältnisse.«

Dass Lilians Verhältnisse sicher recht undürftig ausfielen, glaubte ich sofort.

»Lassen Sie uns den Staub von dieser alten Geschichte wegpusten und eine romantische Lovestory draus machen!«

»Das ist eine fabelhafte Idee von dir, Lilian«, lobte Mrs Todd zufrieden, »so etwas in der Art hatte ich mir vorgestellt. Ein Ballettelement für die Mascha würde ich gerne noch zusätzlich einbauen. Allerdings moderner und weniger dramatisch, eher sexy.«

Dass eine Lehrerin so etwas von sich aus vorbrachte, verschlug mir fast die Sprache.

»Das kann ich mir auch gut vorstellen«, quakte Lilian Mrs Todd nach und klang dabei wie eine Ente (okay, eher wie ein Schwan. Ein schöner Schwan. Na gut, wie ein wunderwunderwunderschöner Schwan). Dass sie die weibliche Hauptrolle wollte, war mir schon vorher klar gewesen. Und auch, dass sie sie bekommen würde.

»Ich bewerbe mich für den Nussknacker.«

Arians Stimme hallte wie ein Entschluss durch den Raum.

»Sehr schön«, freute sich Mrs Todd und begann, sich Notizen zu machen. »Wer noch?«

Ein paar zaghafte Jungenhände hoben sich, jedoch wirkte keiner so fest entschlossen dabei wie Arian. Mrs Todd notierte die Namen.

»Gut. Dann zur weiblichen Hauptrolle.«

Sofort schnellte Lilians Hand hoch. »Wobei ich davon ausgehe, dass Sie dabei an mich gedacht haben.«

Mrs Todd betrachtete Lilian nachdenklich.

»Gewiss, meine Liebe. Allerdings gelten hier gleiche Chancen für jeden, auch für diesen Part. Ihr sprecht vor, und ich entscheide, welche Konstellation am besten passt.«

Dieser Rüffel schien Lilian ganz und gar nicht zu passen, denn sie rümpfte verächtlich ihre zarte Stupsnase. »Am Ende ist es doch sowieso klar.«

»Klar ist das klar, dass du dafür die Beste bist«, echote Ava, und auch Sam schien das so zu sehen.

»Gut, noch jemand für die Mascha?«

Man hätte eine Nuss knacken hören können, so still war es. Während sich bei Arian noch einige wenige getraut hatten, wollte Lilian wohl doch lieber niemand ins Gehege kommen.

»Was ist mit dir, Gesine?«

Alle Augen richteten sich in Sekundenschnelle auf mich.

»Ich bin, glaube ich, kein so großes Schauspieltalent«, wiederholte ich, was ich auch schon heute Morgen erklärt hatte.

»Das gilt es herauszufinden«, sagte Mrs Todd unverdrossen. »Außerdem gefällt mir, dass du schon Bühnenerfahrung hast.«

»Aber doch nur im Ballett«, gab ich zu.

»Ich habe ebenfalls Bühnenerfahrung«, mischte sich Lilian erneut ein.

Diesmal kräuselte Mrs Todd ihre Nase. »Soweit ich mich erinnere, war das in der 5. Klasse, Lilian.«

»Na und«, entgegnete sie, »es war aber eine wichtige Rolle.«

»Du hast einen sich im Wind wiegenden Ast gespielt.«

»Es war ein wichtiger Ast!«

Nachdem Mrs Todd (zu Lilians Unmut) alle Rollen mehrmals für das große Vorsprechen besetzt hatte, konnten wir gehen. Sam hatte sich erfolgreich für den Rattenkönig eintragen lassen und mit seiner Theorie über die Sonnenallergie wie immer für einige Lacher gesorgt.

»Eine Mischung aus Allergieopfer und Ludwig dem XIV. alias dem Sonnenkönig …«, schwebte ihm vor.

»Ab zu Mimi«, sagte Sam, nachdem wir einige Zeit auf dem Schulhof mit Allergierecherche bei Google vertrödelt hatten, und rieb sich den Bauch. »Ich habe Hunger wie ein Mountain Sheep.«

»Auch wenn ich diese Rasse nicht persönlich kenne, würde ich dir blind zustimmen«, antwortete ich, »dieses ganze Nussknackerding war ganz schön anstrengend. Mimis Schokolade wäre jetzt himmlisch.«

»Heute gibt's Mimis berühmt-berüchtigte und besonders streitbare Algenmuffins«, antwortete Sam, »hier scheiden sich wortwörtlich die Geister, ob sie eine Delikatesse oder Unkraut sind.«

Die Vorstellung, salzige Muffins aus Algen zu kauen, ließ mir nicht gerade das Wasser im Mund zusammenlaufen.

»Schwer vorstellbar, dass so was schmeckt.«

»Wir erweitern deinen Horizont hier in Blackwood«, neckte Sam mich.

O ja, dachte ich, der war schon mehr erweitert worden, als ich es mir je hätte vorstellen können.

Auf dem Weg aus der Schule zum Birdhill kamen wir an einer großen Rasenfläche vorbei, die an den Schulhof grenzte. Ich hatte einen Fußballplatz vermutet, aber was ich jetzt sah, war alles andere als der Sport, den ich schon mein Leben lang kannte.

Zwei ähnlich große Jungenmannschaften spielten mit Holzschlägern, die mich an einen überdimensionalen Suppenlöffel erinnerten, um einen kleinen Ball, ähnlich einem Baseball. Die verschiedenen Mannschaften trugen unterschiedliche Trikots und Schutzhelme. An manchen Stellen war das Grün vom Laufen und sicherlich auch durch die harten Schlägerbewegungen, mit denen der kleine Ball vom Rasen aufgenommen und durch die Luft gepfeffert wurde, zu braunem Matsch geworden. Bei einigen Schlägen flogen infolgedessen auch Matschklumpen in Faustgröße mit.

»Hurling«, klärte Sam mich auf. »Gibt's nur hier und ist unser hochheiliger Volkssport. Schon die Kelten hatten es drauf.«

»Nett«, befand ich das Matschmassaker. »Bestimmt sehr hygienisch.«

»Das ist noch viel netter, wenn es besonders heiß ist und sie oberkörperfrei spielen«, ärgerte Sam mich, während wir am Spielfeldrand entlangliefen.

»Damit kannst du mich nicht beeindrucken«, erklärte ich gleichgültig, »ich war noch nie Fan von einem Spiel, bei dem zwei Dutzend Kerle einem Ball hinterherrennen wie Kleinkinder.«

Ein gezielter Schlag pfefferte den Ball mit Höchstgeschwindigkeit an unserem Sichtfeld vorbei ins Tor, und die Hälfte der Jungs begann zu jubeln. Einer von ihnen zog sich den Helm vom Kopf, strich sich die Haare aus dem Gesicht und hielt seine Hand den anderen zum High Five hin, die nacheinander einschlugen. Zwei Matschstreifen längs seiner Wangen ließen ihn überraschend verwegen wirken und männlicher als zuvor. Ich hatte Arian vom ersten Augenblick an wunderschön gefunden, aber dieser Anblick raubte mir glatt den Atem.

»Bist du sicher, dass dich das nicht beeindruckt?«, hörte ich eine schmunzelnde Stimme neben mir.

Leider konnte ich nicht antworten, denn ich war zu sehr damit beschäftigt, die Szene noch mal in Slowmotion in meinem Kopf abzuspielen.

»Und die Algen sind wirklich hier aus dem Meer?«

Ungläubig starrte ich das braune Etwas in meiner Hand an.

»Na, denkst du, ich setze mich in ein Boot und fahre zu einer anderen Insel, wenn es vor meinen Füßen solche Delikatessen gibt?«

Mimi schüttelte ihre wilde Lockenmähne. »Und mach nicht so ein entsetztes Gesicht, Liebes.«

Sam schob sich eine Handvoll frisch gebackener Algenchips in den Mund und kaute sie genüsslich und geräuschvoll.

»Ich liebe es, wenn du am Meer warst, Mimi.«

»Heute war ich besonders früh dran. Um sechs Uhr bin ich schon unten an den Cliffs gewesen, du weißt wo, da wo die Algen besonders buschig sind. Und rate, wer mir wieder begegnet ist?«

»Ma, unsere Mbommy«, antwortete Sam mit vollem Mund. Nach Mimis strengem Blick schluckte er alles auf einmal hinunter. »Unsere Bonny natürlich.«

»Ja, und sie war heute besonders gut drauf. Eine echte Neuentdeckung hier diese Sorte.«

Mimi holte ein Stück trockene Alge, die eher grau als grün schien und neben blattförmigen Auswüchsen auch einige blasenförmige Kugeln an langen Algenarmen vorzuweisen hatte.

»Ich habe sie direkt als Topping für meinen Supersmoothie getestet. Funktioniert eins a!«

»Wer ist denn schon wieder Bonny?«, hakte ich nach und tippte auf eine Fee, einen Meergeist oder zumindest etwas ähnlich Verstörendes.

»Ein Delphin«, sagte Sam und beäugte meinen Muffin. »Isst du das noch?«

Ich wollte nicht unhöflich sein und Mimis Muffin unprobiert lassen. Also kniff ich die Augen zusammen und nahm einen kleinen Bissen. Sofort legte sich eine seltsam gute Mischung aus herzhaft-salzigem Crisp und wolkenweich-zartem Teig um meinen Gaumen. Es schmeckte unbekannt und durchaus außergewöhnlich – aber nicht schlecht.

Als ich die Augen wieder öffnete, war Mimi hinter der Theke verschwunden.

»Nicht übel«, sagte ich und sah die Enttäuschung in Sams Gesicht, mir nicht schon wieder eine Portion abjagen zu können.

»Hier«, gab ich nach, »nimm schon, bevor sie's merkt.«

»Ich sehe alles«, ertönte eine Stimme unter der Theke hervor, »sogar wenn ich nicht zu sehen bin.«

»Ich wusste gar nicht, dass es hier Delphine gibt«, lenkte ich schnell vom Thema ab, während sich Sam meine Reste in den Mund schob. Ich konnte mir ausmalen, dass der Futterneid bei den vielen Geschwistern in Sams Zuhause sicherlich ausgeprägt war.

»Gibt es auch nicht«, sagte Mimi und tauchte wieder auf.

»Genauer gesagt, bis auf den einen. Der hatte sich irgendwann hierhinverschwommen, und es hat ihm wohl so gut gefallen, dass er blieb. Seitdem treffe ich ihn mindestens einmal in der Woche bei meiner Algenernte. Du glaubst nicht, wie viel Humor Bonny hat. So was findet man bei den meisten Menschen nicht.«

»Hhmmm«, machte ich nachdenklich. Es war offensichtlich: Blackwood war mit Abstand der schrägste Ort, den man sich vorstellen konnte. Oder zumindest seine Bewohner, inklusive deren tierischer Freunde.

»Vermisst du Wien, Kleines?«, fragte Mimi ganz unvermittelt und sanft, während sie begann, einen der bunten Kerzenständer, der mit Sicherheit auch aus Wandas Pottery stammte, mit Spucke und einem Geschirrtuch zu polieren.

Ich überlegte. Natürlich vermisste ich Wien, aber wenn ich ehrlich war, war alles, was mein Zuhause so besonders gemacht hatte, verloren.

»Schwer zu sagen«, antwortete ich laut. »Ich vermisse mein altes Leben. Es ist eher das Gefühl als die Stadt allein. Das gehörte für mich zusammen und war untrennbar miteinander verbunden. Aber dieses Gefühl gehört nun der Vergangenheit an.«

Als Zeichen der Zustimmung presste Mimi ihre vollen Lippen aufeinander.

»Manchmal muss ein altes Gefühl verschwinden, damit ein neues seinen Platz findet, weißt du.«

Ich sah aus dem Fenster, vor dem sich einige Büsche im Wind wiegten.

»Mag sein«, erwiderte ich gedankenverloren und dachte dabei an all die wirren Gefühle der letzten Tage.

Und ganz besonders an eines, das ich nicht denken, geschweige denn auszusprechen wagte.

9. KAPITEL

RADIO BLACKWOOD

»Guten Morgen, liebe Blackwood-Gemeinde, da sind wir wieder! Heute gibt es News direkt aus der Hölle, na ja, fast – vom Schulhof eben. Das Theater-Casting für das große Winter-is-coming-Stück steht an, und wir sind alle schon gespannt wie durchgedrückte Flitzebögen, wer dieses Jahr das Rennen machen wird. Gesucht werden Prinzen und Ballerinas, Zuckerfeen und böse Ratten und sonst noch so allerlei Gekreuche und Gefleuche. Die Gelder der Eintrittskarten für die Aufführung gehen dieses Jahr wieder in den Lämmerfonds, für die verstoßenen Fellwaisen unserer Insel, also nehmt euch wie immer dieses Jahr am 20. Dezember nichts vor und unterstützt unsere Gemeinde! Unser Glamourpaar ist natürlich auch mit von der Partie, und es würde sicherlich keinen von uns wundern, wenn sie beide das Rennen machen. Der Prinz und seine Prinzessin! Da muss ich doch glatt eine Freudenträne wegdrücken, wenn ich daran denke, wie toll sie zusammen wären. Also drückt die Daumen, damit wir im Winter ein glamouröses Spektakel erleben können, bei dem wir auch noch Gutes tun können! Und schon George Michael hat es immer gesagt: ›You can do good and do well in the same time‹! Das sehen wir genauso und spielen deswegen auch gleich ein Medley seiner größten Hits aus den Achtzigern.

Das war es kurz und knackig fürs Erste, bis später, euer Bran Foley!«

Diesmal würde ich alles richtig machen, da war ich sicher. Wanda hatte ich länger nicht mehr gesehen, sie arbeitete sicher in der Pottery, deren Besichtigung immer noch ausstand. So aber war genug Zeit, die Überraschung, die ich mir für sie ausgedacht hatte, vorzubereiten. Wandas Garten war wirklich wunderschön, und mir gefiel auch dieses leicht Wirre und Verwunschene gut, aber eine kleine Auffrischung hatte er trotzdem nötig. Wenn ich ihr zur Hand gehen und im Garten helfen würde, könnte ich beweisen, dass ich nicht vollkommen nutzlos war. Und ich konnte die Sache mit Catan vielleicht wiedergutmachen, der sich seit der Waschaktion nicht mehr näher als fünf Meter an mich herantraute. Ich hatte eine übergroße, verrostete Küchenschere in Wandas geordnetem Küchenchaos ausfindig machen können. Ein geflochtener Korb diente mir als Eimer, und schon war ich bereit loszulegen.

»Gärten machen alle Menschen glücklich«, hatte Wanda gesagt – und ich würde heute den Praxistest machen. In meinem Zimmer wartete der Text für die Rolle der Mascha, den ich bis morgen zum Vorsprechen können sollte. Es war nicht so, dass ich überhaupt keine Lust auf die spannende Rolle hatte. Aber irgendetwas in mir tat sich schwer, es zu probieren. So viel Aufmerksamkeit erschien mir anstrengend, ganz abgesehen davon, dass Lilian scharf auf die Rolle war. Mit ihr wollte sich scheinbar keiner anlegen – und mir schwante, dass es für mich und meinen Aufenthalt in Blackwood (wie lang oder kurz er auch immer sein mochte) besser war, wenn ich das auch nicht tat. Der Garten war also eine willkommene Abwechslung für mich, um die Beschäftigung mit der Rolle noch ein wenig hinauszuzögern.

Ich sah mich um. Es war kaum ein Unterschied zwischen

Büschen und Unkraut festzustellen, da alles gleich hoch und wild durcheinanderwucherte. Die geometrisch angelegten Beete, die ich aus Wien kannte, konnte ich hier nirgendwo ausmachen. Es war alles eher dschungelartig, und das feuchte, milde Klima verstärkte diesen Eindruck noch. Nur der herbe Wind, der in regelmäßigen Abständen in mein Gesicht und durch meine Haare wehte, erinnerte mich daran, dass ich hier nicht auf einer Südseeinsel im Urlaub war. Aber die Urlaubsidee war nicht schlecht – vielleicht sollte ich mir vorstellen, dass ich hier auf Urlaub war. Das würde es mir leichter machen, nicht zu verzweifeln. Ich machte zwar einen ungewollten Urlaub – trotzdem hatte er seine Vorzüge. Ich hatte in kürzester Zeit viele liebenswerte (na gut: verrückte) Menschen getroffen. Und ich hatte etwas entdeckt, das über meine Vorstellungskraft hinausging und das ich noch ergründen musste.

Ich kniete mich vor den erstbesten Busch, der mit wildwachsendem Unkraut wie ein geflochtener Bauernzopf verwoben war. Die Schere knirschte bei jedem Schnitt, und der Korb füllte sich schneller, als ich sehen konnte. Ich wischte mir den abrupt auftretenden Schweiß von der Anstrengung mit dem Handrücken von der Stirn, ich hatte unterschätzt, wie viel Kraft das Jäten kosten könnte. Ich war nicht in Übung, das war klar, aber so einen einmeterfünfzig Busch von ein paar Unkrautstängeln zu befreien, hatte ich mir nicht so mühsam vorgestellt. Es dauerte ewig. Die Arbeit würde sich allerdings lohnen, dessen war ich mir sicher. Die Gartenschuhe von Wanda hatte ich besser unberührt gelassen und trug stattdessen meine ausgeleierten Sneakers, die sich bereits zusammen mit meinen aufgestützten Knien in die weiche Erde gebohrt hatten. Nach dieser Aktion würde ich eine Komplettwäsche benötigen, das stand fest. Mit Schwung riss ich den letzten Strang vom Busch und kippte beinahe nach hinten über. Dieses Zeug hatte sich förmlich in die Pflanzen festgekrallt, so als ob es eine Umarmung auf Lebenszeit wäre, die keinen Millimeter Luft zwischen den einzelnen Blättern duldete.

»Pohhhh«, machte ich laut, als ich die abgerissenen Pflanzen in den Korb verfrachtete. Dann stellte ich mich auf, stützte beide Arme in die Hüften und betrachtete stolz mein Erstlingswerk. Der Busch war wieder als einer zu erkennen und der Korb halbvoll, obwohl ich noch nicht mal richtig losgelegt hatte. Wenn ich bis zum Einbruch der Dunkelheit noch drei bis vier Stellen schaffen würde …

»Nein, o nein!«

Eine grelle Stimme hinter mir ließ mich blitzartig aufschrecken.

»Du lieber, seliger Gott, sei uns gnädig!«

Wanda und das Lama standen mit aufgerissenen Augen hinter mir. Die Augäpfel vom Lama traten so weit hervor, dass sie mich unmittelbar an diese gummiartigen Halloween-Flummies erinnerten, die immer von auffallend roten Adern durchzogen waren.

»Möge nach dem Gewitter ein Regenbogen über deinem Haus stehen«, betete das Lama nun mit gefalteten Händen gen Himmel.

Wanda stand regungslos daneben.

Ich ahnte bereits, dass ich der Anlass für diese Aufregung war, konnte mir aber nicht erklären, warum.

»Ich hab nur das Unkraut weggenommen, wirklich«, erklärte ich mit ausgebreiteten Armen, »das hier ist nur der Anfang. Ich räume alles nachher noch weg, und dann sieht es wieder ganz ordentlich aus und …«

»Bist du von allen guten Geistern verlassen?!«

Das Lama hatte augenscheinlich genug gebetet und stürzte nun auf mich zu wie ein Falke auf Mäusejagd. Dann riss sie mir die Schere aus der Hand und warf sie quer über den Rasen zum anderen Ende des Gartens, als wäre sie eine gezündete Bombe.

Auch Wanda hatte sich aus ihrer Erstarrung gelöst, stellte sich neben mich vor den Busch und begann, Unverständliches vor sich hin zu murmeln.

Dabei sah sie mich nicht an.

»Was habe ich denn jetzt schon wieder falsch gemacht?«, fragte ich sichtlich verzweifelt.

War das Unkraut hier etwa auch heilig?!

»Du hast den Lebensraum der Leprechauns beschnitten«, stöhnte Wanda mit klagender Stimme, »das werden sie uns nie verzeihen!«

»Aber ich habe den Busch nicht angerührt«, verteidigte ich mich und wunderte mich gleichzeitig darüber, dass auch ich schon ernsthaft über die Behausung von Waldgeistern diskutierte. »Ehrlich, es war nur das Unkraut. Ich wollte dich überraschen und die Sache mit Catan wiedergutmachen. Der Busch ist unversehrt, das kannst du mir glauben!«

»Welches Unkraut?«, fragte Wanda, und das Entsetzen in ihrem Gesicht war deutlich zu erkennen. »Es gibt kein Unkraut! Es gibt gesäte und wilde Pflanzen, aber kein Unkraut! Die Leprechauns machen da doch keinen Unterschied so wie ein unwissender österreichischer Gewächshausbotaniker!«

Schlapp ließ ich meine Arme hängen. Ich hatte mal wieder mit vollem Schwung einen Sprung in das größtmögliche Fettnäpfchen gemacht.

»Es tut mir leid«, flüsterte ich zerknirscht. »Es war genau andersrum gemeint.«

»Dieses Kind bringt nur Ärger ins Haus, ich habe es dir gleich gesagt, Wanda!«, plärrte das Lama spuckend vor sich hin.

»Mrs Bangert-Wo…«

»Für dich nur noch Llewely ap Dafydd ap Leuan ap Griffit ap Meredith!«

Der Name wurde mit derart vielen Zischlauten ausgesprochen, dass das Lama vor lauter Aufregung einen regelechten Spuckakkord vollführte.

Ich konnte es keine Sekunde länger im Garten aushalten und lief, so wie ich war – voller Dreck und Erde –, hoch in mein Zimmer. Atemlos knallte ich die Tür hinter mir zu und drehte den Schlüssel im Schloss um.

Zurück in meinem Zimmer, schienen meine Probleme den gesamten kleinen Raum auszufüllen, so dass ich kaum Platz darin fand. Eine Sache nach der anderen hatte ich versemmelt, und um Wanda tat es mir besonders leid. Warum war hier auch alles nur so kompliziert? Dass das Lama wollte, dass ich sie mit ihrem irren walisischen Namen ansprach, war nur der letzte Tropfen auf dem heißen, irischen Kalkstein.

Llewely ap Dafydd ap Leuan ap Griffit ap Meredith hatte Wanda mir neulich auf meine Nachfrage hin auf ein Blatt Papier gekritzelt. Das konnte sich doch kein Mensch merken, und ich wettete, dass das Lama selbst hundertfünf Jahre (oder wie alt sie auch immer war. In jedem Fall sah sie sehr, sehr alt aus) dafür gebraucht hatte, um diese absurde Reihenfolge auswendig zu lernen. Die Lama-Abkürzung konnte ich wohl eher nicht vorschlagen, aber vielleicht … ich zeichnete die Anfangsbuchstaben der einzelnen Worte nach.

Llewely **a**p **D**afydd **a**p **L**euan **a**p **G**riffit **a**p **M**eredith.

Das war es: LADALAGAM.

Mit einem höflichen Mrs davor gab es hoffentlich nichts dagegen einzuwenden.

»Gestatten, Mrs Ladalagam, ich habe mir vorbehalten, Ihren besonderen Namen ein wenig einzukürzen, das kommt Ihnen sicher weit mehr entgegen als Das Lama, *sehe ich das richtig?«*

Im nächsten Augenblick ärgerte ich mich über meine albernen Gedanken – ich zerbrach mir den Kopf über eine tourretteartig spuckende Vogelscheuche aus der Nachbarschaft, während nun wortwörtlich gleich drei schriftliche Probleme, die ich nicht lösen konnte, vor mir auf dem Schreibtisch lagen.

Ich verstand Mas warnenden Brief nicht, ich wollte der seltsamen Nachricht aus der Zukunft nicht glauben, und ich wusste nicht, ob ich den Text der Mascha für das Vorsprechen morgen überhaupt lernen sollte. Jede dieser drei Schriften vor mir beinhaltete jeweils ein neues Problem, würde ich mich auf sie einlassen. Mit dem Gesicht in meine Hände gestützt saß ich an dem riesigen Schreibtisch, der so viel mehr zu wissen schien als ich. Wenn ich doch nur irgendjemanden fragen könnte, wenn es doch nur irgendjemanden gäbe, der wüsste, was zu tun wäre. Jede kleine Entscheidung meinerseits war mir hier schon zum Verhängnis geworden, und ich war mir sicher, dass jede weitere es auch würde.

Andererseits – wenn ich ohnehin alles falsch machte, was hatte ich dann noch zu verlieren?

»Gut, dann beginnen wir mit dem Vorsprechen für die männliche Hauptrolle«, sagte Mrs Todd. »Mary, O'Brian, Kelly, Walsh, Bell.«

Arian und seine Mitstreiter traten vor. Alle hätten sicherlich einen halbwegs standhaften Prinzen abgegeben, aber in meinen Augen hatten die anderen keine Chance. Arian hatte das gewisse Etwas, das man sich nicht antrainieren konnte.

»Bell beginnt«, bestimmte Mrs Todd, und der dunkelhaarige Junge mit den algengrünen Augen begann den Text zu rezitieren. Bis auf wenige kleine Holperer brachte er eine akzeptable Leistung zustande, wenn man mal davon absah, dass er die Zeilen von dem Blatt in seiner Hand ablas, indem er den Zettel ungefähr zwei Zentimeter vor sein Gesicht hielt, wodurch er ihn bei mindestens jedem dritten Atemzug mit dem Mund ansaugte wie der Putzerfisch, den ich mit fünf Jahren von Ma bekommen hatte und der sich zwei Jahre lang mit dem Maul am Aquariumrand festsaugte, bevor er eines Tages einfach abfiel und regungslos liegen blieb.

Mrs Todd notierte sich etwas, nickte und forderte den Nächsten in der Reihe auf.

»Die schmieren doch sowieso alle neben Mary ab«, sagte Sam unbeeindruckt, während er mal wieder irgendetwas kaute.

»Das habe ich mir auch gerade gedacht«, antwortete ich, obwohl ich Arians Schauspieltalent objektiv gar nicht einschätzen konnte. Subjektiv aber irgendwie schon.

»Am Ende wird das Stück auch noch umgeschrieben, und der blöde Nussknacker wird zum supertollen Butterprinz«, stöhnte Sam genervt. Er mochte Arian, das wusste ich, aber gleichzeitig konnte er ihn anscheinend wegen seiner geburtsmäßigen Vorteile nicht gut ertragen. Nach dem mittelmäßigen Brian Walsh, dem überdramatischen Marc Kelly und dem viel zu leisen Joey O'Brian war Arian an der Reihe. Er las seinen Text nicht ab, im Gegenteil. Er stellte sich auf die Bühne und sprach Mrs Todd, die stellvertretend die Rolle der Mascha übernahm, an, als wäre sie seine leibhaftige Rettung. Und Mrs Todd wiederum blinzelte ihn an, als wäre sie soeben dreißig Jahre jünger geworden.

Sam machte sich keine Mühe zu flüstern. »Diese Perfektion ödet mich an.«

Das konnte ich von mir nicht behaupten. Arian bei seinem Vorsprechen anzustarren war in diesem Fall absolut unauffällig und ja sogar nötig, um sein Talent für die Rolle bewerten zu können.

»Bravo«, klatschte Mrs Todd eine Spur zu hysterisch, »das war eine ganz wunderbare Darbietung!«

»Wenn sie jetzt anfängt zu singen, muss ich kotzen.«

Sam beherrschte es wirklich immer, die Dinge auf den Punkt zu bringen.

»Warte mal ab«, versuchte ich, ihn zu beruhigen, »von deiner Leistung wird sie bestimmt genauso begeistert sein.«

»Das hoffe ich doch stark«, sagte Sam und deutete nach vorne. »Ich glaube, dein Typ wird verlangt.«

Tatsächlich hatte Mrs Todd aber Lilian nach vorne gebeten. »Wir hören nun die neunte Szene aus dem ersten Akt, Eingreifen vom Nussknacker und Rettung durch Mascha. Lilian, bist du so lieb und beginnst? Ich spreche den Prinzen und gebe dir die Stichwörter.«

Lilian hatte sich heute die Haare wie eine echte Primaballerina zum Dutt streng nach oben gebunden, was ihr ebenso gut stand wie die wilde Lockenprachtvariante. Sie setzte sich auf den Bühnenrand und begann, den Text vollkommen frei zu sprechen. Auf Mrs Todds Stichwort hin wurde aus der erst zögerlichen Mascha eine überaus dramatische Retterin.

»Ich komme, ich komme dir zu Hilfe!«

Sams Lippen formten ein beeindrucktes »Wow«, ohne dabei auch nur einen Laut von sich zu geben, so ergriffen war er. Er hörte sogar auf zu kauen.

Für meinen Geschmack ging mir die Verwandlung der Mascha ein wenig zu schnell, immerhin war sie doch gerade noch ein schüchternes Mädchen gewesen. Die Entschlossenheit in Lilians Darbietung erinnerte mich eher an eine Frau, die vor nichts Angst hatte, weil sie immer alles bekam, was sie wollte. Ich hatte den Text gestern nur noch sporadisch gelernt, denn auch ich wollte Lilians Eifer nicht in die Quere kommen.

»Danke«, brach Mrs Todd Lilians Darbietung mittendrin ab, »das war sehr gut.«

Dann machte sie sich einige Notizen, während sie dabei immer wieder abwechselnd mit dem Kopf nickte und ihn wieder schüttelte.

Ava, Hedda und Lynn klatschen wild in die frisch manikürten Hände. »Genial, Lilli! Du bist es! Du bist es!«

In diesem Moment erinnerten sie mich an die irren Groupies, die nachts immer vor Hotels auf ihre Stars warteten und sich heimlich auf die Zimmer schlichen, um sich dann nackt in die Betten ihrer Idole zu legen.

»Gesine, nun du bitte.«

Mühsam zog ich mich hoch.

»Nichts für ungut«, flüsterte Sam, »aber diese Vorstellung kannst du dir sparen. Willst du nicht lieber meine Rattenkönigin sein?«

Ich musste trotz des Antikompliments lächeln. Und er hatte recht. Ich würde das so schnell wie möglich durchziehen und dann Lilian weitermachen lassen, so oder so. Den Text hatte ich nicht drauf – wofür auch? Ich würde eben improvisieren, das änderte jetzt auch nichts mehr an meiner Chancenlosigkeit.

»Stell dir vor, ich bin der Nussknackerprinz.«

Ich sah sie verkniffen an. Nichts für ungut, aber eine faltige Alt-68erin mit leichtem Damenbart für einen Prinzen zu halten, erforderte doch mehr Phantasie, als ich aufzubringen in der Lage war.

Mrs Todd schien meine Gedanken zu erraten.

»Wahlweise kannst du dir auch, na ja, sagen wir mal, Arian als Platzhalter vorstellen.«

Arian, der mit verschränkten Armen neben Mrs Todd stand, konnte sich ebenfalls ein Lächeln nicht verkneifen.

Grübchen!

Seine kamen immer beim Lächeln hervor. Das trug nun wirklich nicht zu meiner Konzentration bei, und augenblicklich wünschte ich mir, doch lieber Mrs Todd als den Prinzen anzuspielen. Das war im Gegensatz hierzu ein echtes Kinderspiel.

»Am besten, du stellst dich gleich mit auf die Bühne«, sagte Mrs Todd, und Arian folgte ihren Worten.

»Und bitte!«

Ich begann, die Sätze der Mascha zu sprechen, aber schon nach dem zweiten brach ich ab. Ich hatte einfach zu wenig geübt – das wäre mir in Wien nie passiert. Die Buchstaben auf dem Textblatt in meiner Hand schienen wie Hunderte kleine Mücken wirr umherzuschwirren – ich konnte kein Wort mehr erkennen. Ich spürte die Aufregung in mir aufsteigen, ich musste irgendwie handeln, um noch glimpflich aus der Sache rauszukommen. Gut, dann eben Plan B, dachte ich, und begann, die Mascha einfach mit meinem Körper sprechen zu lassen. Ich streifte mir die Sneakers von den Füßen, ließ mich in das Gefühl von Maschas Verzweiflung fallen und tanzte die Schritte auf Socken mit geschlossenen Augen.

»Du darfst dich nicht aufgeben, du darfst es einfach nicht!«

Ich hob meine Arme über meinen Kopf, drehte mich von Arian weg, um ihn herum, und streckte mich nach ihm aus. Alles ging viel zu schnell, um darüber nachzudenken, wie es wohl auf Arian oder die anderen wirken könnte, mein Körper entschied es ganz von selbst.

Ich spürte, wie sich ein Kloß in meinem Hals löste, den ich zuvor gar nicht gespürt hatte.

»Halte durch, es ist noch nicht vorbei! Leute wie wir können es schaffen, wenn wir zusammenhalten!«

Es war, als bräche ein Wall in mir, den ich seit Wochen aufgebaut hatte. Ich kniff die Augen fester zusammen, weil ich merkte, wie mir die Tränen hochstiegen. Damit hatte ich nicht gerechnet, und es war wohl der absolut falscheste Zeitpunkt der Welt für eine Heulattacke – mitten auf der Bühne! Ich schluckte, atmete tief durch, ging von den Zehenspitzen zurück auf die Fußballen und öffnete die Augen. Vor mir saßen die Schüler samt Mrs Todd mit offenen Mündern.

»Das war … besonders«, druckste Mrs Todd, so, als müsse sie sich selbst erst noch sammeln.

»Danke.«

Auf einmal war mir eiskalt, und ich rieb mir die Arme,

während ich, die Sneakers in einer Hand, den zerknitterten Text in der anderen, in Socken von der Bühne trottete.

Sam deutete von weitem eine Verbeugung im Sitzen an, um mir seinen Respekt zu zollen.

»Ach, Gesine«, sagte Mrs Todd, »warte noch. Ich habe es mir anders überlegt. Ich möchte dich noch einmal kurz auf der Bühne sehen, diesmal zusammen mit Arian in seiner Sprechrolle. Wir wiederholen Arians Part des Nussknackers, du kannst die Mascha diesmal ablesen.«

Wie versteinert stand ich da. Ich spürte Lilians scharfen Blick im Rücken, ohne dass ich mich umdrehen musste.

Arian kam Mrs Todds Aufforderung nach und positionierte sich, ohne auch nur eine Miene zu verziehen. Es fiel mir schwer einzuschätzen, ob er diese Idee gut oder ganz und gar hirnverbrannt fand –, sein Gesicht jedenfalls verriet es nicht.

»Okay«, antwortete ich so leise, dass ich es gerade selber hören konnte. Auf dem Weg zurück zur Bühne reichte Mrs Todd mir den neuen Text.

»Bitte nur den Part zwei, hier«, erklärte sie und zeigte auf eine unterstrichene Stelle. »Das wird reichen.«

Als ich mich Arian gegenüberstellte, grinste er mich an.

»Keine schlechte Vorstellung gerade«, sagte er. »Gut gemacht, Neuankömmling.«

Ich verdrehte die Augen, so wie Sam es immer tat. »Du musst das nicht sagen.«

»Ich weiß, dass ich das nicht muss. Ich will es aber. Es war wirklich gut.«

Diesmal spürte ich keinen kühlen Kloß in meinem Hals, sondern eher etwas Warmes, das sich von innen heraus ausbreitete.

»Danke.«

»Übrigens, nette Socken«, sagte Arian, und seine Grübchen vertieften sich augenblicklich.

Ich sah an mir herunter. Mein großer Zeh lugte komplett aus einem riesigen Loch in der rechten grauen Socke hervor, und die linke war schon so durchgelaufen, dass die halbe Reihe ab dem kleinen Zeh bis zur Mitte zu sehen war. Beim Tanzen war ich so konzentriert gewesen, dass es mir nicht aufgefallen war. Und bei der Sockenauswahl heute Morgen hatte ich einfach die wärmsten Wollsocken genommen, die ich besaß, nachdem ich leicht unterkühlt aufgewacht war. Eine Lochkontrolle war mir nicht in den Sinn gekommen, was ich nun bitter bereute.

»O Mann«, machte ich, was mein einziger unqualifizierter Kommentar dazu blieb, denn Mrs Todd unterbrach uns klatschend.

»Und – bitte!«

Arian sprach wie im ersten Durchgang sicher und entschlossen, während er mich ansah. Ich hatte Schwierigkeiten, seinem festen Blick standzuhalten, und war froh, dass ich immer wieder wegsehen musste, um den Text abzulesen.

»Geh nicht«, sagte Arian und nahm unvermittelt und abrupt meine Hände in seine, so dass der Textzettel darin knitterte.

So konnte ich doch nichts ablesen!

»Bleib bei mir!«

Meine Hände fingen auf der Stelle an zu schwitzen, dieses Problem kannte ich schon von früheren Aufführungen. Mein Lampenfieber hatte sich schon immer körperlich bemerkbar gemacht, was Madame Dupont nie gerne gesehen hatte, denn Schweißflecken oder Stresspickel hatten ihrer Meinung nach in der perfekten Welt aus Tüll nichts verloren. Allerdings hatte ich schon länger keine so nassen Hände mehr gehabt und war deswegen froh, als Mrs Todd uns erneut unterbrach.

»Danke, danke. Das war überaus überzeugend!«

Diesmal klatschen die Groupies nicht, im Gegenteil, es herrschte eiskalte Stille, die nur meine vorsichtigen Schritte auf dem knirschenden Parkett zurück zu Sam störten. Mrs Todd notierte sich wieder etwas, sprach undeutliches Zeug mit sich selbst, schüttelte und nickte wieder mit dem Kopf, strich etwas durch und sah dann vielversprechend in die Runde.

»Nun gut, ich habe mich entschieden. Lilian, es war eine tolle Idee von dir, dass wir das Stück neu interpretieren sollten.«

Lilians Mundpartie, die eben noch aussah, als hätte sie auf eine saure Gurke gebissen, hellte sich auf.

Stolz reckte sie den Kopf in die Runde.

»Ich würde dich gerne für die Rolle der Zuckerfee besetzen. Du scheinst mir mit all deiner Dynamik genau die Richtige dafür zu sein.«

Lilians eben noch zuversichtlicher Blick verdunkelte sich. »Aber ich habe doch für die Hauptrolle vorgesprochen und nicht für eine x-beliebige Nebenrolle!«

»Die Zuckerfee ist ganz und gar keine Nebenrolle, im Gegenteil. Sie ist elementar für das Stück. Allerdings würde ich den Ballettpart von ihr auf die Mascha legen, das scheint mir passender. Auch deine Idee der Liebesgeschichte möchte ich aufgreifen. Wir machen die Mascha einfach etwas älter und lassen sie aus Liebe zum Prinzen handeln. Gesines Vorführung gerade hat mich davon überzeugt, dass es zwischen den beiden durchaus auch eine körperliche Anziehung geben kann. Demnach wären dann also Arian für den Nussknackerprinzen und Gesine für die Mascha vorgesehen. Und jetzt zum Rattenkönig.«

Alles, was Mrs Todd danach noch sagte, verhallte in meinen Ohren. Ich hatte nur noch Augen für Lilians Blick, der mich wie ein Pfeil zu durchbohren schien. Ihre helle Iris schien auf einmal um Nuancen dunkler zu sein und ihre Wangenknochen höher, während sie die Zähne aufeinanderbiss. Dass ihr Mrs Todds Entscheidung nicht gefiel, konnte sich jeder an einer Hand ausrechnen, aber statt blanker Feindseligkeit entgegnete Lilian mir mit einem Lächeln. Ein irgendwie gruseliges Lächeln, und soweit ich das beurteilen konnte, wirkte es sogar etwas überlegen. In jedem Fall konnte es einem wirklich Angst machen.

Arian nahm die Entscheidung leicht.

»Dann werden wir uns wohl demnächst ein bisschen besser kennenlernen«, sagte er. »Ich komme nachher einfach zu dir ins Cottage, und wir fangen an, den Text zu üben.«

Nach der misslungenen Gartengeschichte hielt ich es für den ungünstigsten Zeitpunkt, Gäste mit ins Cottage zu bringen. »Es passt da im Moment nicht so gut«, war meine einzige Erklärung.

Arian hob lässig die Schultern. »Okay, dann treffen wir uns eben bei mir.«

»Ich weiß doch gar nicht, wo du wohnst«, antwortete ich, wieder mal absolut eloquent.

»Frag einfach nach dem Mary Manor House«, entgegnete er mir, während er sich zu den anderen drehte, »das kennt hier jeder.«

Dann gab er den anderen Jungs ein High Five.

»Gut gemacht. Ich hoffe, ihr seid nicht böse, dass ich euch die Rolle weggeschnappt habe.«

Bell, O'Brian und die anderen nahmen es sportlich. »Du Arsch!«, schimpfte einer, der andere schubste Arian kameradschaftlich zur Seite, dann lachten alle. Augenblicklich wünschte ich mir, dass Lilian mich schubsen oder schwesterlich beschimpfen würde. Doch diesem Wunsch kam sie nicht nach. Im Gegenteil.

»Glaub ja nicht, dass du hier so durchkommst«, fauchte sie – immer noch gruselig lächelnd – im Vorbeigehen. »Ich kann dir das Leben hier zur Hölle machen.«

Ich zweifelte keine Sekunde an ihren Worten.

»Allerdings«, schob sie geheimnisvoll hinterher, »könntest du mir auch behilflich sein. Dann vergesse ich vielleicht, dass du dich in Dinge eingemischt hast, die dich nichts angehen.«

Ich wusste zwar nicht, wovon sie sprach, befürchtete aber, in etwas hineingeraten zu sein, das mir in meiner aktuellen Lage noch gefehlt hatte.

Und wo zur Hölle stand jetzt dieses Mary Manor House?

10. KAPITEL

Du meinst, er hat dich in sein Butterschloss eingeladen?« Sam stopfte sich vor Aufregung gleich zwei von Mimis Mini-Minz-Pies in den Mund.

»Mow!«

»Stopf nicht so!«, ermahnte Mimi ihn, während sie ihre mehligen Hände an der geblümten Schürze abwischte, »bring Ge lieber hin.«

Dann sah sie mich an. »Übrigens, Glückwunsch zur Hauptrolle! Du musst es wirklich, na, wie sagt man, epochal gemacht haben. Dein Einstand hier ist doch gar nicht schlecht.«

Ich fragte lieber nicht, woher Mimi so schnell wieder über alles Bescheid wusste, und eigentlich konnte ich es mir ja auch denken. Der Just-in-time-Berichterstatter und allergiegeplagte Rattenkönig schluckte.

»Mauf meimem Mall!«

»Was?«

Sam drückte sich den letzten Rest Pie runter.

»Auf keinen Fall bringe ich sie dahin! Ich setze keinen Fuß auf diese butterbeschmierte Schwelle. Ich gehe schon so weit, dass ich seine Existenz akzeptiere, aber mehr könnt ihr nicht von mir verlangen.«

»Was hat er dir denn bloß getan?«, hakte ich nach, obwohl ich mir die Antwort bereits denken konnte.

»Was er mir getan hat?«

Sam sah mich entgeistert an. »Hast du nicht gesehen, wie

selbstverständlich er Lilians Liebe nimmt? Ich an seiner Stelle würde sie auf Händen tragen, ich würde ihr die Sterne vom Himmel holen, mich für sie in den Staub werfen, über den sie geschritten ist, mich …«

»Wirf dich lieber nicht zu tief in ihren Schmutz«, murmelte Mimi, »du könntest dran ersticken.«

»Er verdient sie einfach nicht«, schloss Sam nachdenklich seine Lobrede auf Lilian. »Und das macht ihn nicht gerade sympathischer.«

Ich verstand Sam auf eine merkwürdige Weise (nur dass meine Perspektive genau andersrum und meine Position noch unterirdischer war, wenn das überhaupt ging), auch wenn ich sein Verhalten etwas übertrieben fand.

»Ich finde es sicher auch alleine«, erklärte ich, »so groß ist das Ka… äh, der Ort hier ja nicht.«

Mimi breitete eine rosafarbene Serviette vor mir auf der Theke aus, zog einen Kuli mit Plastikmuffinaufsatz aus ihrer Schürzenbrusttasche und beugte sich vornüber.

»Also«, begann sie, »das hier bin ich.«

Sie kritzelte ein Viereck auf einer kleinen Anhöhe auf die Serviette, aus dessen Fenster ein großbusiges Etwas winkte. Sams Gesichtsausdruck nach schien ihm die Zeichnung auf Anhieb zu gefallen, obwohl er direkt etwas daran auszusetzen hatte. Er tippte auf Mimis Kugelschreiberbusen.

»Sie sind nicht gleich groß.«

»Das sind sie nie, Darling.«

Dann malte Mimi über das Viereck ein großes »M«.

»Mi-mis-Ca-fé. Hier«, sie zog eine geschlängelte Linie als Straße vom Viereck mit dem M runter bis fast zum Ende des Papiers, »hier ist eure Schule.« Sie setzte ein »BC« für Blackwood-College auf einen etwas länglicheren Block.

»Rechts davon sind der Friedhof und die Church View.«

Ein schiefes Kreuz über einem Dreieck diente als Hilfestellung.

»Davor kommt allerdings noch Woodlands Park und der Ross Lake. Rechts dahinter der Golfplatz.«

Mimi kritzelte einige Eier, die wohl Golfbälle darstellen sollten, auf die Stelle.

»Gegenüber auf der linken Seite«, sie drehte die Serviette einmal um, »ist das Gras noch ein wenig grüner. Da liegt die Swanton Villa, weit dahinter ganz links die Crystal Fabrik, aber die passt nicht mehr hier drauf, die musst du dir so vorstellen. Ja, und dann kommen natürlich ewig lange Weiden und Wiesen und Felder, und dann«, Mimi machte einen wichtigen Gesichtsausdruck, »dann liegt da, ganz in der Nähe der Klippen, das wunderbare Mary Manor Haus.«

Mimis Zeichnung des Kastens mit vielen Schornsteinen und einem Eingangsrondell war dreimal so groß wie alles andere auf der Serviette.

»Oder auch Butterschloss genannt«, schloss Sam Mimis Ausführungen.

»Keiner von uns Normalos war je drin«, sagte er und sah mich bedeutungsschwanger an. »Manchmal kommt es einem vor, als hätten die Marys dort was zu verbergen. Mal ganz abgesehen davon, dass Arians Mutter ihre vier Wände nie verlässt. Oder besser gesagt, ihre zirka viertausendfünfhundertvierundzwanzig Wände. Wir haben sie seit Jahren nicht mehr im Ort gesehen. Ein Wunder, dass er dich so schnell eingeladen hat.«

»Hat er gar nicht«, antwortete ich nachdenklich, »er wollte sich eigentlich in Wandas Cottage treffen. Aber wollte ich nach dem mittelgroßen Gartendilemma lieber nicht.«

»Was denn für ein Gartendilemma?«, wollte Mimi wissen. Dass Menschen, die an Tresen stehen (und sei es auch ein mehliger Buttertresen), immer über eine gewisse Portion Neugier verfügen, hatte ich schnell begriffen.

»Ach«, winkte ich ab, »nach der Catan-Sache wollte ich das Ganze wiedergutmachen und habe mich in Wandas Garten probiert. Ich meine, ich habe die Büsche wirklich in Ruhe gelassen und nur das Unkraut beschnitten.«

Mimi machte ein lautes Zischgeräusch durch ihre Vorderzähne »Pfffffuuuuhhhhhh. Unkraut gibt es bei uns nicht, Herzchen. Zumindest nicht im selben Sinne wie bei euch. Pflanzen und besonders Gärten sind wichtig wegen der Waldgeister. Nicht jeder nimmt es so genau wie Wanda oder besonders Mrs Bangert-Wokittel, aber an solche Dinge musst du dich wohl oder übel besser schnell gewöhnen.«

»Scheint mir auch so«, seufzte ich, »und an diese verrückten Namen. Ich soll *sie*«, ich deutete zwei Anführungszeichen in der Luft vor meinem Gesicht an, »jetzt nur noch mit ihrem walisischen Namen ansprechen.«

»Oh, oh«, antwortete Mimi, »das bedeutet nichts Gutes. Mrs Llewely ap Dafydd ap Leuan ap Griffit ap Meredith ist zwar immer streng wie ein Fastenprediger, aber so streng nur, wenn sie jemanden überhaupt nicht mag. Glaub es oder glaub es nicht: Sie verbietet sich seit über dreißig Jahren Zucker und Fett. Sie war noch nie hier im Laden! Ich weiß wirklich nicht, wie man so was überhaupt aushält. Das Beste im Leben ist doch das, was man sich auf der Zunge zergehen lassen kann!«

Da hatte Mimi sicher nicht ganz unrecht, dachte ich und biss in meinen Mini-Pie, den ich gerade noch so vor Sams gierigen Blicken und seinen pizzatellergroßen Händen retten konnte. Während des Kauens wunderte ich mich, wie Mimi sich diesen verrückten walisischen Namen so einfach merken konnte. Ich jedenfalls konnte es nicht.

»Ich habe mir schon eine Abkürzung überlegt: Mrs Ladalagam.«

Von der Sache mit dem Lama erzählte ich Mimi vorsichtshalber lieber nichts. Menschen hinter Theken waren nicht nur besonders neugierig, sondern auch besonders gesprächig.

»Kreativ bist du ja, Liebes. Aber ich fürchte, sie wird auch darüber nicht sonderlich erfreut sein«, Mimi schüttelte ihre wilden Locken, »nein, das wird sie nicht.«

»Das Problem in Irland ist, dass es voll von Iren ist«, sagte Sam und schnappte sich seine Jacke. »Und wenn dann noch verrückte Waliser dazukommen, ist alles verloren. Bis dann! Und viel Spaß im Butterschloss!«

Die Tür öffnete sich, und Mimis ohnehin immer fröhliches Gesicht erblühte wie eine Sonnenblume im September. Ohne mich umzudrehen, wusste ich, dass der Grund nur mit einem markanten, sommersprossigen Antlitz, muskulösen Armen und einer großen Kiste Butter zu tun haben könnte.

»Ruben, da bist du ja. Ich habe meine geliebte Butter schon so vermisst!«

Mimis Wangen röteten sich, als ob sie gerade noch hinter der Theke zwanzig Sit-ups gemacht hätte, und auch Rubens Lächeln entging mir nicht.

Dann wischte Mimi mit der flachen Hand schwungvoll über die Theke, so dass nicht nur einige Piekrümel, sondern auch die rosafarbene Landkarte von Blackwood auf den Boden vor meine Füße fiel. Ich hob sie hoch und hielt sie in die Luft.

»Na, dann werde ich mich wohl mal auf den Weg machen. Mit so einer hübschen Beschreibung kann ich mich sicher nicht verlaufen.«

Ich konnte. Und zwar gehörig.

Hier müssten doch jetzt eigentlich Häuser kommen, dachte ich, *oder wenigstens eins, verdammt nochmal.*

Stattdessen bot sich mir ein anderer Anblick: Nichts. Außer dem grünsten Grün, das ich je gesehen hatte, sah ich einfach gar nichts. Das konnte doch nicht der Weg zu Arian sein, kein Mensch wohnte derart am Arsch der Welt, erst recht nicht, wenn man Geld hatte. Ich sah wieder und wieder auf die Serviette und musste über Mimis Zeichnung von sich selbst und Sams Kommentar dazu lächeln. Sie hatte sich unter den gegebenen Umständen wirklich gut getroffen – es war mehr als eindeutig zu erkennen. Weniger gut erkennen konnte ich, wie viel Wiesen, Felder und Weiden Mimi mit ihrer Zeichnung genau gemeint hatte. Wenn das so weiterging, würde ich bis zum Einbruch der Dunkelheit in dem feuchtsaftigen Grün umherstapfen. Es musste doch eine Abkürzung geben …

Da kam es mir in den Sinn: Wenn ich quer über die Wiesen gehen würde, hätte ich mir sicher die Hälfte des Weges gespart. Den kleinen Trampelpfad würde ich zur Orientierung trotzdem noch im Auge behalten, so kam ich ganz bestimmt doppelt so schnell an dem Kasten mit den vielen Schornsteinen an. Mit einem Sprung schaffte ich es über die niedrige Steinmauer, die vom rauen Klima teilweise schon kalkweiß war, auf die Wiese. Das viele Nichts muss man erst mal aushalten, schoss es mir durch den Kopf. Auf einmal war da so viel Platz für meine Gedanken, wie ich es aus Wien nie gekannt hatte. Dieses Land machte sicher etwas mit einem, wenn man lange hier war. Oder hier geboren wurde. Vielleicht waren deswegen alle hier ein bisschen merkwürdig?

»Wöööööööööööööhhhhhhhhh! Wöööööööööööööhhhhhhhhh!«

Erschrocken drehte ich mich zur Seite.

»Wöööööööööööööhhhhhhhhh!«

Ach du Scheiße! Keine zehn Meter entfernt stand ein schreiender, brauner Bulle mit ausgestrecktem Hals, und sein Blick in meine Richtung verhieß nichts Gutes. Wo kam der denn jetzt auf einmal her?

»Wöööööööööööööhhhhhhhhh!«

Oder war es doch eine Kuh? Nein, es musste ein Bulle sein, er hatte schließlich Hörner. Außerdem war das Tier mindestens doppelt so groß und breit wie jede Kuh, die ich je in meinem Leben gesehen hatte, auch wenn das nicht viele gewesen waren.

Diese enormen Muskeln! Und warum prustete er Luft durch seine Nüstern, so, als ob er irgendwie wütend wäre?

Ich sah an mir herunter: O nein! Ich hatte meinen roten Hoodie an! Reagierten Stiere nicht auf Rot? Sofort zog ich meine Jacke vorne zusammen, nahm die Beine in die Hand und rannte, ohne mich umzusehen, los.

Das musste ich auch nicht, denn allein die massiven Bodenerschütterungen hinter mir ließen keine Frage offen. Es war klar, dass mich da gerade etwas verfolgte und was das war.

Scheiße, Scheiße, Scheiße!

Ich rannte, so schnell ich konnte, allerdings war das leider nicht besonders schnell, denn die Wiese war durch den Regen deutlich aufgeweicht, und ich trat immer wieder auf riesige Unebenheiten und Grasbüschel, die mich stolpern ließen. Das Tier musste nun direkt hinter mir sein, denn die Erschütterungen kamen so nah, dass ich fast den strengen Atem des Stieres in meinem Nacken spüren konnte.

Du hast die Mauer fast erreicht, los, lauf schneller! Fast, fast, fast, faaaaaaaaaaast!

Mit einem großen Sprung setzte ich über und ließ mich hinter der Mauer einfach abrollen, so wie ich es zigmal in irgendwelchen Actionfilmen gesehen hatte. Nur dass einem keiner sagt, dass das Abrollen eher ein Dahinplumpsen ist und ganz schön weh tut.

»Aua!«

Der Stier hatte kurz vor dem Ende der Mauer abgebremst und schlenderte nun, als wäre nichts gewesen, wieder zurück in das Nirgendwo, aus dem er gekommen war.

Als ich mich aufsetzte, konnte ich das ganze Ausmaß der Katastrophe erkennen. Meine Jeans war komplett bematscht, die Schuhe waren vor Schmutz kaum noch als solche erkennbar, und zu alledem tat mein rechtes Knie auch noch höllisch weh – zusätzlich zum noch nicht verheilten Fuß. Dr. Grady würde über unser baldiges Wiedersehen sicher sehr erfreut sein.

Ganz toll gemacht, Gesine!

Doch ich sah noch etwas anderes: Ein riesiges, gusseisernes Tor direkt vor mir, dessen verschnörkelte Enden golden in der Sonne glänzten.

Das musste der Eingang zum Mary Manor House sein!

Dann war ich doch gar nicht so falsch. Mal abgesehen von der grandiosen Idee, einen 1,5-Tonnen Stier in seiner Ruhe zu stören. Ich legte meine flache Hand auf die Gitter und drückte dagegen, doch das Tor ließ sich nicht öffnen. Neben dem Tor verlief eine weitere, ziemlich hohe Natursteinwand, an dessen Seite unmittelbar neben dem Eingang eine Klingel angebracht war. Jedoch vollkommen ohne Namen oder sonstiger Beschriftung. Trotzdem hielt ich es für wahrscheinlich, dass ich hier richtig war. Laut Mimis Beschreibung musste es das Manor House sein – welches Haus besaß schon ein solch gigantisches Eingangstor? Also nahm ich meinen Mut, oder den Rest davon, der nach der harten Landung übrig geblieben war, zusammen und presste meinen Daumen auf die Klingel. Doch nichts geschah. Ob ich noch mal klingeln sollte? Ich zählte im Kopf bis fünf und drückte den Knopf erneut.

Nichts.

Ich war ohnehin schon spät dran und wollte unbedingt, bevor die Dunkelheit einbrach, wieder im Cottage sein. Vielleicht war die Klingel kaputt?

Wie lange sollte ich hier noch rumstehen?

Ohne weiteres Nachdenken schob ich meine matschigen Sneakers zwischen die Stäbe auf die erste Strebe des Gitters. Vielleicht konnte ich mich hochziehen und einfach darüberklettern und so das Problem mit der kaputten Klingel lösen. Gerade als ich mit beiden Füßen zwischen den Gittern steckte, ertönte eine summende, tiefe Stimme.

»Ja, bitte?«

Erschrocken zuckte ich zusammen.

»Äh, ja, also, hier ist Gesine Nowak. Ich bin mit Arian verabredet. Also, sozusagen, ich meine beruflich, also schulisch.«

Ich kniff meine Augen zusammen, biss mir auf die Lippen und schlug mir mit der flachen Hand vor die Stirn, was allerdings ein ordentliches Straucheln zur Folge hatte, da ich mich nur noch mit einer Hand am Gitter halten konnte.

Diese permanenten rhetorischen Aussetzer ließen mich vor Gott und der Welt wie ein Volltrottel wirken. Kein Wunder, dass hier alle vom Schnitzelmädchen sprachen. Jedes Schnitzel der Welt machte einen eloquenteren Eindruck als ich.

Ohne eine Antwort ertönte ein lautes Summen, und das Tor samt mir am (oder besser gesagt im) Gitter öffnete sich. Zum Abspringen war es nun zu spät, und ich betete, dass am Eingangsbereich keine Kameras installiert waren.

Ich war heilfroh, als ich erkannte, dass ein ziemlich langer Kiesweg zu dem von Mimi skizzierten Rondell führte –, so hatte sicher keiner meinen Fauxpas sehen können. Ich klopfte mir den Staub von den Knien (so weit das überhaupt ging) und versuchte, den gröbsten Matsch von meinen Schuhen im Kies abzustreifen, bevor ich das Rondell erreicht hatte.

Da war er, der berühmt-berüchtigte Kasten. Und was für ein Kasten das war! Ich fühlte mich in uralte Zeiten von Märchenschlössern zurückversetzt oder mindestens in einen alten Hitchcock-Film. Das graue Prachtstück aus altehrwürdig anmutenden Steinen vor mir war ein echtes Schloss, samt Treppenaufgang und schweren Säulen im Eingangsbereich, und aus zahlreichen Schächten entwich grauer Rauch, der auf viele kuschelig-warm brennende Kamine in unzähligen Räumen hindeutete.

»Du meine Güte«, flüsterte ich mir selbst zu. Butter schien hier wirklich ein verdammt einträgliches Geschäft zu sein. Die schwere, doppelflügelige Eingangstür war mit einem riesigen, goldenen Klopfring in Form eines Stierkopfes ausgestattet.

Wenn man mit Herzklopfen eine Tür öffnen könnte, stünde diese hier nun sperrangelweit offen.

Sollte ich einfach so anklopfen?

Ich klopfte.

11. KAPITEL

Schon nach wenigen Sekunden hörte ich Schritte, dann öffnete sich die Tür. Vor mir stand ein älterer, sehr gepflegter Mann mit dichten Augenbrauen in einer schwarzen Livree. Ich kannte die Uniform aus Ballettfilmen, wenn es um Prinzessinnen oder gar Königinnen und deren Bedienstete ging –, aber einen echten Butler hatte ich noch nie gesehen.

»Guten Nachmittag, Miss«, sagte der Butler, senkte seinen Blick zum Empfang und versuchte geflissentlich, meinen katastrophalen Aufzug zu ignorieren, »ich nehme an, Sie sind der Besuch von Mr Mary?«

»Ja, ganz genau«, antwortete ich und streckte meine Hand zur Begrüßung aus, nur um sie im nächsten Moment wieder wegzuziehen. Butler begrüßte man nicht mit Handschlag, das zumindest erinnerte ich, auch wenn mir die Situation noch so unwirklich vorkam. Der Butler streckte seinen behandschuhten Arm zum Zeichen aus, dass ich eintreten konnte.

»Dann folgen Sie mir bitte.«

Ich trat in die Halle, die sich schon nach wenigen Schritten als kirchenähnliches Foyer entpuppte.

Ich musste mich zusammenreißen, um nicht mit geöffnetem Mund weiterzugehen.

»Danke, Mister …«

»Hier entlang, Miss. Und bitte nennen Sie mich Percival.«

Der Eingangsbereich war ein riesiger Raum, der meterhoch bis zu einer gewölbten Decke reichte. Vor mir teilten sich zwei halbrunde Treppen, mit einem dunklen Samtteppich ausgelegt, die hoch in die nächste Etage führten. In der Mitte des Foyers stand ein runder Holztisch, der mit größter anzunehmender Sicherheit antik war und auf dem eine ebenso wertvoll anmutende Vase mit langstieligen Lilien stand.

Percival führte mich in geraden und genau abgepassten Schritten in den ersten Raum auf der linken Seite des Eingangsbereichs.

»Warten Sie bitte einen Moment, ich gebe Mister Mary Bescheid, dass Sie da sind.«

Ich nickte.

»Klar. Äh, ich meine, natürlich.«

Percival nickte ebenfalls.

»Darf ich Ihnen in der Zwischenzeit eine kleine Erfrischung anbieten?«

Beinahe hätte ich so etwas Ordinäres wie »Cola« geantwortet, doch das passte einfach so gar nicht in dieses edle Ambiente. »Gerne etwas Tee mit Milch für mich«, antwortete ich so selbstsicher, wie es mir in meinem Aufzug möglich war.

»Perfect choice«, lobte Percival mich, und ich fühlte mich augenblicklich besser.

Dann verschwand er hinter der riesigen, weißen Kassettentür, die er ohne ein einziges Geräusch hinter sich schloss. Ich sah mich um – überall an den Wänden hingen alte Ölbilder und Jagdtrophäen, und die antiken Möbel waren alle wie von geschmackvoller Hand mit großer Sorgfalt zusammengestellt. Nichts von dem, was in diesem Raum stand, hatte ich jemals außerhalb eines Museums gesehen.

Die Tür öffnete sich wieder, und ich drehte mich nervös um. Es war Percival, der auf einer Hand ein silbernes Tablett mit einer Teekanne und zwei Tassen trug. Er stellte es auf dem kleinen Beistelltisch vor mir ab. »Darf ich Ihnen eingießen, Miss?«

»Super«, antwortete ich, besann mich dann aber eines Besseren: »Ich meine natürlich: Ja, sehr gerne. Danke.«

Percival nickte wieder und machte sich daran, in kunstvoller Vollendung beide Tassen zu füllen.

»Clotted Cream für Sie?«

Ich nickte.

»Und Zucker?«

Ich nickte erneut.

»Perfect.«

Irgendwie schaffte es dieser Mann, mich innerhalb weniger Sekunden selbstbewusstseinstechnisch um Welten aufzubauen, indem er die kleinsten Entscheidungen lobte, so dass ich ganz und gar vergaß, wie ich aussah oder auf andere wirken mochte.

»Mister Mary ist bereits auf dem Weg.«

Dann verschwand Percival wieder ebenso unauffällig wie das erste Mal.

Arian war also auf dem Weg, dachte ich, und mein Herzschlag erhöhte sich leicht. In so einem Haus brauchte man wahrschlich Minuten, um von einem Flügel in den anderen zu kommen. Nach unserer winzigen Zwei-Zimmer-Wohnung in Wien und Wandas Mini-Cottage ein unvorstellbarer Gedanke für mich. Ich nahm den Tee zwischen beide Hände und pustete leicht daran. Er roch cremig und würzig, genau das Richtige nach meiner aufregenden Flucht von eben. Ich überlegte angestrengt, was ich Arian wegen meines doch eher safariartigen Looks sagen sollte, ohne dass ich mich erneut zum Gespött machte. Er hatte nun schon genug zweifelhafte Seiten von mir erlebt, und den wirren Eindruck musste ich nicht noch mit der Wahrheit verstärken. Ich nahm einen Schluck von dem Tee, der genauso gut schmeckte, wie er roch. Wenn ich die Augen schloss, konnte ich mir vorstellen, wie es wäre, seinen Tee immer in solchen Räumen zu trinken und ihn noch dazu von einem Diener im Frack gebracht zu bekommen.

Was musste das für ein aufregendes Leben sein?

»Hallo, Gesine.«

Ich erschrak so heftig, dass ich mir den halben Tasseninhalt auf den Hoodie kippte. Jetzt war mein Look wirklich perfekt.

»Es sieht aus, als hättest du ein Abenteuer hinter dir«, sagte Arian. Er tat mir also nicht den Gefallen wie Percival und ignorierte meinen ruinösen Aufzug.

»Na ja, so in etwa. Die Straße hier ist ja generell eher ausbaufähig.«

Genau wie dein Wortschatz, Gesine!

»Du meinst den weißen Kiesweg vorne?«

Jetzt hatte er mich wirklich in Verlegenheit gebracht, denn der Kiesweg, der zum Haus führte, war sicher von Percival selbst handverlesen, so sauber und glänzend hatten die perfekt angeordneten, gleichgroßen Steine auf mich gewirkt.

»Ich meine den Weg *davor*«, verbesserte ich mich schnell.

»Hm, das stimmt«, murmelte Arian und ließ sich in einen der tiefen Sessel fallen.

»Setz dich doch. Wir können auch gleich in eines der

anderen Zimmer gehen, wenn du deinen Tee ausgetrunken hast.«

›In eines der anderen Zimmer‹ – wie seltsam sich das anhörte. »Ich bin schon fertig«, erklärte ich und wischte die letzten Teetropfen mit der flachen Hand vom Hoodie, der zum Glück aus dicker Baumwolle bestand, so dass er den Tee nur aufgesaugt, die Hitze des Getränks aber nicht weitergegeben hatte. Tatsächlich war meine Tasse jetzt fast leer.

»Ich habe mir überlegt, dass wir in den Kinoraum gehen können, da steht so etwas wie eine Bühne. Dann haben wir direkt das richtige Gefühl für die Rollen. Aber wenn dir das zu verfrüht ist, geht vielleicht auch die Bibliothek.«

O Mann, sie haben hier einen Kinoraum und eine verdammte Bibliothek, dachte ich, *dass passt auf keine Kuhhaut*.

Arian sah mich erwartungsvoll an.

»Bibliothek klingt super«, sagte ich so gelassen wie möglich. »Ich liebe Bücher. In der Umgebung von Büchern fühle ich mich immer wohl.«

»Na dann.«

Arian öffnete die Tür, und ich folgte ihm langsam, denn es gab einfach viel zu viel zu sehen.

Arian schien das nicht zu entgehen. »Kleine Besichtigungstour gefällig?«

Ich hob die Schultern, weil ich nicht wie eine neugierige Touristin wirken wollte.

»Keine Angst, die wirklich spannenden Zimmer zeige ich dir natürlich nicht«, zwinkerte Arian mir zu. Ich musste unwillkürlich lächeln und folgte ihm.

Irgendetwas hatte er an sich, was mich unsicher und gleichzeitig selbstbewusst werden ließ, und diese Mischung bereitete mir sicherlich nicht umsonst Sorgen.

Eine kurze Führung war in diesem Haus im Grunde gar nicht möglich, denn die Wege von Zimmer zu Zimmer und die endlos gestreckten Gänge waren viel zu lang dafür. Jetzt verstand ich auch Percivals Formulierung, Arian sei »… bereits auf dem Weg«.

Zuerst aber blieben wir noch einmal im Foyer vor der holzgetäfelten Wand zwischen den beiden Treppenaufgängen stehen, an der mittig ein riesiges Ölbild hing. Es zeigte: eine Kuh.

Besser gesagt: das Porträt einer Kuh.

»Darf ich vorstellen? Das ist Mary.«

Ich betrachtete den aufwendig und bis ins kleinste Fellhaar porträtierten Kuhkopf eingehend. Die Kuh war braun, wie der Bulle vorhin, allerdings etwas heller, so wie Butterkaramell, und ihr Fell wirkte weicher, fast teddyhaft. Über der Stirn trug sie eine Art Fellpony, der leicht gekräuselt auf eine kleine Blesse fiel. Ihre Gesichtszüge waren weich und rund, ihre Nüstern samtigrosa. Was mich aber am meisten faszinierte, waren ihre riesigen, braunen Augen. Sie sahen mich so tief und treu an, dass man meinen konnte, etwas von dieser Kuh lebte in dem Gemälde weiter.

Ich zog die Augenbrauen hoch. »Mary wie Mary, euer Nachname?«

Arian nickte. »Sie ist sozusagen die Urmutter aller Kühe hier. Mit ihr hat mein Vater sein Imperium gegründet. Ich kann mich nicht mehr so genau an sie erinnern, denn als ich noch klein war, war sie schon ziemlich altersschwach. Sie soll die beste Milch von allen gegeben haben, die so besonders cremig war, dass mein Vater eines Tages auf die Idee zu Marygold kam. Ihr haben wir dieses«, er hielt kurz inne, »… dieses ganz gute Leben hier zu verdanken.«

Während er sprach, wirkte Arian allerdings nicht besonders dankbar für sein privilegiertes Leben, eher angestrengt und fast schon ironisch.

»Was ist das für eine Glocke?«

Ich zeigte auf eine goldene Glocke an einem dunklen Lederband, die direkt unter dem Porträt auf einem kleinen Regal lag. Sie war etwa so groß wie ein Kinderkopf und musste sicher sehr schwer sein. Zwischen meinem Finger und der Glocke waren bestimmt noch fünf Zentimeter Platz, trotzdem zuckte Arian kurz zusammen.

»Nicht anfassen!«

Ich schreckte zurück.

»Das ist Marys Glocke. Sie war die einzige Kuh, die eine besaß. Mein Vater hat sie nach ihrem Tod vergolden lassen. Sie ist so etwas wie ein Heiligtum für ihn, keiner darf sie berühren.«

Irgendwie kam mir das Ganze doch ein wenig schräg vor, aber ich hielt es für klüger, besser nichts zu sagen.

»Mein Vater hat es mit Traditionen, da ist er besonders empfindlich. Ich bin hier im Haus geboren und habe die Glocke selbst auch noch nie angefasst.«

Darauf fiel mir keine eloquentere Erwiderung ein, außer: »Ah.«

Arian strich sich schnell die Haare aus dem Gesicht.

»So, nachdem du Mary ja jetzt kennengelernt hast, zeige ich dir das Wohnzimmer und auch den Kinoraum.«

»Wie viele Zimmer habt ihr hier?«, fragte ich, während wir die Treppe hochgingen, und hoffte, dass ich nicht zu neugierig wirkte.

Arian hob die Schultern. »So zwanzig, oder so.«

»Das heißt, du weißt es nicht genau?«

»Nein. Wir benutzen ja auch nicht immer alle. Die meisten kenne ich eigentlich gar nicht so gut.«

Wie bitte?! Hatte ich richtig gehört?!

»Es muss irre toll sein, so viel Platz zu haben! Ich stelle es mir einfach großartig vor. Man kann immer woanders seine Zeit verbringen, und es wird nie langweilig.«

»So toll ist es gar nicht«, antwortete Arian und blieb stehen. »Ehrlich gesagt ist mir so ein Cottage, wie deine Tante es hat, lieber.«

Ich konnte nicht glauben, was ich da soeben gehört hatte.

»Das kann doch nicht dein Ernst sein.«

»Doch. In einem Cottage wie eurem hat jeder Raum seine Bestimmung. Tagsüber hält man sich in der Wohnküche auf, nachts im Schlafzimmer. Alles ist so gemütlich, und man muss sich nicht ständig fragen, wo man seinen Tag verbringen will. Bei einigen Räumen hier weiß ich nicht mal, wofür sie gedacht sind. Sie sind einfach da, ohne jede Bedeutung.«

Während Arian erzählte, wurde mir klar, was er meinte, und zu meiner eigenen Überraschung tat er mir fast ein bisschen leid. So ungefähr zwei Sekunden lang.

»Okay«, sagte ich dann und klatschte einmal in die Hände, »dann zeig mir doch einfach deinen Lieblingsraum.«

Arian sah mich verwundert an. »Der ist aber ganz und gar nicht spektakulär.«

»Ich tippe auf den Kinoraum, wenn dort wirklich eine Bühne steht«, erklärte ich wissend, »du scheinst dich auf Bühnen ja besonders wohl zu fühlen.«

»Das stimmt«, antwortete Arian, »aber mein Lieblingsraum ist ein anderer.«

»Da bin ich jetzt aber gespannt.«

»Wir müssten dafür in den Keller gehen.«

»Bitte?«

Arian lachte. »Keine Angst, die Folterkammer wurde schon vor über fünfzig Jahren leergeräumt, die ist es nicht.«

Ungläubig sah ich Arian an.

»Ihr hattet hier eine echte Folterkammer?«

»Klar, ist doch ein altes O'Malleys Haus.«

»Ist das so etwas wie irischer Adel?«

Arian schüttelte den Kopf. »Hier sind alle irgendwie schräg drauf. Keiner will was von Aristokratie hören oder sehen, geschweige denn davon sprechen. Aber wenn es drauf ankommt, stammt jeder hier von irgendwem ab, der schon in den wichtigsten Kriegen kämpfte oder zum Ritter geschlagen wurde. Die Logik dahinter muss man gar nicht erst verstehen.«

Ich seufzte und dachte an das Gartendilemma.

»Seit ich hier bin, versuche ich, meinen Logikbedarf auf ein Minimum zu beschränken. Und selbst damit ecke ich ständig an.«

Arian lächelte mich wieder so an, und ich musste wegsehen, um das Rotwerden zu vermeiden.

»Also, was ist denn nun dein Lieblingsraum?«

»Komm mit«, sagte Arian, wandte sich wieder zur Treppe hinunter und winkte mich zu sich.

»Ich entführe dich jetzt in die dunklen Katakomben.«

»So ganz wohl ist mir dabei nicht«, erklärte ich gekünstelt ängstlich, um mein echtes Unwohlsein zu überspielen.

»Ach was, nach spätestens drei Tagen werden sie nach dir suchen«, scherzte Arian, während er tänzelnd Stufe für Stufe nahm.

»Damit hast du wohl leider recht«, sagte ich und dachte an Wanda, und ob ihr wohl innerhalb von drei Tagen auffallen würde, dass ich eine Weile nichts zerstört, kaputt oder falsch gemacht hatte. Vielleicht wäre sie sogar froh, endlich wieder ihre Ruhe in ihrem zurückgezogenen Leben zu haben.

»Es könnte sogar noch ein wenig länger als drei Tage dauern.«

Der Weg führte durch einen fast romantisch wirkenden Gewölbekeller, der zu meinem Erstaunen aber nicht dunkel war, im Gegenteil. Die halbrunden, zwar schmalen aber dafür vielen Fenster ließen genügend Licht in den Gang, um sich zurechtzufinden. Hier konnte man förmlich den Geist der Urahnen spüren, die hier einmal als Ritter oder Schlossherrin gelebt hatten.

»Wow«, machte ich, und meine Stimme hallte von den Wänden wieder zurück, »das ist beeindruckend.«

Ein dunkler Schatten, der mir ungefähr bis zur Brust ging, aber besonders lang schien, huschte durch den Gang an uns vorbei. Sofort breitete sich Gänsehaut auf meinem ganzen Körper aus.

Ob es hier spukte?

Zuzutrauen wäre es einem altehrwürdigen Gebäude wie diesem, aber natürlich glaubte ich nicht daran. Wobei man in diesem Land im Grunde ja vor nichts jenseits des gesunden Menschenverstandes sicher sein konnte.

Da mir nicht klar war, was es war oder ob es überhaupt etwas war, und weil Arians Reaktion darauf vollkommen ausblieb, sagte ich auch nichts und ignorierte meine aufgestellten Armhärchen. Ich wollte ja nicht direkt wie ein verhuschtes Stadtkind rüberkommen.

»Was wirklich beeindruckend ist«, sagte Arian jetzt und öffnete eine Tür, hinter der es mächtig klapperte, »ist sie.«

Ich lugte durch die sich langsam öffnende Tür, die das Klappergeräusch nun lautstark offenbarte.

Vor mir breitete sich die Sicht über einen überdimensionalen Küchenblock aus, über dem von der Decke an einem Holzgestell unzählige Kupfertöpfe hingen. An einem luxuriösen Doppelherd mit Gasfeld machte sich eine winzige, leicht untersetzte Frau mit grauer, lockiger Kurzhaarfrisur zu schaffen.

»Ach mein Herz, da bist du ja!«, rief sie quer durch den großen Raum, als sie Arian erblickte.

»Ich habe heute Schweinebäckchen in deiner Lieblingssoße gemacht!«

Arian schmunzelte verlegen. »Ich probiere sie später«, winkte er ab. Tatsächlich erfüllte ein köstlicher Bratenduft den ganzen Raum.

»Das ist Gesine. Gesine, das ist Mabel Onta McCloud, die gute Fee unseres Hauses. Ohne sie hätte ich es hier schon längst nicht mehr ausgehalten.«

Ich wusste zwar nicht, was er damit meinte, aber ich konnte mir vorstellen, dass eine Frau wie Mabel einiges an Kochkünsten zu bieten hatte, und sie erinnerte mich spontan an Mimi, nur in einer etwas älteren Version.

Mabels Blick in meine Richtung war hocherfreut. »Endlich kommt wieder etwas Leben in unsere vier Wände! Gesine, was für ein besonderer Name!«

»Ja, leider«, antwortete ich leicht gequält.

»Du musst unbedingt Mabels Spezialpie probieren, die gibt es auf der Welt nur einmal!«

»Danke«, sagte ich, »ein andermal gern. Heute hatte ich schon eine bei Mimi, und die war …«

»Ach was!«

Mabel pfefferte das Küchentuch, mit dem sie gerade eine Kupferkasserolle von der Flamme genommen hatte, auf den Küchenblock.

»Die Pies von dieser Person können mir gestohlen bleiben.«

»Oh, oh«, machte Arian, »du hast wohl ein Händchen für wunde Punkte.«

Dann flüsterte er unter vorgehaltener Hand: »Mabel ist nicht gut auf Mimi zu sprechen, und andersrum sieht es, glaube ich, ähnlich aus. Beide werfen sich gegenseitig vor, Rezepte der anderen geklaut zu haben. Oder zumindest davon ›inspiriert‹ nachgemacht zu haben. Bis heute bekriegen sie sich deswegen andauernd, obwohl es überhaupt keine Belege dafür gibt, wer angefangen hat. Wobei Mabel natürlich eine ganze Ecke älter ist und man davon ausgehen kann, dass es ihre Rezepte sicher auch sind.«

Mimi und Rezepte klauen? Das konnte ich mir beim besten Willen nicht vorstellen. Sofort verspürte ich den Drang, sie in ihrer Abwesenheit zu verteidigen.

»Also Mimi probiert immer wieder neue Sachen, letztens erst hatte ich einen Algenmuffin, der wirklich gut war. Ich hätte es selbst nicht für möglich gehalten, aber die Zusammensetzung war außergewöhnlich lecker.«

»Mich interessiert nicht, was diese Frau mit dem Meeresabfall zu tun pflegt«, maulte Mabel – Soße passierend – vor sich hin.

»Bei mir gibt es keine Experimente. Nicht umsonst hat mein Essen hier eine lange Familientradition, und es hat immer allen geschmeckt!«

»Hui«, pfiff Arian durch die Vorderzähne, »ich glaube, es zieht hier ein wenig. Nicht, dass du dich als zartes Stadtmädchen noch erkältest. Wir sollten uns wohl auf den Weg in die Bibliothek machen und anfangen zu üben, was meinst du, Gesine?«

Das zarte Stadtmädchen nahm ich ihm übel, und tatsächlich zog es kein bisschen, es war sogar durch die vielen kochenden Töpfe außerordentlich warm in der Küche. Aber wenn ich mir Mabels Blick so ansah, seit ich Mimi erwähnt hatte, zog ich es tatsächlich vor, dem imaginären kalten Wind, der den Raum durchzog, zu entkommen.

»Ja, das sollten wir«, erklärte ich nickend.

»Na, dann geht schon«, motzte Mabel kopfschüttelnd. »Los, los! Algenmuffins, was für eine absurde Idee! So was kann doch nicht gut sein! Da dreht sich einem ja der Magen schon bei der Vorstellung um! Nä, nä, nä!«

»Bis später, Mabel«, rief Arian noch durch die Tür, bevor er sie wieder schloss, »deine Schweinebäckchen lasse ich mir nachher ganz sicher nicht entgehen!«

Arian hatte also eine Art Privat-Mimi, nur für sich ganz allein. Oder zumindest für seine Familie, von der ich gar nicht wusste, aus wie vielen Personen sie bestand. So gespenstisch ruhig, wie es in dem riesigen Gebäude war, konnte ich mir aber kaum Geschwister vorstellen.

Auf dem Weg nach oben machte ich meiner Neugier Luft. »Hast du noch Geschwister?«

»Eine kleine Schwester«, sagte Arian, ohne mich anzusehen. »Avi Lee ist sechs und ein echter Wirbelwind.«

»Oh«, machte ich, »davon habe ich noch gar nichts mitbekommen. Es ist hier überall so besonders still.«

Dann schob ich noch leicht grinsend hinterher: »Wenn man von der Küche mal absieht.«

»Gerade deswegen mag ich die Küche so gern. Irgendetwas dampft und klappert und kocht da immer. Es ist, als ob dort das ganze Leben, was in diesen vielen Zimmern verloren geht, gesammelt würde.«

»Aber warum ist es denn so still hier? Wenn Avi Lee ein Wirbelwind ist, müsste man das doch ganz sicher hören.«

Arians Augen wurden zu schmalen Schlitzen. »Es gibt ein paar Gründe dafür, aber das ist zu kompliziert zu erklären. Lass uns lieber mit dem Üben anfangen.«

Er öffnete eine dunkle Holztür, die einen riesigen Raum mit hohen Decken zum Vorschein brachte. An den Wänden standen meterhohe Mahagoniregale voll von Büchern, so hoch, dass einige Holzleitern angelehnt davor standen, um die obersten Borde erreichen zu können.

»O Mann«, entfuhr es mir, und ich biss mir sofort auf die Lippen. Arian sollte nicht denken, dass ich so etwas noch nie gesehen hatte. Selbst wenn es so war.

In der Mitte des Raumes befand sich ein langer, schmaler Tisch, auf dem ein paar vereinzelte Bücher und Magazin-Stapel lagen.

»*Das gute Tier*«, las ich den Titel der zuoberst liegenden Zeitschrift ab. »Es gibt ernsthaft eine Zeitschrift, die so heißt?«

Arian hob die Schultern. »Mein Vater liest so was. Er möchte, dass ich es auch tue, aber mich interessiert das alles nicht. Zumindest nicht so, wie er es gerne hätte.«

»Verstehe.«

»Setz dich doch«, sagte Arian und zog an einer goldenen

Kordel neben den langen Samtvorhängen vor den Fenstern, die bis zum Boden reichten.

»Percival bringt uns frischen Tee. Oder was du sonst magst.«

Sofort erschien Percival in der Tür.

»Mister Arian.«

»Percival, bring uns doch bitte frischen Tee für Gesine, und für mich eine Cola.«

»Sehr gerne.«

»Oh, für mich auch eine Cola bitte«, ergänzte ich hastig. Wenn Arian eine trank, war es sicher auch eine »perfect choice«.

»Ganz wunderbar.«

Percival zog sich so unauffällig zurück, wie er es vorhin schon getan hatte, und wir waren wieder allein. Ich setzte mich an den langen Tisch und zog die Textblätter aus meiner Jackentasche.

»Wo wollen wir anfangen?«, fragte ich.

Arian setzte sich mir gegenüber. Der Tisch war so schmal, dass unsere Gesichter nicht weit voneinander getrennt waren. Ich konnte seinen Geruch einatmen; eine wilde Mischung aus salziger Meeresluft, saftigem Gras und etwas anderem, das mich an Baumrinde erinnerte, und etwas Warmem, fast süßlich Zartem.

»Am Anfang, würde ich sagen.«

12. KAPITEL

RADIO BLACKWOOD

»Guten Abend, liebe Blackwood-Gemeinde, da sind wir wieder, und wie immer mit spannenden News! Diesmal hat unser österreichischer Neuankömmling den Vogel abgeschossen und sich die Hauptrolle im Blackwood-College-Theaterstück geschnappt! Wer hätte das gedacht! Da stecken wohl verborgene Talente, die unsere Gemeinde noch entdecken darf! Die andere Hauptrolle wurde allerdings ganz entsprechend unserer Erwartungen besetzt, und zwar mit Arian Mary, unserem Schulprinzen. Mädchenherzen werden schwach, wenn sich so einer auf die Bühne stellt, das könnt ihr mir glauben. Sichert euch jetzt schon die Tickets für das Stück, die Groupies sind zweifellos schon im Anmarsch. Und wo wir gerade bei der Mary-Family sind: Brandheiße News aus der Marygold-Pressestelle! Ab übernächsten Monat vertreibt Marygold auch noch Joghurt, zwar erst mal testweise nur vier Sorten, aber es kommt ja auf den guten Inhalt an. Wir hörten da was von Himbeere, Erdbeere, Heidelbeere und natürlich natur, alles wie immer aus der frischen Weidemilch hinter dem Birdhill, da spitzen sich meine Geschmacksknospen doch direkt. Und dazu kommt gleich die nächste gute Nachricht: Die Joghurtproduktion sucht noch eine Handvoll Mitarbeiter, also wer bei den Swantons letztens zu spät war, kann immer noch hier anfangen. Also, ran an die guten Milchsäurebakterien! Wir halten euch auf dem Laufenden, wie immer alles hier zuerst – euer Bran Foley.

»Du kommst spät«, sagte Wanda und stellte einen Teller mit etwas, das wie Gulasch aussah, vor mich auf den Tisch.

»Ich war noch bei Arian, für unser Theaterstück üben«, erklärte ich schuldbewusst. Es war ihr also doch aufgefallen, dass ich weg war, und zwar erheblich früher als nach drei Tagen.

»Entschuldige, ich hätte Bescheid sagen sollen.«

»Du warst im Mary Manor House?«

Wandas Überraschung war in ihrem Gesicht abzulesen.

»Ja, ich wollte dich hier nicht stören. Und dort haben sie ja mehr als genug Platz.«

Selbst nach Stunden war ich noch beeindruckt von dem überwältigenden Gebäude gewesen, und es fiel mir schwer, mich auf den Text von Mrs Todd zu fokussieren. Vielleicht lag es auch an etwas anderem, aber darauf wollte ich mich erst recht nicht konzentrieren. Zudem war der Text sowieso nur eine vorläufige Fassung – Mrs Todd hatte uns für die nächste Stunde eine neue (zu deren Leidwesen von Lilian inspirierte) Version versprochen.

»Du hast eine Rolle im Theaterstück bekommen?«

Ich nickte und nahm einen Löffel.

»Lecker!«

»Das klingt toll. Ich freue mich, dass du dich hier so schnell einlebst.« Dann schob sie noch ein wenig nachdenklich hinterher: »Auf die eine oder andere Weise.«

Mein schlechtes Gewissen holte mich wieder ein. »Es tut mir so leid, Wanda. Erst das mit Catan und dann dein Garten. Ich wusste das alles wirklich nicht, und ich würde es gerne wiedergutmachen. Diesmal frage ich lieber vorher zweimal nach, was ich besser machen kann.«

Wanda strich sich die Haare aus dem Gesicht. »Ach, ich

bin selbst ganz unglücklich mit meiner Reaktion. Woher sollst du auch über die ganzen Eigenheiten von uns irischen Sturköpfen Bescheid wissen, wir kennen sie ja selbst nicht alle.«

Wanda klang versöhnlich, auch wenn ein gewisser Zweifel aus ihrer Stimme herauszuhören war.

»Allerdings finde ich es nicht so gut, wenn du dich bei den Marys zu Hause aufhältst.«

Ich legte meinen Löffel ab. »Wieso das denn?«

»Ich sehe es einfach nicht so gern, das ist alles. Ihr könnt …«, sie machte eine kleine Pause, so, als ob es sie Überwindung kosten würde, ihren Satz zu beenden, »ihr könnt auch hier üben.«

»Danke für das Angebot«, sagte ich trotzig, weil ich mit der Antwort unzufrieden war, »aber ich verstehe nicht, warum ich nicht in das Mary Manor House gehen soll.«

»Da gibt es nichts zu verstehen«, sagte Wanda hastig und nahm meinen noch vollen Teller vom Tisch, »nimm es einfach, wie es ist.«

Mit solchen Verboten ohne ersichtliche Begründung konnte ich noch nie etwas anfangen, und gleichzeitig machte es mich sauer, dass Wanda es nicht für nötig zu halten schien, ihre Entscheidung zu erklären.

»Ich fand es ganz toll da«, erklärte ich, während ich vom Tisch aufstand, »und ich sehe keinen Grund, nicht mehr hinzugehen. Wir haben sowieso beschlossen, immer dort zu üben. Sie haben sogar einen Kinoraum mit Bühne, da geht es sicher später auf der echten noch leichter, wenn wir so schon mal geprobt haben.«

Natürlich hatte ich weder mit Arian darüber gesprochen, wo oder wann wir das nächste Mal üben würden, noch wusste er von meiner spontanen Entscheidung, aus Protest nur noch bei ihm zu Hause zu lernen. Aber ich trug meinen Vorsatz anscheinend selbstbewusst genug vor, denn Wanda kräuselte entsprechend die Stirn.

»Ich kann dich wohl nicht von deiner Entscheidung abbringen«, sagte sie, und diesmal klang sie sogar leicht enttäuscht, so dass ich schlagartig wieder ein schlechtes Gewissen bekam, »aber bitte pass auf dich auf. Er scheint auf den ersten Blick zu gut für die Welt zu sein, aber es ist im Leben eben nicht immer alles so, wie es aussieht.«

Ich wusste schon wieder nicht, was meine Tante damit meinte, und im Grunde wollte ich es auch gar nicht wissen. Was ich wollte, war, wieder mit Arian alleine in einem Raum voller Bücher sitzen, seinen Geruch einatmen und mich wegen seines Lächelns nicht auf einen Text konzentrieren können. Genau das wollte ich, so dumm dieser Gedanke auch war.

Wanda und ich schienen es erst mal nicht zu schaffen, auf eine gemeinsame Wellenlänge zu kommen, selbst wenn ihre Intention gut war und sie nur das Beste für mich wollte. Aber ich hielt es nach allem für angebrachter, ihr nichts von Mas Brief und auch nichts von der merkwürdigen Botschaft aus der Zukunft zu erzählen. Jemand wie sie würde das ohnehin nicht verstehen, da war ich mir sicher. Wenn sie mich noch nicht einmal in das Haus ihrer bekannten Nachbarn gehen lassen wollte, wäre sie auch sicher nicht erfreut über meinen Entschluss, den ich soeben gefasst hatte: Ich würde meinem Ich in der Zukunft zurückschreiben. Ich würde all die Fragen stellen, die mir in der letzten Zeit auf der Seele brannten, denn wer könnte sie besser beantworten als ich selbst? Ich würde schnell merken, ob diese Antworten echt wären, denn die Fragen zu meinem verkorksten Leben waren sicher nicht unkompliziert. Und dann könnte ich immer noch entscheiden, ob und wie ich weitermachen wollte –, aber zuallererst würde ich mich an diesen besonderen Tisch setzen und mir selbst schreiben. Es war genauso irre, wie es sich anhörte, und ich spürte ein aufgeregtes Kribbeln im Bauch.

»Ich bin müde, ich gehe jetzt auf mein Zimmer«, sagte ich. Wanda stand zur Spüle gewandt neben mir und nickte. Dann holte sie Luft, so, als ob sie noch etwas sagen wollte, sich dann aber in letzter Sekunde dagegen entschieden hätte.

»Gute Nacht.«

»Gute Nacht, Gesine.«

Liebe Ge,

so verrückt es auch ist, aber ich schreibe dir, weil ich dir schreiben muss. Auch wenn mein Verstand mir sagt, dass das hier nicht echt sein kann.
Aber wenn du wirklich ich bist, dann hast du alle Antworten auf alle Fragen, die ich schon immer haben wollte. Seit ich in Blackwood bin, geschehen viele seltsame Dinge, und die meisten sind nicht mit Logik zu erklären. Andere schon, wie zum Beispiel Lilians Reaktion auf die Besetzung der weiblichen Hauptrolle im Theaterstück unserer Schule. Wusstest du, dass sie einen derart böse ansehen kann, dass man denkt, der Teufel höchstpersönlich wäre in ihren makellosen Körper gefahren? Natürlich weißt du es …

Sie drohte mir mit etwas, eine Andeutung, ich könne ihr bei etwas helfen, aber erklärte es nicht weiter. Es fällt mir schwer, es vor dir, also mir, zuzugeben, aber in dem Moment bekam ich wirklich ein bisschen Angst vor ihr. Und da ist noch etwas ...

Arian.

Wie du weißt, habe ich nicht sonderlich viel Erfahrung in diesen Dingen, aber mein Bauch sagt mir, dass ich mich mit jeder Sekunde, die ich an ihn denke, mehr in etwas verstricke, aus dem ich nicht mehr herauskomme. Ganz abgesehen von Lilian scheint auch Tante Wanda nicht hocherfreut über Arians und mein Treffen zu sein, das ich übrigens zu wiederholen gedenke. Aber ich gebe zu, dass ich Angst habe – vor meiner eigenen Courage, die Theaterrolle angenommen zu haben. Angst, vor den Augen aller zu versagen, Angst vor Lilian und den anderen, die mich zu gerne scheitern sehen würden, um dann wochenlang darüber zu lachen. Angst, hier in Blackwood das einzige schwarze Schaf zu sein, das niemals dazugehören wird. Alle hier sind so vertraut mit den Bräuchen und Ritualen, die mir nicht nur fremd sind, sondern oft auch völlig absurd erscheinen.

Es ist, als wäre ich auf einem fremden Planeten gelandet und hätte mein Raumschiff zurück auf die Erde verpasst.

Bitte sag mir, was zu tun ist. Mit Lilian, mit Wanda, aber vor allem ... mit Arian.

Ich traue mich kaum, an ihn zu denken. Und trotzdem ist der Gedanke an ihn immer da.

Soll ich ihn wegschieben, so wie die Gedanken an Ma, damit es leichter ist?

Seit ich ihn getroffen habe, scheint ein Richtig oder ein Falsch nicht mehr das zu sein, was es zuvor war.

Überhaupt ist nichts mehr so eindeutig, wie es früher war. Es ist, als ob zu Schwarz und Weiß nun unzählige Grautöne dazugekommen wären, die mir jede klare Sicht rauben. Du weißt sicher, was zu tun ist!

In erwartungsvoller Hoffnung,
dein jüngeres Ich,
Ge aus der Vergangenheit.

Sofort nachdem ich aufgewacht war, riss ich mit noch halbgeschlossenen Augen die Schreibtischschublade auf. Ich konnte es keine Sekunde länger aushalten – ich musste wissen, ob mein Ich aus der Zukunft mir geantwortet hatte oder ob das Ganze nur ein irrer Wachtraum gewesen war. Doch als ich die Schublade öffnete, war da nichts. Nicht mal der Brief, den ich zuvor geschrieben hatte. Entweder hatte Wanda sich wirklich einen schlechten Scherz erlaubt, oder ich drehte gerade komplett durch.

Die Enttäuschung über die fehlende Antwort kroch mir wie eine Gänsehaut aus jeder Pore. Es wäre ja auch zu schön gewesen, Antworten wie auf Bestellung aus der Zukunft zu erhalten, noch dazu vom eigenen, weiseren Ich, das einen ganz sicher nicht an der Nase herumführen würde. Wo auch immer der vorherige Brief hergekommen sein mochte, er war ganz sicher nicht von meinem Ich aus der Zukunft. Das hätte die Dringlichkeit der Lage nämlich sofort erkannt und umgehend geantwortet.

Niedergeschlagen schlurfte ich Richtung Badezimmer. Catan huschte mit aufgestellten Nackenhaaren an mir vorbei. Augenscheinlich hatte er mir noch immer nicht verziehen.

»Es tut mir wirklich leid«, flüsterte ich und ging in die Knie zu ihm herunter. »Du hast vollkommen recht, das war eine echte Mistaktion.«

Doch Catan schien nicht in gnädiger Stimmung zu sein und fauchte mich von der Badezimmerschwelle aus an, als hätte er den Katzenteufel höchstpersönlich gesehen. Gut, vielleicht war ich das in seinen Augen ja auch. Sofort wich ich ein Stück zurück, so dass ich auf mein Hinterteil kippte. Man konnte richtig Angst bekommen, wie er da so mit seinem aufgestellten Buckel, ausgefahrenen Krallen und funkelnden Augen fauchte. Er machte es mir unmöglich, in das Badezimmer zu kommen.

»Na, toll!«, fluchte ich leise vor mich hin, »deswegen heißt das also Katzenwäsche.«

Eine echte Katzenwäsche im Küchenspülbecken später fand ich mich neben Sam im Matheunterricht wieder. Wali hatte einige Formeln an die Tafel geschrieben, die mir genauso viel sagten wie chinesische Grabinschriften.

»Und wie war es?«, fragte Sam neugierig hinter seiner Tellerhand. »Ist es so kitschig, wie man es sich vorstellt?«

Ich musste lächeln, denn obwohl Sam alles rund um die Marys nicht gut finden wollte, konnte er seine unbändige Neugier über sie nicht verbergen.

»Es ist irgendwie … märchenhaft«, murmelte ich leise, möglichst ohne meine Lippen zu bewegen, um Wali keinen Anlass zu geben, mich die Grabinschriften entziffern zu lassen.

»O no«, machte Sam und hielt sich die Hände vor sein Gesicht, »du bist dem ganzen Schnulz ja schon total verfallen.«

»Es ist gar nicht kitschig«, antwortete ich, während ich mir ein paar Haarsträhnen wie einen Vorhang vor den Mund hielt, »im Gegenteil. Es ist spannend, ziemlich schick und ehrwürdig, ja, aber auch modern. Wusstest du, dass sie einen Kinoraum mit Bühne da haben?«

»Nein«, erwiderte Sam, »jemand wie ich wird ja nicht in die hochheiligen Hallen eingeladen. Nicht, dass ich da besonders heiß drauf wäre«, das war eine Lüge, und ich konnte es ihm an der sommersprossigen Nasenspitze ansehen, »aber es ist schon merkwürdig, dass unsereins nie einen Blick reinwerfen konnte und du einfach nur aufzutauchen brauchst und so da rein spazieren kannst.«

Es klang sicher ein wenig vorwurfsvoller, als Sam es gemeint hatte.

»Du wirst noch zum Klassenliebling!«

»Pffth!«, machte ich in meine Haare, so dass sie vom Luftzug etwas aufwirbelten, »das war ich noch nie und das werde ich auch nie sein. Du weißt nicht besonders viel über mich.«

»Was sollte ich denn noch wissen?«

Sams professionelle Neugier war wieder aktiviert.

»Ich weiß nicht, ob ich dir das anvertrauen kann. Ein wunder Punkt ist in den Händen eines bekannten Radiomoderators in spe sicher nicht besonders gut aufgehoben.«

»Oh, besonders da«, flüsterte Sam verschwörerisch. »Wenn es drauf ankommt, kann ich schweigen wie eine irische Gruft. Allerdings nur bei Gleichgesinnten. Wenn du dich auf die Butterseite des Lebens schlägst, sehe ich in diesem Punkt für dich schwarz.«

»Glaub mir«, murmelte ich, »ich stand noch nie auf der Butterseite des Lebens.«

Klar war es riskant, Sam von der Rosinengeschichte zu erzählen. Aber er sollte nicht glauben, dass ich das verwöhnte Stadtmädchen war, das im Leben außer Ballett und oberflächlichem Smalltalk nichts anderes gesehen oder gehört hätte. Und ich war sicher, dass er in diesem einen Punkt dichthalten würde. Ich vertraute ihm.

In der Pause zog ich ihn an meinen geöffneten Spind.

»Da ist also dein Geheimnis drin?«, fragte Sam und sah ungläubig in meinen fast noch leeren Schrank, in dem sich nur ein Block, ein Heft, der Text für das Theaterstück und das Mathebuch, das Wali mir in der heutigen Stunde wie die heilige Bibel selbst überreicht hatte, befanden.

»Nein, aber es muss ja auch nicht gleich die ganze Schule mithören«, erklärte ich, hielt meinen Kopf in den Spind und winkte ihn heran.

»Und deswegen sprechen wir in deinen Schrank?«

»Genau.«

»Und die Welt hält die Iren für verrückt«, sagte Sam, schüttelte seinen Kopf, um ihn dann langhalsig wie eine Giraffe ebenfalls in meinen Spind zu stecken.

»Na dann los.«

Die Geschichte der Rosine war zwar nicht besonders spektakulär, sorgte bei Sam durchaus aber für Heiterkeit.

»Sie haben dich echt Gesine-Rosine gerufen? Das nenn' ich mal unsexy.«

»Jaaaa-haaa«, machte ich augenrollend, »und nicht nur das.« Ich zog meinen Kopf ein Stück zurück und zeigte mit dem Finger nach unten auf meinen Schoß.

»Sie nannten ES Rosine.«

Sam rutschte mit dem Kopf nach, sah erst nach unten, dann wieder mich an und hob eine Augenbraue.

»Wie überaus … delikat.«

Ich seufzte tief. »Sagte ich doch, dass ich nie auf der Butterseite stand. So gesehen bin ich ganz froh, hier zu sein. Hier weiß keiner was über mich und diese unsägliche Sache, und das würde ich auch gerne dabei belassen.«

»Wegen mir musst du dir keine Sorgen machen«, sagte Sam und zog seinen Kopf endgültig aus dem Spind, so dass ich es ihm nachtat und die Tür zuklappte.

»Oh, was haben wir denn da?«

Hinter der Tür kam Lilians Gesicht zum Vorschein. »Haben wir etwa romantische Spindknutschereien unterbrochen?«

»Quatsch!«, ereiferte Sam sich ein wenig zu energisch, als dass ich es nicht als Antikompliment betrachten konnte, »wir haben nur was gesucht.«

»Nur was gesucht, soso«, giftete Lilian weiter, »das sagt man dann also. Wohl die Lippen von Ge, hm? Verstehe ich, die sind ja so schmal, dass man sie leicht übersehen kann.«

Lilian formte mit ihren lippglossbetünchten Lippen einen Kussmund, was für sie keine sonderliche Anstrengung bedeutete, da sie den im Grunde schon von Natur aus hatte.

»Mhhwwschmaa!«, machte sie einen übertriebenen Schmatzer nach. »Wir haben wohl ein neues Liebespaar hier in Blackwood.«

Die obligatorischen Backgroundsängerinnen, die wie immer hinter ihr standen, kicherten.

»Nein, so ist es ganz und gar nicht«, versuchte Sam es erneut, »nie im Leben!«

Doch da hatte sich Lilian bereits umgedreht, ihre Haare über die Schulter geworfen und zog lachend ab.

»Na toll«, knurrte Sam und schlug mit der flachen Hand

auf den Spind, »das hat mir gerade noch gefehlt. Jetzt denkt sie genau das Falsche.«

»Es ist nicht so, dass ich dich nicht verstehe«, erklärte ich leicht angesäuert, »aber es ist wirklich auch nicht besonders schmeichelhaft, wenn ein angeblicher Freund ›*nie im Leben!*‹ mit so einem Nachdruck wie du eben sagt. Das hört sich ja fast an, als sei ich eine fiese Qualle.«

Sams Gesicht hellte sich wieder ein wenig auf.

»Na ja, das nun nicht gerade. Aber eine Rosine ist auch nicht so viel besser.«

Ich buffte ihn in die Seite, und wir gingen halb lachend, halb angesäuert den Flur entlang, runter Richtung Theaterraum.

»Das ist also euer neuer Text«, sagte Mrs Todd, während sie einen Stapel Blätter herumgehen ließ. »Lilians Ideen haben den Stoff noch mal besonders aufgepeppt. Jetzt ist er richtiggehend modern und passt ganz wunderbar hierher.«

Ich überlegte, was genau in Blackwood modern war, und dachte an Yorick Horsley und seine Kutsche, die uralten Steinmauern überall und die ungepflasterten Wege, während Lilian sich wie immer gekonnt aufplusterte.

»Heute würde ich gerne den Fokus auf die Befehle der Zuckerfee sowie Aufstellung und den ersten Kampf legen. Also, Zuckerfee und alle Soldaten bitte nach vorne!«

Während sich ein Gewusel um MrsTodd und Lilian bildete, überflog ich den neuen Text. Er unterschied sich eigentlich nicht besonders stark vom alten, bis auf …

»Steht da [KUSS]?«

»Da steht ziemlich eindeutig [KUSS].«

Arians Stimme hinter mir reichte aus, um das Blatt in meiner Hand zum Flattern zu bringen.

»Gut, so was muss man ja nicht üben, oder was meinst du?«

»Natürlich nicht«, antwortete ich hastig, »das ist ja wohl klar.«

Dass ich alles andere als ein Kussprofi war, würde ich ihm ganz sicher nicht unter die Nase reiben.

»Sehe ich auch so«, sagte Arian, setzte sich auf die Bühne und stützte seinen Ellenbogen lässig auf dem Knie ab, während seine Beine vom Bühnenrand hingen. »Setz dich doch zu mir, dann können wir den Rest durchgehen.«

»Sicher.«

Ich wollte mich ebenso lässig wie Arian am Bühnenrand hochziehen, was mir in Ermangelung fehlender Körpergröße nicht gelang. Ich zog mich wie ein nasser Waschlappen hoch, bis er mir seine Hand reichte.

»Gib mir deine Hand, ich zieh dich hoch.«

Arians Handfläche fühlte sich im Gegensatz zu Rubens viel weicher an, aber genauso stark.

»Du kannst jetzt loslassen«, sagte er, als ich oben angekommen war.

»Äh, ja.«

Peinlich berührt klopfte ich mir die Hände an der Hüfte ab.

»Oder hast du etwa Höhenangst? So hoch ist die Bühne ja auch wieder nicht.«

Arian lächelte sein Arian-Lächeln, und ich war: verloren.

»Weiß ich gar nicht so genau«, antwortete ich, und es stimmte. »Ich war noch nie irgendwo, wo es besonders hoch war.«

»Da haben wir hier ja auch nicht besonders viel zu bieten. Vom spektakulären Birdhill mal ganz abgesehen.«

Ich dachte an Mimis Erklärung, wie sich die Einwohner von Blackwood einfach so einen Sandhügel gebaut hatten.

»Der ist natürlich beeindruckend hoch.«

»Also, abgesehen vom Kuss gibt es noch Änderungen, hier«, Arian tippte auf die zweite Seite, »hier, und das hier scheint mir auch neu zu sein.«

Ich wunderte mich, wie er sich so schnell mit dem Text vertraut hatte machen können. Ohne beide Fassungen nebeneinanderzulegen, hätte ich nie einen Unterschied erkannt.

Bis auf den [KUSS] natürlich.

MrsTodd dirigierte die Soldaten rund um Lilian herum, so dass man kaum etwas von ihr sehen konnte. Nur ab und zu hatte ich das Gefühl, dass ein kleiner Blitz mich seitlich im Nacken traf, wenn sich die Soldatenschar etwas lichtete. Seit ich die Textstelle mit dem Kuss gesehen hatte, war mein Kopf ganz heiß. Wie um Himmels willen sollte ich so eine Stelle spielen, wo ich doch gar keine Ahnung vom Küssen hatte? Und waren Theaterküsse überhaupt echte Küsse? Oder nur angedeutete Berührungen? Und was würde Arian erwarten? Es war mir einfach viel zu peinlich, ihn zu fragen, aber noch peinlicher wäre ein verpatzter Theaterkuss vor den Augen der gesamten Schule. Mein Übermut hatte mich mal wieder in diese missliche Lage gebracht, das hatte ich nun davon.

Wie sollte ich denn bitte einen Kuss mit Arian über die Bühne bringen?

»Ge?«

»Ja?«

»Hast du gehört, was ich eben gesagt habe?«

Arian sah mich fragend an.

»Sorry, ich war nur kurz in Gedanken, diese zweite neue Stelle hier gefällt mir außerordentlich gut.«

Ich tippte auf eine Textstelle.

»Die ist doch gar nicht neu.«

Ich rutschte mit dem Finger einige Zeilen tiefer. Meine Chance, dass wenigstens diese Stelle überarbeitet war, war trotzdem ziemlich gering.

»Ich meine ja auch die hier.«

Arian grinste.

»Ich glaube, wir müssen uns öfter treffen. Da scheint mir noch einiges an Übungsbedarf zu sein.«

»Das müssen wir wohl«, seufzte ich und war mir nicht mehr sicher, ob ich das nun ganz und gar wunderbar oder ganz schrecklich finden sollte.

»Du kennst den Weg ja«, sagte Arian und blätterte weiter. Dann fügte er noch ganz beiläufig hinzu: »Und Heron kennst du ja jetzt auch.«

»Wer ist Heron?«

»Unser Zuchtstier. Ich glaube, ihr seid euch bereits begegnet.«

»Woher …?«

Ich stockte. Das konnte er einfach nicht gesehen haben!

»Hatte ich dir schon von unserem Kameraraum erzählt? In unsere Straßen investiert mein Vater nicht besonders viel, dafür hält er aber die Überwachungstechnik auf seinen Wiesen immer auf dem neuesten Stand.«

Das Bühnenparkett war nicht mehr das neueste und zeigte einige Risse und Löcher auf, doch keines war so groß wie das, in das ich augenblicklich versinken wollte.

Zu Hause angekommen, überlegte ich, Wanda in der Pottery endlich mal einen Besuch abzustatten, aber da keine Geräusche aus der Werkstatt drangen, verschob ich meinen Überfall lieber. Ich wollte keinesfalls wieder irgendetwas auf eigene Faust unternehmen und Wanda in die Quere kommen. Ich hatte den Zenit schon zu Anfang überschritten.

Da Wanda auch sonst nirgends zu sehen war, ging ich auf mein Zimmer und ließ mich rücklings auf mein Bett fallen.

[KUSS]

Dieses eine Wort machte mich ganz wahnsinnig.

MrsTodd hatte es einfach so in den Text geschrieben, ohne zu ahnen, was sie damit für ein Gefühlschaos bei mir anrichtete.

Arian hingegen schien es locker zu nehmen, wie eigentlich so ziemlich alles. Er hatte sicher neben Lilian schon einige andere Mädchen geküsst, gar nicht zu reden von noch ganz anderen Dingen. Was für ihn sicher so aufregend wie ein Sahnebonbon war, glich in meinem Universum eher einem Tsunami.

[KUSS]

Ich legte mich auf die Seite, um meine Gedanken besser ordnen zu können. Mein Blick fiel auf die Schreibtischschublade. Ob ich nicht doch noch einmal nachsehen sollte?

Es war albern, ja. Und heute Morgen erst hatte ich beschlossen, diesen verrückten Scherz, den wer auch immer sich mit mir erlaubt hatte, nicht ernster zu nehmen als einen Kinderstreich. Doch es wollte mir einfach nicht gelingen. Ich konnte nicht widerstehen; dieses Schubfach übte eine magische Anziehungskraft auf mich aus. Selbst wenn es wirklich Wanda gewesen war – was ich zwar kaum glauben konnte, aber die Alternative war leider noch unglaubwürdiger –, wollte ich wissen, was der Absender des Briefes geschrieben hatte, falls es einen neuen gab. Ich würde ja nur nachsehen. Was machte das schon. Wenn immer noch kein Brief in dem Fach lag, könnte ich mich getrost weiter den Gedanken an DEN [KUSS] widmen.

Ich setzte mich an den Tisch, strich mit der Hand über das kühle Holz und zog die Schublade langsam auf.

Da lag er.

Der Antwortbrief mit meiner Schrift, aber einem anderem Papier.

Hastig griff ich nach dem Brieföffner und schnitt den Umschlag auf. Es war noch genauso erschreckend und absonderlich, meine eigenen Zeilen zu lesen, wie es beim ersten Mal war, nur mit dem einen Unterschied: Dieser Brief war der Beweis dafür, dass es mich in der Zukunft als Ratgeberin wirklich gab.

Der Beweis dafür, dass eine Dimension existierte, von der ich nie geglaubt hätte, sie jemals anzuerkennen, geschweige denn erleben zu dürfen. Meine Augen flogen nur so über die Zeilen.

Liebe Ge,

ich verstehe deine Zweifel gut, denn wie verrückt ist es, Briefe aus der Zukunft zu erhalten? Aber wenn du an etwas glaubst, dann ist es echt.
Lass dich nicht von dem Selbstbewusstsein der anderen einschüchtern. Sie sind genauso unsicher wie du, sie verstecken es nur besser. Nichts von dem, was jetzt ist, wird so bleiben. Im Laufe eines Lebens ändert sich vieles, und über einiges, das dir heute unüberwindbar scheint, wirst du später lächeln.

Du bist nicht die, die die anderen in dir sehen, aber auch nicht nur die, die du selbst siehst, sondern das, was du tust. Es hat etwas furchtbar Aufregendes, etwas zu tun, wovor man Angst hat, nicht wahr? Und gleichzeitig macht es dich unendlich frei, solche Dinge zu tun, denn dann verlieren sie automatisch ihren Schrecken. Oft hat dieser einen Schatten, der viel größer scheint, als er wirklich ist. Zwischen dir und dem Leben steht nur ein winziger Schritt, liebe Ge, gehe ihn, und du wirst sehen, wie wunderbar sich das anfühlt.
Lilian kann gruselig sein, oder? Tröstet es dich, wenn ich dir erzähle, dass sie nach der Schule das College geschmissen und einen sechsmonatigen Tantra-Workshop auf Bali besucht hat, bei dem sie sich auch noch zur Klangschalenexpertin hat ausbilden lassen?
Ich möchte dir zu Arian jedoch nur so viel sagen: Es gibt kein Rezept für die Liebe, und selbst wenn, würde ich es dir nicht geben, denn das ist etwas, was du selbst herausfinden musst. Verlange nicht zu viel von anderen. Erwartungen sind nichts anderes als Diebe des Hier und Jetzt. Der Widerstand, auf den du manchmal stößt, ist aus den Ängsten der anderen gemacht, die Neues nicht wagen, weil es ihnen zu gefährlich ist. Sie verteidigen ihre Komfortzone mit Gegenwehr, die sie zu schützen scheint.
Ich bin unendlich stolz auf dich, dass du dich auf die Bühne sowie den Augen der anderen gestellt hast – und es war dein Bauch, der dir sagte, was zu tun ist.
Hör weiter auf ihn, und du triffst die richtigen Entscheidungen, denn wir sind, wofür wir kämpfen. Ein Ort wird ein Zuhause, wenn man seinen eigenen Weg geht.

Deine Ge aus der Zukunft.

P.S. Bitte wirf den unsäglichen Hoodie weg, der ist mehr als nur altkleiderreif. Du bist toll, Ge, genauso wie du bist, du hast es nicht nötig, dich hinter den übergroßen Taschen zu verstecken. Ich weiß, wie viel mehr in dir steckt – lass es raus!

13. KAPITEL

Diesmal war ich schlauer und verzichtete auf die Abkürzung durch die drei Farben Grün und folgte dem Weg zum Mary Manor House. Ich hatte versucht, mich etwas aufzuhübschen, was im Grunde nur dem Weglassen des Hoodies gleichkam (Wegschmeißen brachte ich nichts übers Herz, er war so kuschelig!). So trug ich nur ein weißes Shirt zu der Jeans und meine Jacke über der Schulter, denn die Sonne wurde gerade ausnahmsweise mal nicht von Wolken verdeckt.

Es musste ungefähr auf der Mitte des Weges gewesen sein, als ich ein Motorengeräusch hinter mir hörte. Sofort sprang ich auf die Seite – wohlgemerkt *neben* und mal nicht *in* eine große Pfütze. Diesmal würde ich ohne Bullenangriff und ohne Schlammlook bei Arian ankommen und wie ein ganz normales Mädchen wirken. Soweit mir das eben möglich war.

Doch ich hatte die Rechnung ohne den Fahrer des Wagens neben mir gemacht. Mit vollem Karacho fuhr er an mir vorbei durch die Pfütze. Das schlammigbraune Wasser spritzte an mir hoch bis unter die Arme, die ich erschrocken hochriss.

O Mann! Das konnte doch nur ein Scherz sein!

Einige der Spritzer hatten auch meine Brust erreicht und verliehen dem ehemals weißen T-Shirt einen khakifarbenen Army-Batik-Look.

Der Wagen, den ich nun als Landrover identifizieren konnte, setzte zurück. Aus dem Fenster lugte ein mir gut bekanntes Gesicht.

»Miss«, sagte Ruben, »das tut mir leid! Ich fahre die Strecke schon fast automatisch, so dass ich nie mit Fußgängern rechne. Es gibt hier normalerweise auch keine.«

»Ja«, sagte ich seufzend und sah an mir herunter, »das habe ich auch schon gehört. Allerdings habe ich die alternative Strecke über die Weiden schon getestet, und das war auch nicht besser.«

Ruben lachte, und es war ein offenes und ehrliches Lachen, so dass ich es ihm kaum übelnehmen konnte.

»Springen Sie rein, ich nehme Sie mit. Wenn Sie überhaupt zum Mary House wollen?«

Ich nickte, und Ruben öffnete die Beifahrertür.

»Keine Sorge wegen des Schlamms«, sagte er, »der Rover hier ist nichts anderes gewohnt.«

Ich überlegte. Wollte ich überhaupt noch dorthin? Mich zum zweiten Mal schlammvermatscht vor Arian blamieren? Selbst wenn es diesmal nicht meine Schuld war, hinterließ es doch langsam einen sehr merkwürdigen Eindruck.

»Arian und ich müssen für das Schultheaterstück üben«, erklärte ich, als ich mich auf den Sitz hochzog. Scheinbar wollte mein Körper ganz dringend ins Mary Manor House, während mein Geist noch stark zweifelte.

»Hab' schon davon gehört«, sagte Ruben und, »du kannst mich Ruben nennen.«

Dann fuhr er los.

»Ge«, antwortete ich. »Ist mir auch lieber als Miss. Das klingt so …«

Ich suchte nach dem richtigen Wort.

»Förmlich?«, fragte Ruben.

»Alt.«

Ich zog den unteren T-Shirt Rand von meinem Körper weg und betrachtete das Batikmuster.

»Die Ansprache passt außerdem nicht ganz zu meinem Look.«

Ruben grinste.

»Du läufst ja nicht immer so herum.«

Doch nach einer kleinen Pause korrigierte er sich. »Außer wenn du mitten in der Nacht in irgendwelchen Gräben neben der Hauptstraße zu finden bist.«

Meine Performance hier in Blackwood war wirklich von der ersten Sekunde an unterirdisch gewesen.

»Mein Look hat noch Luft nach oben«, gab ich zu und ließ das Shirt wieder los. »Wobei ich mir heute tatsächlich Mühe gegeben habe.«

»Bemühungen sind immer löblich«, sagte Ruben und drückte auf einen schwarzen kleinen Anhänger an seinem Schlüsselbund. Als wir aus der Kurve auf das große Eisentor zufuhren, öffnete es sich bereits.

»Aber manchmal sind sie auch vergebens.«

Es klang so, als meinte Ruben damit etwas, was außerhalb unseres Gesprächs stattgefunden hätte, aber ich traute mich nicht nachzufragen.

Er parkte den Wagen im Rondell direkt vor dem Eingang.

»Du bist früh dran. Arian macht um diese Zeit eigentlich immer seinen Ausritt.«

Arian machte jeden Tag Ausritte? Ein schneller Impuls wollte mich in schallendes Gelächter ausbrechen lassen, doch ich konnte mich in letzter Sekunde zurückhalten. Und nach drei weiteren Sekunden war ich erneut überrascht, diesmal allerdings über mich: Ich fand diese überkandidelte Tatsache unfassbar cool. Ich sah auf meine Uhr.

»Eigentlich bin ich ziemlich pünktlich.«

Ruben schmunzelte. »Na ja, es gibt die Zeit, und es gibt die irische Zeit. Das sind zwei grundverschiedene Dinge.«

»Ich verstehe nicht …?«

»Man sagt, dass die Uhren hier langsamer ticken. Und das haben sie bis vor ungefähr hundert Jahren auch wirklich getan.«

»Ich habe schon mitbekommen, dass das hier ein höchst merkwürdiges Land ist«, gab ich zu.

»Bis zum Jahr 1916 bestimmte der Statutes Act die Dublin Mean Time als offizielle Zeit hier«, erklärte Ruben. »Diese Zeit wurde am Dunsink Observatory gemessen und lag 25 Minuten und 21 Sekunden hinter der Greenwich Mean Time. Aber heute ist zumindest die offizielle Uhrzeit angepasst. Was nicht bedeutet, dass sich die Iren daran halten.«

Er sprach so von *›den Iren‹*, dass man denken konnte, er sei gar nicht von hier.

»Meine Vorfahren kommen aus Friesland«, beantwortete er meinen fragenden Blick, »und wie du sicherlich weißt, nehmen die Deutschen es mit der Pünktlichkeit sehr genau. Meine Eltern hatten noch echte Schwierigkeiten mit der Definition von Zeit hier. Und ich muss ehrlich zugeben, dass es mir manchmal auch nicht leichtfällt.«

»Wann kommt Arian denn zurück?«, hakte ich nach, denn so genau hatte ich immer noch nicht verstanden, wie die irische Uhr nun tickte.

»Er ist um diese Zeit meist noch in den Stallungen. Ich kann dich hinbringen, wenn du magst.«

Die Stallungen, na sicher, dachte ich. Wahrscheinlich hatten sie neben den ganzen Zuchtkühen und Zuchtbullen auch Zuchtpferde, deren Wert einzeln das ganze Stonecot übertrafen.

»Ja, klar«, sagte ich so unbeeindruckt wie möglich. »Vielleicht gibt's da auch ein Waschbecken oder so etwas, wo ich mich kurz frisch machen kann.«

Ruben nickte und hielt mir die Tür auf. »Da gibt es alles.«

Was auch immer das bedeuten sollte, ich würde Schadensbegrenzung versuchen, bevor ich Arian unter die Augen kam. Wenn der ohnehin noch mit Im-Kreis-Reiten oder etwas Ähnlichem beschäftigt war, konnte ich die Zeit wunderbar nutzen, um mich einigermaßen wiederherzustellen.

»Hier entlang«, sagte Ruben und streckte seinen Arm rechts vom Haus entlang aus. Ich folgte ihm über den schmalen Kiesweg zu einem großen, aber nicht so hohen Gebäude wie es das Manor House war, das leicht versetzt hinter dem Hauptgebäude stand. Eine doppelflügelige Holztür stand einen Spaltbreit offen, und Ruben hielt mir auch diese Tür jetzt auf. Ich konnte Mimi schon verstehen, warum sie immer so nervös wurde, sobald Ruben in der Nähe war. Er war einfach der perfekte Gentleman –, wenn man von seinen Fahrkünsten mal absah.

Der Boden des lichtdurchfluteten Gebäudes war aus marmoriertem Stein, ähnlich wie ich es schon im Manor House gesehen hatte. Entgegen meiner Erwartung lag hier aber kein Stroh, nicht mal ein einziger, winziger Halm auf dem Gang. Der Boden glänzte wie frisch poliert, und der Geruch ähnelte auch nicht dem, was ich von einem Pferdestall erwartete. Es duftete nahezu herrlich nach Heu und Klee, kühlem Wasser und nach einer frischen Sauberkeit, die ich noch nie gerochen hatte. Im Eingangsbereich befanden sich mehrere dunkle Holzschränke mit Accessoires, die man wohl zum Reiten brauchte, zumindest schätzte ich es, denn ich hatte noch nie auf einem Pferd gesessen. Ein riesiger Büfettschrank, ähnlich einer Glasvitrine, beinhaltete wertvoll aussehende Ledersättel in verschiedenen Ausführungen, ein anderer unzählige Halfter.

»Geh einfach hier den Gang runter an den Pferden vorbei, am Ende ist die große Pferdedusche und daneben befinden sich auch ein paar Waschbecken. Du kannst aber auch gerne mit ins Haus kommen, wenn dir das lieber ist, und dort auf Arian warten.«

»Nein, danke, schon gut«, erwiderte ich, »das reicht vollkommen.«

Auch wenn ich befürchtete, dass es im Stall nur kaltes Wasser gab, war es mir lieber, Arian hier zu treffen, als wieder in meinem unmöglichen Aufzug die heiligen Hallen zu betreten, in denen ich mir selbst im Ballkleid wahrscheinlich wie ein Bauerntrampel vorkommen würde.

Ruben verschwand, und ich ging langsam den Gang hinunter. Rechts und links von mir begrüßte mich zufriedenes Schnauben. Einige der Pferdeköpfe ragten aus den v-förmigen Gittereinsätzen in den Gang und beäugten mich neugierig. Ich versuchte, mich so weit wie möglich in der Mitte des Ganges zu halten, nicht, dass noch eines von den Tieren auf die Idee kam, nach mir zu schnappen. Ich traute Pferden nicht mehr, seitdem ich einmal beim Füttern nach einer Zirkusshow im 5. Bezirk von einem winzigen Pony in den Bauch gebissen worden war, dessen Gebissstärke allerdings sicherlich mit dem der riesigen Pferde hier mithalten konnte. Die Gitterstäbe der hochpolierten Ställe glänzten im einfallenden Sonnenlicht, und selbst als Antipferdeexperte konnte ich erkennen, dass die edel wirkenden Tiere – fast alle waren weiß oder grau – hier Unsummen wert sein mussten. Und ich musste zugeben, dass eines schöner war als das andere. Von der Ferne aus gesehen, natürlich.

An jeder Stalltür hing ein gerahmtes Namensschild mit einem goldenen Pferdekopf darüber. Die meisten Namen waren Doppel- oder Dreifachnamen mit verzeichneter Abstammung wie *Early Biddy VII*, dessen Mutter als *Attitude* und dessen Vater als *Earl King Mambo V* verzeichnet waren.

Der Gang kam mir unwahrscheinlich lang vor, und, ohne die Tiere zu zählen, mussten es sicher über dreißig Boxen gewesen sein, bevor ich an einem Platz ähnlich dem Eingangsbereich ankam – mit einem Unterschied: Hier stand ein von beiden Seiten angebundenes Pferd. Ein weißes, bereits gesatteltes Pferd. Aber ein Pferd. Ein lebendiges Pferd. Vor dem Waschbecken, zu dem ich wollte.

»Na, super!«, murmelte ich mir zu, »das hat mir noch gefehlt.«

Der Schimmel drehte seinen Kopf in meine Richtung. Ein Hengst, wenn ich das richtig sah.

Gut, Gesine, er ist angeleint. Du musst nur irgendwie um ihn herumkommen.

Nur wie? Vorneherum bestünde das Risiko, dass er beißt, hintenherum könnte er treten. Das war ja wie die Wahl zwischen Pest und Cholera! Und wenn ich es einfach mit der Mitte probierte? Das Tier war groß genug, um mit einem halben Limbo unter dem Bauch her geradewegs zum Waschbecken zu kommen. Und da kam es doch weder mit dem Kopf noch mit den Hufen dran, oder?

Ich legte meine flache Hand vorsichtig auf die Bauchseite des grausilber schimmernden Tierfelles.

»Hallo, ehm, Pferd«, flüsterte ich leise. Dann strich ich mit der Hand einige Zentimeter wie ein Scheibenwischer zur Seite und wieder zurück.

»So, jetzt haben wir eine Art Kontakt aufgenommen, nicht wahr?«

Der Hengst, der sich zwischenzeitlich wieder abgewandt hatte, reagierte nicht auf meine Annäherungsversuche.

»Weißt du, ich muss da mal durch, zu dem Waschbecken da, und es wäre äußerst freundlich, wenn du mich lassen würdest. Also ich meine, ohne mich zu zerquetschen. Oder zu beißen oder zu treten, oder was du sonst noch so kannst.«

Der Hengst hielt seinen Kopf immer noch unbeweglich Richtung Steinwand.

»Okay, ich werte das jetzt als Zustimmung.«

Wenn ich die Augen schloss, würde ich vielleicht weniger Angst haben, dachte ich noch und schob meinen Oberkörper, so weit es ging, nach hinten, spreizte meine Beine wie bei einem Limbo-Tanz und schob mich unter den warmen Bauch des Pferdes. Zur Sicherheit hielt ich beide Hände flach über meinen Kopf, ohne den Pferdebauch zu berühren.

»Braaaaav, braaaaav!«, wisperte ich in der Hoffnung, das Tier zu beruhigen, damit es sich bloß keinen Zentimeter bewegte. Doch ich hatte die Kraftanstrengung der Limbo-Tanz-Bewegungen unterschätzt und kippte schon nach dem zweiten Schritt nach hinten, geradewegs auf meinen Allerwertesten.

»Warum genau sitzt du jetzt unter meinem Pferd?«

Ich sah hoch.

Arian blickte mich leicht irritiert an.

»Ehm …«.

Gut, ich hatte nun die Möglichkeit, Arian zu erklären, dass

ich mit zehn Jahren mal von einem Zirkuspony gebissen worden war, seitdem Angst vor Pferden und deren Gebissen hatte (vor deren Hufen ebenso, rein prophylaktisch) und nun irgendwie zu dem Waschbecken kommen wollte, weil Ruben mich mit seinem rasanten Fahrstil schlammgebatikt hatte.

Oder ich sagte einfach: »Sehr gutes Pferd hier, guter Körperaufbau, strammer Bauchbereich.«

Arian streckte seine Hand aus und zog mich unter dem strammen Bauchbereich des Tieres hervor.

»Eine Pferdeexpertin bist du also auch noch, hm?«

Sein Grinsen entging mir nicht. Arian trug eine komplette Reitermontur inklusive Helm und heller Lederhandschuhe. (Gab es so was außerhalb von Vom-Winde-verweht-Filmen überhaupt noch?) Besser gesagt, einem Handschuh, denn den anderen hatte er ausgezogen, bevor er mir seine Hand gereicht hatte. Mit einem leicht übertriebenen Hüpfer sprang ich auf und klopfte mir meinen Hintern ab, was vollkommen überflüssig war, denn der Boden war so lupenrein, dass man sicher ohne Sorge von ihm hätte essen können. Verdammt, ich hätte es albern finden müssen, ich wollte es sogar (wer lief bitte heutzutage so herum?), aber es gelang mir einfach nicht. Arian sah unfassbar sexy aus in diesen beigen Reithosen mit den kniehohen Stiefeln und der dunklen Daunenweste.

»Na ja, Experte würde ich jetzt nicht gerade sagen«, zog ich mich murmelnd aus der Affäre und versuchte dabei, meine Frisur wieder in ihre ursprüngliche Ausgangsposition zu bewegen, »aber so einen edlen Hengst erkennt man ja sofort.«

»Das ist Mara«, sagte Arian, drehte sich dem Pferd zu und klopfte es auf die Flanke.

»Kein Hengst?«, fragte ich zerknirscht.

Arian schüttelte lachend den Kopf.

»Wenn mir die letzten Jahre nicht gravierend etwas entgangen ist, handelt es sich hier um eine achtjährige Connemara Stute.«

Gut, ich hatte zumindest eine 50/50-Prozent-Chance gehabt.

»Ich wollte gerade ausreiten, komm doch einfach mit. Wir können unterwegs die Dialoge üben und vielleicht am See eine Pause einlegen.«

Im wahrsten Sinne des Wortes würden mich jetzt keine zehn Pferde dazu bringen, mich auf eine dieser tierischen Mary-Geldanlagen zu setzen. Nicht noch eine Blamage heute, das war einfach zu viel.

»Oder hast du Angst?«

»Natürlich nicht!«

O mein Gott! So etwas nannte sich wohl Übersprungshandlung. Oder auch die Durch-irre-Briefe-meines-wahnsinnigen-Selbst-aus-der-Zukunft-geschuldete-Kamikaze-Antwort.

Die Worte meines älteren Ichs schossen mir durch den Kopf: *Es hat etwas furchtbar Aufregendes, etwas zu tun, wovor man Angst hat, nicht wahr? Und gleichzeitig macht es dich unendlich frei. Nur ein Schritt steht zwischen dem Leben und dir …*

Ja, das war definitiv nur ein Schritt gewesen. Hoffentlich nicht einer zu viel.

»Dann ist ja gut«, sagte Arian und ging auf eine der Boxen zu.

»Ich lasse dir Maras Mutter Maisie satteln, die scheint gut zu dir zu passen.«

Mit einem Augenzwinkern schob er hinterher: »Sie ist eine tiefgründige, feinsinnige Natur, genau wie du.«

Dann rief er einen Stalljungen zu uns, der sich als Max vorstellte, nicht wesentlich älter als wir aussah und mich mit seinen abstehenden, langen Ohren und vorstehenden Vorderzähnen an einen dieser Waldhasen erinnerte, die auf kitschigem Jagdgeschirr aufgemalt waren. Er brachte uns einen glänzenden Ledersattel, den er Maisie, die ebenso schön war wie ihre Tochter, auflegte. Als Max sich daranmachte, sie zu satteln, winkte Arian ab.

»Lass mich das machen.«

Die geübte Art, wie er den Sattelgurt fest- und wieder nachzog und dabei beruhigend auf Maisie einredete »Na, altes Mädchen, wie geht es dir denn heute?«, ließ irgendwas in meinen Knien weich werden.

Außerdem hatte ich nur noch wenige Augenblicke, um ein erneutes Schlamassel abzuwenden. Aber was sollte ich als Grund, nicht auf dieses Pferd zu steigen, angeben? Es musste zumindest irgendetwas sein, das nicht nach dem Hasenfuß klang, der ich war.

Ich legte mir meine Hand in den Rücken.

»Ich habe was am Rücken, da ist Reiten wahrscheinlich nicht so gut«, erklärte ich mit bedauernder Stimme.

»Im Gegenteil«, erwiderte Max, der mir nun einen Zügel in die Hand gab, »bei Rückenleiden empfiehlt sich Reiten sogar. Allerdings eher die leichten Grundgangarten, damit die Wirbelsäule nicht so stark belastet wird. Kein Trab.«

Ich atmete tief durch.

Wenn wir sowieso nur im Schritt reiten würden, könnte ich das unter Umständen lebend überstehen, ohne mich vor Arian zu blamieren.

Ich nahm die Zügel entgegen. »Kein Trab, klar.«

Arian hatte sich bereits mit einem gezielten Schwung auf

Mara gesetzt, die nun gemütlich mit hängenden Zügeln den Gang hinunterschlenderte. Max führte Maisie an einer Seite hinterher, und ich folgte ihnen auf der anderen Seite zähneknirschend.

Auf dem Platz vor dem Stall blieb Max stehen und wendete Maisie mir zu.

»Kann ich Ihnen aufhelfen, Miss?«

Er hielt mir seine gefalteten Hände hin. Ich hatte häufiger in Filmen gesehen, wie Reiterinnen diese Hilfestellung für den Fuß zum Aufsteigen nutzten.

»Danke«, antwortete ich.

Ich versuchte auszublenden, dass ich in meinem Schlammbatikshirt neben dem durchgestylten Arian bereits auf dem Boden der Tatsachen eine schlechte Figur machte. Dort oben würde es ganz sicher nicht besser aussehen. Aber raus kam ich aus der Sache sowieso nicht mehr.

Maisie wirkte auf den ersten Blick gar nicht auffallend hoch, aber während ich mich wie ein nasser Sack hochzog, ging mir auf, dass ich ihre Größe wohl unterschätzt hatte.

»Soll ich anschieben?«, scherzte Arian von seinem hohen Ross herab, und ich ärgerte mich erneut über seinen allgegenwärtigen Vorteil mir gegenüber.

»Geht schon«, stöhnte ich und schlang mein Bein über den breiten Pferdekörper.

Von oben sah das Ganze noch höher aus, und ein mittelschweres Unwohlsein machte sich in meiner Bauchgegend breit.

»Dann kann es ja losgehen«, sagte Arian und trieb Mara an. Max klopfte meinem Pferd auf den Hintern, so dass es sich ebenfalls sofort in Bewegung setzte.

»Uuuuoooops«, machte ich, weil mein Oberkörper auf

die plötzliche Bewegung mit einiger Verzögerung reagierte und ich fast nach hinten wegkippte.

»Aber nur die leichten Gangarten«, brüllte ich Arian hinterher, »wegen meines Rückens!«

»Ich weiß«, rief er zurück, »wir überspringen den Trab einfach!«

Was genau das zu bedeuten hatte, wurde mir schnell genug klar.

»Haaaaaaaaaaaalt!«

Gut, ich kannte keine Pferdekommandos, aber an den Zügeln ziehen musste doch etwas bewirken!

Tat es nicht. Im Gegenteil. Und das, was Maisie hier veranstaltete, war wirklich kein Trab, sondern feinster Galopp. Sie rannte ihrer Tochter mit dem fest im Sattel sitzenden Arian einfach hinterher, und mir blieb nichts anderes übrig, als mich festzuhalten. Der feine, weiße Kies wurde unter den galoppierenden Hufen nur so aufgewirbelt, und ich hatte Mühe, mich überhaupt aufrecht zu halten.

»Komm schon!«, rief Arian, »wer zuerst am See ist!«

Das sollte ja wohl ein Scherz sein!

»Ich, ich, ich kann doch gar nicht …«

Doch Arian war schon um einige Pferdelängen weiter.

Da ich Maisie scheinbar nicht davon abhalten konnte, ihrer Tochter hinterherzurennen, wählte ich die nächstbeste Alternative und krallte mich in ihrer langen Mähne fest.

»Verdammte Axt!«, fluchte ich vor mich hin, »warum immer ich?«

Doch Maisie schien es nicht besonders zu interessieren,

dass ich eine Höllenangst hatte, gleich im nächsten Schlammbad zu landen, allerdings aus zwei Metern Höhe, was um einiges unkomfortabler ausfallen würde als meine sonstigen Missgeschicke. Das hier war ganz und gar lebensgefährlich! Und Arian nahm überhaupt keine Rücksicht! Ich ärgerte mich über seine Arroganz, über sein ständiges Grinsen, ach, über alles!

Sam hatte recht, Arian lebte in seiner eigenen Butterwelt, in der ich rein gar nichts verloren hatte. Dieser Höllentrip hier war der beste Beweis dafür!

»Da vorne geht's zur Church View an der alten Friedhofsruine, da hat man einen super Ausblick auf Blackwood!«, rief Arian mir von vorne zu. »Warst du da schon mal?«

»Neeeeeeiiiiiin!«, rief ich zurück, obwohl ich viel lieber »Hiiiiiiiilfeeeeeeee!« gebrüllt hätte.

»Dann machen wir da einen Abstecher hin«, rief Arian und lenkte Mara in eine scharfe Rechtskurve, »zuerst hier lang!«

Ich musste praktisch gar nichts tun, Maisie folgte ihnen auf Schritt und Tritt. Oder eher auf Galopp und Galopp. Die Pferde rannten eine Anhöhe hoch, die von riesigen Bäumen umsäumt war. Die Baumstämme wirkten übermäßig breit, so als wären die Bäume bereits Hunderte von Jahren alt. Wenn nicht gerade alles in einer Art Schnelldurchlauf an mir vorbeigezögen wäre, hätte ich die besondere Landschaft sicherlich schön gefunden. Meine Hände waren durch das panische Festkrallen ganz steif, und ich merkte, wie ich mehr und mehr seitlich wegrutschte, als die Pferde endlich zum Stehen kamen.

»Du meine Güte«, stöhnte ich und rutschte wieder mittig in den Sattel. Meine Finger waren fast unbeweglich, so dass ich zuerst mehrere Male meine Fäuste öffnen und schließen musste, um sie überhaupt bewegen zu können.

»Was macht dein Rücken?«, fragte Arian, als er sich formgewandt von Mara heruntergleiten ließ.

»Puh«, ächzte ich, »ich glaube, im Schritt bin ich damit dann doch besser aufgehoben.«

»Kein Problem, hättest du mir auch direkt sagen können. Ich dachte, so wäre es besser für dich. Und da du ja gesagt hast, dass du dich auskennst …«

Arians Stimme wirkte leicht besorgt, als er Maisies Zügel in die Hand nahm und mir seine Hilfe beim Absteigen anbot.

Verdammt, gerade fand ich ihn noch unerträglich, gerade eben war es unglaublich leicht, mich nicht schon wieder verwirren zu lassen, und jetzt …

»Jetzt brauche ich erst mal 'ne Pause«, erklärte ich, während ich mich wie klebriger Teig an dem Pferdekörper heruntergleiten ließ. »Also, mein Rücken meine ich.«

»Okay«, antwortete Arian und zeigte mit seiner Gerte (Wieso hatte er so etwas überhaupt? Diese Pferde rannten doch ganz von allein in einem Affentempo herum!) auf die Spitze der Anhöhe.

»Da oben können wir jetzt zu Fuß hin. Du wirst die Aussicht mögen, gerade wenn du die Stadt vermisst. Fehlt sie dir?«

»Wie verrückt.«

Ich war nicht sicher, ob ich damit wirklich Wien meinte oder einfach nur das Gefühl von Heimat, das mir fehlte. Weil Ma mir fehlte.

»Es ist höchstwahrscheinlich nichts im Vergleich zu einem spektakulären Blick über Wien.«

Ich dachte an meine Heimatstadt und wie weit weg sie mir in diesem Augenblick vorkam.

»Ach, ich fand den Ritt hier schon äußerst …, äh, spektakulär«, sagte ich, und wir mussten beide lächeln.

Es brachte einfach nichts, vor Arian cool sein zu wollen. Er entlarvte mich jedes Mal in Sekunden, und ich war seinem Spott ausgeliefert. Wobei sein Lächeln keinen Spott verriet, im Gegenteil. Es war ein zugewandtes Lächeln, und mir wurde ganz warm. Wahrscheinlich lag das aber auch an dem Adrenalinabfall, den mein Körper gerade zu verkraften hatte, nachdem ich dem Tod ins Pferdeauge gesehen hatte. Wie auch immer, Gesine, sagte ich mir in Gedanken, dieser Typ ist nicht gut für dich. Und es gibt gleich mehrere Gründe dafür.

»Dieser Ort da oben wird auch *Kissing Spot* genannt. Es gab sogar mal ein Schild, auf dem das stand. Aber irgendeiner der kleptomanischen Touris hier hat es angeblich mitgenommen.«

Und er lieferte alle paar Minuten einen neuen.

Der Blick über Blackwood war tatsächlich großartig. Die morbide Friedhofsruine verstärkte das Gefühl einer entrückten Märchenwelt noch, um uns herum standen und lagen überall halbzugewucherte, kalkige Grabsteine. Die efeuumrankten Überreste der Friedhofsmauer gaben dem Ganzen etwas Friedliches, und die Stille, die nur ab und zu von einem leisen Vogelzwitschern unterbrochen wurde, tat ihr Übriges.

»Und warum ist das jetzt hier bitte ein *Kissing Spot?*«, fragte ich ungläubig nach.

»Ich meine, es ist wunderschön, mal abgesehen von den ganzen verrotteten Knochen, auf denen wir hier möglicherweise stehen.«

Arian sah auf die winzig wirkenden Hausdächer von Blackwood, aus denen Kaminrauch dampfte. Der Ort sah von hier vollkommen verschlafen aus, wie eine winzige Puppenstube aus einer anderen Zeit, die schon länger keinen bunten Anstrich mehr bekommen hatte. Der See, den ich mit Yorick schon von weitem erkundet hatte, wirkte selbst von hier oben noch riesig, allerdings nicht mehr so blauglitzernd, sondern eher grünlich, wie ein weiches, glattes Seidentuch.

»Diese Ruhe hier oben hat etwas, was die Zeit stillstehen lässt. Vielleicht deswegen.«

»Hmmmhh«, machte ich.

Er hatte recht. Ich konnte mir vorstellen, dass hier schon einige Pärchen händchenhaltend gestanden hatten. Ob Arian mit Lilian auch schon hier gewesen war? Im nächsten Moment ärgerte ich mich über meine dummen Gedanken – natürlich war er das.

»Ich komme manchmal hierher, wenn ich Antworten brauche.«

Erstaunt über Arians plötzliche Offenheit fragte ich vorsichtig: »Und, findest du sie hier?«

Arian zuckte mit den Schultern. »Manchmal. Und manchmal denke ich, es gibt gar keine.«

»Es gibt sie bestimmt«, antwortete ich nachdenklich und sah in die Ferne. »Aber oft tarnen sie sich gut, so dass wir sie nicht gleich erkennen.«

»Hey«, machte Arian, »gar nicht mal so schlecht für ein Schnitzelmädchen aus Wien.«

»Nenn mich nicht so.«

»Wie soll ich dich denn sonst nennen? Gesine magst du ja auch nicht.«

»Ge eben.«

»Gut. Ge.«

So wie Arian es aussprach, klang es sanft und stark zugleich, und in etwa so fühlte ich mich auch gerade.

»Was hat es eigentlich mit deinem seltsamen Namen auf sich?«

Ich schüttelte den Kopf. »Das ist eine lange, traurige Geschichte. Die willst du ganz sicher nicht hören.«

»Vielleicht doch«, antwortete Arian und sah mich neugierig an.

»Das versteht keiner, deswegen lasse ich es lieber gleich.«

»Ich habe einen Zweitnamen«, erzählte Arian, während er wieder in die Ferne sah. »Von dem weiß fast niemand. Er ist schrecklich.«

Ich horchte auf.

»Verrätst du ihn mir?«

Ich wartete auf einen Deal, den Arian mir nun vorschlug, sein Zweitname im Tausch gegen meine Namensgeschichte, aber Arian sprach einfach weiter.

»Edsel. Mein vollständiger Name lautet Arian Edsel Mary.«

»Edsel«, wiederholte ich, und meine Mundwinkel zogen sich ganz von allein nach oben.

»Ich wusste, dass du lachen würdest.«

»Ich lache nicht«, rechtfertigte ich mich, doch Arian stieß mit seiner Schulter an meine, so dass ich etwas zur Seite kippte.

»Klar lachst du. Ich sehe deine Lachfaltengrübchen.«

»Was ist das denn für ein Wort?«

»Keine Ahnung«, sagte Arian und wurde wieder ernst.

»Wenn du lachst, bilden sich da so kleine Fältchen neben deinen Mundwinkeln. Tiefer als normale Lachfalten, aber auch keine klassischen Grübchen. Irgendwas dazwischen, denke ich.«

Es klang, als hätte Arian mich schon länger beobachtet, als ich vermutet hatte. Oder generell geglaubt hätte, dass er es tat.

»Wusstest du, dass der Sohn von Henry Ford *Edsel* hieß?«

Ich schüttelte den Kopf.

»So kam mein Vater überhaupt auf die Idee.«

»Was hat Henry Ford mit deinem Vater zu tun?«, hakte ich nach.

»Eigentlich nichts«, antwortete Arian. »Und dann doch wieder eine Menge. Mein Vater ist auch ein Pionier auf seinem Gebiet, und sehr ehrgeizig. Wenn er sich erst mal einen Gedanken in den Kopf gesetzt hat, bringt ihn niemand davon ab, auch wenn er noch so absurd klingt.«

»Das ist ja erst mal nichts Schlechtes«, bemerkte ich.

»Grundsätzlich sicher nicht«, gab Arian mir recht und sah mich an. »Aber wenn es um die Pläne für den eigenen Sohn geht, der eine andere Vorstellung davon hat, wie und womit er sein Leben verbringen will, vielleicht schon.«

»Das heißt, du willst nicht in seine Fußstapfen treten?«

»Seine viel zu großen Fußstapfen«, ergänzte Arian. »Nein. Ich würde viel lieber Schauspiel studieren und ans Theater gehen.«

Aha! Daher also sein Ehrgeiz bei dem Stück, dachte ich. Arian hatte sicher einiges mit seinem Vater gemeinsam, nur orientierte es sich in die entgegengesetzte Richtung.

»Weißt du, was Edsel bedeutet?«

Ich schüttelte erneut den Kopf.

»Geld, Silber.«

Arian riss ein paar Grashalme aus und warf sie neben sich.

»Das ist es, was für ihn zählt.«

Seine Stimme klang plötzlich verändert, viel tiefer, so, als ob er gerade eine Erkältung bekommen hätte.

»Die Hauptsache ist doch, dass es für dich nicht zählt«, sagte ich vorsichtig. »Du bist ein Arian und kein Edsel. Solange du das weißt, ist doch alles in Ordnung.«

Arian atmete tief durch. Ich tat es ihm nach, denn auf einmal war die Luft, die eben noch so erfrischend war, spürbar schwerer geworden.

»Ich weiß nicht, warum ich dir das überhaupt erzählt habe«, murmelte Arian zwischen seine angezogenen Knie. Er klang so, als wäre er von sich selbst überrascht.

»Genauso wenig weiß ich, was es ist, aber du hast etwas Eigenartiges. Das man nur schwer beschreiben kann. So, als wärst du …«

Er stockte.

»Was?«

»Ach nichts.«

Arian schien sich kurz verloren, aber mindestens genauso schnell wieder gesammelt zu haben. Ich bereute, dass es eine Sekunde zu schnell gegangen war, denn ich hätte brennend gerne den Satz zu Ende gehört. Es war verrückt, denn jemand wie er, der hier zu Hause war und scheinbar alles besaß, was man sich nur wünschen konnte, schien ebenso viele Fragezeichen mit sich herumzutragen wie ich. Ich hatte das Bedürfnis, ihm von den Briefen zu erzählen, aber biss mir in letzter Sekunde auf die Zunge. Kein Mensch, der noch halbwegs bei Verstand war, würde mir glauben. Und ich hatte mich schon oft genug blamiert – ich müsste es jetzt nicht auch noch auf die Spitze treiben. (Aber was er wohl gesagt hätte? Ob er neugierig gewesen wäre? Ob er sich selbst auch all diese Fragen stellte?)

Die Sonne legte sich wie eine warme Decke über das Tal, und mir fiel auf, dass das weiße Fell der Pferde in dem Licht einen leicht roséfarbenen Stich bekam.

»Das ist das Besondere an den Connemara-Pferden«, erklärte Arian, der meinem erstaunten Blick gefolgt war, »sie schimmern bei einem bestimmten Licht fast rosa.«

»Das ist überirdisch«, murmelte ich.

»Das ist Genetik. Es haben fast alle Tiere dieser Rasse, außer die Falben natürlich.«

Was auch immer Falben waren –, ich war für einen kurzen Moment sprachlos. Als die Sonne wieder von einer Wolke überdeckt wurde, sahen Mara und Maisie wieder wie zwei hübsche, ganz normale weißgraue Pferde aus.

Arian zog einen Zettel aus der Jackentasche.

»Also, ich schlage vor, wir gehen den Text einmal zusammen durch, und dann liest jeder einen Teil von seinem Part.«

Wir beschlossen, mit den schwereren Textstellen zu beginnen, und Arian machte Vorschläge, wie man die Dramaturgie mit Gesten noch erhöhen konnte. Mir fiel es nach wie vor schwer, mich zu konzentrieren, und das hatte wie immer mehrere Gründe. Allen voran der [KUSS], denn diese Stelle kam ja früher oder später dran.

»Setz dich«, sagte Arian, der seine Jacke auf dem weichen Gras ausgebreitet hatte.

Ich ließ mich neben ihn fallen, ein wenig zu unkoordiniert wie immer, so dass sich unsere Schultern berührten.

»Sorry.«

»Ist gut so«, erwiderte Arian unbeeindruckt, »wir haben

ja nur einen Text. Da musst du wohl oder übel etwas näher rankommen.«

Dass ich meinen Text vergessen hatte, überging Arian höflich. »Okay, dann los.«

Seine Stirn war meiner so nah, dass wir bei der kleinsten Bewegung zusammenstoßen könnten, dachte ich. Ich konnte Arians Geruch einatmen, diese seltsame Mischung aus salziger Meeresluft und etwas Süßem. Aber heute war da noch feuchtes Moos, das ich roch. Und etwas anderes, Undefinierbares. Es konnte aber natürlich auch der Friedhofsverwesungsgeruch sein, den ich nicht einordnen konnte. Spätestens jetzt kam die Romantik dieses Augenblicks an ihre Grenzen.

»Also«, begann Arian, »du sagst hier, dass ich mutig sein soll und nicht aufgeben darf, und ich zögere noch. Wie wäre es, wenn du die Stelle noch mit einer Geste unterstreichst, wie zum Beispiel mit geballten Fäusten?«

Arian sprach und sprach, ich nickte und machte ab und zu ein »Hm« oder ein »Ja«, und seine Worte verhallten in meinen Ohren, als hätte ich Watte darin. Es war einfach unmöglich, in seiner Gegenwart nicht abgelenkt zu sein, wie sehr ich es auch versuchte. Meine Gedanken schweiften ab, und ich stellte mir vor, wie viele Male er hier schon so gesessen hatte, mit wem und was er hier wohl alles getan hatte. Jeder dieser Gedanken versetzte mir einen kleinen (ja, ich wusste es, dummen) Stich, aber ich konnte auch nicht damit aufhören.

»… und die Stelle hier überspringen wir.«

Arian tippte auf das Blatt. Ich blinkerte mit den Augen, um die Worte vor mir zu fokussieren.

Da stand es.

[KUSS]

Arians Gesicht war so nah, dass ich, als ich aufsah, mit meinem Mund nur wenige Zentimeter von seinen gesenkten Augenlidern entfernt war.

[KUSS]

»Gesine?«

[KUSS]

»Hallo?«

[KUSS]

Er sah auf.

[KUSS]

»Was denkst du?«

[KUSS]

»Deine Augen riechen gut.«

14. KAPITEL

Interessant, interessant«, sagte Lilian, während sie sich auf meinem Tisch abstützte. Wir hatten eine Doppelstunde Wali hinter uns, und dementsprechend verbraucht war die Luft im Klassenraum auch.

»Kann mal einer die Fenster aufmachen?«

Sofort sprangen mehrere Jungen auf, um Lilians Wunsch zu erfüllen.

»Also, du warst gestern mit Arian ausreiten, hm?«

»So kann man das eigentlich nicht nennen«, antwortete ich, und in meinem Ton schwang mehr Rechtfertigung mit, als ich beabsichtigt hatte.

»Wir haben nur den Text geübt, und weil Arian zufällig gerade dabei war …«

»Nun, wie auch immer«, unterbrach Lilian mich, »ich hatte dich gewarnt. Lass bloß deine kleinen, ölverschmierten Schnitzelfinger von ihm.«

Dann warf sie ihre Lockenpracht über die Schulter.

»Nicht, dass er sich für jemanden wie *dich* interessieren würde.«

»Wir lernen zusammen, sonst nichts.«

»Ich hatte es dir gesagt, du darfst etwas für mich tun«, sagte Lilian, und ihre Stimme wurde leiser, fast verschwörerisch flüsternd.

»Und das wäre?«

»Seine Mutter hat irgendwas. Ich weiß nicht, was, aber

ich weiß, dass da was ist. Arian spricht nicht darüber, und auch sonst weiß keiner, warum sie seit Jahren das Haus nicht verlassen hat. Ich will, dass du rausfindest, was es ist. Und dann gehst du mit dieser Information keineswegs zu diesem Radiotrottel«, sie deutete mit dem Kinn auf Sam, der der Erste beim Fensteröffnen gewesen war.

»Sondern du kommst direkt, ohne ein Sterbenswörtchen zu den anderen damit zu mir. Ist das klar?«

Lilians Ton gefiel mir ganz und gar nicht, mal ganz abgesehen von dem Inhalt.

»Ich verstehe nicht so richtig, wieso ausgerechnet ich das herausfinden soll. Oder wie ich es überhaupt könnte. Du kennst Arian doch viel besser …«

»Finde es einfach heraus«, befahl Lilian, stellte sich wieder auf und zog ihre Bluse glatt. »Ansonsten mache ich dir das Leben hier zu Hölle, wie ich schon sagte. Ich denke, du kannst dir vorstellen, wie das aussehen würde.«

Ihre Drohung machte mich wütend, und ihr herablassender Blick tat sein Übriges. Ich stellte mich ebenfalls auf und sah ihr direkt in die Augen.

»Nein, dafür fehlt mir leider die Phantasie.«

Ich hielt ihrem Blick stand, bis sich ihre Augen zu schmalen Schlitzen verengten.

Dann klatschte sie unvermittelt in die Hände.

»Hey, Leute! Hört mal alle her! Habt ihr schon die lustige Geschichte«, sie zeichnete imaginäre Anführungszeichen in die Luft, »von *›Der Rosine‹* gehört?«

Sämtliche Köpfe drehten sich neugierig zu uns.

»Das ist das deutsche Wort für *raisin*, müsst ihr wissen, und klingt ausgesprochen wie …«

Ich fiel ihr hektisch ins Wort: »Woher …?!«

Es konnte nur Sam gewesen sein. Augenblicklich bildete sich ein dicker Kloß in meinem Hals. Lilian wandte sich wieder mir zu.

»Und, hat das deine Phantasie angeregt?«

Ich schluckte und nickte.

»Ja.«

»Schon gut, Leute!«, rief Lilian in die Runde, und die neugierigen Köpfe wandten sich wieder ab.

»Na siehst du. Mach deinen Job, und lass die Finger von meinem Freund. Ich sage das nur einmal.«

Als Lilian abmarschiert war, blieb ich noch wenige Sekunden stehen, bevor ich wie ein nasser Mehlsack zurück auf meinen Stuhl glitt.

Sam war unterdessen anscheinend fertig mit seiner Lüftungsaktion und kam auf seinen Sitzplatz neben mir zugeschlendert.

»Wie diese Frau ihre Haare nach hinten wirft, ist einfach phänomenal!«

»Es ist einfach phänomenal, was für ein Arsch du bist!«

Ich pfefferte mein Stiftemäppchen auf den Tisch.

»Was?«

Sam sah mich mit aufgerissenen Augen an.

»Ja, genau du. Du, du …«

Mir fiel auf die Schnelle kein böseres Wort ein, aber meines hatte es auch in sich, weil man geradezu sehen konnte, wie es Sam verletzte.

»… du erbärmlicher *Radiotrottel*!«

Mit diesen Worten schnappte ich mir meine Sachen und rannte aus dem Klassenzimmer.

Ich hatte geglaubt, in Sam einen Freund gefunden zu haben. Jemand, der mich wenigstens ein bisschen versteht.

Jemand, dem ich nicht die coole Neue vorspielen musste. Aber ich hatte mich getäuscht.

Und er hatte es sogar selbst gesagt: Er würde für seine Karriere über Leichen gehen. Und für Lilian erst recht.

Das Gefühl von Einsamkeit, das ich bei meiner Ankunft hier hatte, breitete sich jetzt wieder überall in meinem Körper aus wie ein heißes Fieber.

Ich war allein in diesem Kaff am Ende der Welt.

Mutterseelenallein.

»Ich war es nicht, wirklich!«

Sam blickte mich reumütig an. Ich wich seinem Blick aus, aber er schob seinen Kopf um mich herum vor mein Sichtfeld.

»Ich schwöre, dass ich es nicht war!«

»Beim Grab deiner Großmutter, die du für eine gute Story auch noch verkauft hättest, jaja«, äffte ich ihn gelangweilt nach.

Ich konnte die Enttäuschung über den Verrat nicht verbergen, und meine Laune war ohnehin im Keller. Ich hätte es besser wissen müssen, und im Nachhinein wunderte ich mich zwar nicht über Sams Verhalten, sondern eher darüber, dass ich wirklich geglaubt hatte, er würde dichthalten.

»Du warst der Einzige, der davon wusste. Also kann Lilian es auch nur von dir haben.«

»Dann muss es am Spind gewesen sein«, grübelte Sam und kraulte sich sein spitzes Kinn, »wir wissen ja nicht, wie lange sie genau da schon stand. Weil du ja unbedingt den Kopf reinstecken wolltest.«

»Jetzt ist es also auch noch meine Schuld?«

Ich pfefferte mein Schulheft auf den Tisch.

»Das habe ich doch gar nicht gesagt«, ereiferte sich Sam.

»Aber gemeint!«, ätzte ich wütend.

»Was ich viel interessanter finde, ist ja, dass Lilian etwas über Arian herausfinden will, was anscheinend geheim ist. Und dass sie gerade dir zutraut, es zu ergründen.«

»Was soll das denn schon wieder heißen ›gerade mir‹?«

Sam war wirklich ein echter Anti-Eskalations-Experte.

»Na ja, ich will dir nicht zu nahetreten, aber Lilian ist Arians Herzdame. Wenn er es ihr nicht erzählt – wieso dann ausgerechnet dir?«

Das hatte ich mich zwar auch schon gefragt, aber es von Sam zu hören, versetzte mir mal wieder einen unnötigen Stich.

»Ich weiß es doch selbst nicht«, brummte ich und kritzelte mit einem Bleistift einige undefinierbare Kreise und Striche in mein Heft.

»Sie traut dir mehr zu«, resümierte Sam. »Das ist interessant.«

»Ach ja«, murmelte ich und malte einen der Kreise aus.

»Ja. Weil es eigentlich ein Kompliment ist.«

»Das hätte ich aber mitbekommen, wenn Lilian mir ein Kompliment gemacht hätte«, antwortete ich spöttisch. »Für mich klang es eher wie eine Drohung.«

»Es ist zugegebenermaßen sehr subtil«, sagte Sam und betrachtete meine Kritzelei, »aber indem sie dir zutraut, mehr über Arian herauszufinden, als sie selbst weiß, traut sie dir auch zu, so nah an ihn heranzukommen. Das macht ihr sicherlich Angst. Deswegen diese …«, Sam suchte nach einem passenden Wort, »… diese leicht verstimmte Form.«

»Leicht verstimmt, ah ja«, wiederholte ich. »Selbst wenn Lilian eigenhändig einen dritten Weltkrieg anzetteln würde, würdest du ihr das noch verzeihen und dem schlechten Wetter zusprechen, oder?«

»Verzeihst *du* mir denn?«, fragte Sam und setzte einen treuen Hundeblick auf. »Auch wenn ich wirklich nichts gesagt habe. Und ich schwöre es auf meine hochheilige Radiokarriere. Wenn es gelogen ist, werde ich auf der Stelle explodieren und nie ein bekannter Radiomoderator werden.«

Wie Sam da neben mir saß, seine hagere Gestalt mit dem vollkommen unpassenden Hundeblick und dem künstlichen Augengeklimper, brachte mich ungewollt zum Lächeln.

Sam atmete tief aus. »Na Gott sei Dank. Dich zu treffen ist immer wie eine Photosynthese. Danach habe ich mindestens fünfmal mehr durchgeatmet als sonst. Fühl' mich wie neugeboren!«

Ich konnte Sams Euphorie jedoch nicht teilen.

»In Blackwood wirst du sowieso nie ein berühmter Radiomoderator.«

»Blackwood ist erst der Anfang«, sagte Sam wichtig.

»Verstehe«, antwortete ich gedankenverloren.

»Wobei du dich offensichtlich bereits im fortgeschrittenen Stadium befindest. Das hier sieht nach allem anderen aus als nach einem Anfang.«

»Was meinst du?«, fragte ich nach.

Sam tippte auf meine Kritzelei. In der Mitte der Kreise hatte ich, ohne es richtig zu bemerken, ein Herz ausgemalt.

»Es ist schon längst passiert.«

Als ich am Stonecot ankam, stand ein Minibus mit der Aufschrift ›*Aldo-Reisen – günstig, praktisch, schnell*‹ vor dem Haus. Rund um den Wagen hatten sich einige Leute in Wanderausrüstung versammelt, die das Haus fotografierten. Eine ältere Frau mit blauem Lidschatten schreckte bei meinem Anblick auf.

»Ah! Oi Irin! Abr sie hedd gar koi roda Haare!«

Ein jüngerer Mann mit Baseballcap, auf dem ebenfalls der Aldo-Slogan gedruckt war, winkte ab.

»Nicht alle Iren sind rothaarig, müssen Sie wissen. Es gibt viele, wie diese hier, mit dunklen Haaren. Nur rund zehn Prozent der Iren sind rothaarig, und die mit blauen Augen sind sogar die Minderheit. Wussten Sie, dass Rothaarige nicht grau werden können?«

Die ältere Frau (oben hager, unten birnenförmig) seufzte. »Ach, was gäb i darum, ned älle drei Wocha nachfärba zu müssa, ned wahr, Walder?«

Sie stupste einen kleinen Mann mit Bierbauch und umgehängter Spiegelreflexkamera in hochgewickelten Soft-Shell-Hosen an, der dieselbe Markenwanderjacke wie sie trug.

»Rothaarig sind oifach was Bsonderes«, setzte er ihren erstaunten Vortrag fort. »Wahrscheinlich weil's so wenig vo ihna gibd. Des isch so wie mid diesa Riesenschildkröda uf den Inseln, da wo mir ledzdes Joahr wara, weischt?«

Ich stand immer noch irritiert vor dem Bus und wurde von den Aldo-Reisenden wie eine dieser Riesenschildkröten, die doch noch nicht kurz vorm Aussterben waren, begutachtet.

»In der Sklavenzeit waren Rothaarige sogar doppelt so teuer wie Dunkelhaarige«, erklärte der Baseballcapmann wichtig. »Die waren viel begehrter. Sie hier hätte da wohl eher ihre Ruhe gehabt, harhar!«

Die gesamte Gruppe brach in schallendes Gelächter aus.

Ich konnte noch immer nicht glauben, dass eine fremde Reisegruppe über mich sprach, als stünde ich gar nicht daneben. Mein Blick fiel auf das Nummernschild des Busses: BB. Also Deutschland, dachte ich.

»Jo mei, Rothaarig haddens abr scho äwwl schwer«, mischte sich eine winzige Frau um die fünfzig mit Mäusegesicht und Nickelbrille ein.

»Ledschdens erschd ham mir im Gschichdsunderrichd rausgearbeid, dess Hitler Rothaarig gladdweg verboda had zu heirade!«

Ein beeindrucktes Raunen ging durch die Gruppe.

»Stellen Sie sich mal hier vor das Haus«, forderte der Baseballcapmann mich auf, »dann machen wir ein Gruppenbild mit einer Irin, wie sie zu neunzig Prozent hier vorkommt!«

Sofort, wie auf Knopfdruck, versammelten sich alle Mitreisenden in einer kameratauglichen Aufstellung vor Wandas Haus. Der Aldo-Reiseleiter winkte mir zu.

»Kommen Sie, kommen Sie! Nicht so schüchtern! Sie werden in die Urlaubsanalen der Böblinger eingehen. Sogar die Enkel der Enkel der Enkel werden Sie später noch vor dieser erstaunlichen Höhle betrachten!«

Auch die anderen Mitreisenden winkten.

»Na kommet Sie schon her und bewegens die Fuaß vor des Schdoehaus!«

»Die Ira sind abr au schüchdern«, sagte einer. »Koi Wundr, bei der gringa Pobulazion dahana. Es gibd ja zehmol so vil Schafe wie Einwohnr dahana. Da isch des ja koi Wundr.«

»Ja«, nickte die birnenförmige Frau zustimmend, »da dengd man irgendwann audomadisch au bschrängd.«

»Wenn Sie mich entschuldigen würden«, antwortete ich auf Deutsch, »ich muss jetzt leider zurück auf mein Schaffell am Kamin. Da steht nämlich schon ein Pint Guinness für mich bereit, das ich zu den rohen Innereien des Schafes esse, das ich gerade noch eigenhändig hier geschlachtet habe.«

Ich deutete auf die roten Wanderschuhe der Birnenfrau, die mit einem Bein in einer schlammigen Pfütze stand.

»Genau da, wo Sie stehen, das müsste der Rest von dem Blut des Tieres sein. Es war aber auch ein recht langer Todeskampf.«

Reflexartig zog sie ihren Fuß weg und starrte mich mit offenem Mund an.

Ich ging schnurstracks an der Gruppe vorbei zum Haus. Vor der Tür blieb ich kurz stehen und zeigte auf einige kleine Schlammspritzer am Hosenbein der Birnenfrau.

»Ich kann Ihnen gleich einen kleinen Eimer Schafsblut bringen, damit Sie die Flecken rausbekommen. Das haben wir Iren schon vor fünfhundert Jahren so gemacht, müssen Sie wissen, Blut kriegt man immer nur mit Blut wieder weg!«

Die Birnenfrau schüttelte sich.

»Da muss man sich ned wundern, dess die Ira au die Wilda gnannd werda. Fernab jeglichr Kuldur!«

Wanda hatte wieder Eintopf gekocht, der diesmal komplett vegetarisch ausgefallen war. Das war mir besonders recht, denn mein eigener Vortrag über Schafsblut hätte mir bei allem anderen den Appetit geraubt.

»Ist das immer so hier?«, fragte ich kauend.

»Du meinst die Touristen?«

Ich nickte.

»So oft kommen sie nun auch wieder nicht. Hin und wieder verirrt sich mal eine Gruppe hierher. Besonders, seitdem es mal einen Artikel über das Haus in einer deutschen Zeitung gab. Gott sei Dank sind wir aber nicht in den gängigen Reiseführern gelistet. Was glaubst du, was dann hier los wäre.«

Ich stellte mir riesige Buskarawanen mit Böblinger Touristen vor, die mit ihren Ferngläsern auf der Jagd nach wilden rothaarigen Irinnen waren.

»Sie dachten wirklich, ich bin von hier«, sagte ich und nahm ein Stück Soda-Bread aus dem Körbchen vor mir.

»Bist du doch auch«, antwortete Wanda und sah mich mit zusammengepressten Lippen an. »Jetzt jedenfalls.«

Ich biss ein Stück vom Brot ab und kaute bedächtig. Irgendwie hatte sie natürlich recht, einerseits. Andererseits war ich kein bisschen von hier und fühlte mich noch immer fehl am Platz. Aber das wäre ich in Wien jetzt auch gewesen. Ich befand mich immer noch in einer seltsamen Zwischenwelt, aus der es im Moment zumindest scheinbar kein Entkommen gab.

»Dieser Schreibtisch in meinem Zimmer«, begann ich vorsichtig, »ist das ein Erbstück?«

Wanda hob die Schultern.

»Der war schon immer da«, sagte sie nachdenklich. »Eigentlich, so lange ich denken kann. Ich erinnere mich noch, dass wir ihn mehrmals loswerden wollten, aber deine Mutter war immer dagegen. Sie hat ihn verteidigt, als hätte sie ihn eigenhändig über Jahre aus einem Stück Baum geschnitzt! Einmal hat sie ein echtes Drama aufgeführt, als unser Vater den Schreibtisch auf seinen Hänger laden wollte, um ihn im Dorf an einen Antiquitätenhändler zu verkaufen. Sie hat sich vors Auto geworfen und geschrien, bis er aufgegeben hat. Dabei war sie sonst nie so der Typ für dramatische Aktionen gewesen. Wir haben uns damals fast erschrocken, wie sehr sie anscheinend an dem Teil hing. Seitdem hat es keiner mehr gewagt, ihn zu versetzen. Und seit sie …«

Wanda stockte.

»Schon gut«, sagte ich und schluckte. »Was ist, seit sie tot ist?«

»Seit sie tot ist«, wiederholte Wanda, und ihre Stimme begann, leicht zu beben, »traue ich mich erst recht nicht mehr, ihn wegzugeben. Er hat ihr wirklich viel bedeutet. Ich habe mich sehr gewundert, dass sie damals ohne das Monstrum nach Wien gegangen ist. Wobei es bei der Nacht- und Nebelaktion ja auch nicht verwunderlich war, wie hätte sie ihn auch mitnehmen sollen? Über die Schulter geschnallt?«

Ich überlegte. Wenn meine Mutter so für den Schreibtisch gekämpft hatte, muss er auch für sie etwas Besonderes gewesen sein. War es möglich, dass auch sie Briefe an sich selbst geschrieben und von ihrem älteren Ich erhalten hatte? Wenn das wirklich so gewesen war, würde es ihr besonderes Verhalten bei dem versuchten Verkauf erklären. Aber nicht ihre Flucht. Warum war sie bloß von jetzt auf gleich durchgebrannt? Es musste einen Grund dafür gegeben haben, und ich schloss nicht aus, dass dieser auch mit den Briefen im Zusammenhang stehen konnte. Nur – wo hätte sie diese Briefe versteckt, wenn es welche gegeben hatte? Mein Kopf platzte beinahe vor lauter durcheinanderwirbelnder Gedanken, die alle nicht so recht zusammenzupassen schienen.

Was war, wenn meine Mutter ebenfalls diese Briefe erhalten hatte? Was hatte darin gestanden? Etwas, das mir die Flucht aus Blackwood erklären würde? Und wem hätte sie sich anvertraut, wenn nicht mal ihrer eigenen Schwester, die ihr immer so wichtig war?

Wanda seufzte. »Sie ist mit nicht mehr als einer Tasche verschwunden. Kannst du dir das vorstellen.«

Es klang nicht wie eine Frage, eher so, als wäre Wanda noch immer verwundert über die Courage ihrer Schwester.

Meine Tante sah mit entrücktem Blick in das knisternde Kaminfeuer.

»Deine Mutter war wirklich eine besondere Frau.«

»Ich weiß.«

Ich hatte meinen Teller zum ersten Mal, seit ich hier war, leer gegessen.

»Danke für das Essen«, sagte ich und schob den Teller ein Stück von mir weg. »Das war sehr gut. Besonders, nachdem ich gerade eigenhändig ein Schaf geschlachtet habe.«

Wanda kicherte wie ein kleines Mädchen. »Die Geschichte hätte deiner Mutter gefallen. Sie konnte die Touristen hier auch nie so richtig ernst nehmen. Wobei es ja meistens recht freundliche und interessierte Leute sind.«

»Interessiert waren sie wirklich«, resümierte ich. »Besonders an der Wildheit der ungehobelten Einwohner hier. Ich glaube, sie denken, wir essen hier noch mit Händen und Füßen.«

Ich legte den selbstgemachten Löffel von Wanda in die leere Schüssel.

»Wenn die von deinen Kochkünsten wüssten, würden sie so was nicht denken.«

Ich lächelte meine Tante an. Unser Start war nach wie vor schwierig, aber ich wollte versuchen, einen Zugang zu ihr zu finden.

»Wenigstens kann ich das für dich tun«, antwortete Wanda und sah mich mit wässrigen Augen an.

»Wobei du ja sehr oft bei Mimi im Laden bist, hm?«

»Ja«, antwortete ich, »Sam hat mich hingeschleppt, und ich bin einfach gerne dort. Ist das okay für dich?«

»Ich habe nichts dagegen, wenn du das wissen möchtest«, sagte Wanda und räumte unser Geschirr ab.

»Das ist mir allemal lieber, als dass du bei den Marys herumhängst.«

Jedes Mal, wenn Wanda und ich uns wieder ein wenig aufeinander zugearbeitet hatten, begann sie erneut mit diesem Thema.

»Ich hänge dort nicht herum«, verteidigte ich mich automatisch. »Wir lernen für das Theaterstück, das habe ich dir doch gesagt. Und ich bin das erste Mal geritten. War gar nicht so schlimm, wie ich zuerst befürchtet hatte. Na ja, eigentlich doch. Aber immerhin habe ich Blackwood von oben gesehen, das hat es fast wieder wettgemacht. Ein toller Blick.«

»Er hat dich zur Church View gebracht«, sagte Wanda wissend, während sie begann, die Teller zu spülen. »Das tun sie immer.«

»Wer tut was immer?«, hakte ich verwundert nach.

Doch Wandas Antwort blieb aus. Dann drehte sie sich zu mir um, während ihre Hände noch bis zur Armbeuge im Spülwasser steckten.

»Versprich mir nur, dass du dich nicht von ihm einwickeln lässt, ja? Das Haus, die Pferde, ihr ganzes Leben da, das wirkt im ersten Moment immer verführerisch. Aber am Ende führt es ja doch nur zu Enttäuschungen.«

Wanda klang, als hätte sie bereits Erfahrungen damit gemacht, die sie aber ungern preisgeben wollte.

»Das kann ich aber nicht versprechen«, sagte ich und merkte, wie der Trotz erneut in mir hochstieg.

»Sei's drum«, murmelte Wanda und spülte weiter. »Nur sag mir später nicht, ich hätte dich nicht gewarnt.«

Ich wusste nicht, was ich darauf antworten sollte. Diese ständigen Anspielungen brachten wirklich niemandem was. Aber es schien mir, als polarisiere die Mary-Familie hier in Blackwood generell. Sam hatte (zu Recht oder auch nicht, das wagte ich besser nicht zu beurteilen) so seine Probleme mit Arian, Lilian wollte etwas über Arians Mutter herausfinden, und selbst Arian schien sich in der Mary-Dynastie oft nicht so recht wohl zu fühlen. Und jetzt warnte mich Wanda auch noch vor ihnen. Was war denn bloß los mit dieser seltsamen Familie?

Wanda wischte sich die Hände an einem Küchentuch ab, auf dem eine braune Kuh zu sehen war. Sie ähnelte der Mary-Kuh auf dem Ölporträt ein wenig, und augenblicklich musste ich wieder grinsen. Ich war wirklich auf einem verrückten Fleckchen Erde gelandet.

»Komm, ich zeig dir endlich die Pottery«, sagte Wanda jetzt, und es klang wie ein Friedensangebot. »Es ist eine Schande, dass du sie noch nicht gesehen hast.«

»Au ja«, antwortete ich etwas kleinkindhaft, weil ich mich so freute, »gerne. Ich bin schon ganz gespannt.«

»Auch wenn ich es dir ein bisschen übelnehme, dass du mir den Umsatz für heute vom Hof gejagt hast.«

Wanda zwinkerte mir zu. »An die Schwaben verkaufe ich immer besonders viel, die sind viel großzügiger als ihr Ruf.«

»Hm«, machte ich und folgte Wanda aus der Küche in den Garten. »Besonders mit Komplimenten sparen sie nicht.«

Catan kam aus den Büschen hervor und folgte uns vorsichtig, aber nicht, ohne mindestens eine Schwanzlänge Abstand von mir zu halten.

15. KAPITEL

Wow.«

Ich stand in der Mitte des vollkommen überladenen Raumes. Wandas Pottery war keine einfache Holzscheune, die an dem Stonecot hing, sondern ein echtes kleines Juwel, das sich hinter einer knarrenden Holztür mit Vorschieberiegel, an dem der grüne Lack bereits abgeblättert war, verbarg. Die Wände der Pottery waren kaum zu sehen, weil die schiefen Regale voll mit Tassen, Tellern, Lampen und allerlei Figuren, Vasen und Schalen bis unter die Decke reichten. Unzählige Farbtöne trafen hier aufeinander, so dass es wirkte, als stünde man mitten in einem Regenbogen.

»Das hast du alles selbst gemacht?«, entfuhr es mir ungläubig.

Wanda schüttelte den Kopf. »Das waren natürlich die Fairies und die Leprechauns.«

Dann grinste sie mich an.

»Diesmal veräppelst du mich aber.«

Ich fuhr mit den Fingern vorsichtig über eine blaulasierte Vase mit weißen Gänseblümchen.

»Das ist hübsch.«

Catan hatte es sich unter einem Regal zwischen mehreren Krügen bequem gemacht und lag nun zusammengerollt dazwischen.

»Hast du keine Angst, dass er etwas kaputt macht?«, fragte ich und nahm meine Hand von der Vase. Vielleicht etwas zu hektisch, denn sie wackelte leicht, fing sich dann aber wieder und blieb stehen.

Jetzt lachte Wanda laut. »Bei Catan habe ich keine Befürchtungen. Eher bei dir.«

Kleinlaut steckte ich meine Hände in die Hosentaschen.

Es war faszinierend, wie viele Kreationen Wanda erschaffen hatte, wovon keine der anderen glich. Es gab sogar Uhren aus Tellern, auf denen ein Uhrwerk festgeschraubt war, und Girlanden mit kleinen, bunten Tonfiguren in allen Größen daran. Meine Augen konnten der Reizüberflutung kaum standhalten.

Es ärgerte mich fast, dass niemand von diesem Schatz hier wusste. Die paar Teile, die Wanda an die Touristen verkaufte, konnte man sicher an einer Hand abzählen.

»So was darf man doch nicht einfach verstecken«, ereiferte ich mich deswegen jetzt, »du könntest sicher dreimal so viel verkaufen, wenn die Leute hiervon wüssten!«

Wanda hob die Schultern. »Ach, mir ist es so ganz recht. Ich komme mit dem aus, was ich habe.« Nach einer kleinen Pause verbesserte sie sich. »Was wir haben.«

»Aber diese ganzen wunderschönen Sachen«, machte ich weiter. »Wenn man die richtig in Szene setzen würde …«

»Ich hänge an jedem einzelnen Stück«, erklärte Wanda und nahm eine zierliche Schale mit Pünktchenmuster in die Hand. Sie strich mit dem Zeigerfinger über den Rand und betrachtete das Gefäß, als hätte sie es gerade zum ersten Mal gesehen.

»Sie sind wie Kinder für mich. Manche möchte ich gar nicht verkaufen. Eigentlich gar keins. Es ist jedes Mal aufs Neue eine Überwindung. Aber von irgendwas muss man ja leben.«

Ich versuchte zu verstehen, was Wanda meinte. Wenn man

etwas selbst erschaffen hatte, war es bestimmt anders, als wenn es bloß gekauft war, das leuchtete mir ein.

»Ich möchte gar kein großes Geschäft haben«, sagte Wanda und stellte die Schale zurück. »Dass ich meine Sachen bei Mimi habe, reicht mir schon vollkommen. Stell dir vor, als sie die Kisten mit dem Geschirr abgeholt hat, musste ich mich wirklich zusammenreißen, um nicht zu weinen.«

Okay, das klang irgendwie irre, aber seit meine Tante mir von den Feen und Waldelfen erzählt hatte, durfte mich eigentlich gar nichts mehr wundern. Hier war eben alles anders, sogar das Töpfern.

In der Mitte des Raumes stand ein kleiner Holztisch mit einem Schemel davor. Auf dem Tisch erkannte ich eine Platte, die man mit einem Pedal unter dem Tisch zum Drehen bringen konnte.

»Willst du es mal versuchen?«, fragte Wanda.

»Hm«, machte ich, »ich bin künstlerisch nicht so begabt, glaube ich.«

»Wenn du es nicht probierst, wirst du es nicht wissen.«

Das stimmte auch wieder. Ich setzte mich auf den Schemel, und Wanda platzierte einen kleinen Klumpen Ton in die Mitte der Platte. Dann hielt sie mir eine Schale Wasser hin.

»Hier, mach dir die Hände nass.«

Ich folgte ihrer Aufforderung und tunkte meine Hände in die Schale.

»Einfach immer wieder auf das Pedal treten«, erklärte sie, »versuch, einen Rhythmus zu finden. Dann legst du die Hände um den Klumpen und ziehst ihn nach und nach hoch, als würdest du ihn streicheln. Dabei befeuchtest du deine Hände immer wieder zwischendurch, damit es schön glitschig bleibt und nicht auseinanderfällt.«

Das waren zwar ganz schön viele Dinge auf einmal, aber ich hatte Lust, es zu versuchen.

»Okay«, sagte ich und krempelte mir die Ärmel hoch. »Los geht's.«

Der Tonklumpen vor mir begann sich zu drehen, und ich legte meine Hände vorsichtig darum.

»Ein bisschen mehr Druck«, sagte Wanda. »So wie ein aufforderndes Streicheln.«

Ich drückte meine Hände enger an den Klumpen, der in Sekundenschnelle gar kein Klumpen mehr war und eher dem schiefen Turm von Pisa glich. Doch bevor ich ihn wieder gerade biegen konnte, war er in der Mitte auseinandergefallen.

»Also wenn das bei dir streicheln bedeutet«, scherzte Wanda.

»Komm, versuch es gleich noch mal.«

Sie legte den neu zusammengeworfenen Klumpen wieder in die Mitte des Tellers.

»Diesmal langsamer. Mit mehr Gefühl.«

Ich musste an Arian denken, an die Church View und an sein Gesicht, das so nahe an meinem gewesen war. Ich hatte gerade noch so der Versuchung widerstehen können, eine wilde Haarsträhne aus seiner Stirn zu streichen. Und dann dieser dämliche Spruch! *Deine Augen riechen gut*! Da hatte mein Gehirn mal wieder volle Arbeit geleistet. Nicht.

Wie konnte man nur so etwas Blödes von sich geben. Dementsprechend verdutzt hatte Arian mich dann auch angesehen, nur um dann wieder so unwiderstehlich zu grinsen, dass ich am liebsten in eines der verrotteten Gräber gesprungen wäre, um dieser peinlichen Situation zu entfliehen. Aber Arian war nicht darauf rumgeritten (Dieses Mal ging es ganz ohne Pferde) und hatte mich aus der Misere geholt, indem er einfach weiter im Text machte. Dafür – und nicht nur dafür – war ich ihm wirklich dankbar gewesen. Es war, als würden wir uns auf eine verrückte Weise ohne viele Worte verstehen –, etwas, das ich bisher nur von Ma kannte. Und ich hatte das Gefühl, dass auch Arian dieser Meinung war, und es ebenfalls genoss.

»Träumst du?«

Ich schreckte auf. Der Klumpen zwischen meinen Händen war zu einem länglichen Stil geworden, ähnlich einem Stock.

»Nein«, antwortete ich hastig.

»Das soll eine Vase werden.«

Ich drosselte das Tempo des Drehtellers und nahm etwas Druck von der Tonmasse.

»Es sieht eher aus wie ein Stock. Wenn es eine Vase werden soll, musst du oben noch eine Öffnung reinkriegen. Am besten so.«

Wanda steckte einen Finger von oben in den Tonstiel. Und wirklich – es bildete sich eine Öffnung wie bei einer Vase.

»Das ist zwar eine sehr schmale Vase«, befand sie dann, »aber es ist eine Vase.«

»Für nur eine Rose«, ergänzte ich. »Manchmal reicht eine Blume, um das zu sagen, was man äh … meint.«

»Hui«, machte Wanda und stützte ihre erdigen Hände in die Hüften. »Da ist aber jemand romantisch.«

Wanda nahm die Eine-Blume-reicht-um-sich-zu-blamieren-Vase an sich und stellte sie auf ein Tablett zu anderen noch nicht gebrannten Stücken, die später in den Brennofen sollten, dessen halbrunde Eisentüren am Ende des Raumes noch kühl und geschlossen waren.

Zugegeben – mein Kitsch-Modus war mehr als nur albern,

und ich schämte mich fast vor meiner Tante, die jetzt beim Aufräumen leicht vor sich hin schmunzelte.

Aber diese ganze Sache hatte mich irgendwie im Griff, ohne dass ich was dazu beitragen oder sie aufhalten konnte. Es war, als hätte etwas meinen gesamten Körper eingenommen, und nicht nur das, sondern Kopf und Herz gleich mit. Ich war von oben bis unten okkupiert, ohne die Aussicht darauf, es abzustellen oder wenigstens in den Griff zu bekommen.

Sam hatte recht – mein Herz war sprichwörtlich aus Butter.

»Auf drei, zwei, eins und bitte«, zählte Mrs Todd herunter. Die Zinnsoldaten in ihren improvisierten Kostümen aus alter Bettwäsche, die Mrs Todd angeschleppt hatte – die meisten davon waren mit rosa Blümchen gemustert und nahmen den armen Soldaten jede Würde – gingen halbherzig auf die Ratten los – die waren auch nicht viel besser dran und hatten Bettlaken bekommen, allerdings unifarben, was bei den grauen und braunen sogar sehr gut passte, bei den lila- und pinkfarbenen weniger –, und ich betrachtete das leicht wirre Schauspiel amüsiert. Augenblicklich entstand ein Bettlakenchaos, das in einer Art Riesen-Bettlaken-Klumpen endete.

»Stopp, Stopp!«, brüllte Mrs Todd, doch der Bettklumpen war nicht mehr aufzuhalten. Die Arme und Beine meiner Mitschüler aus dem Wäscheberg strampeln zu sehen machte es mir nicht gerade leichter, mich zusammenzureißen.

»Hauptsache, du hast Spaß«, sagte Sam, der scheinbar weniger Freude als ich an dem Anblick hatte.

»Komm schon, das ist lustig«, sagte ich und buffte ihn in die Seite. Sam war so dünn, dass man sofort seine Rippen spürte, und ich zog meine Hand ein wenig erschrocken zurück.

»Das ist meine Armee«, antwortete er und verschränkte die Arme. »So sollen meine tapferen Krieger nicht gesehen werden. Als peinliche Lakenratten.«

Ich wunderte mich erneut, wie ernst Sam seine Rolle nahm –, dasselbe konnte ich von mir nicht behaupten. Ich war meinen Text zwar einige weitere Male durchgegangen, aber eher um mich nicht vor Arian zu blamieren, der seinen Part mit einer unglaublich großen Leichtigkeit spielte, und weniger deswegen, weil ich meine Rolle so ernst nahm.

»Okay, sorry«, verbesserte ich mich, »du hast recht. Bettlaken sind irgendwie …«

»… entwürdigend«, beendete eine bekannte Stimme hinter mir meinen Satz.

»Arian«, sagte ich, und sonst nichts. Wie immer waren meine Wortbeiträge im Zusammenhang mit ihm äußerst aussagekräftig.

»Wir sind gleich dran«, erklärte er, »und machen es so, wie wir es geübt haben, okay? Mit den Gesten und allem.«

»Ja«, antwortete ich. »Außer die eine Stelle, die lassen wir aus.«

[KUSS]

»Genau«, nickte Arian. »Alles außer diese Stelle.«

[KUSS]

Und Arian sollte recht behalten, denn Mrs Todd kam händewedelnd auf uns zu.

»Kinder, diese Bettlakenentwirrung dauert noch eine Weile, wie wäre es, wenn wir euren Part nun durchgehen?«

»Klar«, sagte Arian und ging Richtung Bühne. Ich folgte ihm unauffällig.

Mrs Todd hüpfte wie ein aufgescheuchtes Huhn um uns herum. Scheinbar hatte sie diese ganze Lakengeschichte ganz wirr gemacht.

»Wir machen den Text diesmal komplett«, erklärte sie, während wir auf die Bühne stiegen, »und mit komplett meine ich komplett-komplett.«

»Klar«, wiederholte Arian erneut, »wir sind alles durchgegangen. Einige Gesten haben wir uns noch ausgedacht, und der Text steht so weit.«

Mrs Todd schien zufrieden. »Wunderbar. Dann gleich der gesamte Text plus Gestik und Kuss. Ach, ich liebe ja Theaterküsse. Sie haben so etwas der Welt Entrücktes.«

Bitte was?!!!!!

[KUSS]

»Ehm«, begann ich zögernd, »diese eine Stelle wollten wir eigentlich auslassen.«

Ich sah Arian hilfesuchend an, aber er erwiderte meinen Blick nicht.

[KUSS]

»Das können wir ja später immer noch einbauen. Bei der Premiere dann.«

Mrs Todd lachte. »Bei der Premiere wird gar nichts mehr eingebaut. Bis dahin steht das Stück wie eine Eins. Das Ausrichten des Winterspiels ist eine Ehre hier in Blackwood. Da kann ich mir keine Experimente erlauben.«

»Es ist ja kein Experiment«, setzte ich erneut an, diesmal ohne Arian mit meinen Augen anzuflehen, denn er schien nicht willens zu sein, mir in dieser Sache beizustehen. »Eher ein klitzekleines Auslassen, weil es ja sowieso klar ist, was da … äh, passiert.«

Doch Mrs Todd kannte keine Gnade.

»Der Kuss kommt mit rein, er gehört genauso zum Text dazu wie alles andere.«

Dann warf sie einen kurzen Blick auf Arian und flüsterte mir im Vorbeigehen ins Ohr: »Es hätte dich wirklich schlimmer treffen können, also kein Grund zur Beschwerde.«

[KUSS]

Ich war nicht die Einzige, der Mrs Todds Ansage nicht gefiel.

»Dann kriegst du überhaupt mal einen«, scherzte Lilian bitterböse, »ich wette, du wurdest noch nie richtig geküsst. Außer von deinem Teddybären vielleicht.«

Sofort brachen alle in lautes Gekicher aus.

Ich nahm es ihr fast nicht übel, immerhin handelte es sich hier um ihren Freund, den ich küssen sollte. Oder er mich, wie auch immer man es nun sah.

Sie konnte sich nicht dagegen wehren, aber was sie konnte, war, sich darüber lustig zu machen, damit man ihr den Ärger nicht ansah. Und genau das tat Lilian auch.

»Genieß es, Ge, es könnte dein letzter sein!«

Ich versuchte erst gar nicht zu kontern, was hätte ich auch sagen sollen? *Es ist wirklich mein erster Kuss, und ich sterbe gerade vor Angst?*

Eigentlich war es doch so, dass ich am liebsten darauf verzichtet hätte, Arian Mary hin oder her.

Da stand ich nun auf der Bühne, von der die letzten Laken samt verhedderter Ratten weggezogen wurden und sah die [KUSS]-Guillotine sprichwörtlich vor mir hin- und herschaukeln.

Ich wusste nicht, was schlimmer war: Ungeküsst Arian küssen zu müssen, so dass er in jedem Fall merken würde, wie wenig Erfahrung ich darin hatte, es vor allen anderen oder im Speziellen vor Lilian tun zu müssen, oder nicht zu wissen, was einen Theaterkuss von einem normalen Kuss unterschied. Im Grunde genommen war alles gleich schlimm. Aber das Schlimmste war eindeutig, Arian überhaupt küssen zu müssen. Es war wie mit diesen Träumen, von denen man wusste, dass sie sich sowieso nie erfüllten, wie zum Bespiel auf den Mond zu fliegen. Es kam nur darauf an, das Träumen davon selbst zu genießen, denn die Erfüllung würde einen komplett überfordern.

»Und bitte«, rief Mrs Todd und gab damit meiner Rakete zum Mond den Startschuss.

Es ist nur ein Theaterkuss, sagte ich mir in Gedanken, *nichts Echtes, nur gespielt. Komm schon, spielen kannst du, Ge, mach es wie beim Ballett. Du kannst als Schwan sterben, dann kannst du auch einen Jungen küssen.*

Gut, nicht irgendeinen, aber …

»Gesine?«

Mrs Todd sah mich auffordernd an. »Dein Einsatz, bitte.«

Arian stand direkt vor mir, und es war mir fast nicht möglich, ihm in die Augen zu sehen.

Warum hatte er mir eben nicht geholfen? Wir hatten doch abgesprochen, dass wir den dämlichen [KUSS] auslassen wollten! Ich ärgerte mich mal wieder über sein Verhalten, das mir erneut unergründbar erschien. Jedes Mal, wenn ich dachte, ihn etwas besser einschätzen zu können, tat er das Gegenteil und verwirrte mich komplett.

Ich räusperte mich. »… ja, natürlich.«

Die nächsten Minuten rauschten wie im Film an mir vorbei. Ich spulte meinen Text ab, vergaß die frisch eingeübten Gesten mit Arian von der Church View und konnte nur an diese eine Textstelle denken, die mir noch bevorstand.

Die Blicke der anderen und besonders Lilians Argusaugen, die wie mit Sekundenkleber befestigt an mir hafteten, machten es mir nicht gerade leichter.

Ich zählte die Sätze bis zu der [KUSS]-Stelle herunter, sechs, fünf, vier, drei, dann waren es nur noch Wörter, vier, drei, zwei, eins …

[KUSS]

Arian nahm mein Gesicht in seine Hände, und wie von selbst schlossen sich meine Augen.

Ich spürte, wie unsere Münder fast magnetisch voneinander angezogen wurden und wie seine Lippen meine sanft berührten. Sie waren noch viel weicher, als ich sie mir vorgestellt hätte. Es war, als wären unsere Münder füreinander gemacht, als passten sie wie zwei Puzzleteile perfekt zueinander und ergäben ein Ganzes. Zeit und Raum um mich waren verschwunden, und ich hatte das Gefühl, einige Zentimeter über dem Boden zu schweben, so, als hätte Arian mich mit seinen Händen vom Parkett gehoben. Mein ganzer Körper fühlte sich leicht an, und alles um mich herum spielte keine Rolle mehr. Da waren nur noch Arians und meine Lippen, die sich nicht voneinander lösten. Er schmeckte genau wie er roch: leicht salzig mit einer süßen Frische, nach der man in Sekundenbruchteilen süchtig werden konnte.

»Sehr gut«, rief Mrs Todd wie aus einer entfernten Galaxie zu uns herüber, »sehr authentisch. Und nun weiter im Text.«

Arian ließ mein Gesicht los, und ich öffnete meine Augen. Er starrte mich an, ohne etwas zu sagen, und auch ich war wie eingefroren. Die ganze Kraft schien aus meinem Körper gewichen zu sein, der vollkommen schlaff und regungslos da stand, ohne dass ich etwas dagegen tun konnte.

Dann schüttelte Arian kurz und kaum merklich seinen

Kopf, als müsse er sich schnell selbst wecken, strich gewohnt charmant seine Haare aus dem Gesicht und setzte sein typisches Arian-Lächeln auf. Er war wieder da, während ich noch in irgendwelchen Sphären schwebte.

»Yeah«, grölten die Jungs von unten, »der Butterprinz bringt die Mädels sogar mit einem Fake-Kuss zum Schmelzen!«

Mein Blick schweifte über die Köpfe hinweg zu Lilian, deren Blick mich wie ein Feuerball traf. Ihre Augen waren zu schmalen Schlitzen geworden, die mich garstig betrachteten. Ich wusste nicht viel über diesen Jungen, der nicht wie Geld heißen wollte und dessen Füße nie den harten Asphalt berührten, sondern immer auf Butter gebettet waren, der nach Meer roch und nach frischem Moos und dessen grausilberne Augen mich an den Himmel nach einem Gewitter im April erinnerten und dessen Verhalten mir immer wieder aufs Neue Rätsel aufgab. Aber was auch immer das gerade war, eines wusste ich ganz genau: Das war definitiv kein Theaterkuss gewesen.

Und außer mir wusste es nur Arian.

Und vielleicht ahnte es noch eine andere Person.

16. KAPITEL

RADIO BLACKWOOD

»Guten Morgen, liebe Blackwood-Gemeinde, da sind wir wieder, wie immer bestens gelaunt! Warum, wollt ihr wissen? Ein Vögelchen zwitscherte uns, dass Liebe in unserer guten irischen Luft hängt! Ja, ihr habt richtig gehört, auch wenn es eine gespielte Liebe ist, aber wer weiß! Romeo und Julia brauchten auch etwas länger, um zu kapieren, dass sie zusammengehören, na ja, aber dann war's dann doch zu spät, vielleicht ist das nicht das beste Beispiel, haha! Unser Romeo ist natürlich Arian Mary, wer könnte es anders sein, und die Julia – nein, nicht seine Lilian, die das Winterstück dieses Jahr sicherlich nicht so herbeisehnt wie ihr. Die Julia ist unser Schnitzelmädchen, ja, ihr habt richtig gehört! Das Stück wurde kurzerhand modernisiert, wir sind hier in Blackwood nicht nur bekannt für unsere Butter und die grünsten Wiesen, nein, auch für unsere Aufgeschlossenheit! Und so ist es dazu gekommen, dass die beiden eine Kussszene zusammen haben. Da horcht ihr aber auf, was? Ich sehe den Ticketverkauf regelrecht explodieren! Kommt und werdet Zeuge einer echten Eifersuchtsszene! Ich werde in jedem Fall dabei sein, so was lässt sich ein Bran Foley doch nicht entgehen! Drama, Baby, Drama!

Apropos Drama: Heute Abend startet im Blackwood-Metropol-Kino ein neuer Streifen, ich habe mir sagen lassen, Angelina Jolie spielt mit. Da muss ich natürlich auch gleich hin, immerhin ist sie wieder Single! So ist das mit den Traumpaaren, erst Traum, dann

Schaum und am Ende Albtraum! Da halte ich es doch besser wie der Schuhmacher Bridgefield am Kiosk: Ich bleib bei meinen Leisten! Das ist in meinem Fall das Mikro, immer hier, immer zur Stelle, immer auf dem neuesten Stand!

Bis dahin, euer Bran Foley!«

Die Kussgeschichte hatte nicht nur mich aus dem Konzept gebracht. Abgesehen von Lilian, die mich nach dem Theaterunterricht beständig mit Blicken aus spitzen Pfeilen bedachte, war auch Sam ganz berauscht.

»So ein Kuss auf der Bühne hat was Dramatisches. Du sahst danach völlig erledigt aus.« Sam ließ seinen Blick über mich streifen. »Na ja, eigentlich jetzt immer noch.«

»Danke«, antwortete ich beleidigt, obwohl er recht hatte. Ich hatte Arian Edsel Mary geküsst. Ich war fix und fertig.

»Wie war es denn nun?«, bohrte Sam weiter.

»Du hast schon recht«, gab ich zu. »Es war … dramatisch. Alles der wichtigen Dramaturgie geschuldet, natürlich.«

»Natürlich«, wiederholte Sam und zog eine seiner rotbraunen Augenbrauen hoch. »Ich werde Mrs Todd gleich morgen fragen, ob der Rattenprinz die Zuckerfee nicht auch küssen darf. Das würde die Spannung erheblich steigern.«

»Und deine Laune sicher auch«, fügte ich hinzu, bevor ich in meinen Mini-Pie biss. *Essen hilft*, hatte Mimi gesagt, und was Besseres fiel mir im Moment auch nicht ein, um meine Nerven zu beruhigen und wieder den Puls eines Normalsterblichen zu erreichen. Mimi hatte sich mal wieder selbst übertroffen und eine köstlich-sämige Füllung aus Champignons gezaubert, die sich wie Balsam meinen Gaumen herunterschmiegte.

»Mahs is moh mecker«, sagte ich mit vollem Mund, während Mimi wie immer geschäftig hinter der Theke herumwirbelte, an der Sam und ich saßen. Und nachdem ich heruntergeschluckt hatte: »Ich weiß gar nicht, was diese Mabel hat. Deine Rezepte sind alle so besonders, du hast es gar nicht nötig, bei jemand anderem abzugucken.«

Sofort schreckte Mimi auf wie von einer Tarantel gestochen.

»Das hat Mabel gesagt? Dass ich von ihr klaue?! Diese fiese Ratte!«

Mimis Wangen erröteten in Sekundenschnelle, allerdings nicht in diesem zarten Rosé-Ton, der jedes Mal zum Vorschein kam, wenn Ruben auftauchte. Es war eher ein erhitztes Krebsrot, das nichts Gutes bedeuten konnte.

»Die fiese Ratte sitzt hier«, versuchte ich zu entschärfen und deutete auf Sam. Von Mabel zu sprechen war sicher nicht meine klügste Idee gewesen – neben all den anderen unklugen Ideen der letzten Zeit.

»Das hat mir noch gefehlt, dass diese alte Schnapsdrossel es nicht lassen kann, Gerüchte über mich in die Welt zu setzen. Die soll mit ihren Uraltrezepten im Butterkeller versauern! Als ob ich auch nur irgendeines davon gebrauchen könnte! Sie sollte sich was schämen, so über Mimi Molloy zu reden! Ja, das sollte sie!«

Mimi riss sich ihre Schürze vom Leib und raste quer durch den Laden. »Ich brauche frische Luft, sonst platze ich!«

Mit diesen Worten war Mimi schnaubend wie eine besonders schnelle Dampflock an uns vorbeigerauscht und zur Tür hinaus.

»Das war nicht besonders schlau«, resümierte Sam. »Isst du das noch?«

Mir war der Appetit tatsächlich augenblicklich vergangen, denn Mimi so dermaßen aufzubringen, hatte ich nicht gewollt. *Hirn einsetzen, Ge, bevor du redest, das wäre mal eine Maßnahme!*

»Irgendwie hat jeder hier in Blackwood so sein Feindbild«, murmelte ich nachdenklich, »und ich dachte, hier sei alles so bilderbuchhaft und romantisch.«

Sam gluckste auf, so dass sein Kehlkopf hüpfte. »Das ist doch überall so. Und selbst im Bilderbuch gibt es Bösewichte.«

Ich staunte mal wieder über die einfache, aber logische Sam-Philosophie, mit der er komplizierte Dinge – meist nicht schmeichelhaft, aber dennoch eindeutig – klar auf den Punkt bringen konnte.

Doch ich musste ihm auch widersprechen. »Ich habe keins.«

»Klar hast du.«

Ich überlegte. »Nein, nicht dass ich wüsste.«

Sam formte mit seinen Lippen stumm einen Namen, so, als würde man böse Geister heraufbeschwören, spräche man ihn aus.

»Ich habe nichts gegen Lilian, im Gegenteil«, erklärte ich. »Eigentlich finde ich sie …«, ich überlegte.

Lilian war auf eine gewisse Art und Weise überirdisch, doch ihre Drohungen waren alles andere als weltfremd. Sie hatte etwas Boshaftes, doch selbst das war immer noch auf eine befremdliche Weise anziehend. Und ich verstand den Hintergrund spätestens seit dem [KUSS] ja auch.

»Nur andersrum ist es wohl nicht ganz so.«

»Sie hasst dich.«

Sam sah mich bemitleidend an.

»Sie kennt mich doch gar nicht«, antwortete ich und klaute mir das letzte Stück Pie zurück.

»Trotzdem tut sie es. Und ich glaube, das ist erst der Anfang.«

»Was meinst du damit?«

Doch bevor Sam zu einer Antwort ansetzen konnte, öffnete sich die Ladentür wie von einem heftigen Windstoß aufgerissen.

»Diese verachtenswerte alte Kröte!«

Scheinbar kam die frische, irische Landluft bei Mimi doch an ihre Grenzen.

»Wenn ich sie zu packen kriege, mache ich Hackfleisch für *meinen* Special Shepherd's Pie aus ihr! Dann hat sie ihr neues Rezept!«

»Oh, oh«, flüsterte Sam. »Da hast du was losgetreten.«

Mimi beugte sich zu mir über die Theke. Mittlerweile war ihr gesamtes Gesicht rot unterlaufen, und sie erinnerte mich an ein Rindercarpaccio, das ich mit Ma einmal in einem Italienurlaub gegessen hatte.

»Was hat die verschrumpelte Kröte *genau* gesagt?«

Ich wusste, dass ich aus der Nummer nicht so schnell herauskam. Im Gegensatz zu Sam, der sich seine Sachen schnappte und sich mit einem »Bis morgen dann!« blitzschnell aus dem Staub machte. Ich dagegen saß fest.

»Ich weiß es ehrlich gesagt nicht mehr …«, entgegnete ich der immer noch wutschnaubenden Mimi. Und es stimmte: Ich wusste gar nicht mehr genau, was Mabel überhaupt gesagt hatte. Nur, dass sie ebenso wenig gut auf Mimi zu sprechen war wie diese auf sie.

»Dann konzentrier dich eben«, befahl Mimi und schob mir einen Teller Kekse hin.

»Zucker hilft. Iss einen. Oder besser zwei. Dann fällt es dir wieder ein.«

Ein Verhör, bei dem die Foltermethode aus Kekseessen bestand, dachte ich, so etwas konnte wahrlich nur eine Mimi Molloy fertigbringen.

Siebzehn Mini-Müsli-Cranberry-Schokokekse und unzählige kulinarische Mimi-Fragen später saß ich völlig erledigt auf meinem Bett. Ich brauchte in dieser seltsamen [KUSS]-Sache einen Rat, und diesmal wusste ich genau, woher ich den bekommen konnte. Ich zog die Libellenschublade des alten Schreibtischs auf und nahm einen der vergilbten Briefbögen heraus. Diesmal würde ich gezielte Fragen stellen, dann bekäme ich sicher auch Antworten, die mir in dieser misslichen Lage helfen würden. Wenn mein älteres Ich alles schon hinter sich hatte, wusste es auch, was zu tun wäre. Und vor allem aber: was nicht zu tun wäre. Ich wollte unter allen Umständen weitere Fehler vermeiden, die mich von einem Fettnapf in den anderen springen ließen. Und das war schwerer, als es sich anhörte. Einerseits wollte ich Lilian nicht in die Quere kommen, anderseits hatte ich bei dem [KUSS] ganz klar etwas gespürt, was ich noch nie zuvor gefühlt hatte. Und ich war mir sicher, dass es auch Arian nicht unberührt gelassen hatte. Aber ihn darauf anzusprechen, war einfach ein Ding der Unmöglichkeit. Er würde mich ganz sicher auflaufen lassen, und ich stünde da wie ein alberner Teenager, der sich für seinen Schwarm zum Affen machte. Das durfte mir auf keinen Fall passieren! Und ganz genau dafür brauchte ich jetzt mein älteres Ich, denn das wüsste doch ganz genau, was zu tun wäre. Ich zückte die Feder, schraubte den Deckel von dem kleinen Tintenfass ab, tauchte die Spitze hinein und begann zu schreiben.

Liebes älteres Ich,

es ist passiert. Ich denke, du weißt, was ich meine. Arian und ich haben uns geküsst, und zwar vor den Augen der halben Schule. Gut, es war nur ein Theaterkuss, aber du und ich wissen, dass das nicht alles war. Es war … wie Fliegen!
So, als hätten Zeit und Raum nicht mehr existiert, als hätte sich die Schwerkraft aufgelöst! Mir war nicht klar, dass es so sein könnte. Ich gebe zu, ich hatte Angst davor, und als Mrs Todd uns zum Theaterkuss antrieb, ist mir fast das Herz stehengeblieben. Aber als es dann passiert war, wollte ich nie wieder aufhören. Und ich bin mir sicher, dass Arian auch etwas gefühlt hat. Das kann kein gespielter Kuss gewesen sein, nicht mal vom besten Nachwuchsschauspieler des Universums.
Und wenn es echt war, dann lautet meine nächste Frage: Was kann ich tun, um Arian für mich zu gewinnen?
Ich weiß, dass alle Vernunft der Welt dagegen spricht, sogar meine eigene. Und Lilian natürlich auch. Apropos Lilian: Was ist das Geheimnis um Arians Mutter, das sie unbedingt lüften will und das so unheimlich wichtig zu sein scheint?
Ach Ge! Du weißt, was ich fühle, du bist die Einzige, die mich versteht. Ich hätte nie geglaubt, dass ich überhaupt eine Chance hätte, aber dieser Kuss …
Ich kann seitdem nicht mehr klar denken. Und du weißt doch bestimmt, was ich nun tun muss! Bitte gib mir einen Rat, ich

halte es sonst keine weitere Probe mehr aus. Ach was, keinen Tag! Keine Stunde!
Sag mir, was ich tun soll, denn ich will, nein, ich muss diesmal alles richtig machen. Zum ersten Mal habe ich das Gefühl, dass es einen Grund gibt, warum ich hier am Ende der Welt gelandet bin.
Und den will ich nicht verlieren.

In erwartungsvoller Hoffnung,
Deine jüngere Ge

17. KAPITEL

Nachdem ich den Brief in der Schublade verstaut hatte, setzte ich mich auf das Bett und wartete. Vielleicht kam der Brief schon in den nächsten Minuten? Warum sollte so etwas ausgerechnet immer über Nacht passieren? Es konnte doch sein, dass ich schon in wenigen Augenblicken die Antwort auf eine meiner wichtigsten Fragen in den Händen halten würde. Nervös begann ich, an den Fingernägeln zu knabbern. Ma hatte es gehasst und mich deswegen einmal so angefahren, dass ich es danach nie wieder tat. Ihrer Meinung nach zeugte es von Unsicherheit und grenzte an Selbstverstümmelung, auch wenn ich Letzteres für ein wenig übertrieben hielt. Aber in diesem Moment fühlte ich mich unsicher und vor allem unbeobachtet und knabberte, was das Zeug hielt, auch wenn es noch so albern war.

Ob ich schon nachsehen sollte? Wie viel Zeit war vergangen, seit ich die Schublade wieder geschlossen hatte? Zehn Minuten? Zwanzig? Mehr? Wie lange brauchte so eine magische Briefanwort, um fünfzehn Jahre durch die Zeit zu reisen? Im Grunde genommen doch sicher nur ein paar Sekunden, oder? Einen magischen Augenblick, so wie bei der Verwandlung von Aschenputtel? Dass ich überhaupt so etwas wie Magie in meinem Leben akzeptieren konnte, ließ mich von meinen Nägeln ablassen und den Kopf schütteln.

Es war surreal.

Absurd.

Absurd, aber gut. Und deswegen würde ich es so nehmen, wie es war. Ich würde meine Antwort erhalten und alle meine Probleme lösen. Und wenn ich das getan hatte, stünde mir alles offen. Ich wüsste nicht nur, wie ich Arian erobern und Lilian loswerden könnte. Es war doch so viel mehr möglich! Theoretisch könnte ich für Wanda nach den Lottozahlen fragen oder nach Aktien, die in der Zukunft explodieren würden. Nach dem neuesten Modetrend, noch bevor die großen Designer ihn entwarfen – okay, mit einem Blick auf meinen ausgewaschenen Hoodie machte das bei mir nur bedingt Sinn –, ich konnte das Wetter in fünfzehn Jahren voraussagen oder welche Politiker regieren würden. Mit Hilfe meines älteren Ichs konnte ich fast alles – es gab so gut wie keine Grenzen mehr! Der Gedanke an diese unglaubliche Macht ließ mich ganz schwindelig werden. Gierig sog ich die kühle Meeresluft ein, die durch das halb geöffnete Fenster hereinströmte. Ich fühlte mich stark, stärker als je zuvor. Es war, als würde mir das Glück zuflüstern, dass es mich schon viel zu lange im Stich gelassen hatte und ich nun endlich an der Reihe war. Mit Hilfe meines älteren Ichs könnte ich endlich alles richtig machen. Ich könnte all die dummen und peinlichen Fehler vermeiden, die Blamagen, die Fettnäpfchen und den Schmerz. Ich würde immer im Vorhinein wissen, was zu tun war, und mich für das Richtige entscheiden. Ich würde wissen, wo ich hingehörte. Ich würde endlich wissen, wer ich war.

Ich wartete noch einige Augenblicke, bevor ich mich wieder der Schublade zuwandte. Während ich sie langsam aufzog, klopfte mein Herz so stark, dass ich mir einbildete, es hören zu können. Ich zog vorsichtig an dem Knauf, so, als ob gleich etwas Bissiges herausspringen könnte, und streckte gleichzeitig meinen Hals aus, um keine Sekunde zu verschwenden. Da war es, ein Stück weißes Papier, gefaltet zu einem Umschlag, den ich nun herausnahm, und …

Es war immer noch mein Brief. Gut, so gesehen waren ja alle Briefe von mir. Aber es war eben nicht der Brief aus der Zukunft, den ich wieder in der Hand hielt, sondern exakt der Umschlag, den ich vor einigen Minuten in die Schublade gelegt hatte. Es war in der Zwischenzeit rein gar nichts passiert. Enttäuscht warf ich den Brief zurück und drückte die Schublade einen Hauch zu kräftig zu, so dass der Widerstand an der Schreibtischrückwand einen lauten Rumms verursachte. Geduld war noch nie meine Stärke gewesen, aber wessen schon? Ich stöhnte laut vor mich hin, bevor ich mich wieder auf mein Bett legte. Gut, dann musste ich eben diese eine, dämliche Nacht abwarten. Wenn das der einzige Weg war, prima. Ich würde damit zurechtkommen. Immerhin konnte ich Listen mit Fragen anlegen, die ich Nacht für Nacht stellen und beantwortet haben wollte. Selbst wenn die Antwort mehr als zwölf Stunden brauchte, war ich damit immer noch schneller, als wenn ich es mit meinem Fettnäpfchenprinzip selbst herausfand. So oder so, die Briefe waren die Lösung für all meine Probleme. Der Schreibtisch war unbezahlbar – er war meine Zukunft.

Schnell machte sich ein weiterer Gedanke in meinem Kopf breit: Wenn meine Mutter gewusst hatte, welche Macht der Tisch besaß, dann hätte sie sich *mindestens* schreiend in den Schlamm geworfen, damit er nicht verkauft werden konnte. Und das hatte sie getan. Sie muss es also gewusst haben. Sie hatte ganz sicher ebensolche Briefe wie ich erhalten. Sie wusste, was die Zukunft ihr bringen würde.

Nur die Frage, warum sie in dieser Nacht-und-Nebel-Aktion geflohen war, gab mir immer noch ein Rätsel auf.

Ich hielt meine Hand auf meinen Bauch.

»Hast du noch Hunger?«, fragte Mimi besorgt. »Nicht, dass du hungrig aus meinem Laden gehst, das ist noch niemand. Das kann ich nicht verantworten! Das ist in all den Jahren noch nicht vorgekommen, und du wirst sicher nicht die Erste sein, nicht in dem Laden von Mimi Molloy!«

Ich war mir ziemlich sicher, dass wirklich noch nie irgendjemand hungrig aus diesem Laden gekommen war, im Gegenteil. Meist konnte man sich nach dem Besuch bei Mimi nicht mehr bewegen und hatte innerhalb von unter einer Stunde so viel gegessen, dass es für mehrere Tage reichte.

»Nein, nein«, winkte ich ab, »es ist eher was anderes.« Ich deutete mit den Augen auf meinen Unterbauch und verzog eine Schnute. »Du weißt schon, das Frauendings.«

»Ohhhhhhhhhh!«, machte Mimi und schlug die Hände zusammen. »DAS meinst du.«

»Ich weiß das englische Wort dafür nicht«, erklärte ich achselzuckend, »oder das irische. Wenn ihr eins dafür habt.«

»Also ich weiß ja nicht, wie es die Iren so insgesamt halten«, verkündete Mimi wichtig und so laut, dass auch noch der letzte Tisch im Raum über meinen aktuellen körperlichen Zustand informiert wurde, »aber ich nenne sie Wallflower Days. Hach, das ist immer eine ganz spezielle Zeit.«

»Wallflower Days«, murmelte ich nach, »wie kann ein so hübsches Wort einen so unangenehmen Zustand beschreiben?«

»Ich weiß, was dir jetzt guttut«, erklärte Mimi und sprang auf, so dass ihre Locken wild um ihr rundes Gesicht wippten.

»Eine warme Ingwer-Honig-Suppe. Die zaubere ich dir in ein paar Minuten. Du wirst sehen, sie wirkt Wunder!«

»Oh, die hätte ich aber auch gerne«, trällerte es vom Nachbartisch, »das klingt köstlich!«

Mimi drehte sich zu der sportlichen Frau um die vierzig, die bis eben im typischen Touristen Look mit Soft-Shell-Jacke und Wanderschuhen die Karte von Blackwood studiert hatte.

»Haben Sie Ihre Tage?«, fragte Mimi und sah die Frau mit der Ernsthaftigkeit eines Arztes bei der Untersuchung einer mindestens lebensbedrohlichen Krankheit an.

»Also bitte«, antwortete die Frau sichtlich berührt, »das ist ja nun doch reichlich indiskret ...«

»Haben Sie oder haben Sie nicht?« Mimi konnte den Kriminalbeamten genauso gut wie den Oberarzt. Es fehlte nur noch das obligatorische: »Wo waren Sie gestern Nacht zwischen 2 und 4 Uhr?«

Die Frau gab sich geschlagen.

»Nein, habe ich nicht, aber ...«

»Wenn Sie Ihre Tage nicht haben, dann gibt es auch keine Suppe«, sagte Mimi rigoros und stapfte Richtung Küche. »Da kommen wir ja noch hin, dass hier jeder eine Extrawurst bekommt. Pah!«

Ich blieb still und ein wenig zerknirscht sitzen und traute mich kaum, die Frau neben mir anzusehen. Immerhin war Mimi aufgestanden, um mir genau diese Extrawurst zu machen. Aber es war eben Mimis Art, die Dinge so zu regeln, wie es ihr nun mal in den Kram passte. Und solange wir uns in Mimis Laden befanden, war es ihre Welt, über die sie ganz allein herrschte.

Ein wenig verschnupft verschwand die Touristin wieder hinter ihrer Karte, und ich atmete auf. Auf einen Eklat meinetwegen hätte ich nun wirklich verzichten können. Wobei so etwas bei Mimis doch recht bestimmter Art immer im Keim erstickt wurde, wie ich erneut feststellen durfte.

Das Türglöckchen schellte, und ein mir bekanntes Kichern erfüllte augenblicklich den Raum.

»Na, wen haben wir denn da?«

Lilian stand noch hinter mir, aber ich bildete mir ein, bereits ihren kalten Atem in meinem Nacken zu spüren. Als sie vor mir stand, beugte sie sich zu mir herunter. Die beiden Backgroundtänzerinnen Ava und Hedda posierten derweil rechts und links hinter ihr wie in einer sehr schlechten Charlies Angels Kopie, nur Lynn fehlte.

»Und? Bist du mit deiner Recherche weitergekommen?«

Ich hob die Schultern, obwohl ich genau wusste, was sie meinte.

»Welche Recherche?«

Lilian lächelte ihr eiskaltes Lächeln. »Ich gebe dir noch bis Ende der Woche. Bis dahin hast du das Mary Manor House sicher noch mehrmals okkupiert. Arian sagte mir schon, dass du echte Stalker-Qualitäten hast. Er ist nur zu gut erzogen, um dir zu zeigen, wie sehr du ihm auf die Nerven gehst mit deiner ewigen Tollpatschnummer. Das ist lächerlich, das musst selbst du irgendwann zugeben. Wenn du meinst, du würdest damit einen ritterlichen Effekt bei ihm auslösen, hast du dich aber geschnitten. Arian steht auf taffe Mädels.«

»So wie dich, Lilly«, flötete es vom linken Background nach vorne.

»Ganz genau«, kam es bestätigend von rechts.

»Siehst du«, fuhr Lilian weiter fort, »und deswegen ist jetzt Schluss mit dem Getue. Die Aschenputtel-Nummer ist vorbei, die kannst du meinetwegen in deinem Europa durchziehen.«

»Irland gehört glaube ich auch zu Europa«, kam es ängstlich-flüsternd von rechts.

»Ja, aber sicher nicht mehr lange. Wir haben ja gesehen, was mit England passiert ist. Und unabhängig waren wir außerdem schon immer«, entgegnete Lilian, der die Bildungslücke keineswegs peinlich zu sein schien. Im Gegenteil, sie stand wieder vollkommen aufrecht und mit starrem Blick vor mir.

»Es kostet mich nur eine Minute, Arian zu verklickern, dass du heimlich in ihn verliebt bist.«

»Das bin ich nicht!«

Die Antwort schoss wie ein Pfeil aus mir heraus.

Lilian lächelte diabolisch. »Das klingt ein wenig zu entschlossen, findet ihr nicht?«

Ava und Hedda nickten.

Ich versank nur bei dem Gedanken daran bereits in den Boden, dass Lilian mich als verliebten Teenie hinstellte, dessen Chancen, ihren Schwarm für sich zu gewinnen, bei unter Null lagen.

»Ich weiß wirklich nicht, was Arians Mutter hat und warum niemand sie zu Gesicht bekommt. Außerdem hast du ganz recht, er wäre der Letzte, der darüber mit mir reden würde.«

»Mag sein«, schmunzelte Lilian, aber das Lächeln erreichte ihre Augen nicht, »aber du wirst es trotzdem herausfinden. Manche behaupten, sie hätte eine echte Banshee gesehen, manche sagen, sie hätte nur eine gehört, und einige glauben sogar, sie ist selbst eine. Was auch immer davon zutrifft, du wirst es mir sagen.«

»Was ist denn eine Banshee?«, fragte ich.

Schon wieder so ein überir(d)ischer Fachbegriff, mit dem ich rein gar nichts anfangen konnte. Dieses Land und seine

Einwohner brachten mich wirklich um meinen letzten Funken Verstand.

»Das wirst du schon noch herausfinden«, sagte Hedda, denn Lilian war bereits abgezogen und bestellte bei Mimi an der Theke einen Salat ohne Dressing. Wäre Mimis Blick daraufhin nicht so königlich entgeistert gewesen, hätte mir diese Situation wirklich schlechte Laune bereitet. Aber so musste ich schon wieder grinsen. Als alle drei »*... und ohne Brot bitte, das sind nur leere Kohlehydrate*« abgezogen waren, setzte sich Mimi wieder zu mir, in den Händen die frisch duftende Ingwer-Honig-Suppe.

»Lass es dir schmecken«, sagte sie und schmunzelte ebenfalls.

»Was hast du getan?«, fragte ich, während ich mir den Löffel schnappte, der unverkennbar aus Wandas Produktion stammte. Ich kannte Mimi noch nicht lange, aber gut genug, um zu wissen, dass sie etwas ausgeheckt hatte.

Sie winkte ab. »Ach, Blattsalat ist für mich nur Dekoration! Und dann auch noch ohne Dressing, das ist ja wirklich mehr als fad. Ich kann das nicht verantworten, dass so etwas Liebloses meinen Laden verlässt. Ich habe schließlich einen Ruf zu verlieren.«

»Du hast trotzdem Dressing draufgemacht?«, fragte ich nach und probierte die Suppe. Sie schmeckte wie alles, was je Mimis Theke verlassen und meine Zunge berührt hatte, köstlich. Die Mischung aus dem süßen Honig und dem herben, etwas scharfen Ingwer war wie ein Tanz zweier Liebender, die, so unterschiedlich sie waren, sich doch perfekt ergänzten.

»Besser«, antwortete Mimi zwinkernd. »Eine ordentliche Portion angebratene Speckwürfel mischen einen öden Blattsalat doch erst so richtig auf. Damit erspart man sich ein aufwendiges Dressing und hat trotzdem die volle Geschmacksexplosion.«

»Na, dann kann Lilian sich ja nicht beschweren«, entgegnete ich. »Die Suppe ist übrigens köstlich. Aber das weißt du sicher.«

»Kommt drauf an«, murmelte Mimi, »ich meine, was Lilian betrifft.«

»Wieso? Du hast dich doch an ihre Bestellung gehalten. Kein Dressing.«

»Stimmt.«

»Und warum grinst du jetzt immer noch?«

»Sie hat nichts von Speckwürfeln gesagt.«

»Meinst du, sie hat ein Problem mit Speckwürfeln?«

Ich löffelte die Suppe gierig weiter, denn immerhin sollte sie ja etwas gegen das miese Gefühl der Wallflower Days ausrichten, dem ich nur zu gerne entgegenwirken wollte.

»Nun ja, es kommt darauf an, wie man so ein Problem definiert«, redete Mimi weiter, »wenn man Vegetarierin ist.«

»Nein!«

Mimi nickte, und ihre Locken wackelten, als ob sie ebenfalls Spaß an jeder Bewegung hätten.

»Doch!«

»Du wusstest es?«

»Natürlich wusste ich es. Lilian Swantons Befindlichkeiten kennt jeder hier in Blackwood. Sie hatte mal eine Low-Carb-High-Proteinphase und wollte mich zwingen, mehlfreie Kuchen zu backen!«

In Mimis Gesicht war noch immer die Entrüstung zu sehen, auch wenn das Ganze sicher schon eine Weile her war.

»Was du natürlich nicht gemacht hast.«

»Selbstverständlich nicht. Im Gegenteil, damals habe ich so viele Hefezöpfe gemacht wie noch nie. Und Cupcakes mit Extratopping und Cremefüllung.«

»Und die Swantons haben dich dafür gehasst.«

»Ach«, prustete Mimi, »so weit würde ich nicht gehen. Aber Lilian frequentierte meinen Laden weniger häufig.«

Dann lachte Mimi ihr Mimi-Lachen. »Was sich nicht gerade wie ein Verlust anfühlte.«

Ich bewunderte Mimi, die immer und unter allen Umständen sie selbst blieb, egal was auch immer passierte. So sein zu können, musste sich unendlich erleichternd anfühlen.

»Mimi, was ist eine Banshee?«, fragte ich und leckte den letzten Löffel Suppe genüsslich ab.

»Du machst aber einen Crash-Kurs in irischer Mythologie, seit du hier bist, hm?«

»Nicht ganz freiwillig, würde ich sagen«, stöhnte ich.

»Es ist eine Art Geisterfrau aus der Anderswelt«, erklärte Mimi.

»Anderswelt?«

»Feenwelt, so wie die Leprechauns auch. Nur dass Banshees ein wenig gefährlicher sind. Ihr Auftauchen verheißt nie etwas Gutes. Meistens kündigen sie ein schlimmes Ereignis an.«

So verrückt sich das alles mal wieder anhörte, so neugierig war ich trotzdem.

»Hast du je eine gesehen?«

»Nein«, sagte Mimi und riss die Augen auf, »und das möchte ich auch nicht. Die wenigen, die so etwas erlebt haben, waren danach andere Menschen.«

»Glaubst du, dass Mrs Mary eine gesehen hat?«

»Hat Lilian das behauptet?«

Ich nickte.

»Keiner weiß, was mit ihr passiert ist. Aber ich wäre nicht Mimi Molloy, wenn ich so etwas ausschließen würde.«

»Hm.«

»Warum ist es so wichtig, was Mrs Mary hat?«

Das wüsste ich selber gerne, dachte ich und schob den leeren Teller in die Mitte des Tisches.

Der Nachmittag mit Arian fühlte sich falsch an, ich kam mir wie eine Schnüfflerin vor, obwohl ich ja gar nicht vorhatte, Arian und seine Familie auszuspionieren. Spätestens morgen früh würde ohnehin der Antwortbrief aus der Zukunft in der Schreibtischschublade liegen und mir die Lösung all meiner Probleme liefern, auf die ich so dringend wartete.

Arian hatte auf Percivals Anraten die Terrasse als Übungsplatz vorgeschlagen, da die Sonne sich mal wieder blicken ließ und diese kurzen Momente genutzt werden sollten.

Und wieder bestaunte ich eine filmreife Kulisse, wie sie nur beim Mary Manor House vorkommen konnte: Eine Terrasse aus Natursteinen umsäumt von riesigen Rhododendronbüschen, die uns daneben wie Zwerge aussehen ließen, alte Holzmöbel in Übergrößen und ein unbezahlbarer Blick aufs Meer, das sich hinter den endlos wirkenden, gepflegten Grünflächen umsäumt von den Cliffs erstreckte. Aber weder Arian noch ich schienen diese Schönheit so richtig auskosten zu können. Ich war wie immer in seiner Gegenwart nervös, und auch Arian schien nicht ganz bei der Sache zu sein und wirkte seltsam abwesend.

Außerdem traute ich mich nicht, ihn auf den [KUSS] anzusprechen – was sollte ich auch sagen? Aber es stand wie eine peinliche Wand aus Luft zwischen uns, und ich fand, dass auch Arian sich ein wenig zu auffällig unauffällig verhielt. Das warme Sonnenlicht verlieh Arians glatter Haut einen unwiderstehlichen Teint, und ich kam nicht umhin, mich wirklich zurückhalten zu müssen, um den vollkommen bescheuerten Gedanken aus meinem Kopf zu verbannen, der mich leise, aber unüberhörbar aufforderte, seine Wange streicheln zu wollen.

»Gut, also fangen wir wieder von vorn an mit …«

»Ariaaaaaan!«

Eine kreischende Kinderstimme aus dem Hausinneren unterbrach ihn.

»Arrriiiiiiaaaaan!«

Arian sprang so plötzlich auf, dass er die Textblätter mitriss, die sich nun überall um den Tisch herum verteilten, und lief zur Glasfront der Terrasse. Dort kam ihm ein kleines, blondgelocktes Mädchen entgegen, das nicht älter als vier Jahre sein konnte. Sie trug einen beigefarbenen Zweiteiler im Matrosenstil, weiße Strumpfhosen und schwarze Lederriemenschühchen. Ihre Haare waren links und rechts an den Seiten zu kleinen Zöpfchen geflochten, die in der Mitte von einem schwarzen Samtbändchen zusammengehalten wurden. Ich hatte selten so ein aufwendig gekleidetes Kind in dem Alter gesehen. Was mir sofort auffiel, war der ebenso goldene Teint, den sie mit Arian teilte.

Als sie Arian sah, breitete sie sofort ihre kleinen Arme aus, er bückte sich zu ihr herunter, und sie schlang sie um ihn, als müsse er sie vor dem Ertrinken retten.

»Die ist so ganz blöd böse!«, schluchzte das kleine Mädchen und vergrub ihr Gesicht in Arians Schulterbeuge.

Jetzt erschien auch Percival vollkommen außer Atem auf der Terrasse – er schien dem Mädchen hinterhergerannt zu sein.

»Es tut mir sehr leid, ich habe sie nur einen kurzen Augenblick, wirklich nur eine Sekunde alleine mit ihr gelassen«, entschuldigte er sich bei Arian und wirkte sichtlich zerknirscht.

»Ist schon gut«, murmelte Arian, und ich wusste nicht, ob er damit das Mädchen oder Percival beruhigen wollte.

Arian strich einige Male sanft über das seidige Haar des Mädchens und flüsterte einige Male: »Ich hab dich. Ich hab dich doch.«

Als sie sich etwas beruhigt hatte, kam er mit ihr zurück zum Tisch.

»Ich hab sie«, gab er Percival zu verstehen, dass dieser sich nun wieder zurückziehen konnte, was er auch umgehend tat. »Ich bin wirklich untröstlich«, sagte er noch, doch Arian war bereits damit beschäftigt, seine Schwester auf seinem Arm hin und her zu wiegen.

Diese Geste hatte ich bis jetzt immer nur bei Müttern mit ihren Babys gesehen. Es war einerseits befremdlich, Arian dabei zuzusehen, andererseits konnte ich meinen Blick von dieser liebevollen Szene kaum abwenden.

»Schon gut, ist ja schon gut«, flüsterte er ihr zu, und sie schien sich sichtlich wohler zu fühlen.

»Schau mal, da vorne!«

Arian zeigte auf den Horizont, an dem sich Silberstreifen gebildet hatten.

»Silver Linings!«

Das Mädchen schaute auf, und Arian wischte sanft eine tränennasse Haarsträhne aus ihrem Gesicht und strich sie ihr hinter ihr kleines Öhrchen.

»Sie bedeuten, dass alles gut wird. Sie stehen für Hoffnung.«

Sofort lichtete sich der verklärte Blick der Kleinen, die nun staunend in den Himmel sah.

Ich musste bei der Erklärung schmunzeln, denn ich wusste, dass es sich um ordinäre Kondensstreifen handelte, die von Flugzeugen und somit von Menschenhand erzeugt wurden und die im Grunde nicht mehr als ein Abfallprodukt waren. Doch die zärtliche Art, wie Arian das kleine Mädchen in seinen Armen hielt, wiegte und ihr ein Lächeln ins Gesicht zauberte, brachte alles in mir zum Erliegen, was noch an Gegenwehr da gewesen sein könnte. Ich zerschmolz augenblicklich wie eine Kugel selbstgemachtes Vanilleeis auf einer von Mimis heißen Mohnwaffeln.

»Das ist Avi Lee«, sagte er nun in meine Richtung. »Meine kleine Schwester.«

Avi Lee, die bis jetzt noch keine Notiz von mir genommen hatte, betrachtete mich unter vorgehaltenem Händchen skeptisch.

»Hallo, Avi Lee. Ich bin Ge.«

Ich streckte meine Hand aus, doch sie drehte sich weg.

»Wir haben nicht oft Besuch«, erklärte Arian entschuldigend und setzte sich wieder zu mir, Avi Lee behielt er dabei auf seinem Schoß.

Arians Familie wohnte in dem perfekten Haus für unzählige Gäste, und doch schienen genau die hier Mangelware zu sein. Avi Lees Weinen war das einzige etwas lautere Geräusch überhaupt gewesen, das ich gehört hatte, seit ich das erste Mal hier gewesen war. Im Mary Manor House herrschte immer eine seltsam bleierne Stille, bei der man automatisch leiser sprach, als man es sonst tun würde, und die sich unecht und unterdrückt anfühlte.

»Dabei ist das Anwesen doch eigentlich prädestiniert für Besuch«, antwortete ich.

»Hmm«, machte Arian einsilbig. »Mag sein.«

»Ich will nie, nie nicht mehr mit ihr reden«, näselte Avi Lee in Arians Ohr. Der setzte sie auf und hielt sie ein Stück von seinem Gesicht entfernt.

»Manchmal gibt es eben doofe Tage«, tröstete er sie, »da kann man nichts machen. Aber es kommen auch wieder gute!«

»Wann?«

Avi Lee sah ihren Bruder mit ihren großen, wasserblauen Kulleraugen an. Darauf schien er noch eine Antwort zu suchen, während sie weiterredete.

»Ich mag sie nicht und kein bisschen leiden! Sie ist eine böse Frau!«

»Psssschht! Avi!«

Arian war durch die ungefilterten Worte seiner kleinen Schwester sichtlich aus der Fassung gebracht, und zum ersten Mal errötete nicht ich vor ihm, sondern er vor mir.

»Ich bring dich gleich hoch, lass mich nur kurz Abschied von Ge nehmen, okay?«

Avi Lee betrachtete mich erneut skeptisch, ließ Arian sie aber absetzen, ohne zu protestieren.

»Ich bring dich raus.«

»Aber wir wollten doch üben«, antwortete ich und ärgerte mich direkt wieder über meine unüberlegte Aussage. Es hatte ja einen Grund, warum Arian unsere Verabredung nun platzen ließ.

»Wir holen das nach«, sagte er und wirkte seltsam kühl. »Es passt gerade nicht so gut.«

Ich war aufgestanden, und Arian legte seine Hand an meinen Rücken, so, als wolle er mich unmissverständlich hinausschieben und so schnell wie möglich loswerden. Zum ersten Mal fühlte ich mich in seiner Anwesenheit schäbig.

»Du bist mich ja schon los, ich hab's verstanden«, motzte ich trotzig.

»Das hat absolut nichts mit dir zu tun«, versicherte Arian mir, während er mich durch das Wohnzimmer schob, »glaub mir das bitte.«

Ich fühlte mich trotzdem schlecht und ganz und gar überflüssig und konnte das nicht verbergen. Ich hatte doch selbst gesagt, dass ich kein großes Schauspieltalent besäße, und auch jetzt merkte ich, dass die Enttäuschung sich in meinem Gesicht breitmachte. Natürlich war es kindisch zu glauben, dass gerade ich die erste Person sein sollte, mit der Arian über die Probleme seiner kleiner Schwester sprach, aber seit dem Ausflug zur Church View und erst recht nach dem [KUSS] fühlte ich eine unausgesprochene Verbindung zwischen uns, die diese alberne Erwartung mit sich brachte.

Und jetzt wollte er mich einfach nur loswerden, und zwar so zügig wie möglich. Ich merkte, dass ich ihm nicht schnell genug Richtung Ausgang ging, und verlangsamte nun meine Schritte. Ich wusste selbst nicht, ob es Trotz war, Enttäuschung oder Neugier, oder alles drei gleichzeitig. Aber es gab ein Geheimnis im Mary Manor House, das Arian scheinbar unter allen Umständen bewahren wollte. Das Geheimnis, von dem Lilian gesprochen hatte – und das selbst Mimi nicht leugnen wollte. Ich merkte, dass Arian immer nervöser wurde, je langsamer ich ging. Es war, als ob mich etwas außerhalb meines Körpers ausbremste, und ich konnte absolut nichts dagegen tun.

In der riesigen Eingangshalle stand bereits Percival mit

meiner Jacke, als ob er ein geheimes Zeichen von Arian erhalten hatte, mich zur Tür zu begleiten.

»Vielleicht treffen wir uns das nächste Mal besser woanders«, sagte Arian, bevor sein Blick hoch zu einer der beiden Rundtreppen ging, auf der ein Schatten zu stehen schien. Noch bevor ich mich umdrehen konnte, hatte Percival mir die Jacke auf die Schultern gelegt und die Tür geöffnet.

»Bitte sehr, Miss.«

»Bis morgen«, hörte ich Arian noch schnell sagen, bevor die Tür mit einem eisernen Klang ins Schloss fiel.

Vollkommen verdutzt über diesen überfallartigen und trotzdem so höflich wie möglich gehaltenen Rausschmiss stand ich nun rücklings zur Tür vor dem Haus. Ich hatte gerade zuvor noch aus dem Augenwinkel erkannt, wer dieser Schatten gewesen war: Eine hagere Frau mit eingefallenem Gesicht, das ganz sicher einmal schön gewesen war, deren lange, strähnige Haare ungekämmt über ihre spitzen Schultern hingen, in einem weißen, dünnen Bademantel, der sie wie ein Gespenst wirken ließ – Arians Mutter.

18. KAPITEL

Liebe Ge,

ich schätze, das wird heute ein sehr langer Brief werden. Du hast mir so viele Fragen gestellt, die dir auf dem Herzen und der Seele brennen, und ich werde versuchen, sie zu beantworten. Ich fürchte nur, anders, als du es dir erhoffst.
Immer schon warst du mutig genug, zu fragen, zu verlangen und stürmisch zu sein, und doch haderst du so viel. Mit dir, mit der Welt, damit, ob es den richtigen Platz für dich in ihr gibt und ob du so richtig bist, wie du eben bist. Ob das genügt, was du mitbringst – ob du genügst.
Natürlich fragst du dich das alles, das tun wir alle, denn die Zukunft ist unbestimmt, und das bleibt sie auch. Selbst mit Briefen von deinem älteren Ich.
Wenn man auf einem kleinen Fleck am Ende der Welt lebt wie du jetzt, ist es besonders schwer. Das Schöne daran ist, dass es das Leben nicht schert, und es wird dich noch oft genug überraschen. Es ist gut, dass du immer wieder mit Anlauf gegen Zäune rennst, die von anderen festgesteckt wurden – dass du testest, wie viel sie aushalten, ob sie sich verbiegen lassen oder ob du nicht doch stärker bist. Es ist nicht so schlecht, wie du denkst, dass du manchmal diese tiefe Leere im Herzen trägst, die dich immer wieder fragen lässt, was es da draußen noch alles gibt. Deine unzähligen Fragen sind kein

Zeichen dafür, dass du falsch tickst oder irgendwo nicht hinpasst, nein, sie sind dein Antrieb, um dahin zu kommen, wo du hingehörst.
Richtig zu sein ist ebenso ein Irrglaube wie falsch zu sein – natürlich wirst du nie allen gefallen, wirst Dinge tun und sagen, die anderen übel aufstoßen, Dinge, die dir im Nachhinein selbst völlig verrückt oder sogar bescheuert vorkommen werden. Du wirst unzählige Male hinfallen, ja – und auch scheitern. Aber das gehört dazu. Du bist, wer du bist, mit allen Ecken und Kanten, mit jedem Fettnäpfchen, das du mitnimmst, jedem unpassenden Spruch und Lacher, die dir an der falschesten Stelle rausrutschen, genauso wie mit all den mutigen und tollen Sachen, die du tust. Nicht alle Menschen, die du in dein Leben lässt, sind gut zu dir oder für dich bestimmt. Und wer es ist, sagt dir deine Intuition, dafür brauchst du gar nicht mehr, und erst recht nicht mich. Und so ist es auch mit jedem Ort, den du für dich erkundest auf der Suche danach, wo es sich richtig anfühlt, wo du hingehörst. Sei du dir zunächst selbst der Ort, an den du gehörst.
Du wirst dein Leben meistern, mit all dem, was dir gegeben ist, mit dem, was du noch lernst und erst ausprobieren musst. Und dazu gehört auch das Scheitern, das Fallen, denn nur dadurch wachsen wir und erkennen, was uns wirklich wichtig ist und wofür es sich zu kämpfen lohnt. Und du wirst deinen Weg finden, ganz ohne meine Anweisungen.
Es mag dir verlockend erscheinen, alle Antworten abrufen zu können, wann immer dir danach ist. Aber was ist dann noch der Sinn des Lebens? Einen vorgefertigten Parcours nachzugehen, der längst ausgetreten ist? Ist es nicht viel schöner, die ersten Fußstapfen in den unberührten Schnee zu setzen?

Wie soll das gehen?, fragst du dich, während du jetzt gerade vor so vielen Aufgaben und Herausforderungen stehst, die dir fast unüberwindbar scheinen.
Du wirst sie alle meistern, auch wenn du einige Blessuren davontragen musst. Und sollte es dir manchmal allzu schwer erscheinen, dann wird immer eine Hand einer lieben Person da sein, die dich hält. Du kennst sie bereits, sie sind um dich herum, du musst nur danach greifen. Diese Ängste, Sorgen und Herausforderungen teilst du mit so vielen anderen, die dir wichtig sein werden. Und diesen einen Platz, von dem du träumst, den, wo du hingehörst, den gibt es.
Da sind wir heute, ein paar Jahre später. An einem Ort, wie für dich gemacht, umgeben von Liebe. Und selbst da angekommen, wirst du die Lust am Suchen und am Fragen noch lange nicht verlieren, denn da draußen ist noch immer so viel, das darauf wartet, entdeckt zu werden. Und du bist eine Entdeckerin, eine Bezwingerin, du bist die Heldin unseres Lebens.
Ich möchte dir eine Stütze sein, wenn auch auf eine andere Art, als du es dir jetzt gerade wünschst. Ich werde dich begleiten, bei dir sein, und vielleicht werde ich dir den einen oder anderen kleinen Hinweis geben können. Aber ich werde nicht dein Leben leben, denn diesen Genuss darfst du dir nicht entgehen lassen. Du denkst, du verlierst kostbare Zeit, aber das ist eine Illusion, weil Zeit eine Illusion ist. Was dir so kostbar erscheint, ist nicht die Zeit, sondern dein Ziel. Dabei ist der einzige Punkt, der außerhalb der Zeit liegt, das Jetzt, so unendlich kostbar. Je mehr du dich auf dein Ziel konzentrierst, auf Vergangenheit oder Zukunft, umso mehr verpasst du das Jetzt. Du sollst dich später nicht daran erinnern und bedauern, es nicht mehr genossen zu haben.
Ich weiß, dass du enttäuscht über diese Zeilen sein wirst,

vielleicht sogar wütend. Du kannst mir dennoch vertrauen, so wie du dir vertrauen kannst, dass deine Intuition deine Superkraft ist, auf die du dich immer verlassen kannst.
Folge ihr weiterhin, und du brauchst keine Antworten aus der Zukunft, denn sie liegen bereits in deiner Gegenwart.
Ich verspreche dir, du wirst es schaffen.

Deine alte (und ja, ich weiß, besserwisserisch klingende, nervige)
Ge

P.S. Was Arians Mutter betrifft, mache ich eine Ausnahme und gebe dir den Rat, nicht weiter in diese Richtung zu graben. Es ist ein Minenfeld, aus dem du nicht unverletzt hervorkommen kannst. Lilian hingegen musst du die Stirn bieten, und das so schnell wie möglich, bevor sie noch mehr Schaden anrichtet. Sie nutzt jeden unaufmerksamen Moment zu ihren Gunsten, sei also immer auf der Hut!

Wütend pfefferte ich den Brief in die nächstbeste Zimmerecke. Das konnte ja wohl nicht wahr sein! Was fiel mir ein, mich so dermaßen hängen zu lassen? Wie war ich zu so einer illoyalen Person geworden, die nicht einmal bereit war, sich selbst zu helfen? Ich wusste doch, dass ich in der Klemme steckte – wieso half ich mir da nicht heraus? Es war doch ein Leichtes, mir den einen oder anderen Tipp zu geben! Das ganze Gerede über Scheitern und Fehler machen hätte ich mir doch sparen können; überhaupt Fehler zu machen könnte ich mir sparen, wenn ich nur die Antworten bekommen hätte, nach denen ich gefragt hatte. Wutschnaubend schnappte ich mir das Stück Papier aus der Ecke, in die ich es eben gefeuert hatte. Ich entknüllte das vergilbte Papier und versicherte mich, dass ich richtig gelesen hatte.

Es mag dir verlockend erscheinen, alle Antworten abrufen zu können, wann immer dir danach ist. Aber was ist dann noch der Sinn des Lebens? Einen vorgefertigten Parcours nachzugehen, der längst ausgetreten ist? Ist es nicht viel schöner, die ersten Fußstapfen in den unberührten Schnee zu setzen?

Ehm – nein?! Das war es ganz und gar nicht! Die bescheuerten Fußstapfen im Scheißschnee konnte ich mir in die Haare schmieren! Was um Himmels willen sollte ich mit so einer Antwort anfangen?

Und was sollte das Gerede darüber, mir eine Stütze sein zu wollen? Unter Unterstützung verstand ich aber etwas anderes. Das waren nur hohle Phrasen, leere Worte, nichts davon konnte ich in die Tat umsetzen.

Das war … gar nichts!

Ich konnte nicht fassen, dass ich derart hart zu mir selbst war! Mit jedem Gedanken über diese katastrophale Antwort wuchsen meine Zweifel: Würde ich zu so einer gemeinen Person werden? Vielleicht waren die Briefe doch nicht echt, vielleicht war es jemand anderes, der mir einen perfekt ausgeklügelten Streich spielte. Aber so viel Kalkül – und für was? Auch das konnte ich mir nicht vorstellen.

Was sollte ich denn jetzt nur machen? Die einzige Hoffnung, die ich hatte, mich hier irgendwie über Wasser zu halten, war mir mit diesem Brief genommen worden. Ich wusste es doch am besten, wie sehr ich auf diese Antworten angewiesen war. Wie konnte ich mich selbst nur so im Stich lassen?

Und das blöde P.S. hätte ich mir auch sparen können – Arians Leben war sicher nicht so ein Minenfeld, wie es meines derzeit war. Was sollte falsch daran sein, mehr über ihn zu erfahren? Seit ich die geheimnisvolle Gestalt gesehen hatte, die allem Anschein nach seine Mutter war, ließ mich der Gedanke über die Banshee nicht mehr los. Ob sie eine gesehen hatte oder nun selbst eine war – ich musste es einfach wissen. Und Lilian die Stirn zu bieten war ja nun wirklich ein ganz besonders überflüssiger Tipp, als ob ich nicht schon selbst darauf gekommen wäre! Nur wie, das war doch hier die Frage. Und natürlich wusste ich, dass ich vor ihr auf der Hut sein musste! Ich ärgerte mich über diese Zeilen am meisten.

Ein Blick auf die Uhr verriet, dass ich schon viel zu viel Zeit mit dem Wütendsein auf mich selbst verbracht hatte und dringend los musste, um nicht zu spät in der Schule zu sein. Hektisch stopfte ich den Brief in die Außentasche meines Rucksacks, hing ihn mir über die Schulter und ging aus dem Zimmer.

Den Schreibtisch jedoch würdigte ich keines Blickes mehr.

»Du hast sie echt gesehen?«

Sam saß mit weit aufgerissenen Augen vor mir und erinnerte mich an das staunende Glubschaugen-Smiley-Emoticon, das man immer dann benutzte, wenn einem nichts Besseres einfiel.

»Na ja, ich denke, dass sie es war«, flüsterte ich. »Wer sonst läuft wohl mitten am Tag im Bademantel im Mary Manor House rum? Eine Angestellte sicher nicht.«

Obwohl die Stunde noch nicht begonnen hatte, wollte ich vermeiden, dass irgendjemand (und erst recht nicht jemand Spezielles) etwas von meiner Entdeckung mitbekam, und redete so leise wie möglich. Aber diese Begegnung und Arians Verhalten hatten ein so merkwürdiges Gefühl hinterlassen, dass ich einfach mit jemandem darüber reden musste. Natürlich war Sam die falscheste Person von ganz Blackwood dafür, aber er war eben auch mein einziger Freund.

»Beschreib sie noch mal«, sagte Sam aufgeregt und eine Spur zu laut, und ich hielt meinen Zeigefinger vor meine Lippen.

»Psssschht!«

»Beschreib sie noch mal«, wiederholte Sam sich nun im angemessenen Flüsterton.

»Na ja, was ich aus dem Augenwinkel erkennen konnte, war in jedem Fall irgendwie gruselig«, erklärte ich. »Ziemlich hager, ihre ganze Gestalt wirkte wie ein …«, ich suchte nach dem passenden Wort, »… wie ein dünner Ast oder ein zerbrechlicher Zweig.«

Sam runzelte die Stirn und kraulte sein Kinn. »Das spricht dafür.«

»Wofür?«

»Weiter«, bettelte er, »beschreib sie weiter!«

»Die langen Haare wirkten ungekämmt und dieser Bademantel …, vielleicht war es aber auch ein Umhang, ich weiß es nicht mehr so genau …«

»Umhang, verstehe. Flatterte er wie bei so einer Windmaschine?«

Ich sah Sam entgeistert an. »Es war kein Beyoncé-Videodreh, Sam. Da kam einfach eine seltsame Frau die Treppe herunter.«

»Hm, jaja, verstehe, verstehe. Was war mit ihren Augen? Wie sahen die aus?«

Sam schien jedes Wort gierig aufzusaugen, um sich seinen eigenen Reim darauf zu machen, und ich war mir spätestens jetzt sicher, dass es keine gute Idee gewesen war, ihm von dieser Begegnung, die eigentlich gar keine richtige war, zu erzählen.

Ich versuchte, mich an diesen Sekundenbruchteil zu erinnern. Zwei pechschwarze Augäpfel erschienen vor mir, die wie tiefe, hohle Löcher wirkten. Waren das wirklich ihre Augen gewesen, oder spielte mir mein verrückter Verstand nur was vor? Ich wusste es nicht – der Moment auf der Treppe war einfach viel zu kurz gewesen.

»Ich weiß es einfach nicht mehr«, gab ich zu. »Ich glaube, sie waren dunkel.«

»Sie waren nicht rot?«, fragte Sam enttäuscht.

Ich hob die Schultern.

»Hm, schade.«

»Wieso schade?«

»Die Augen einer echten Banshee sind oft glutrot vom vielen Weinen«, erklärte Sam aufgeregt. »Es kann doch sein, dass sie vielleicht dunkelrot waren, oder?«

»Etwas Rotes habe ich eigentlich nicht in Erinnerung«, antwortete ich zögerlich. »Es war ziemlich schummrig in der Eingangshalle, und sie war so weit entfernt …«

»Also dann kann es ein sehr dunkles Rot gewesen sein?«

»Ich denke nicht.«

»Aber du schließt es nicht aus?«

»Ich denke, ich weiß nicht, welche Farbe sie hatten«, resümierte ich.

Wali trat ein, und die Unterrichtsstunde begann.

RADIO BLACKWOOD

»Guten Morgen, da sind wir wieder, heute mit besonders spektakulären News aus unseren Reihen. Mir brennt's ja unter den frisch manikürten Nägeln, by the way, ihr habt richtig gehört, ihr findet mich regelmäßig in Celines Beauty Room, weil es da nicht nur exzellenten Service rund um die zarte Männerhand gibt, sondern auch immer die eine oder andere inoffizielle Info! Aber was ich heute für euch habe, haut dem stärksten Bullen das Horn vom Schädel! SIE wurde gesichtet. Ja, ihr hört richtig. Sie! Ich nenne nur zwei Buchstaben. A und M. Ihr wisst doch schon längst, wen ich meine. Anne Mary herself! Unglaublich, aber wahr. Seit der Geburt von Avi Lee haben wir sie nicht mehr zu Gesicht bekommen, und manch einer hat sogar gedacht, sie hätte Blackwood klammheimlich verlassen. Aber weit gefehlt, Leute! Aus erster Hand kann ich diese Info weitergeben: Sie ist noch da! Oder wieder? Wobei nicht mehr in alter Pracht, wie mir zugetragen wurde, was ich sehr bedaure. Sie war ja immer ein Augenschmaus, die alten Blackwooder wissen, was ich meine. Aber sie ist wohl nur noch Haut und Knochen und geistert im Mary Manor House herum, und jetzt kommt's, Leute: Sie hat die Banshee-Augen! Aus einem wilden Gerücht ist nun Klarheit geworden. Eine echte Banshee lebt mitten unter uns! Und ihr kennt sie alle! Oder kanntet sie zumindest, denn man weiß ja nie, was bei so einer Verwandlung alles passiert. Die arme Avi Lee, der arme Arian und ganz besonders der arme Mr Mary – was sie wohl durchmachen müssen! Dabei leben sie ganz und gar gefährlich, also lasst es euch gesagt sein, macht einen großen Bogen um das Mary Manor House, wer weiß, welchen Fluch sie euch auferlegt. Nicht, dass das noch bei Randle von den Funeral Undertakers endet. Gebt also Acht, Leute!

Ich muss mich jetzt erst mal von diesen Neuigkeiten erholen, das hält man ja im Kopf nicht aus, so was Verrücktes bei uns hier in Blackwood! Da reisen die Gelehrten durch die ganze Welt, um eine echte Banshee zu finden, und dabei ist sie mitten unter uns. Crazy. Meinen eigenen Tipp mit dem Abstand halten überleg' ich mir noch mal, denn sehen muss ich sie unbedingt. Eine echte Sensation! Ich sag's ja immer wieder, wir haben einfach alles zu bieten hier! Love and Crime, Spannung, Romantik – alles, was das Herz begehrt. Mann, Mann, Mann, bin ich durch den Wind! Der bläst heute übrigens mit 27 km/h, also nicht ohne, aber gar nichts für robuste, irische Ohren! Und falls euch News zugeflüstert werden, was unsere Sensation hier betrifft, scheut euch nicht, sie mir mitzuteilen. Ach, was scheut ein echter Blackwooder schon? Nichts! Nicht mal den Fluch einer Banshee, pah!
So, ich muss mich abregen gehen, euch noch einen frischen Tag!
Euer Bran Foley.«

»Na bravo!«

Ich drehte mich um und sah Lilian, wie sie demonstrativ langsam in die Hände klatschte.

»Gute Arbeit. Und direkt zum Radioheini gerannt, das nenne ich mal Engagement.«

»Ich bin nirgendwohin gerannt«, erklärte ich und packte meine Bücher zusammen. Nach der Stunde bei Wali stand wieder die Theater-AG auf dem Plan, vor der ich dieses Mal richtigen Bammel hatte. Besonders nachdem ich von meinem zukünftigen Selbst so eine schäbige Reaktion erhalten hatte, die mir in absolut gar nichts half, fand ich es noch schwieriger, mit Arians Verschlossenheit und Lilians feindseliger Neugier zu jonglieren.

»Du kannst mir nicht erzählen, dass du es Sam nicht gesagt hast«, sagte Lilian, die heute ausnahmsweise ohne Backgroundmädchen und mit einfachem Pferdeschwanz unterwegs war. Sie warf ihn allerdings so gekonnt über ihre Schulter, dass es wieder etwas ganz Besonderes hatte, diesen Look zu tragen. Das musste man ihr lassen: Auftreten konnte sie.

»Also, wie war es genau? Hast du mit ihr gesprochen? Was hatte sie an? Arian hat sie dir doch nicht etwa vorgestellt?«

Lilians Unmut über meine Entdeckung war unübersehbar, wurde aber von ihrer eigenen Neugier übertroffen.

»Ja, natürlich, Lilian. Erst hat Arian mir seine Mutter vorgestellt, dann haben wir bei Tee und Scones zusammengesessen und ein wenig über den lächerlichen Mythos der Banshees gesprochen und Witze darüber gemacht, dass ihr alle so blöd seid, daran zu glauben. Und dann hat Mrs Mary den Arm um mich gelegt und mir gesagt, wie sehr sie sich freut, dass ihr Sohn das Theaterstück mit mir spielt und nicht mit dir, weil sie dich auf den Tod nicht ausstehen kann!«

Ich musste bei dem Gedanken schmunzeln, Lilian diese Antwort zu geben. Es war ein köstliches Bild, mir vorzustellen, wie ihr Gesicht jegliche Spannung verlor und ihre Mundwinkel langsam nach unten rutschten.

»Ich hab' sie nur ganz kurz gesehen, und das mit den roten Augen habe ich nie behauptet.«

Gut, meine wirkliche Antwort war nicht ganz so schmissig ausgefallen wie erhofft.

»Es ist zumindest ein Anfang. Du findest schon noch heraus, was sie genau hat, oder ob diese Banshee-Sache stimmt.«

»Das glaubst du doch nicht wirklich?«

Jemand wie Lilian, die alles andere als naiv auf mich wirkte, konnte doch nicht glauben, dass wir in einem irischen Märchen lebten.

»Ich will in jedem Fall mehr wissen«, zischte sie mir zu.

»Woher weißt du das überhaupt?«, fragte ich. »Ich meine, dass ich sie gesehen habe?«

»Du hast es immer noch nicht raus, hm?«

Lilian tippte mit beiden Fingern auf ihre Ohren.

»Hier hört jeder alles. Und Radio Blackwood verteilt die Neuigkeiten schneller, als du Piep sagen kannst. Mach mal den Kasten an! Oder habt ihr so was in dem maroden Steinhaufenhaus nicht? Dein lieber Freund Sam ist der Schlimmste von allen. So einfältig kann echt nur ein Schnitzelmädchen sein. Du glaubst doch nicht, dass die Ratte irgendetwas auch nur eine Sekunde für sich behält, hm?«

Ich sah Lilian, ohne etwas zu antworten, an.

»Ooooohhhh, wie süß. Du glaubst es wirklich, nicht wahr Schätzchen? Weil ihr Freunde seid, richtig? Lass dir eins gesagt sein: Freundschaft bedeutet gar nichts. Nicht, wenn einer von beiden einen Vorteil daraus ziehen kann. Und erst recht nicht, wenn einer von beiden ein dilettantischer Amateur-Radiofreak ist, der davon träumt, eines Tages ein Profi zu werden. Allerdings wird das für immer ein alberner Traum bleiben.«

»Was verstehst du schon von Freundschaft?«, konterte ich und überlegte dabei, wie der Satz weitergehen sollte. »Dir laufen sie doch nur hinterher wie Schoßhündchen, weil sie Angst vor dir haben.«

Mit dem zweiten Teil der Antwort, die mehr spontan als überlegt hinterhergeschossen kam, war ich sogar ganz einverstanden. Zufrieden lehnte ich mich seitlich gegen den Türrahmen, so dass Lilian vorbeikonnte.

»Lieber Angst als Verrat«, fauchte Lilian mir zu. »Bleib dran. Ich brauche mehr Infos.«

Ich wollte nicht glauben, dass Sam gelogen und etwas anderes weitergegeben hatte. Oder war die Sache mit den roten Banshee-Augen von den mystikliebenden Einwohnern dieses verrückten Ortes einfach dazugedichtet worden? Ich hatte jedenfalls kein Wort über eine Banshee-Sichtung verloren. Trotzdem fühlte ich mich plötzlich Arian gegenüber schäbig.

»Die Ratten bitte nach rechts!« Mrs Todds hochgekrempelte Knitterblumenbluse legte ihren ebenso knittrigen Winkearm frei. »Bis zur Generalprobe ist es nicht mehr lang. Keine Müdigkeit vorschützen!«

Einige der Ratten, die nun in ihren eigens angefertigten Fellkostümen steckten, stöhnten laut.

»Das ist viel zu heiß!«

»Reicht das nicht, wenn wir das Zeug in der Generalprobe anziehen? Die Dinger sind so eng!«

Tatsächlich taten die Ratten mir auch leid. Zusätzlich zu den zerfransten und abgefressen wirkenden Ganzkörperzottelfellen mussten sie auch noch riesige, helmartige Rattenköpfe, die unter dem Kinn wie bei einem Fahrradhelm zugeschnürt wurden, tragen.

»Nichts da!«, wandte Mrs Todd rigoros ein. »Die Generalprobe ist die erste Aufführung. Bis dahin muss alles perfekt sein. Ihr müsst lernen, euch in eurem Fell wohlzufühlen!«

Das hätte glatt ein Mimi-Spruch sein können, schoss es mir durch den Kopf. Auch ich hatte mein Kostüm bekommen, das allerdings noch nicht so richtig gut saß. Es war eine

Mischung aus Sommerkleid, Dirndl und Tutu und in seinem schlichten Weiß mit einigen goldenen Akzenten sogar ganz schön und gar nicht so kitschig, wie ich befürchtet hatte. In der Taille passte es auch, mit der unpraktischen Schnürung im Rücken jedoch hatte ich zu kämpfen. Ich brauchte definitiv Unterstützung beim Anziehen.

Mein hilfesuchender Blick blieb auch Mrs Todd nicht verborgen.

»Hedda, hilf du Gesine beim Zuschnüren.«

Augenblicklich war die steinerne Halle ganz still.

Hedda sah um sich, als ob es noch ein weiteres Mädchen mit ihrem Namen im Theaterraum gäbe.

»Na, mach schon, wir haben nicht ewig Zeit.«

Naserümpfend trollte Hedda sich in meine Richtung. Komisch, dachte ich, wenn man sie aus dem Gefüge der Backgroundtänzerinnen rund um Lilian herausnahm, wirkte sie wie ein einfaches, unscheinbares Mädchen in meinem Alter.

»Nett von dir«, sagte ich, als Hedda sich hinter meinem Rücken zu schaffen machte.

»Glaub ja nicht, dass ich das jetzt immer mache«, erklärte sie säuerlich, während sie die verwickelten Bänder sortierte. »Ich bin ganz sicher nicht dein Zugehmädchen.«

Diesen Ausdruck hatte ich überhaupt noch nie gehört, und ich fragte mich, ob Lilian wohl so eine Angestellte im Haushalt ihrer Eltern besaß. Jemand, der ihr jeden Morgen das Haar bürstete und die aufwendigen Frisuren flocht. Vieles, was man nur aus dem Fernsehen kannte, war in Blackwood scheinbar Realität.

»Danke für deine Hilfe«, versuchte ich es erneut, aber Hedda passte ihre Rolle noch immer nicht. Sie schnürte das Korsett so eng, das ich kaum Luft bekam.

»Vorneherum füllst du den Ausschnitt aber nicht besonders gut aus«, kommentierte sie die leidige Wahrheit. Es stimmte – mein Dekolleté wirkte etwas verloren in der besonders gut gemeinten Aussicht unterhalb meines Kinns. Über so perfekte Proportionen wie Lilian verfügte ich nämlich leider nicht. Hedda zwinkerte Lilian zu.

»Wattebäusche für Maschas Brüste, bitte!«, rief sie quer durch den Raum. Sofort kamen zwei der Mädchen, die für die Kostüme zuständig waren, auf mich zu. Sie trugen kleine Leinensäckchen mit Watte, die für eine Schneeszene gebraucht wurden, bei sich.

»Reichen zwei Hände voll?«, fragte die burschikosere der beiden.

Wenn ich bis jetzt noch nicht im Boden hätte versinken wollen – nun wäre allerspätestens der Zeitpunkt dafür gewesen. Natürlich setzte sofort ein lautes Kichern ein; allen voran amüsierte es Lilian, dass ich wattebauschige Unterstützung brauchte. Ich betete, dass Arian, der mit einigen Jungs auf der entgegengesetzten Seite des Raumes stand, den Kommentar überhört hatte.

»Zwei Hände voll sind genau richtig«, kommentierte Sam überflüssigerweise das Geschehen und sah Richtung Lilian, die sich genüsslich streckte, als nähme sie an einem Push-up-Contest teil, nur dass sie eben keinen benötigte.

Als Oberratte trug Sam einen Riesenrattenkopf mit Schmuddelkrone aus einer Mischung von felligem Hirschgeweih und Müllresten, was wie eine Arthouse-Interpretation des Klassikers wirkte.

Ich wusste nicht, wem ich es am meisten übelnehmen sollte. Hedda war natürlich so gemein, um Lilian zu beeindrucken, aber dass Sam einen Kommentar über meine Brüste ablassen musste, um bei der blöden Busenstreckerin zu landen, enttäuschte mich eindeutig mehr. Die Jungs um Arian herum lachten hämisch, und ich wandte den Blick ab, um Arian nicht ansehen zu müssen. Jedes Mal, wenn ich dachte, dass ich mich vor ihm nicht peinlicher machen konnte, passierte es doch wieder.

Die Kostümhelfermädchen begannen, einige Wattebäusche in meinen Ausschnitt zu stopfen, während Hedda immer noch an mir herumschnürte und ich mir den Bauch hielt, um nach Luft zu schnappen.

»Das ist zu eng«, beschwerte ich mich, doch die Mädchen gaben Hedda recht.

»Das muss so, sonst fällt dir vorne die Watte raus!«

Was um Himmels willen hatte mich geritten, die Rolle der Mascha zu wollen? Es brachte nur Ärger und Peinlichkeiten mit sich, was ich zu allem, was ich sonst noch fabrizierte, nun wirklich nicht brauchte.

»Zwei Hände voll reichen doch nicht«, beklagte sich das zweite Kostümhelfermädchen, und es klang tatsächlich fast verzweifelt.

»Wir brauchen mindestens vier.«

»Oder besser sechs.«

»Warte, wir holen Nachschub.«

Die beiden Kostümmädchen verschwanden, und ich wäre am liebsten gleich mit rausgerannt. Stattdessen ruckelte Hedda ein letztes Mal an mir herum.

»Hm, passt jetzt so einigermaßen«, resümierte sie und betrachtete ihr Werk, während ich mit der soeben einsetzenden Schnappatmung zu kämpfen hatte. Mir wurde ganz heiß, und mein Kopf schien zu zerspringen. So ging das keine Sekunde weiter!

»Das reicht!«, platzte es aus mir heraus. Ich riss die Watte aus meinem Dekolleté und warf sie Hedda vor die Füße.

»Ich spiele die Rolle ja nicht mit meinen Brüsten«, brüllte ich ihr ins Gesicht, so dass sie reflexartig einen Schritt zurücktrat.

»Sondern mit meinem Verstand. Und damit ist alles in Ordnung!«

Wutentbrannt stapfte ich quer durch den Raum zur Tür. Im Vorbeirauschen konnte ich erkennen, wie mir erstaunte Blicke folgten. In dem Moment war es mir zum ersten Mal gleichgültig, was Arian von mir oder meinem Auftritt hielt, sogar Mrs Todd, die mir in dem Moment mit verblüfftem Blick entgegenkam, scherte mich nicht. Sollten sie doch sehen, wie sie ohne mich auskamen, ich hatte in jedem Fall keine Lust, dieses Theater im wahrsten Wortsinne mitzumachen. Ich riss die schwere Holztür auf und starrte in ein mir unbekanntes Gesicht. Ein kleiner Mann, höchstens ein oder zwei Zentimeter größer als ich, mit einem dicken, runden Bauch, platter Steckdosennase und walrossmäßigem schwarzgrauen Bart hob eine seiner eulenartigen Augenbrauen. Sein verwunderter Blick wanderte meinen Hals herunter, an dem noch Wattereste klebten, und auch aus der linken Seite des Dekolletés quoll noch mindestens eine Handvoll Würdelosigkeit heraus.

»Das muss wohl unser Neuzugang sein.«

»Ich besitze auch einen Namen«, fauchte ich ihn vielleicht eine Spur zu enthusiastisch an.

»Gesine Nowak, wie ich annehmen darf.«

Im Wuttunnel angekommen, war ich nicht mehr zu bremsen.

»Ganz genau! Und wer sind bitte schön Sie?«

Der kleine Mann hob nun auch die zweite, dichtbehaarte Augenbraue und senkte den Kopf leicht vor, so dass sich ein zweifaches Doppelkinn (kann man vier Kinne haben?) bildete.

»Earnan Eanruig O'Reilly«, sagte er, und der Tonfall verriet, dass er es nicht gewohnt war, seinen Namen nennen zu müssen. Das einzige goldfarbene Türschild an den Büros am Eingang kam mir wieder in den Sinn: *E.E. O'Reilly* – der Direktor. Ich hörte das leise Getuschel der Theaterklasse hinter mir und spürte, wie sämtliche Köpfe sich hinter meinem Rücken versammelt hatten, um dem bevorstehenden Spektakel gespannt zu lauschen.

»Na, dann kennen wir uns ja jetzt auch«, antwortete ich, zog den letzten Watterest aus meinem Ausschnitt und stapfte Richtung Schultor.

Während ich trotzig über den Hof stapfte, nahm ich jede Pfütze, und davon gab es in Blackwood mindestens viermal so viele wie in Wien, mit, um mich abzureagieren.

Wieder war ich in dem kleinen Ort, in dem jeder sich kannte und alle alles wussten, negativ aufgefallen. Aber dieses Mal war es mir endgültig egal.

19. KAPITEL

Gesine, nimm das doch bitte nicht so persönlich.« Mrs Todd redete auf mich ein wie Yorick Horsley auf Chepi, als sie letzte Woche einen schlechten Tag hatte und ich ihn dabei beobachten konnte, wie er immer wieder beschwörend: »*Teacht ar, teacht ar* …«, murmelte.

»Die Mädchen wollten dir ja nur helfen.«

Ganz bestimmt!, dachte ich, allen voran natürlich Hedda. Die und Lilian waren nur an meinem Wohl interessiert und niemals daran, mich vor der kompletten Klasse bloßzustellen.

»Die können mir gestohlen bleiben. Ich bin raus. Lilian wollte meine Rolle doch sowieso. Soll sie sie haben. Ich hab genug von dem Theater!«

Mrs Todd raufte sich ihre dunklen, halbkrausen Haare, so dass sich die beiden weißen Strähnen, die sonst ihr Gesicht wie ein Rahmen umgaben, in dem schwarzen Nest verloren.

»Ich bin sicher, du nimmst das alles ein wenig zu persönlich«, beschwichtigte sie mich weiter. »In eurem Alter seid ihr aber auch alle immer gleich so aufbrausend!«

Ich fand, ich war lange nicht genug aufbrausend gewesen. Immerhin konnte ich mich wohl schlecht zurück in die Theatergruppe trauen, es sei denn, ich wollte ein flaches Schnitzel spielen.

»Ach, und apropos aufbrausend«, sagte Mrs Todd zögerlich, »Mr O'Reilly war nicht ganz so begeistert von eurem ersten Aufeinandertreffen.«

Dass ich nach so kurzer Zeit wieder im Education Guidance Room saß, hätte ich mir auch nicht träumen lassen. Ms Fitzpatrick, die am Tisch gegenüber thronte und so tat, als höre sie nicht mit, schien weniger überrascht zu sein.

Während sie umringt von staubigen Plastikblumen irgendwelche Listen pflegte und dabei immer wieder mit einem blaubelidschatteten Auge unter der erhobenen, dünn gezupften Augenbraue zu mir rüberschielte, schepperten ihre riesigen Klippohrringe vor sich hin.

»Er erwartet uns im Anschluss an unser Gespräch in seinem Büro«, erklärte Mrs Todd, und es kam mir in diesem Augenblick vor, als fürchte sie diesen Termin mehr als ich – denn was hatte ich überhaupt noch zu verlieren?

»Ich bitte dich wirklich, etwas weniger übersprudelnd zu reagieren. Ein bisschen mehr Umsichtigkeit täte dir sicherlich gut.«

Vor nicht allzu langer Zeit hätte ich mir nicht träumen lassen, dass mich eine Lehrerin einmal maßregeln würde. In Wien lief alles so problemlos ab, und ich war mit meinem Ehrgeiz für viele immer ein Vorbild gewesen. Hier jedoch taten sich ganze Gräben auf, die die Untiefen meines scheinbar doch nicht so lupenreinen Charakters auftaten. Was mir allerdings an meinem taufrischen Ich ganz gut gefiel, war das neue Selbstbewusstsein, auch wenn es leider noch eher stoßweise auftrat.

»Mr O'Reilly hat einfach einen blöden Augenblick erwischt«, verteidigte ich mich, denn ich wusste natürlich, dass sie recht hatte. Wenn auch nur halb, denn ich hatte nun mal eben auch meine Gründe gehabt.

Mit ausgestrecktem Kinn stand ich auf.

»Gehen wir?«

»Ihr tut es wirklich leid«, erklärte Mrs Todd, die statt meiner wie ein Schulmädchen vor dem riesigen L-förmigen Holzschreibtisch neben mir saß. Mr O'Reillys Stirn bildete eine große Zornesfalte, während er mich eingehend betrachtete. Ms Fitzpatrick war uns ungefragt gefolgt und gab nun vor, ein wichtiges Dokument in der Postablage vom Direktor zu suchen, während ich mir ziemlich sicher war, dass dieses Dokument gar nicht existierte. Ms Fitzpatrick war einfach nur die neugierigste Person in Blackwood. Gut, wenn man vom Lama mal absah.

»Sie hat es mir bereits gesagt, nicht wahr?«

Während ich darüber nachdachte, was ich antworten wollte, wuselte Ms Fitzpatrick raschelnd in einem Stapel Unterlagen.

»Haben Sie Ihr Dokument?«, fragte Mr O'Reilly ein wenig ungehalten.

»Hach, ich kann es einfach nicht finden«, beschwerte Ms Fitzpatrick sich und stöhnte ächzend auf. »Dabei ist Ordnung mein halbes Leben. Ich kenne niemanden, der so gründlich arbeitet wie ich.«

Mr O'Reilly wirkte, als müsse er sich zusammenreißen, um nicht die Augen zu verdrehen.

»Nun zu Ihnen, Miss Nowak«, sagte er, und sein Blick verdunkelte sich.

»Ich schätze Höflichkeit, Ordnung und Disziplin an meiner Schule.«

»Ordnung und Disziplin, sag' ich doch«, leierte Ms Fitzpatrick nach, »deswegen sind Sie auch mein Lieblingschef.«

Mr O'Reilly ignorierte den Kommentar und redete weiter.

»Unsere erste Begegnung war etwas wüst. Ich war, sagen wir mal, überrascht.«

»Ich konnte nichts dafür«, verteidigte ich mich, »oder wie würden Sie reagieren, wenn man sich über Ihren viel zu großen Bauch, Ihre kurzen Beine oder Ihren Walrossbart lustig machen würde?«

Mrs Todd riss die Augen auf und erstarrte. Auch Ms Fitzpatrick beendete auf der Stelle ihr unkoordiniertes Gewusel.

»Tja, es gibt eben keine zweite Chance für einen ersten Eindruck«, flötete sie ungefragt in die messerscharfe Stille.

»Das gilt insbesondere für Männer. Deswegen hole ich jeden Morgen das Beste aus mir heraus, man weiß ja nie, wen man im Laufe des Tages alles noch so trifft.«

Selbstverliebt spitzte sie ihre orange bepinselten Lippen. »Im Schnitzelland scheint man nicht besonders viel davon zu halten.«

Langsam reichte es mir mit diesen ständigen Anspielungen, und gerade diese schnaubende Matrone, die aussah wie ein leicht übergewichtiger Paradiesvogel, der aus Versehen in nicht komplementäre Farbtöpfe gestolpert war, wollte mir etwas über mein Auftreten erzählen?

»Genau«, entgegnete ich, ohne meinen Kopf in ihre Richtung zu wenden, »weil wir in Wien wissen, dass eine goldglitzernde Panade gar nichts bringt, wenn das Schnitzelfleisch alt und zäh ist.«

Jetzt schien Mrs Todd kurz vor einem Herzinfarkt angekommen zu sein, und Ms Fitzpatrick richtete sich schnaubend auf. Doch bevor sie antworten konnte, ergriff Mr O'Reilly wieder das Wort.

»Doch was ich mindestens genauso schätze wie Ordnung

und Disziplin, ist Ehrlichkeit. Und davon besitzen Sie anscheinend jede Menge.«

Die Zornesfalte in Mr O'Reillys Gesicht hatte sich gelöst, und nun umspielte ein Schmunzeln seine runden Wangen. »Das gefällt mir. Das gefällt mir sogar außerordentlich.«

Mrs Todds Ausatmen kam einem Windzug beim geöffneten Fenster gleich.

»Ich könnte meinen ersten Eindruck noch einmal überdenken«, sagte er und beugte sich mit gefalteten Händen über den Schreibtisch zu mir. »Allerdings gehe ich davon aus, dass Sie uns bei der Premiere nicht im Stich lassen. Das alljährliche Stück hat bei uns eine lange Tradition. Ich möchte es dieses Jahr sogar noch größer gestalten, zum zweihundertsten Jubiläum unserer Schule. Es ist ein großes Fest drumherum geplant, zu dem es wunderbares Essen aus der Region geben soll.«

»Oh«, sagte ich, »das wird sicher Mimi Molloy ausrichten?«

»An sie hatte ich natürlich auch schon gedacht«, antwortete Mr O'Reilly nachdenklich. Dann zeichnete er mit geschlossenen Augen lange Bahnen in die Luft.

»Ich sehe meterlange Tische an Köstlichkeiten vor mir! Eine Aneinanderreihung der vorzüglichsten Spezialitäten unserer Stadt! Das wird grandios!«

Ich spürte, wie mir das Wasser bei dem Gedanken im Mund zusammenlief, dass Mimi meterlange Tische mit all ihren Zauberwerken ausstattete. Auch Mrs Todd und besonders Ms Fitzpatrick schien es nicht anders zu ergehen, denn die machte imaginäre Kaubewegungen.

»Eine Mischung aus experimentellen und traditionellen Gerichten wäre die Krönung«, fabulierte Mr O'Reilly weiter.

»Das traditionsreiche Blackwood öffnet seine kulinarischen Türen der Zukunft.«

»Hört sich … kulinarisch an«, stimmte ich zu. Allerdings fragte ich mich, wie Mimi davon zu überzeugen war, Gerichte ohne Experimente zu kochen, so wie sie schon seit Hunderten von Jahren bestanden. Das wäre ungefähr so undenkbar wie der Queen zum High Tea einen Starbucksmuffin zu servieren.

»Das wird viel Arbeit sein«, gab Mr O'Reilly nun grübelnd zu bedenken. Mittlerweile hatte er die Augen wieder geöffnet und kraulte sein Kinn.

»Da kennen Sie Mimi aber schlecht«, entgegnete ich mal wieder eine Spur zu hastig. »Die kocht mit links für eine ganze Kompanie, wenn's sein muss. Ich glaube, es gibt niemanden in Blackwood oder sonstwo, der ihr das Wasser reichen kann.«

Leise murmelnd schob ich noch hinterher: »Auch wenn eine gewisse Mabel Onta McCloud da bekanntlich anderer Meinung ist.«

»Hervorragend!«, rief Mr O'Reilly und sprang auf.

Im Stehen versank er förmlich hinter seinem Schreibtisch und wirkte wie ein kleiner, dicker Hauself, den man zu Dekorationszwecken in sein Büro gestellt hatte.

»Dass ich da nicht selbst drauf gekommen bin! Das ist ja überhaupt die Idee! Die beiden besten Köchinnen zusammen auf unserem Fest. Das wird ein voller Erfolg werden!«

»Ehm«, sagte ich zögerlich, »habe ich das richtig verstanden? Sie wollen, dass Mabel Onta McCloud und Mimi Molloy zusammen für das große Jubiläum und das Theaterfest kochen?«

»Richtig«, antwortete der Direktor, trat um den Schreibtisch und klopfte mir auf die Schulter. Im Stehen war er in etwa genauso groß wie ich im Sitzen.

»Das ist eine ganz großartige Idee von Ihnen, Miss Nowak!«

Die beiden sich am meisten hassenden Köchinnen der Welt sollten nun also zusammen ein Festessen ausrichten und tagelang Hand in Hand zusammenarbeiten – und ich hatte den Direktor auch noch auf diese lebensgefährliche Idee gebracht.

»Sie sind klüger, als Sie auf den ersten Blick wirken«, sagte er und klatschte seine Handflächen einmal triumphierend zusammen.

Ich brauchte wirklich einen verdammt klugen Plan, um nicht von Mimi mit Teiglaken erdrosselt zu werden, wenn sie von dieser Sache hier erfuhr.

»Niemals!«

Oh, oh.

»Im Leben nicht!«

Ich hatte es gewusst.

»Vorher ersticke ich mich selbst unter einem Berg meiner Fleischkäsequiches!«

Ja, so was in der Art hatte ich mir gedacht. Wobei ich da ja noch nicht primär betroffen wäre.

»Und was mache ich mit dir?«

Mimi baute sich mit rindfleischcarpacciorotem Gesicht vor mir auf.

»Es war im Grunde ja gar nicht meine Idee!«

Wieso fühlte ich mich in Blackwood eigentlich wie auf

einer nie endenden Anklagebank, auf der ich mich ständig verteidigen musste?

»Ich habe eigentlich nur gesagt, dass du die beste Köchin bist und dass das alle finden, außer Mabel.«

Gut, das war vielleicht auch nicht der charmanteste Weg, die beiden Streithühner zusammenzubringen. Aber es holte mich immerhin ein wenig aus dem Schneider.

»Alle außer Mabel! Pah!«

Mimi nestelte an ihrem Küchentuch herum, zog es sich aus dem Rockbund und pfefferte es auf die Theke. Es war schon leicht dämmrig draußen, denn meine diversen Gespräche nach Schulschluss hatten bereits einige Zeit in Anspruch genommen. »Ich meinte natürlich, dass du, natürlich!, unumstritten der Star in der ganzen Sache wärst. Und damit, dass du allein nicht für ganz Blackwood kochen kannst, hat Mr O'Reilly ja auch recht.«

»Ich koche jeden Tag für *ganz* Blackwood!«

Mimi kochte nun im wahrsten Sinne des Wortes.

»Na ja, aber vielleicht nicht für alle auf einmal«, schob ich zerknirscht hinterher.

Mimi sah mich an, als hätte ich ihr gesagt, dass ihr Essen nicht schmeckte.

Höchststrafe.

»Und man kann das sicher auch positiv sehen«, redete ich mich weiter um Kopf und Kragen.

Mimi hielt ein großes Küchenmesser in ihrer geballten Faust. Die Sache fing langsam an, brenzlig zu werden.

»Lustig, wie du sagst, dass du sterben willst!«

»Komm schon, Mimi. Ihr inspiriert euch gegenseitig und erobert so ganz neue, ehm, Sphären.«

»Ja, unterirdische Sphären!«, schimpfte Mimi. »Ich kann

nicht glauben, was du mir da eingebrockt hast. Nicht nach dem, was du alles über mich weißt. Diese fiese alte Fuchtel betritt meinen Laden ganz sicher nicht!«

»Du kannst bestimmt auch in ihrer Küche …«

»Nicht in diesem Leben betrete ich dieses Küchenschabennest!«

»Gut, dann müsst ihr es hier machen.«

Mimi ging mit verschränkten Armen auf und ab.

»Diese Chance kannst du dir doch nicht entgehen lassen. Ich meine, das zweihundertjährige Jubiläum der Blackwood-High School!«

»Du hast recht, ich kann nicht zulassen, dass solch ein Tag von einer Pfuscherin verdorben wird. Das ist mein Job, diese Feste hier auszurichten.«

»Siehst du«, sagte ich und versuchte, mich mit guten Ratschlägen zurückzuhalten. Dass Mimi so ein wichtiges Fest nicht ausschlagen können würde, hatte ich mir schon gedacht.

»Mindestens meine Küche!«

»Gut.«

»Und meine Menüfolge!«

»Ich rede mit ihr.«

»Meine Messer!«

»Jaaaa …«

»Über die Buttermengen wird nicht diskutiert!«

»Ich werde es ausrichten.«

»Sofort!«

Ich nickte. »Gut. Sofort.«

»Hmpf.«

Da Mimi scheinbar nicht mehr dazu zu sagen hatte und ich einem erneuten Wutausbruch entgehen wollte, schnappte ich mir meine Jacke. Den deutlich schwereren Weg hatte ich nämlich nun vor mir – ich musste Mabel Onta McCloud davon überzeugen, gemeinsame Sache mit Mimi zu machen, und zwar nach deren Regeln. Wenn ich noch vor dem Dinner am Mary Manor House ankommen wollte, musste ich mich beeilen. Und das war nicht das einzige Hindernis, das es auszuräumen galt – Arian hatte seit dem Banshee-Gerücht über seine Mutter kein Wort mit mir gesprochen. Aber das brauchte er auch nicht – seine enttäuschten Blicke – wenn er mich überhaupt ansah – taten ihr Übriges. Selbst wenn ich ihm erklären würde, dass Sam oder Bran Foley ihren Teil dazugedichtet hatten, wäre er sicherlich immer noch sauer auf mich. Ich fühlte mich trotz allem schuldig. Aber vielleicht hatte ich Glück, und Percival ließ mich unangemeldet zu Mabel in die Küche – so konnte ich wenigstens ein Schlamassel wiedergutmachen. Oder es zumindest versuchen.

»Stopp!«

Mimis Oberkommandeurton ließ keine Fragen offen.

»Du gehst hier nicht mit leerem Magen raus!«

Dass das ein Befehl war, zweifelte ich nicht an. Eine Süßkartoffel-Pie flog quer durch den warm erleuchteten Laden, so dass ein Gast, ein glatzköpfiger Mann mit Nickelbrille und Mäuschennase an einem der runden Einzeltische, seinen Kopf einzog.

Ich fing die Flug-Pie gezielt auf.

»Die Süßkartoffel feiert ihr Revival nicht zuletzt wegen mir. Vor ein paar Jahren wollte noch keiner was von ihr wissen, und seit es sie als Pommes und Pie gibt, ist sie wieder in. Mimi macht Gemüse sexy!«, flötete Mimi hüftewackelnd.

»Hey, Sie haben mich mit ihrer Pie beinahe umgehauen«, beschwerte sich die Mäuschennase.

»Von meinen Pies werden Sie so oder so umgehauen«, pfefferte sie ihm ihre Antwort um die Ohren.

Ich bedankte mich grinsend bei Mimi, die ihre Arme nun in die weichen Hüften stemmte und seufzte. Mit vollen Backen rannte ich Richtung Mary Manor House, unwissend, was mich dort noch erwarten sollte.

20. KAPITEL

Miss Nowak.«

Percival schien überrascht zu sein, mich zu sehen, was ich ihm angesichts der Uhrzeit auch nicht verübeln konnte.

»Waren Sie angekündigt?«

Ich schüttelte den Kopf.

»Entschuldigen Sie den Überfall«, erklärte ich reumütig, »ich muss wirklich nur ganz, ganz kurz mit Mabel Onta McCloud sprechen. Es geht um das zweihundertjährige Jubiläum unserer Schule.«

»Kann das nicht bis morgen warten?«

Ich überlegte, was passieren würde, wenn Mabel morgen früh unvorbereitet die freudige Nachricht von Ms Fitzpatrick und direkt im Anschluss Mimis leicht einseitige Konditionen vorgesetzt bekäme.

»Ich fürchte nicht.«

Percivals Blick war immer noch skeptisch.

»Es geht um Leben und Tod«, sagte ich so ernst wie möglich. »Also im übertragenen Sinne.«

Percivals Seufzen erinnerte mich an das von Mimi eben. Ich schien den Einwohnern dieses Ortes nicht nur gehörig auf den Keks zu gehen, sondern ihnen scheinbar auch vieles abzuverlangen. Aber ich konnte Mimi und Mabel nicht unvorbereitet aufeinander losgehen lassen, und erst recht nicht, nachdem ich selbst den Direktor auf diese vollkommen bescheuerte Idee gebracht hatte.

Ich legte meine ganze Überzeugungskraft in meinen Bambiblick.

»Dermaßen manipulierende Augen sollten umgehend verboten werden.«

Percival sah sich vorsichtig um, als würde er sich versichern wollen, dass niemand uns belauschen konnte. Dann legte er seinen Zeigefinger auf die Lippen.

»Leise!«

Ich schlich auf Zehenspitzen hinter ihm her und fühlte mich wie ein blinder Passagier auf dem Mary Manor House-Boot. Die großzügige Lobby war diesmal hell erleuchtet, und aus einem der Zimmer des unteren Westflügels drangen Stimmen. Ob Arian nebenan war? Mich packte eine Art Sehnsucht, ihn unbedingt sehen zu wollen. Gleichzeitig hielt mich mein schlechtes Gewissen auf.

Ich folgte Percival, der sich immer wieder versicherte, dass ich nicht zurückblieb, in den Gewölbekeller. Wieder konnte ich förmlich den Geist der Urahnen spüren, die hier einmal als Ritter oder Schlossherren gelebt hatten.

»Wow«, machte ich, und meine Stimme hallte von den Wänden wieder zurück, »das ist immer noch genauso beeindruckend wie beim ersten Mal.«

Durch das viele Staunen und Umsehen waren meine Schritte langsamer geworden, und Percival schien plötzlich verschwunden. Aber ich hörte ein Tappen ganz nah an meinem Ohr.

»Percival?«, flüsterte ich.

Ein dunkler Schatten huschte an mir vorbei durch den Gang. Was zur Hölle war das? Genau so einen Schatten hatte ich bereits bei dem ersten Besuch mit Arian in den Gewölben bemerkt. Sofort breitete sich Gänsehaut auf meinem ganzen

Körper aus. Ich folgte dem Geräusch in einen der Seitengänge. Wenn es hier wirklich von Banshees, Leprechauns, Feen und Waldgeistern nur so wimmelte, dann wollte ich sie wenigstens einmal zu Gesicht bekommen. Ein ganzes Land konnte doch nicht falsch liegen, oder etwa doch?

Tak, tak, tak – da war es wieder. Das Geräusch hallte durch das mit Kerzen erleuchtete Gewölbe, und ich hielt mir vor lauter Anspannung die Hand auf mein Herz, damit es nicht zu laut klopfte und mich womöglich verriet.

Tak, tak – ich hörte es immer wieder. Der Seitengang wurde immer schmaler, der Boden unebener, und es begann leicht muffig nach nassem Lehm und alten vermoderten Mauern zu riechen. Es wirkte, als würde dieser Bereich der Katakomben nur selten besucht. Ich bog in eine weitere, viel engere Seitengasse ab, deren Boden gar nicht mehr mit den alten Steinen gepflastert war. Ich spürte weichen Boden unter meinen Füßen – das war ganz sicher kein Gang, der häufig benutzt wurde. Im Gegenteil, es fühlte sich ziemlich verboten an. Aber wie das mit verbotenen Sachen nun mal war, konnte ich der Versuchung einfach nicht widerstehen. Das Klacken kam näher, und mein Herz pochte heftiger. Vielleicht war ich kurz davor, eine echte Phantasiegestalt zu sehen, die mich davon überzeugte, dass ein ganzes Volk seit Jahrhunderten nicht vollkommen irre war. Der Boden unter mir wurde immer weicher und modriger, so als ob hier seit Ewigkeiten niemand mehr durchgelaufen und alles schon seit Urzeiten so belassen worden war. Das machte das Ganze natürlich noch aufregender. So leise wie möglich tippelte ich auf Zehenspitzen weiter.

»Mist!«

Ich war mit einem Bein bis über den Knöchel im Matsch

versunken und versuchte nun, mich an der Mauer abzustützen, um mich so wieder herauszuziehen. Hier war bestimmt hundert Jahre niemand mehr durchgekommen. Der Jahrhundertmatsch lief dickflüssig wie kalter Pudding in meine Sneakers. Es lohnte sich hier wirklich, Tante Wandas Rat bezüglich der Gummistiefel zu befolgen.

»Mann!«

Ich ärgerte mich über meine nassen Füße, die spürbar kälter wurden. Aber die Neugier siegte ein weiteres Mal. Ich ging auf die nächste Kurve zu, hinter der das Rascheln lauter denn je schien. Langsam streckte ich meinen Kopf um die Ecke, da! Da war er, der Schatten, nein, es waren sogar zwei! Zwei riesige, mir fast bis zu den Schultern gehende Schatten, die sich bewegten. Ich hielt die Luft an. Wenn ich nur noch ein paar Schritte weitergehen würde, könnte ich sie sicher erkennen. Wenn ich nur einen kurzen Blick auf was auch immer erhaschen könnte, wenn ich nur …

»Miss Nowak?«

Percivals Stimme hallte nicht nur in meinen Ohren.

»Haben Sie sich verlaufen?«

Hinter mir flackerte ein helles Licht auf, und ich drehte mich schlagartig um. Percival hielt eine alte Öllampe zwischen unsere beiden Gesichter.

»Ehm, ja, ich bin wohl irgendwo falsch abgebogen«, stammelte ich, denn mein Herz pochte nun in der Geschwindigkeit eines Sekundenzeigers.

Percivals Gesicht verriet, dass er mir nicht ganz glaubte. Er machte eine ausladende Handbewegung. »Nun, dann gehen Sie diesmal vor.«

Das Rascheln war verstummt. Verdammt, Gesine, du bist so nah dran gewesen! Ich ärgerte mich über die wenigen fehlenden Sekunden, die zwischen mir und dieser Entdeckung standen. Wäre ich nur nicht im Matsch stecken geblieben, dann hätte ich vielleicht noch einen Blick auf den Ursprung des Geräusches erhaschen können, was auch immer es nun gewesen war.

»Bitte.«

Percivals Geduld schien ein wenig überstrapaziert zu sein. Ich taperte zurück wie ein begossener Pudel.

»Jetzt rechts bitte«, sagte er, als müsse er sicherstellen, dass ich auch ja keinen falschen Schritt machte, und leuchtete neben mir her. Ich fühlte mich wie ein Verbrecher, der von der Polizei abgeführt wird, nur dass mir noch die Handschellen fehlten. Ähnlich schuldig kam ich mir auch vor. »Die Küche ist da vorne. Ich gehe vor und öffne Ihnen die Tür.«

Als der Spalt der schweren Holztür breiter wurde und den Blick auf den überdimensionalen Küchenblock freigab, über dem von der Decke an einem Holzgestell die unzähligen Kupfertöpfe hingen, holte ich tief Luft. Neben dem luxuriösen Doppelherd mit Gasfeld machte sich die winzige, leicht untersetzte Gestalt von Mabel Onta McCloud zu schaffen, die mit einem Bunsenbrenner kleine, mit cremiger Flüssigkeit gefüllte Glasschälchen flämmte, die im Wasserbett auf einem tiefen Backblech in Dreierreihen aufgestellt waren.

»Miss Mabel«, sagte Percival, nachdem er mich sanft, aber bestimmt zur Tür hineingeschoben hatte, »Miss Nowak hat eine dringende Anfrage an Sie. Ich weiß, Sie sind sicher gerade mit dem Dessert vollends ausgelastet, aber es konnte scheinbar nicht warten.«

Mabel Onta McCloud sah nicht von ihrem Wasserschalentablett auf.

»Was gibt es?«, raunzte sie harsch in die Dessertschalen.

»Ich habe zu tun. Die Herrschaften erwarten das Dessert in jeder Sekunde.«

»Ich kann gerne so lange warten«, erklärte ich verschnupft, doch dann kam mir eine Idee. »Oder ich helfe Ihnen schnell!«

Irgendetwas zusammenrühren, mit Sahne besprühen oder anbrennen lassen konnte ich ganz sicher, und es würde schneller gehen. Mabel sah erstaunt auf.

»Ja, kannst du das denn, Kindchen? Ich wär' nicht bös drum, wenn du mir mit den Tabletts zur Hand gehen könntest. Meine Servierdame ist krank, und in dem Aufzug«, sie sah an sich und ihrer mit gelben Sprenkeln befleckten Küchenkluft herunter, »möchte ich den Herrschaften nicht unbedingt unter die Augen treten.«

»Das Servieren hatte ich eigentlich nicht gemeint«, sagte ich, denn das würde bedeuten, Arian zu sehen, worauf ich noch nicht genügend vorbereitet war. »Eher hier in der Küche irgendwas zusammenmischen oder so.«

Mein Blick fiel auf den Butler.

»Aber Percival ist schon für den Wein zuständig.«

Mabel schien Feuer und Flamme für die Idee zu sein.

»Ich werd' dem Mr das schon erklären, dass die dünne Dede krank ist, kein Wunder, wenn man nie was isst. Da haut's einen auch gleich aus den Latschen, wenn einer im Nachbardorf mal niest.«

Mit diesen Worten reichte Mabel mir ein goldenes Messingtablett, dessen Innenseite verspiegelt war.

»Halt das mal, Kindchen. Hätte ich ja nicht gedacht, dass du doch so ein tüchtiges Ding bist, nach dem, was du da letztens alles über diese furchtbare Person gesagt hast.«

Ich wusste, dass sie mit der ›furchtbaren Person‹ keine

geringere als Mimi Molloy meinte, schluckte die Bemerkung aber herunter.

»Ja, wo wir gerade beim Thema wären …«

»Du hast doch Erfahrung im Auftragen, nicht wahr?«

Ich erinnerte mich an die Hochzeit einer entfernten Tante in Polen, bei der Ma und ich vor vielen Jahren eingeladen waren. Alles war dort ein wenig lockerer gewesen, wie man es vielleicht von den Hochzeiten in Wien kannte. Der Wodka floss in Strömen, und ich war die einzige Minderjährige im Raum, und deswegen auch die Einzige, die irgendwann noch nüchtern war. Selbst die Kellner machten wie selbstverständlich bei den vielen Trinkspielen mit, was zur Folge hatte, dass irgendwann kein Essensnachschub mehr serviert wurde. Ich hatte das dann spontan übernommen, und Ma, ebenfalls leicht angeschickert, war furchtbar stolz auf mich gewesen.

»Na ja, etwas Erfahrung im Kellnern hab ich«, erklärte ich also, was noch nicht mal ganz gelogen war.

»Na, da hol' mich doch der grüne Leprechaun, dass dieses Mädchen hier mit anpacken kann.«

Daran, dass Percival eine Augenbraue hob, konnte ich erkennen, dass er nicht ganz so überzeugt von meinem Einsatz war. Aber ich zählte eins und eins zusammen: Wenn ich Mabel jetzt aus der Klemme half, war sie später sicher einfacher zu besänftigen, was die Zusammenarbeit mit Mimi und deren Bedingungen betraf. Also wagte ich es. Mabel schob vier der kleinen Schälchen auf mein Tablett, während Percival zwei verschiedene Flaschen Dessertwein und zwei Gläser auf ein anderes Tablett stellte.

»Und Ihr wichtiges Anliegen?«

Percival sah mich irritiert an.

»Kann warten«, antwortete ich und schnappte mir das Tablett. Er folgte mir auf dem Fuße, sicher, um zu vermeiden, dass ich noch mal irgendwo falsch abbog.

Als Percival die Tür zum Esszimmer öffnete, rutschte mir mein Herz fast in die Hose. Jedes Mal, wenn ich etwas entschied, ohne nachzudenken, fand ich mich in den seltsamsten Situationen wieder. Wie zum Beispiel jetzt, mitten im Esszimmer der reichsten Familie Irlands, während diese gerade dinierte.

Ich traute mich kaum, meinen gesenkten Blick zu heben. Aber das war wohl unvermeidlich, wenn ich nicht unweigerlich die ganze Familie Mary mit Mabels irischer Version einer Crème brûlée, in deren Mitte der geflämmte Zucker wie ein rundes Deckelchen schwamm, überschütten wollte. An dem sicher fünf Meter langen Holztisch, der, wie man es von edlen Restaurants her kennt, weiß eingedeckt war, saßen Arian und Avi Lee je auf der rechten und linken Seite, ihr Vater – zumindest nahm ich an, dass der vollbärtige, stämmige Mann mit dem dunklen Blick Arians Vater war – am Kopfende. Zwischen Arian und Mr Mary war ein freier Platz mit noch unberührten Tellern, Gläsern und Besteck.

»Miss Nowak war so freundlich anzubieten, Mrs Dede zu ersetzen, damit ich rechtzeitig mit dem Wein da bin. Miss Nowak hatte eine geschäftliche Besprechung mit Miss McCloud und war eben ganz spontan so … liebenswürdig.«

Percival schien die ganze Sache sichtlich unangenehm zu sein, und als ich nun in Arians konsterniertes Gesicht sah, wurde auch mir ganz flau im Magen. Avi Lee hingegen musterte mich interessiert.

»Komm mal her!«, rief sie und zeigte auf den freien Platz neben Arian.

»Guten Abend, Mr Mary. Arian, Avi Lee. Ich bitte um Verzeihung, dass ich hier so reinplatze, aber ich habe tatsächlich etwas mit Mabel Onta McCloud zu besprechen, und da wegen der kranken dünnen Dede gerade ein Engpass herrschte, bot es sich an …«

Arians Blick folgte meinen Lippen entgeistert. Er sah mich an, als ob ich nackt in seinem Esszimmer stände. Angezogen war ich, wenn auch sicher nicht dem Anlass entsprechend, aber in dem Moment fiel mir der Matsch an meinem rechten Bein wieder ein, und ich schämte mich für meinen Auftritt. Zwischen all dem Prunk, dem Glas und dem hochpolierten Silber wirkte ich sicher wie das Lumpenmädchen. Mir fehlten nur noch die Streichhölzer.

»Kommen Sie doch näher«, sagte auch Mr Mary jetzt mit seiner dunklen, tiefen Stimme.

»Hallo, Arian«, sagte ich und biss mir auf die Lippen.

»Guten Abend, Gesine«, antwortete Arian so förmlich wie noch nie.

»Sie sind eine Klassenkameradin von meinem Sohn, nehme ich an?«

»Richtig«, erwiderte ich und stellte das Tablett auf der leeren Seite des Tisches ab. Dann hielt ich Mr Mary meine Hand hin.

»Gesine Nowak aus Wien. Ich wohne bei meiner Tante im Stone Cottage.«

»Ah«, machte Mr Mary. Sein Händedruck war so fest, dass es fast weh tat.

»Ich hörte davon. Und, haben Sie sich schon gut hier eingelebt?«

»Ehem«, räusperte Arian sich, »ich glaube, es ist besser, wenn Gesine jetzt geht. Sicher hat sie Hunger, und es ist ja auch schon so spät.«

Arian nahm mir das mit der Banshee-Nachricht immer noch übel, das war nicht zu übersehen.

»Ich hatte Ms Nowak etwas gefragt«, wies Mr Mary Arian zurecht und sah mich erwartungsvoll an. »Und wenn sie Hunger hat, kann sie mit uns essen.«

»Na ja … Blackwood ist ein sehr … spezieller Ort mit sehr … individuellen Einwohnern«, antwortete ich.

Mr Mary lachte amüsiert auf. »Treffend formuliert, würde ich sagen.«

Während Percival die Korken beider Weinflaschen entfernte, verteilte ich die Dessertschälchen mit der wogenden Menge. Avi Lee griff sofort nach ihrem und steckte einen Finger hinein, den sie sich dann genüsslich abschleckte. Als ich bei Arian ankam, beugte ich mich etwas weiter zu ihm herunter, als es das Abstellen erforderte.

»Das mit den Banshee-Augen, das war ich nicht. Das haben die Radioleute erfunden, das musst du mir glauben«, flüsterte ich und versuchte dabei, die Lippen so unauffällig wie möglich zu bewegen.

Arian sah mich vorwurfsvoll an. »Aber du hast erzählt, was du gesehen hast.«

Sein Flüstern war kaum hörbar, und doch klang es wütend.

»Bitte, lass es mich erklären.«

»Was erklären?«, fragte Mr Mary, der bereits die Weine goutierte.

»Der zweite, Percival.«

»Ich wollte bloß wissen, ob ich auf den leeren Platz auch

ein Dessert stellen soll?«, sagte ich schnell. Und dann flüsternd zu Arian: »Ich muss mit dir sprechen, bitte.«

»Gib's mir, gib's mir«, rief Avi Lee und zeigte mit dem verzierten Silberlöffel auf das letzte Dessert.

»Die kommt nämlich nie. Gar nicht schlimm, weil deswegen nämlich genau krieg ich immer zwei!«

Ich zog meinen Arm mit dem Schälchen zurück und sah Arian fragend an.

Arian nickte. »Avi Lee ist ein Schleckermäulchen.«

Dazu, dass der Platz leer blieb, sagte niemand etwas. Es schien mir fast so, als wäre das, was Avi Lee gesagt hatte, wahr. Mrs Mary schien so gut wie nie aus ihren Gemächern zu kommen, und wenn doch, wurden Besucher und sogar die eigene Tochter ferngehalten. Dass mit ihr etwas nicht stimmte, stand außer Frage.

»Sie würde glatt noch die Reste bei Mabel aus dem Topf lecken, wenn sie könnte«, schob Arian in die unangenehme Stille am Tisch hinterher.

Mabel – die durfte ich nicht vergessen. Ich musste unbedingt vermeiden, dass sie nach Hause ging, bevor ich mit ihr über Mimi gesprochen hatte. Aber vorher wollte ich die Sache mit Arian klären.

Er schien es ebenso zu sehen. Mit vorgehaltener Hand täuschte er ein Verschlucken mit darauffolgendem Husten vor.

»In zwanzig Minuten am Gartentor.«

Zum Zeichen der Zustimmung presste ich die Lippen aufeinander.

»Setzen Sie sich doch kurz zu uns«, forderte Mr Mary mich auf.

»Ach, das ist doch gar nicht nötig«, winkte ich ab, doch

Mr Mary sah mich eindringlich an. Es war wie ein stummer Befehl, dem mein Körper nun Folge leistete. Ich setzte mich auf den leeren, eingedeckten Platz.

»Nein, nicht da!«

Avi Lee starrte mich erschrocken an.

»Das ist ihr Platz! Wenn sie doch kommt, ist sie dann ganz böse auf dich!«

»Oh«, sagte ich, »ich bitte um Verzeihung.«

Mr Mary sah zu Percival. »Noch ein Gedeck für Miss Nowak.«

Percival, dem ich gerade noch zur Hand gehen sollte, verzog seine Lippen, als hätte er etwas Saures gegessen.

»Oh, nein. Bitte, ich habe schon gegessen«, log ich.

»Ein Dessert geht immer«, überhörte Mr Mary meinen Einwand. »Wir haben ohnehin jedes Mal eines übrig. Ich weiß gar nicht, warum wir es Abend für Abend wieder so machen. Es ist sinnlos.«

Der eben noch stolz aufrecht sitzende Mann mit Vollbart, der selbst sitzend wie ein Hüne wirkte, ließ für einen kurzen Moment einmal die Schultern hängen. Arian und Avi Lee sahen ihn wortlos an, und als sich ihre Blicke begegneten, richtete sich das Oberhaupt der Familie wieder auf.

»Was rede ich da. Miss Nowak, erzählen Sie von Wien. Ich war lange nicht dort.«

»Oh, Sie waren mal da?«, fragte ich erstaunt. Überflüssigerweise, denn Mr Mary sah mich konsterniert an. »Natürlich. Ich mache meine Geschäfte überall auf der Welt.«

Mir war es sofort peinlich, Mr Mary wie einen irischen Bauern behandelt zu haben, der nie über seine eigenen Steinmauern hinausgekommen war. Und selbst dann hätte ich es besser wissen müssen, wie ich schon von Yorick gelernt hatte.

Ich hatte einfach für einen kurzen Moment vergessen, neben wem ich da gerade saß.

»Es ist sicher über vier Jahre her«, erinnerte sich Mr Mary. »Nein, fast genau vier Jahre. Ich war dort, als Avi Lee geboren wurde.«

Ein dunkler Schatten legte sich auf sein Gesicht, so, als ob die Erinnerung an die Geburt seiner Tochter kein freudiges Ereignis gewesen war und ihn im Gegenteil eher schmerzte. Doch auch dieses Aufblitzen war nur kurz, er hatte sich schnell wieder im Griff.

»Gibt's den Schnitzeltoni in dem schiefen Eckhaus noch?«, fragte er. »Die Schnitzel waren größer als die Teller und hingen an beiden Seiten über den Rand. Das war ein Genuss!«

Mr Mary nahm einen Löffel des Desserts.

»Hmm. Ich erinnere mich daran, wie die von Butter durchtränkte Panade schmeckte. Mit unserer Butter wäre es um Längen besser gewesen, aber schlecht war es nicht.«

Arian stöhnte genervt. »Natürlich. Mit deiner Butter würden sogar Autos schneller fahren!«

»Mit *unserer* Butter«, verbesserte sein Vater ihn bestimmt. »Und ja, wenn Motoren mit Butter betrieben werden würden, wäre unsere die beste dafür.«

»Sicher.«

Arian schob sein Dessert, von dem er nur einen Löffel genommen hatte, zur Seite.

»Was willst du damit sagen?«

Mr Marys Ton klang ungehalten.

»Nichts, Vater«, lenkte Arian ein. »Wir wissen doch alle, wie toll deine Butter ist.«

»Ich verstehe die Ironie in deiner Stimme nicht«, sagte er und stützte beide Arme auf den Tischrand.

»Du hast dich wohl im Ton vergriffen.«

Dass Arian vor meinen Augen von seinem Vater so zurechtgewiesen wurde, war nicht nur mir unangenehm. Ich spürte, wie Arian innerlich kochte, es aber zu überspielen versuchte.

»Ich meine das ganz ernst«, antwortete Arian. »Du machst die beste Butter der ganzen Welt. Überhaupt ist alles, was du machst, ganz großartig. Käse, Joghurt und demnächst auch Butterlikör. Du bist der verdammte Herrscher der Milchsäurebakterien.«

Mit diesen Worten pfefferte Arian seine Stoffserviette, die bis jetzt auf seinem Oberschenkel gelegen hatte, auf den Tisch.

»Ich weiß nicht«, antwortete ich auf Mr Marys Frage in die eisige Stille zwischen Vater und Sohn. Mein Dessert stand immer noch unberührt vor mir. Ich wagte es nicht, es anzurühren, nach dem, was Avi Lee gesagt hatte.

»Meine Mutter und ich sind eher weniger in touristische Lokale gegangen. Meistens haben wir zu Hause zusammen gekocht.«

»Das klingt lauschig«, sagte Mr Mary und räusperte sich.

Arian stand auf: »Das klingt nach einer echten Familie.«

Doch der Blick seines Vaters zwang ihn, sich augenblicklich wieder zu setzen. Ich hatte selten jemanden erlebt, der einen so eindringlich ansehen konnte wie Mr Mary. Die Zeit war mehr als reif, dieses familiäre Schlachtfeld so schnell wie möglich zu verlassen, das war selbst mir klar. Jetzt hielt ich mir die Hand vor den Mund und imitierte Arians Räuspern. »Wo ist das Gartentor?«, flüsterte ich ihm zu.

»Ich bin müde, Vater«, sagte Arian nun. »Heute habe ich einen Spaziergang die gesamte Gartenmauer entlang gemacht, bis hinten zum Gartentor. Wusstest du, dass man dafür genau zwanzig Minuten braucht?«

Mr Mary sah seinen Sohn mit gekräuselter Stirn an. »Nein, das wusste ich nicht.«

»Ich würde ja gern noch weiterplaudern«, sagte ich, und die Umstellung vom Flüsterton auf eine normale Lautstärke gelang mir nicht ganz, denn ich schrie es fast durch den Raum. Avi Lee zuckte erschrocken zusammen.

»Ehm, ja, also«, sagte ich nun etwas leiser, »ich hatte Mabel versprochen, direkt wieder runterzukommen.«

Ich sah Mr Mary an. Was sagte man nach so einer Begegnung? Ich versuchte, mich an alte Filme zu erinnern, die auf Schlössern spielten und die ich gern mit Ma gesehen hatte. Sie hatte besonders das Zeitalter des Barock geliebt, sicher auch vor allem wegen der aufwendigen Kleider. Das war hier wohl ein wenig zu dick aufgetragen. Aber ich könnte irgendwas zwischen Barock und dem frühen neunzehnten Jahrhundert wählen. Wie wurde damals formuliert?

»Es war mir eine ganz besondere Ehre, Sir«, sagte ich nun.

Arian verbarg seine Stirn unter seiner Handfläche, doch sein Vater verzog keine Miene.

»Mir ebenso. Beehren Sie uns doch gerne bald wieder, Miss Nowak. Aber dann zum Menü. Ich hoffe, dass mein Sohn bis dahin die hier sonst übliche Etikette wiedergefunden hat und Sie den Abend genießen können.«

»Danke.«

Ich war bereits aufgesprungen und auf dem Weg zur Tür, die Percival mir aufhielt.

»Ach, und Miss Nowak?«

Ich drehte mich um.

»Bestellen Sie ihrer Tante ganz besondere Grüße von mir. Wir sind gute alte Freunde.«

Es war zu dunkel, um zu erkennen, wohin ich genau trat. Ich wusste nicht, auf welcher Seite des Hauses sich das Gartentor befand, und umrundete das ganze Anwesen – irgendwann würde ich schon daran vorbeikommen.

»Autsch!«

Ich war in einen Dornenbusch getreten. Diese überall umherwuchernde Wildnis dieses Ortes, die ich von Wien natürlich nicht gewohnt war, machte mich jeden Tag erneut fertig. Vor mir konnte ich im fahlen Mondschein eine dunkle Eisentür erkennen. Sie war von einer Steinmauer umringt, auf der wilder Efeu wuchs, der in langen Schlingen herunterhing. Ich schob die Pflanzen auseinander und sah durch das Gitter.

»Ahhhhh!«

»Psssschht!«

Mit Arians durch den Mond angeleuchtetes Gesicht hinter dem Gitter hatte ich nicht gerechnet. Das Licht verlieh seinem Gesicht einen silbernen Teint.

»Komm durch.«

Arian öffnete die eisern knirschende Tür.

»Hier entlang.«

Ich folgte ihm, während meine Beine von dem dämlichen Dornenbusch juckten, und zappelte beim Gehen wild herum.

»Was machst du da?«

»Nichts!«

»Du gehst so komisch.«

»Ich gehe immer so.«

Ich folgte Arian einige Minuten wortlos ungefähr bis zur Mitte der Mauer bis vor eine Steintreppe.

»Die führt auf die Mauer, da können wir uns hinsetzen. Willst du vorgehen?«

Ich schüttelte den Kopf. »Ich sehe kaum was. Vielleicht ist es besser, du gehst vor.«

»Oder genau andersrum, und ich fange dich auf, wenn du rückwärts die Biege machst. Und das scheint mir bei deinem seltsamen Gang heute nicht unwahrscheinlich zu sein.«

Er lachte kurz auf.

»Bitte, wie du meinst«, sagte ich und stapfte die Treppe hoch, dicht gefolgt von Arian. Je höher wir kamen, umso besser war die Aussicht. *Auf den Hintern kann er mir bestimmt nicht sehen*, dachte ich, *dafür ist es aus der Perspektive trotzdem noch zu dunkel. Als ob er das täte*, war mein nächster Gedanke. Na ja, es war zumindest möglich. Zur Sicherheit versuchte ich allerdings, so aufrecht wie möglich zu gehen, was mir bei dem Gejucke an meinen Beinen schwerfiel. Von unten hatte die Mauer gar nicht so hoch ausgesehen, und der Mond tauchte die ganze Landschaft um uns in flüssiges Silber. Irgendwie war es ganz schön romantisch.

»Musst du aufs Klo?«, fragte Arian.

»Nein!«

»Du drückst deine Beine so zusammen, da dachte ich …«

»Ich muss nicht!«

»Ist ja schon gut. Da wären wir.«

Wir erklommen die letzte Stufe. Arian nahm meine Hand und legte sie auf einer Erhöhung im Gestein ab. Eine Art Steinbank war hier mitten auf die Mauer gebaut worden.

»Von hier ist die Aussicht aufs Meer gut.«

Ich drehte mich um. Das Rauschen des Meeres hatte ich bereits gehört, aber nun lag der Blick frei auf einen riesigen im Mondschein glitzernden Meeresteppich, der sich, viel sanfter als tagsüber, rauschend hin und her wiegte.

»Mein Gott ist das schön.«

Mir fehlten die Worte, um diesen Anblick zu beschreiben. Alles am Mary-Anwesen war schön, aber das hier war magisch. »Das sind die *Wishing Stairs.* Die Steintreppe wurde, lange bevor das Haus gebaut wurde, in die Mauer geschlagen. Eine uralte Mär besagt, dass das, was man denkt, während man die Treppe hinaufgeht, sich erfüllt.«

»Was?!«

Entgeistert drehte ich mich zurück zu Arian. Sein Gesicht war nun direkt vor meinem.

»Das sagst du mir jetzt?«

»Mit Vorwarnung wäre es nicht so lustig gewesen«, grinste er.

Na toll!, dachte ich. Endlich konnte ich mal den Praxistest bei einer dieser unzähligen Sagen und Mythen dieses seltsamen Ortes machen, und dann war ich nicht vorbereitet. Ich hätte mir Ma zurückwünschen können oder zumindest einen weiteren Brief oder die Lösung all meiner Probleme. Stattdessen hatte ich über meinen eigenen blöden Hintern nachgedacht. Was für eine Verschwendung!

»Also, an was hast du gerade beim Hochgehen gedacht?«

»An nichts«, log ich.

»Das glaube ich dir nicht. Ihr Mädchen denkt doch immer an irgendwas.«

Er hatte recht, aber was sollte ich sagen? Dass ich an meinen Allerwertesten gedacht hatte und daran, wie er im silbernen Mondglanz wohl auf ihn wirkte?

»Ich kann dir sagen, woran ich gedacht habe«, sagte Arian und kam mit seinem Gesicht noch ein Stück näher. Ich konnte seinen warmen Atem, der die kühle Nachtluft verdrängte, in meinem Gesicht spüren.

»Ach ja«, sagte ich, weil mir nichts Besseres einfiel.

Arian nahm meine Hände in seine.

»Ja.«

Seine Handflächen waren wunderbar warm.

»Ja?«

Er sah mir nun direkt in die Augen.

»Ich habe daran gedacht, dass es sich nicht gehört, dir auf den Hintern zu starren.«

»Oh.«

»Und dass ich es trotzdem tun musste.«

Unsere Gesichter waren nun nur noch wenige Zentimeter voneinander entfernt.

»Und jetzt bist du dran.«

»Ich … ich habe leider dasselbe gedacht.«

»Du hast auch an deinen Hintern gedacht?«

Auf Arians Gesicht legte sich ein breites Lächeln.

»Ja, daran, wie er aus deiner Perspektive wohl aussieht.«

»Ziemlich gut«, sagte Arian, und die Zentimeter zwischen uns verschwanden.

Ich schloss meine Augen und spürte Arians warme Lippen, an die ich so oft in letzter Zeit gedacht hatte. Wie bei unserem ersten Kuss konnte ich nicht fassen, wie weich sie waren. Doch diesmal war es anders, der Kuss war fester, eindringlicher, fordernder, tiefer. Unsere Lippen waren wie zwei Magnete, die sich anzogen, als würden sie nie wieder voneinander loskommen. Es war, als würde mir das Glück zuflüstern: Psst! Ich habe dich zu lange ignoriert. Nun bist du endlich dran. Arian hatte seine Hände um mein Gesicht gelegt, das er nun festhielt, als hätte er Angst, ich würde mich im nächsten Augenblick in Luft auflösen. Er schmeckte nach Meeresluft, nach erdigem Moor und etwas Süßem.

Ich wollte, dass dieser Moment niemals endete.

Doch er tat es. Arian nahm seine Hände von meinen Wangen und sah mich an.

»Ich habe daran gedacht«, sagte er.

»Wie oft?«, fragte ich. Als ob das irgendeine Rolle spielte angesichts der Tatsache, dass Arian Edsel Mary mich soeben tatsächlich geküsst hatte!!!

»Einmal.«

»Einmal?«, wiederholte ich. Meine Wortbeiträge waren in der gegenwärtigen Situation beileibe verbesserungswürdig.

»Ja, einmal«, sagte Arian. »Als du mich das erste Mal mit deinen Gewittersturmaugen angesehen hast. Und seitdem habe ich nicht mehr aufgehört, daran zu denken.«

Mein Herz machte einen Zehn-Meter-vom-Brett-ins-Schwimmbecken-mit-Salto-Sprung.

»Arian, du musst mir glauben, dass ich das mit dem dämlichen Banshee-Gerücht nicht war. Ja, ich gebe zu, dass ich erzählt habe, deine Mutter gesehen zu haben. Ich meine, wenn sie es überhaupt war. Aber der Rest kam vom Radio, ehrlich. Ich wusste nicht, was sie daraus machen würden. Ich dachte, ich hätte einfach nur eine seltsame Frau gesehen. Du musst mir nichts dazu sagen, aber ich bitte dich, nimm meine Entschuldigung an. Es tut mir wirklich leid.«

Ich redete mich vielleicht wieder um Kopf und Kragen, aber es platzte nur so aus mir heraus. Ich musste es loswerden, ob es nun der passende Moment dafür war oder nicht.

»Ich weiß«, sagte Arian ruhig.

»Dann bist du mir nicht böse?«, fragte ich vorsichtig.

»Nicht deswegen.«

»Weswegen dann?«

»Deswegen«, sagte Arian und zog mich noch einmal zu sich heran. Als unsere Lippen sich erneut berührten, war mein Kopf zum allerersten Mal, seit ich denken konnte, leer.

Mabel! Ich hatte Mabel vergessen. Wie konnte ich nur! Diese Gartentor-Wishing-Stairs-Mondscheinnummer-Kuss-Sache hatte mich ganz schön aus dem Konzept gebracht. Ich war grinsend wie ein echtes Mondkalb nach Hause getapert, ohne auch nur einen Gedanken an Mabel zu verschwenden. Stattdessen spulte ich immer und immer wieder die Szene auf der Mauer in meinem Kopf ab. Ich war so versunken in diese Gedanken, dass ich nicht mal wusste, wie ich in der Dunkelheit zum Stone Cottage gefunden hatte.

»Gesine, Schatz!«

Die Sorge um mich war auch jetzt wieder in Tante Wandas Stimme hörbar.

»Wo kommst du so spät noch her?«

Einmal mehr erwartete mich meine Tante besorgt im flackernden Kaminlicht in der Küche. Sie schien lange gewartet zu haben, denn sie trug bereits ihren Bademantel und hatte sich ein Wollplaid um die Schultern gelegt, das vor der Brust zusammengeknotet war.

»Entschuldige«, sagte ich und konnte mir mein Mondkalbgrinsen immer noch nicht verkneifen.

»Mir ist da was dazwischengekommen.«

Und wieder spulte mein Kopf die Szene im silbernen Mondschein ab. Die Hauptdarstellerin im eigenen Kitschfilm zu sein, fühlte sich gar nicht so schlecht an.

»Ich soll dir ganz spezielle Grüße von Mr Mary ausrichten«, lenkte ich ab und schob mir die Haarsträhne aus dem Gesicht, die mir Arian noch vor wenigen Augenblicken bei unserer Verabschiedung zärtlich hinter mein Ohr gestrichen hatte.

»Ach ja?«

Tante Wandas Gesicht erhellte sich. Trotz des schwachen Lichts des Kaminfeuers, das als einzige Lichtquelle um diese Uhrzeit hier diente, konnte ich erkennen, wie Wandas Wangen sich röteten.

»Du warst wieder dort?«

Ich nickte. »Ich musste dringend was mit Mabel besprechen. Stell dir vor, sie und Mimi sollen das Festessen zur Theateraufführung vom Schuljubiläum machen.«

Ich legte meine Jacke auf der Stuhllehne ab und raufte mir die Haare. »Zusammen!«

»Was hat er denn genau gesagt?«

»Wer?«

»Na, Mr Mary!«

Jetzt strich Tante Wanda sich die Haare aus dem Gesicht und wickelte eine Strähne um ihren Zeigefinger. Sie wirkte wie ein junges, verlegenes Mädchen.

»Er sagte, ich solle dir ganz besondere Grüße ausrichten, weil ihr doch alte Freunde seid«, wiederholte ich erstaunt. »Das wusste ich übrigens gar nicht.«

»Es ist lange her«, sagte Wanda, und ihre Stimme klang schwer. »Fast ein ganzes Leben.«

»Habt ihr euch gestritten? Warum seid ihr es nicht mehr?« Ich war zu neugierig, wie jemand wie Tante Wanda und Mr Mary zusammenpassen sollten. Grundverschiedener konnten Menschen meiner Meinung nach nicht sein.

Wanda starrte ins Feuer.

»Es ist spät, mein Schatz. Ich erzähle es dir ein andermal. Nun geh schlafen, du musst morgen zu Schule.«

Enttäuscht nahm ich meine Jacke vom Stuhl.

»Und bitte sag mir das nächste Mal vorher Bescheid, wenn du so lange wegbleibst. Ich sterbe jedes Mal vor Sorge und stelle mir sonst was Schlimmes vor. Dabei dinierst du schick mit der feinen Familie Mary.«

Die Spitze war nicht zu überhören.

»Ich liebe dein Essen«, beschwichtigte ich meine Tante, »und mit ihnen diniert habe ich gar nicht. Es war eher andersrum.«

Es war nicht der richtige Augenblick, um bockig zu sein, also gab ich nach.

»Ich sage dir das nächste Mal vorher Bescheid, wenn ich hingehe. Das war wirklich nicht geplant, aber nachdem Mimi auf den Vorschlag vom Direktor so … so aktiv reagiert hat, wollte ich Schadensbegrenzung machen.«

»Und, hat es geklappt?«, fragte Wanda, ohne vom Feuer aufzusehen.

Ich seufzte.

»Auch da ist mir was dazwischengekommen.«

Zurück in meinem Zimmer, setzte ich mich an den Schreibtisch. Dieser verdammte Schreibtisch. Er hatte alles durcheinandergebracht. Mein zukünftiges Ich wusste so viel und verriet es mir nicht. Und trotzdem war es so gekommen, wie ich es mir insgeheim gewünscht hatte. Arian hatte mich geküsst. Und zwar nicht auf der Theaterbühne und nicht, weil es im Drehbuch stand. Der [KUSS] schien in weite Ferne gerückt. Dieser war echt gewesen, er war nicht gespielt. Und doch warf das alles so viele neue Fragen auf. Was war mit Lilian? Arian muss mit ihr sprechen, mit ihr Schluss machen, schoss es mir durch den Kopf. Lilian würde ausrasten vor Wut und mir das Leben noch schwerer machen. Oder würde er gar nichts sagen? Ich konnte meine Gedanken kaum sortieren. Mabel. Sie war der Grund, warum ich überhaupt im Mary Manor House aufgetaucht war. Und nun würde morgen die Gerüchteküche brodeln, und sie war vollkommen unvorbereitet. Oder, noch schlimmer, Mimi würde messerwetzend bei ihr auftauchen. Ich musste Mabel morgen unbedingt sprechen, am besten im Morgengrauen noch vor der Schule. Mein Gedankenkarussell kam nicht mehr zum Stehen. Ich könnte sie auf dem Weg zum Manor House abfangen, ich könnte … Arian hatte mich geküsst. Es war im Mondschein gewesen. Mabel und Mimi … Lilian würde ausrasten. Mabel … Lilian. Arian, Arian. Arian.

21. KAPITEL

RADIO BLACKWOOD

»Guten Morgen, liebe Blackwooder, heute melde ich mich ungewohnt früh, aber ich weiß ja, dass ihr alle frühe Vögel seid, die den ersten Wurm mitnehmen, nicht wahr? Tolle News aus der Gerüchteküche, und diesmal ist das sogar wörtlich zu nehmen. Unsere Mimi Molloy steht mit ihren experimentellen Algenmuffins demnächst vielleicht in der Mary Manor House-Küche! Jap – genau der Küche, die seit Hunderten von Jahren ihre Rezepte zu den traditionellen Gerichten keinen Deut verändert hat. Ihr traut euren Ohren nicht? Ja, das kann ich verstehen, würde sie doch ihr Lädchen nie freiwillig verlassen. Und erst recht nicht, um in die Höhle des alten Drachen Mabel Onta McCloud zu gehen! Aber so scheint es, denn der Schuldirektor hat verlauten lassen, dass zum zweihundertjährigen Blackwood-College-Jubiläum eine Köchin allein nicht reicht. Und wer sind wohl die beiden besten hier? Tja, dass das sicher in eine Küchenschlacht ausartet, hat er dabei wohl nicht bedacht, aber hey, wer wären wir, wenn wir das nicht als passendes Vorspiel für die Theateraufführung zu schätzen wüssten? Ich sichere mir in jedem Fall einen Platz in der ersten Reihe, das lasse ich mir nicht entgehen. Passt also gut auf, Leute, und zieht eure Köpfe ein! Es könnte heute schon fliegende Fleischkäsepiegeschütze geben! Und da kenne ich Mimi Molloy gut genug, dass sie dafür die extra knusprigen nimmt! Aber eine Mabel aus dem Hause McCloud ist auch nicht zu verachten. Auch wenn der alte Drache vielleicht schon zahnlos ist, darf man das Feuerspeien nicht unterschätzen! Die wirft doch glatt mit traditionellem Irish Stew zurück, und zwar mit dem ganz groben, so wie es das schon vor Hunderten von Jahren gab. Verdammt saftig und teuflisch heiß! Also, wir leben gefährlich, Leute! Wobei die Vorstellung, es könnte demnächst Essen regnen, gar nicht mal so schlecht ist, oder? Ich für meinen Teil würde meinen Mund da weiiiiit aufmachen! Na ja, das mache ich ja sowieso immer, gehört schließlich zum Job, nicht wahr? Harharhar! So, und nun ab in den Tag, der bringt heute richtig dicken Herbstnebel, der Winter steht schon in den Startlöchern, ich kann's riechen! Höchsttemperatur bei elf Grad, nachts deutlich kühler bei 2 Grad. Jetzt geht's mit großen Schritten aufs Jahresende zu und damit auf unsere Highlights! Ach, und wo wir gerade vom Jahresende sprechen, man hörte was munkeln, dass die Marys es sich nicht nehmen lassen, demnächst auch in Spirituosen zu machen. Butterschnaps oder was? Man darf wie immer gespannt sein, aber zu einem leckeren Likörchen nach Feierabend würde ich persönlich nicht nein sagen! Also, Mr Mary, wenn Sie noch Testpersonen suchen, scheuen Sie sich nicht, einen Kasten bei uns vorbeibringen zu lassen. Wir machen kostenlose Werbung für Sie! Slàinte mhath!

Bis später, euer Bran Foley.«

Ich konnte nicht fassen, dass ich schon wieder unterwegs zum Mary Manor House war, und das bereits im Morgengrauen. Wenn Mabel der Familie Mary vor Schulbeginn das Frühstück vorbereitete, wovon ich ausging, müsste sie sich spätestens jetzt irgendwann auf den Weg machen. Die Nebelschwaden, die überall auf der Landschaft hingen wie unendlich große, weiche Wattebäusche, waren so dick, dass ich kaum meine eigene Hand erkennen konnte. Diese Art von Nebel kannte ich von zu Hause nicht, überhaupt war ich noch nie in meinem Leben so früh aufgestanden. Trotzdem brauchte ich für den Weg dadurch viel länger als sonst, und es war bereits nach sechs Uhr, als ich vor dem Eingangstor ankam. Die dunklen Eisengitter wurden von den Nebelschwaden umspült, die ab und zu nur Sekundenbruchteile die goldenen Torspitzen aufblitzen ließen. Eine seltsame Magie umstrahlte das Tor, so dass ich einige Sekunden innehielt. Doch dann öffnete es sich wie von Geisterhand, ohne dass ich überhaupt geklingelt hatte. Der Grund dafür ratterte mir in Form eines dunklen Landrovers entgegen. Als dieser sein Tempo einen Meter vor mir immer noch nicht drosselte, sprang ich fluchtartig zur Seite. Ich landete rücklings und weicher als befürchtet in einem der Buchsbaumgewächse, die rechts und links das Tor säumten.

»Mann!«

Der Wagen bremste lautstark ab.

»Das gibt's doch einfach nicht!«

Rubens Stimme klang verärgert, und Shilas aufgeregtes Gebell verhieß nichts Gutes.

»Wer ist da?«

Das klang so böse, dass ich die berechtigte Angst hatte, Ruben würde sogleich eine Flinte in den Nebel halten, und hob reflexartig meine Arme.

»Ich bin's, ich bin's, Gesine!«

Rubens verärgertes Schnaufen war nun direkt vor mir. Sein Gesicht entstieg dem Nebel zuerst, gefolgt von seinem Körper und seiner ausgestreckten Hand, die nach mir griff.

»Wie kann es sein, dass ich dich zu allen erdenklichen unchristlichen Zeiten ständig irgendwo auf der Straße finde?«

Er zog mich so kräftig hoch, dass ich fast vornüber kippte. »Da rechnet man doch nicht mit, dass um diese Uhrzeit Besucher am Eingangstor stehen!«

»Ich wollte gar nicht rein«, verteidigte ich mich und klopfte mir die Blätterreste von den Oberschenkeln ab. »Hat Mabel schon mit dem Frühstück angefangen?«

»Was für eine merkwürdige Frage, Gesine Nowak. Muss ich mir Sorgen um deine Versorgung bei deiner Tante machen?«

»Ich meine, ist Mabel schon da?«, verbesserte ich mich. »Ich muss sie dringend sprechen. Es geht um Mimi.«

Als das Wort Mimi fiel, horchte Ruben, der in eine schwarze Wachsjacke gehüllt und mit schweren Boots schon wieder unfassbar gut aussah, neugierig auf. Das war beabsichtigt. »Normalerweise fängt sie um sechs Uhr an. Das heißt, sie müsste jeden Moment ankommen. Allerdings nimmt sie den Angestellteneingang. Durch das Tor kommen nur Besucher oder eben unsere Autos.«

»Puh«, machte ich. »Dann erwische ich sie vielleicht noch.«

»Was gibt es denn so unfassbar Wichtiges mit Mimi?«, fragte Ruben. »Geht es um das Kochevent zum Jubiläum?«

»Das darf einfach nicht wahr sein, dass du das schon weißt«, stöhnte ich und wischte mir die feuchten Nebeltropfen von der Stirn. Vielleicht war es aber auch purer Angstschweiß.

»Kam gerade im Radio.«

»Hab ich mir gedacht.«

»Da wollte ich eigentlich auch hin, bevor ich dich hier mal wieder aufgelesen habe.«

»Ja?«, fragte ich neugierig.

»Bran Foley wird unseren Likör testen. Ist ’ne gute Promotion, wenn er draufsteht. Für den Start setzen wir immer auf lokale Influencer, und wir sind ja eigentlich noch in der Testphase. Aber es kann nicht schaden, wenn man vorher schon hört, dass das Zeug einen aus den Socken haut.«

»Hm«, machte ich. »Diesen Bran Foley würde ich zu gerne einmal sehen. Scheint ja der mächtigste Typ in ganz Blackwood zu sein, wenn sogar Mr Mary ihm was schicken lässt.«

»In jedem Fall der lauteste«, antwortete Ruben, und Shila, die sich vor seine Beine geschlichen hatte, bellte wie zur Bestätigung einmal kräftig auf.

»Ich verstehe nicht, wer auf die bescheuerte Idee kam, Mabel und Mimi in einen Topf zu stecken. Das weiß doch jeder Idiot, dass das nur Mord und Totschlag gibt!«

»Du meinst Hackeintopf?«, scherzte ich. Das nannte man dann wohl Galgenhumor.

»Ich fürchte, dieser Idiot war ich«, gab ich zerknirscht zu. »Zumindest habe ich den Direktor auf die Idee gebracht. Auch wenn es nur indirekt war. Deswegen bin ich jetzt auch hier.«

»Ah«, machte Ruben und sah mich bedauernd an. »Na, mit dir möchte ich jetzt beim besten Willen nicht tauschen. Ich weiß gar nicht, vor wessen Hackebeil ich da mehr Angst hätte.«

»Ich auch nicht«, seufzte ich, als ich Schritte rechts von mir hörte.

»Mabel«, rief Ruben durch den Nebel, und Shila lief los, um die Hausköchin gebührend zu begrüßen, indem sie in wilden Kreisen um sie herumsprang.

»Hier ist jemand für dich.«

Mabels rundes Gesicht tauchte wie der Mond aus dem

Nebel auf; ihre Augen waren fest zusammengekniffen wie zwei kleine Rosinen. Sie trug einen grauen Umhang, der einer Mönchskutte nicht unähnlich war, was einen leicht einschüchternden Eindruck erweckte.

Als sie mich erkannte, presste sie ihre Lippen so fest zusammen, dass ihr Mund fast verschwand.

»Du hast mir noch gefehlt!«, sagte sie, und mir rutschte das Herz fast in die Hose.

»Ich schwöre, ich war gestern nur wegen Ihnen da!«

Die Beine übereinandergekreuzt, stand ich reumütig in Mabels Küche, die gerade dabei war, den alten Holzofenherd anzufeuern, der neben dem raumschiffähnlichen, supermodernen Gasherd wie ein Relikt aus einer anderen Welt wirkte. Mabels Wangen und ihre dicke Kartoffelnase waren ganz rot vor Aufregung, und ihre durch den Nebel leicht feuchten Haare standen zu allen Seiten ab. Sie schien durch die Nachricht ganz und gar durch den Wind zu sein und fuchtelte stürmisch mit den Händen um sich, während sie halb unverständliche Dinge vor sich hin brabbelte.

»*Níl liom, níl liom*, nein, nein … tzzz, ne, ne … *saoire dom féin, pobal eachtrannach, níl liom*! Ne, ne! Nein, nicht mit mir! Da kommen sie daher … *pobal eachtrannach*, einfach so, fremde Leut', ja, und meinen, sie können hier, ne, ne, ne! Ne, *níl liom* … ne!«

»Ich wollte es ja gestern erzählen, aber dann kam das Dinner dazwischen …« – *und ein phänomenaler Kuss* – »… und dann war es auch schon so spät und ich musste …« – *ihn weiterküssen* – »… nach Hause!«

»Was glaubst du eigentlich, wen du hier vor dir hast!«, ereiferte Mabel sich und warf ein nassen Küchenschwamm nach mir. In letzter Sekunde wich ich vor dem triefenden Ding aus. Ich war so weit, Ruben recht zu geben – es war nicht auszumachen, vor wem man mehr Angst haben sollte, Mimi oder Mabel. Mimi warf gerne mit Worten um sich und Mabel scheinbar mit Gegenständen. Ich lebte seit gestern in jedem Fall gefährlicher.

Mabel griff sich eine der Kupferpfannen, die über dem alten Herd hingen, und stellte sie mit voller Wucht und einem lauten Knall auf die Platte. Ein riesiges Stück Butter folgte – wenigstens das hatte sie mit Mimi gemeinsam. Gut, sie saß ja nun wirklich auch an der Quelle. Der Herd war so heiß, dass die Butter in Sekundenschnelle zu einer goldenen Masse dahinschmolz.

»*Riamh!*«

Zack, zack, zack – das Tempo und die Kraft, mit der Mabel im Sekundentakt die Eier mit einer Hand auf dem kupfernen Pfannenrand aufschlug, ließen mich schlucken. So ging das nicht weiter!

Ich nahm mir ein Herz und brüllte Mabel mit geballten Fäusten und geschlossenen Augen »*Leithscéal!*« mitten ins Gesicht.

Ich wusste gar nicht, wo ich das Wort aufgeschnappt hatte, geschweige denn, wieso ich es aussprechen konnte. Die Not macht eben alles möglich.

Mabel hielt erstaunt inne.

»Woher kannst du unsere Sprache?«

Ich hatte keine Ahnung. Natürlich sprachen die Blackwooder oft ein Gemisch aus Englisch und dem alten Irisch; das alte Irisch, so wie Horsley es tat, meistens, wenn sie sich aufregten oder besonders freuten. Oder wenn sie müde und hungrig waren, oder wenn sie warten mussten. Ich hatte wohl bereits ein wenig davon aufgeschnappt und beobachtete häufig, dass besonders emotionale Ausbrüche mit der Ursprache des Landes einhergingen. Mimi war die Einzige, die sich auch auf Englisch und sogar ganz ohne Worte aufregen konnte. So oder so hatte ich jetzt Mabel Onta McClouds Aufmerksamkeit.

»Wirklich, es tut mir leid! Das war eine Verkettung ungünstiger … Gedankenketten! Aber nun lassen Sie uns doch vernünftig überlegen, welche Vorteile das für Sie hätte.«

»Für mich? Pah!«

Mabel wandte sich wieder ab und pfefferte einige Scheiben Bacon neben die Eier.

»Für Sie beide!«

»Für die intrigante Person hat es sicherlich jede Menge Vorteile. Meine ganzen guten alten Rezepte klauen und als ihre ausgeben! Und das ganze Lob ernten, ja das kann sie!«

»Ich bin ganz sicher, dass Mimi Ihre Rezepte gar nicht braucht.«

Mabel rümpfte ihre dicke Knubbelnase.

»Damit meine ich natürlich nicht, dass sie nicht gut wären«, schob ich schnell hinterher.

»Nur kocht Mimi ja eher, na ja, sagen wir mal experimentell. Ich finde sogar, Sie würden sich hervorragend ergänzen.«

Ich stellte mich auf und zeichnete mit der flachen Hand einen Schriftzug in den Küchenhimmel.

»Mabel Onta McCloud, die Bewahrerin der traditionellen irischen Küche!«

Mabel blinzelte sichtlich geschmeichelt und fächelte sich etwas Luft ins Gesicht.

»Trotzdem klaut sie wie ein Rabe! Jawohl!«

Ich atmete tief aus. Für den nächsten Satz brauchte ich jede Menge Überwindung.

»Soooo lecker schmecken ihre Sachen jetzt auch nicht.«

»Nicht?«

Mabel sah mich eindringlich an. »Man hört ja vieles.«

»Ach«, winkte ich ab, »das ist wie mit dem Alter. Da wird auch viel gelogen.«

Mabels Gesicht hellte sich sichtbar auf. Es war mir schwergefallen, diese Lüge über meine Lippen zu bringen. Kein Essen der Welt schmeckte mir so gut wie das von Mimi, und es fühlte sich wie übler, kulinarischer Verrat an. Aber wenn es dem Gemeinwohl und dem lieben Frieden diente, dann musste es sein.

»Pfffttt!«, machte Mabel. Sie schien noch mit sich zu kämpfen, obwohl ihr die Rolle der Bewahrerin der irischen Küche sicher gefiel.

»Ich muss weitermachen. Die Familie braucht ihr Frühstück. Ohne das kommt man nicht über den Tag!«

»Ich weiß«, seufzte ich und dachte an mein verpasstes Frühstück heute früh.

Mabel blinzelte mich erneut aus dem Augenwinkel an.

»Da.«

Sie stellte eine riesige Tasse Milch vor mich.

»Danke.«

Die Milch war scheinbar die Friedensfahne der Küche, die ich dankbar annahm. Gierig trank ich gleich mehrere Schlucke. Diese Überzeugungsgespräche waren anstrengend, und erst recht mit einem leeren Magen. Der meldete sich jetzt auch knurrend zu Wort.

»Für ein Brot wird es noch langen«, murmelte Mabel und

gab mir eine krustige Scheibe Ofenbrot mit einer Scheibe goldgelbem Cheddar, ganz sicher Marygold-Käse, zur Hälfte eingewickelt in seidiges Brotpapier, in die Hand. Natürlich war es selbstgebacken, das roch ich sofort. Ich biss hinein, und es schmeckte wunderbar – und nur ein ganz kleines bisschen nach Untreue. Mimi würde es schon verstehen! Wenn man es genau betrachtete, waren die beiden gar nicht so verschieden, im Gegenteil. Aber das war wahrscheinlich auch genau das Problem.

Vorsichtig lugte ich hinter der übergroßen Tasse hervor.

»Und, sind Sie dabei?«

»Ich muss nachdenken.«

Hoffentlich nicht zu lange, dachte ich, denn dafür fehlte schlichtweg die Zeit.

»Können Sie sich ein kleines Ja abringen? Nur ein klitzekleines?«, flehte ich.

»Zwischen einem Nein und einem Ja liegt ein Vielleicht«, grummelte Mabel und wendete die Spiegeleier.

22. KAPITEL

Mr O'Reilly hatte Ernst gemacht und das gesamte Schulgebäude mit Herbst- und Winterdekoration schmücken lassen. In der Eingangshalle waren zwei Männer gerade damit beschäftigt, einen riesigen Kranz, der sicher an die zwei Meter Durchmesser hatte, an mehreren Seilen hochzuziehen. In dessen Mitte hing eine silberne 200, umrankt von grün-, orange- und erdfarbenen Blättern und Ästen.

Die emsige Stimmung, die ich beim Betreten des Schulgebäudes verspürte, ließ keinen Zweifel offen, dass alle wegen der Aufführung und des anstehenden Jubiläums schon ganz nervös waren. Mir war bis jetzt überhaupt nicht aufgefallen, wie viele Angestellte die Schule haben musste, um so eine Personalriege auf die Beine zu stellen. Doch beim näheren Hinsehen fielen mir bekannte Gesichter auf: Die Bäckersfrau, ein Angestellter aus dem einzigen Supermarkt in Blackwood und auch ein rothaariger, schlaksiger Mann mit Schiebermütze im Blaumann, der Sam ziemlich ähnlich sah, war dabei. Es schienen ehrenamtliche Helfer zu sein, die sich hier engagierten. An einem Ort wie Blackwood hielten, wenn es hart auf hart kam, wohl doch alle zusammen. Das vermittelte mir ein seltsam wohliges Gefühl, auch wenn es in meiner aktuellen Situation unangebracht war. Ich kannte so etwas aus der Stadt nicht, dort ging jeder nur seinen Angelegenheiten nach, und ich war sicher, dass so etwas in Blackwood einmalig war. Überall wurde gewischt, dekoriert, umgestellt, und an jeder zweiten Ecke klebte plötzlich ein Plakat. Ich trat vor eines, das an der Wand hoch zur Treppe in den ersten Stock hing:

Der Nussknacker

in neuer Interpretation
unter Leitung von Mrs Irmeleine Todd

In den Hauptrollen:
Arian Mary als Nussknackerprinz
Gesine Nowak als Mascha
Lilian Swanton als Zuckerfee
Sam Carey als Rattenkönig
u. v. m.

(Presse in Ausnahmefällen zur Generalprobe zugelassen)

Mein Herz pochte laut auf. Am Samstag würde es bereits so weit sein, es lagen nur noch drei Tage und die heutige Generalprobe dazwischen. Was stand da von Presse? »*In Ausnahmefällen zugelassen*«? Auch das noch! Es war nicht so, dass ich meinen Text nicht konnte, im Gegenteil. Aber der gestrige Abend hatte mein Innerstes ordentlich durchgewirbelt, und ich fühlte mich noch immer wie nach einer Runde zu viel Kettenkarussellfahren.

Oder auch zwei.

Pressebesuch war da ganz sicher nicht zuträglich. Allerdings fragte ich mich, welche Presse es in Blackwood überhaupt gab? Doch wohl nicht Radio Blackwood? Schon allein bei dem Gedanken daran, heute vor Bran Foley, dem scheinbar einflussreichsten Einwohner Blackwoods, aufzutreten, verursachte bei mir weiche Knie. Und es war auch seltsam, meinen Namen auf dem Plakat zu lesen, und noch seltsamer, ihn von Arians und Lilians Namen eingerahmt zu sehen. Was wohl gleich passieren würde? Wie würde Arian mit dem, was gestern geschehen war, umgehen? Er musste doch eine Konsequenz ziehen. Würde er mit Lilian Schluss machen? Würde er es ihr sagen? Ich hatte beschlossen, Lilian in jedem Fall nichts von dem Vorfall auf der Mauer zu erzählen, das war allein Arians Aufgabe. Aber ich hatte Angst davor, dass er es tat, und Angst vor den Konsequenzen, die das mit sich brächte. Doch fast noch größere Angst hatte ich davor, dass er es nicht tat. Die einzelnen Stufen der Treppe hoch zum Klassenraum fühlten sich an wie der Weg zur Guillotine. Wie immer erwartete mich lautes Gewusel, das nur durch Lilians lautes Lachen durchbrochen wurde, als ich zu meinem Platz ging. Sie warf ihre offenen Haare über die Schulter, wie sie es immer tat, und Hedda, Ava und Lynn standen im Halbkreis um sie herum, beklatschten ihre semantischen Ergüsse und ihr allgemeines Phantastischsein. Arian stand mit dem Rücken zum Eingang in der Gruppe der Jungs, die ab und zu verstohlen zu Lilian blickten, was zur Folge hatte, dass deren Lachen dann noch lauter wurde. Nichts wirkte verändert auf mich, nichts zeugte davon, dass Arian mit Lilian über das, was gestern passiert war, gesprochen haben könnte. Wortlos setzte ich mich und vermied jeden Blick in Arians Richtung. Ich konnte ihm jetzt einfach nicht in die Augen sehen.

Von Sam war wieder mal keine Spur zu sehen. Als Mrs Reid mit den Französischtests von letzter Woche unterm Arm noch vor Stundenbeginn den Raum betrat, atmete ich erleichtert auf. Heute galt es, die Generalprobe zu überleben, ganz egal, was Arian Lilian nun gesagt oder nicht gesagt hatte. Ich wollte meinen Auftritt in keinem Fall vermasseln, und schon gar nicht unter den aufmerksamen Augen irgendwelcher Pressevertreter des Ortes. Bei dem Gedanken daran, und auch dass Mr O'Reilly später dabei sein könnte, schnürte es mir die Kehle zu.

»Bien fait, Gesine«, eröffnete Mrs Reid die Stunde, »aucune erreur.«

Sie legte mir meinen Test, auf dessen oberem, rechtem Rand ein großes, rotes A+ mit einem Kreis drumherum notiert war, auf den Tisch.

»Merci.«

Mit einem lauten Poltern öffnete sich die Tür, und Sams schlaksige Gestalt kam zum Vorschein.

»Excusa!«

Mrs Reid sah tadelnd auf.

»Die Zwillinge hatten Durchfall.«

Mrs Reids Gesichtsfarbe verschwand in Sekundenschnelle.

»Excuse-moi, wie sagt man auf französisch? Diarrhée«, verbesserte sich Sam stolz.

Ein lautes Raunen und Kichern ging durch die Klasse.

»Danke für diese korrekte und überaus interessante Hintergrundinformation zu Ihrem Zuspätkommen«, sagte Mrs Reid und kam zu unserem Tisch zurück. Während Sam sich seiner riesigen und ihm trotzdem noch viel zu kleinen Regenjacke, die nun wie ein übergroßes, nasses Zelt unsere beiden Stuhllehnen bedeckte, entledigte, kam Mrs Reid zu unserem Tisch zurück.

Ein unübersehbares D– prangte auf dem Blattrand.

»Hmmmm«, machte Sam und strich sich seine nassen Haare nach hinten, »besser als ich gedacht habe!«

»Ich fürchte, noch schlechter kann es nicht werden«, antwortete Mrs Reid mit gespitzten Lippen.

»Sie müssen dringend etwas an Ihrer Grammatik tun, wenn Sie die Versetzung noch miterleben wollen.«

»Ach«, winkte Sam ab, »Sie hätten den Gestank heute Morgen erleben müssen. Wer in einem Raum mit Zwillingen und Durchfall überlebt, der übersteht das bisschen Grammatik mit links.«

Er prüfte seine tellergroßen Handflächen, indem er sie von innen nach außen und wieder zurück ins Licht drehte.

»Aber nichts mehr zu sehen.«

Mrs Reid rümpfte die Nase, als ob Sam ihr die offenen Windeln der Zwillinge direkt daruntergehalten hatte.

»Plus loin dans le texte.«

Ich musste grinsen, obwohl ich eigentlich immer noch sauer war. Das war die Crux an Sam: Er war der einzige Mensch auf der Welt, dem man nicht länger als ein paar Stunden böse sein konnte, und das wusste er.

»Glaub ja nicht, dass ich die Banshee-Sache vergessen habe«, flüsterte ich.

Sam schien unbeeindruckt. »Das war ganz allein Foleys Sache. Ich hab nur weitergegeben, was du gesehen hast.«

»Oder was ich nicht gesehen habe«, stöhnte ich.

»Das war seine Interpretation.«

»Deine genauso!«, ereiferte ich mich immer noch im unterdrückten Flüsterton.

»Quatsch. Ich hab' ihm gesagt, dass du dich an ihre Augen nicht erinnern konntest. Das ist alles ganz normale Journoarbeit, das gehört dazu.«

»Journoarbeit. Aha«, machte ich verächtlich.

»Komm schon, du weißt doch, wie die Uhren hier ticken. Dann hättest du es mir nicht erzählen dürfen.«

»Du warnst mich also vor dir?«

»Manchmal ist man sich selbst sein größter Feind«, sagte Sam und folgte Mrs Reids Anweisung, unsere Bücher auf Seite 53 aufzuschlagen.

Wie recht du hast, Sam Carey, dachte ich und zog mein Buch aus der Tasche.

Die Bühnenkulisse war zum ersten Mal komplett aufgebaut, und die AG-Leute hatten ganze Arbeit geleistet. Eine grünrotgold glitzernde Pappwand mit heraussstehenden, goldenen Säulen aus Pappmaché zierte den Hintergrund. Eine prächtige, deckenhohe Tanne, ebenfalls in den Farben Rot, Gold und Grün geschmückt, stand mitten auf der Bühne, darunter ganze Stapel von bunten Pakten, die alle aufwendig mit großen Schleifen verziert waren. Neben der Bühne stapelten sich große Kartons mit Kunstschnee, der aus einem breiten Papprohr, hinter das ein Ventilator gebunden war, geschossen werden sollte. Man konnte das warme Kaminfeuer regelrecht erahnen, und obwohl nichts Essbares zu sehen war, bildete ich mir ein, dass ein wohliger Geruch aus Zimt und gebratenem Apfel in der Luft lag. Ein Projektor war direkt vor der Bühne aufgebaut worden, und ich war gespannt, wofür er gebraucht werden würde. Die ganze Szenerie wirkte viel professioneller, als ich angenommen hatte, und mindestens genauso ernstzunehmend, wie es die Auftritte in meinem Ballettkurs waren, wenn nicht sogar noch gekonnter. Alle waren mit Herz und Seele dabei, das konnte man in jedem Detail spüren. Ich hatte mein Kostüm bereits an, und dieses Mal auf die lästige Watte verzichtet. Eine Mascha zeichnete sich sicher durch andere Eigenschaften als große Brüste aus. Zufrieden rückte ich mein Dekolleté zurecht, das nun zwar ein wenig leerer wirkte, aber dafür nicht mehr kratzte.

Als Arian den Raum betrat, sah ich auf. Auch er trug sein Soldatenkostüm bereits. Es bestand aus einem taillierten, blauen Stehkragenoberteil mit langen Ärmeln und goldenen Borten. An den Bündchen und dem Halsausschnitt waren jeweils rote Stoffeinsätze angebracht. Die Schulteraufsätze aus rotem Filz waren an den Seiten mit goldenen Fransen verziert, und ein schwarzer Gürtel war direkt an das Oberteil angenäht. Dazu trug er eine enge, weiße Hose, schwarze Schnürstiefel und einen rotgoldenen Hut mit schwarzem Schild, auf dem eine goldene Krone aufgedruckt war. Es war unmöglich zu leugnen: Arian sah einfach unglaublich gut darin aus.

»Hallo«, sagte er und ging ohne einen weiteren Blick an mir vorbei.

Hallo? Das war alles? Ein einfaches Hallo, nach allem, was gestern passiert war? Nach dem Mond, dem glitzernden Meer, den Wishing Stairs, dem Hintern und dem Kuss? Das konnte doch nicht wahr sein!

»Oohhhhhhh!«

Alle Köpfe drehten sich gleichzeitig zur Tür, und auch ich wandte mich um. Lilian, aka die leibhaftige Zuckerfee, stand vollkostümiert im Raum. Spätestens jetzt verschlug es mir die Sprache. Lilian wirkte im Türrahmen wie eine Erscheinung. Das schien sie ziemlich genau zu wissen, denn sie ging nun langsam, Schritt für Schritt wie eine Braut zum Altar, durch den Raum. Ihr Kleid war ein Traum aus weißem Tüll und Seide sowie unzähligen silbernen Glitzerelementen, die den fließenden Stoff wie einen Sternenhimmel verzierten. Ich hätte mich nicht gewundert, wenn die Steinchen alle echte Swarovski-Steine waren, die ihr Vater höchstpersönlich gegen eine Ladung Irish Crystal eingetauscht hatte. Lilians Korsett saß im Gegensatz zu meinem genau richtig und betonte ihre unfassbar schmale Taille und ihr wohlgeformtes Dekolleté perfekt. Ihre Haare waren zu einer aufwendigen Flechtfrisur hochgebunden, in deren Mitte eine glitzernde Krone steckte. Einige lockige Strähnen umsäumten ihr schmales, silberbepudertes Gesicht, das mit der Krone um die Wette glänzte. Trotz meines enggeschnürten Kleides sank ich ein wenig in mir zusammen. Arian würde nicht Schluss machen, und er würde Lilian auch nichts von gestern Abend erzählen. Nichts von dem, was passiert war, würde etwas ändern. Ich war und blieb das komische Schnitzelmädchen, und Lilian war der glitzernde Stern an Arians Nachthimmel. Ich konnte nicht mit ansehen, wie Arian sie bewundernd betrachten würde, und drehte mich weg. Jeder Blick, der ihr statt mir galt, würde nur schmerzen. Alles, was ich gestern erlebt hatte, entglitt mir in diesem Augenblick wieder wie ein weit entfernter Traum.

»Wunderwunderschön«, lobte Mrs Todd Lilians Erscheinung. »Überhaupt alles ist ganz hervorragend geworden. Ich bin stolz auf euch! Noch bevor wir beginnen, geht mein ganz besonderer Dank an das Kostümbild und die Kulisse. Es ist das schönste Bühnenbild geworden, das wir je hatten!«

Alle klatschten, und Lilian sah zu mir rüber. Mitten in dem tosenden Geräusch formten sich ihre Lippen zu einem breiten Lächeln, so, als wisse sie etwas, das ich nicht wusste.

Sam und seine pelzige Gefolgschaft hatten sich in ihren grauen, enganliegenden Leggins mit den silbernen Admiralsjacken, den übergroßen Köpfen und den meterlangen Schwänzen gegenüber vom hinteren Bühneneingang versammelt. Ein Meer von Rattenköpfen wuselte um die größte von allen herum. Auch Sam trug eine Krone, jedoch war seine weit weniger spektakulär als Lilians. Es war verrückt, aber irgendwie wirkten selbst die Ratten in ihren Kostümen aristokratisch, abstrakt schön und irgendwie übermenschlich. Hier, in unseren Rollen als Prinzen, Feen oder Ratten fühlte ich mich sicherer als in der echten Welt, die anscheinend nur Probleme für mich bereithielt. In der zauberhaften Wattewelt des Nussknackers war das Leben so einfach. Gut kämpfte gegen Böse, und das Gute gewann. Natürlich kostete das seinen Preis, aber der war es wert. Dafür liebte ich Märchen: Ihre Welt war klar und übersichtlich. Und inmitten dieser der Welt so fernen Kulisse schien es fast möglich, dass es auch Rattenkönige gab oder Zuckerfeen. Oder eben Schreibtische, die Briefe meines zickigen, älteren Ichs aus der Zukunft sandten.

»Er ist da, er ist da!«, rief jemand aus dem Rattengewusel, und sofort überschwemmte eine Unruhewelle alles.

»Foley ist da! Direkt in der ersten Reihe neben dem Direktor!«

Mir stockte der Atem. Das hatte mir noch gefehlt. Ich musste mich zusammenreißen, ich durfte in keinem Fall versagen. Mrs Todd hatte recht: Die Generalprobe war genauso wichtig wie die Premiere.

»Seid ihr so weit?«, hörte ich die Stimme meiner Lehrerin durch das wilde Gewusel hindurch.

»Theatre Break a leg!«, rief sie in die Menge und hielt ihre gedrückten Daumen hoch.

»Toi, toi, toi!«, flüsterte ich mir selber zu und spuckte über meine Schultern wie zu alten Ballettzeiten. Wie sehr wünschte ich mir, dass Ma nun in der ersten Reihe sitzen würde, um mich anzufeuern, und später, wenn alles überstanden war, in die Arme zu nehmen. Mrs Todd nickte dem Bühnenjungen zu, so dass er an dem goldenen Seil zog und der schwere, samtrote Vorhang sich öffnete.

RADIO BLACKWOOD

»Hallo, liebe Blackwooder! Was soll ich sagen, ich war gestern aus. Da freut man sich auf einen herrlichen Generalprobenabend zur Einstimmung auf die letzte Saison, und dann erlebt man was … ja, was, das ist hier die Frage. Also wie würde ich es betiteln, wenn ich ein diplomatischer, zurückhaltender, bescheidener und stiller Zeitgenosse wäre? Ha! Das bin ich ja gar nicht! Gott sei Dank! Denn dann kann ich's ja sagen, wie ich's will: Es war vollkommen, total, so was von grandios! Was war grandios, fragt ihr? Die Besetzung, sage ich. Und zwar die FEHLbesetzung! Ja, ihr habt richtig gehört! Eine totale, vollständige und vollkommene Fehlbesetzung! So was hab ich im Leben noch nicht gesehen! Arian Mary war ganz gut, zwar etwas weniger draufgängerisch, als ich vermutet hätte, und Lilian, also unsere göttliche Zuckerfee, war überragend. Aber was war bitte mit dem Schnitzelmädchen los? Kein einziges Wort brachte die Mascha raus, stand da vorm Nussknacker und stotterte ihm eine Minute lang ins Gesicht, ihr glaubt es nicht, Leute, es war kaum auszuhalten, nach Einsteins Relativitätstheorie kam mir das Ganze wie 'ne zähe Stunde vor, bis sie dann mit rotem Kopf von der Bühne rannte. So was hab ich mein Lebtag noch nicht gesehen, und ihr wisst, ich habe schon verdammt viel gesehen. Aber so was! Nein! Das war so unterirdisch schlecht, so unfassbar unprofessionell, ach, was rede ich? Es war grauenvoll! Da werden zu Recht die Stimmen laut, warum nicht unsere bezaubernde Lilian Swanton die Hauptrolle bekam, obwohl sie eine traumhafte Zuckerfee gegeben hat.

Aber bitte, was soll dieses seltsame Mädchen da auf der Bühne? Stammelt unverständliches Zeug daher und kann dem Prinzen nicht mal in die Augen sehen. Mehr als peinlich! Mr O'Reilly ist beinahe im Boden versunken, und Mrs Todd hat danach sicher ein schwieriges Gespräch mit ihm gehabt. Und das Mädchen, das alles vermasselt hat? Ist einfach weggerannt. Was sagt man dazu? Da verschlägt es sogar mir die Sprache. Rennt sie weg! Wohin? Na hoffentlich zurück ins Schnitzelland, bevor sie uns alle noch mal so blamiert. Immerhin war es nur die Generalprobe. Wichtig genug, aber stellt euch vor, es wäre die Premiere gewesen! Unfassbar! Nein, Mrs Todd, da hat Sie Ihre jahrelange Erfahrung getäuscht! Das war eine maximale Fehlbesetzung! Da müssen Sie noch mal nachjustieren! Oder wird Mrs Todd gar gleich ersetzt? Ich hörte, dass Mr Duffy schon in den Startlöchern steht, um zu übernehmen. Immerhin war der mal selbst Schauspieler. Und wer kann schon von sich behaupten, Statist im King Arthur mit Clive Owen gewesen zu sein? Gut, Til Schweiger kann das, aber unser Mr Duffy eben auch! Da kann eine Mrs Todd mit ihrer Mitleidsfehlbesetzung nicht mithalten. Ja, ja, Leute, ich sag es immer wieder: Nur die Harten kommen in unseren Garten. Und dass diese Gesine Nowak nicht dazugehört, ist spätestens jetzt klar. Wer kein Wort rausbringt, gehört nicht auf eine Bühne, damit das mal klar ist. Also, runter mit dir, Mädchen! Du gehörst da nicht hin! Mach die Bühne frei für echte Talente. Und bleib du lieber bei deinen Schnitzeln, da kennst du dich anscheinend besser aus.

Das war's von mir, ich muss mich nach dem Schock erst mal erholen, da braucht es wohl einen ordentlichen Tullamore, um mich wieder auf Kurs zu kriegen.

Geschockte Grüße, euer Bran Foley.«

»O mein Schatz.«

Wanda strich mir meine Haare aus dem Gesicht, das ich nun mit beiden Handflächen bedeckte. Ich wollte verschwinden, mich in Luft auflösen, einfach nicht mehr da sein.

»Sie müssen dich nicht mögen«, sagte sie sanft, und ihre Stimme klang tröstlich, »das ist nicht wichtig. Wichtig ist nur, dass du fein mit dir bist.«

»Das bin ich aber nicht!«, antwortete ich wütend in meine Hände hinein. »Ich bin eine Versagerin.«

»Du hattest einen Blackout. Das kann jedem mal passieren.«

»Aber nicht so. Und nicht bei der Generalprobe. Und nicht vor halb Blackwood und vor ihm und … Mann!«

Ich wusste nicht, was ich noch sagen sollte. Mein Auftritt war die größte Peinlichkeit unter der Sonne Blackwoods, ach was, ganz Irlands gewesen. Als ich die Bühne betrat, war noch alles da, der Text saß, jedes Wort schien in der richtigen Schublade meines Hirns zu liegen, alles war gut sortiert. Und dann hatte ich Arian in die Augen gesehen, und plötzlich schnellten alle Schubladen zu. Ich brachte nicht auch nur ein Wort heraus, nicht ein einziges, nicht mal ein klitzekleines. Stattdessen stammelte ich nur wild vor mich hin, während all die Schubladen voller wirrer Wörter und Bilder vom Meer, von Treppen, von Küssen und warmen Händen und Augen im silbernen Mondlicht in meinem Kopf umherschwirrten wie ein verrückt gewordener Wespenschwarm. Es gab keine Worte, um das Gefühl zu beschreiben, außer vielleicht: vernichtend. Weglaufen war das Einzige, was mir noch einfiel, um es nicht noch schlimmer zu machen. Dass das nicht gerade die einfallsreichste Lösung darstellte, war mir auch klar. Aber die entsetzten Blicke und Buhrufe der Generalprobenzuschauer hätte niemand aushalten können. Ich konnte weder den Direktor noch Bran Foley in der Zuschauermenge, die vor meinen Augen zu einer schwarzen Masse verschwand, erkennen. Ich sah nur Arians Augen, die mich anders ansahen als gestern. Vor wenigen Stunden fühlte ich mich das erste Mal wirklich gesehen, so, als ob zwischen Arian und mir eine unsichtbare Verbindung bestand, die keinerlei Worte bedurfte. Und dann auf einmal schien alles weg zu sein, sein Blick war leer, ich konnte mich darin nicht mehr wiederfinden. Das hatte mir den Boden unter den Füßen weggezogen. Und eben auch den gesamten Text aus meinem Hirn gelöscht.

»Habt ihr schon gehört?!«

Wie ein Gerüchtepostbotenblitz kam das Lama in Wandas Küche geschossen. Sie hielt anscheinend weder was vom Anklopfen noch von großen Intros.

»Na, wie ich sehe, ja.«

»Setz dich doch«, sagte Wanda ruhig.

Das Lama strich sich mehrmals hektisch ihre Lammwollweste glatt. Heute sah sie mehr denn je aus wie ein Lama, und zwar ein sehr aufgeregtes, denn ihre Unterlippe vibrierte.

»Himmelherrgott, das scheint ja eine desaströse Vorstellung gewesen zu sein! Der arme Bran Foley war nahezu zerschmettert!«

Der *arme* Bran Foley? Wenn das Lama so weitermachte, konnte ich für nichts mehr garantieren. Ich war gerade sowieso schon in *Falling down*-Stimmung. Es fehlte nicht viel, und auch ich würde hier Amok laufen.

»Wir trinken jetzt erst mal einen heißen Tee zusammen. Der wird uns guttun. Und setz dich!«

Wanda trat zum Wasserhahn, um die Teekanne zu füllen.

»Meine Güte, was hat der sich gequält. Es war kaum zu ertragen, sagte er, es kam ihm vor wie eine Stunde, sagte er. Und die arme Mrs Todd erst! Was die sich jetzt für Vorwürfe machen muss! Und der arme Mr O'Reilly! Es geht ja immerhin um den Ruf seiner Schule!«

»Der *arme* Mr O'Reilly?«, wiederholte ich fassungslos.

»Ja, natürlich! Es ist sein Vermächtnis! Wer möchte denn schon gerne als der Direktor mit dem schlechtesten Schulstück aller Zeiten in Rente gehen?«

Ich sah auf. »Bitte?«

»Möge der Geist dir Zufriedenheit schenken durch das Wasser der Gnade!«

Das Lama, aka Llewely ap Dafydd ap Leuan ap Griffit ap Meredith, betete gen Küchendecke.

»Ja, ja, man soll sich nicht übernehmen, das sagt jeder zweite Segensspruch, die solltest du auch mal lesen, Kind.«

»Gibt es nicht auch einen, der sagt, dass Reden Silber und Schweigen Gold ist?«

Das Lama sah erschrocken auf. Es war das erste Mal, dass Wanda sich gegen sie behauptete, und das erste Mal überhaupt, dass ich miterlebte, wie Wanda für mich verbal in die

Bresche sprang. Ich war zu erschöpft, um das angemessen zu würdigen, lächelte aber, zumindest innerlich. Es zeigte seine Wirkung.

»Da müsste ich erst nachsehen«, antwortete das Lama verschnupft und rümpfte die Nase.

»Unsere Kleine hier hatte einen harten Tag. Da nutzt es nichts, noch auf ihr herumzuhacken. Und setz dich endlich, in aller Herrgottsnamen!«

Wanda nahm die pfeifende Kanne vom Herd und goss jedem eine Tasse Tee auf.

»Ich kann nie wieder zur Schule gehen. Ich kann überhaupt nie wieder das Cottage verlassen.«

Es stimmte, ich fühlte mich wirklich außerstande, jemals wieder das Schulgebäude zu betreten. Aber was ich eigentlich meinte, war, dass ich Arian nie wieder unter die Augen treten wollte.

»Die Generalprobe ist gelaufen, und noch mal blamiere ich mich ganz sicher nicht. Und dazu dann noch das ganze Schlamassel mit Mimi und Mabel, die kulinarischen Krieg führen. Nein, das tue ich mir nicht an. Oder, besser gesagt, tue ich es Blackwood nicht an. Sie wollen mich ja ohnehin alle loswerden.«

Wanda legte ihre Hand auf meine. »Mein Schatz. Das Leben ist keine Generalprobe, sondern hat jeden Tag Premiere. Da ist es nur völlig verständlich, wenn etwas schiefläuft. Beim nächsten Mal wirst du es schaffen, da bin ich ganz sicher.«

Ich spürte, wie sich Tränen in meinen Augen bildeten. Irgendjemand hatte mal gesagt, dass ein Mensch im Laufe seines Lebens 121 Liter Tränen vergießt. Ich war sicher, dass meine Literanzahl sich in Blackwood verdoppeln würde.

»Ach, das war alles von Anfang an eine vollkommen bescheuerte Idee. Es war falsch zu glauben, ich würde da hineinpassen. Überhaupt hierherpassen. Ich bin und bleibe das komische Mädchen, mit dem keiner etwas anfangen kann!«

Jetzt waren alle Dämme gebrochen, und die Tränen rannen an meinen Wangen herunter und tropften mir den Hals herab. Das Gefühl, falsch zu sein, war nun bis in jede noch so klitzekleine Pore gekrochen. Ich würde nie eine von ihnen werden, ich gehörte einfach nicht nach Blackwood. Ich fühlte mich nicht nur fremd und falsch, sondern auch unfassbar einsam.

»Niemand interessiert, ob ich hier bin oder nicht«, murmelte ich verschnupft.

Irgendwie tat es auch wieder gut, sich etwas im Selbstmitleid zu suhlen, ich hatte schon so lange immer nur tapfer durchgehalten.

Das Lama, das sich auf Wandas Anweisung endlich niedergelassen hatte, wiederholte meine Worte nachdenklich.

»Niemand interessiert, ob ich hier bin oder nicht ...«

»Ist doch so«, bestärkte ich mich selbst.

»Aber das geht doch jedem mal so«, beschwichtigte Wanda, »dass man eine Sache verbockt und dann alles andere auch gleich schwarz sieht.«

»Das tröstet mich nicht«, murrte ich trotzig. »Ich könnte heute zurück nach Wien gehen, und niemandem würde es überhaupt nur auffallen.«

»Mir würde es auffallen«, entrüstete sich Wanda, »du würdest mir ganz und gar fehlen! Ich kann mir gar nicht mehr vorstellen, wie es ohne dich war. Ganz abgesehen von den dreckigen Katern und dem ganzen Unkraut, das wir ohne dich hätten!«

Sie zwinkerte mir zu.

»Also stimmt es überhaupt nicht! Du sagst das nur so.«

Wanda streichelte mir über den Rücken und reichte mir ein Taschentuch, in das ich laut hineinschnäuzte. Vielleicht meinte sie es doch ernst.

»Womit du recht hast«, murmelte das Lama nun leise aus dem Nichts, »ist, dass man ihnen nicht sonderlich schnell fehlt. Ihnen fehlt nur das, was du für sie gemacht hast. Wenn auf einmal die Straße nicht mehr gefegt ist, fällt es auf, aber so etwas ist leicht zu verschmerzen.«

Sie sinnierte eine Weile vor sich hin.

Dann sah sie Wanda und mich überrascht an, so, als wäre sie über die eigene Erkenntnis gestolpert. Es war, als würde dem Lama etwas wie Schuppen von den Augen fallen, die es nun wie durch Knopfdruck aufgerissen hielt.

»Ja, genau so ist es!«

»Was ist wie?«, hakte Wanda nach.

»Ich weiß, wie Gesine sich jetzt fühlt. So fühle ich mich jeden Morgen, wenn ich aufstehe. Am liebsten möchte ich das Haus gar nicht verlassen. Ich bin so oft allein, und ich glaube ..., ich glaube, ich hatte immer Angst, dass die Leute gar nicht merken würden, dass ich fehle. Deswegen wollte ich nur irgendwie auffallen, egal wie. Also habe ich mir als Klatschbase einen Namen gemacht.«

Beschämt legte Meredith Bangert-Wokittel beide Hände aufeinander vor ihrem Mund zusammen.

»Wenn du nichts Gutes zu bieten hast, kannst du dich auch mit etwas Schlechtem unersetzlich machen. Hauptsache, sie nehmen Notiz von dir.«

Mrs Bangert-Wokittel stützte sich, geschockt von ihrem eigenen Geständnis, auf der Küchentischecke ab.

Schlagartig hatte ich das Bedürfnis, das Lama zu trösten.

Ich merkte gar nicht, dass meine Tränen nicht mehr hemmungslos an mir herunterflossen, so gebannt war ich von diesem Geständnis.

Obwohl ich bis vor wenigen Augenblicken davon überzeugt gewesen war, dass es niemand so schwer hatte wie ich, tat Mrs Bangert-Wokittel mir plötzlich noch mehr leid als ich mir selbst. Mich überkam das spontane Bedürfnis, sie irgendwie aufzumuntern, und ich versuchte, ihren Arm zu tätscheln, zog ihn aber in letzter Sekunde wieder zurück, als das Lama sich leicht schüttelte, so, als wolle sie das Gesagte wieder loswerden.

»Puh«, machte Wanda, und auch ich musste erst mal durchatmen. »Da reicht mein Tee ja wohl nicht.«

Mit einem gezielten Griff holte sie eine Whiskeyflasche aus dem Küchenschrank und goss sich und Meredith Bangert-Wokittel einen Schuss in die dampfende Tasse.

»Dass ich das noch erlebe.«

Wanda lächelte sanft in unsere kleine Versagerrunde.

»Lasst uns anstoßen. Auf das Leben und auf die Herausforderungen, vor die wir immer wieder aufs Neue gestellt werden. Und darauf, dass wir sie annehmen!«

Das Lama lächelte ebenfalls, wenn auch eher schmal und ein wenig gezwungen, aber das war für ihre Verhältnisse schon eine ganze Menge.

Drei Teetassen stießen aneinander, so dass ein wenig Tee von jeder Tasse in die andere schwappte und ich nicht ausschloss, dass auch in meiner etwas von dem Whiskey gelandet war. Ich wusste nicht genau, wieso, aber irgendwie fühlte ich mich wieder etwas besser. (Nein, am Whisky lag es sicher nicht. Oder doch?)

Es war seltsam, dass gerade zwei ältere Damen, mit denen

ich bis vor einigen Augenblicken nicht viel gemeinsam hatte, mich aufbauen konnten. Meredith Bangert-Wokittels Geständnis hatte mir gutgetan und mich auf eine besondere Art und Weise gestärkt. Wenn selbst hinter der bösesten Schlange ein verängstigter Geist steckte, der dazugehören wollte, dann ging es am Ende doch vielleicht allen gleich. Und es brachte ja auch tatsächlich nichts, den Kopf in den Sand zu stecken. Ja, ich hatte versagt, aber es war immerhin nur die Generalprobe gewesen. Die Premiere stand noch aus und damit die Hoffnung, dass ich den schlimmsten Blackout in der Geschichte Blackwoods wiedergutmachen konnte.

23. KAPITEL

Trotzdem liegt mir dieser Bran Foley immer noch im Magen«, seufzte ich, während Mimi ihre Zuckerstreuer auffüllte. Einige wurden mit braunem Zucker bestückt, andere mit weißem, und einige bunt bemalte Schälchen mit Kandis gab es auch. Ich schob mir zwei Stückchen davon auf einen Löffel für meinen Tee. Das Wetter war seit Tagen so neblig-feucht-kalt, dass man praktisch nichts anderes mehr trinken konnte.

»Bran Foley liegt allen immer im Magen«, murrte Mimi übellaunig.

Sie hatte mir die Mabel-Sache noch nicht verziehen.

»Wegen Mrs Todd mache ich mir weniger Gedanken, die weiß doch, dass ich es kann. Und Arian … das ist eine andere Geschichte. Aber noch mal so eine Schmähkritik von diesem Radiomogul ertrage ich nicht.«

»Ach was«, schnaubte Mimi, »Mogul! Wenn du ihn mal sehen würdest, dann würdest du sofort …«

Sie stockte. »Das ist es!«

»Was ist was?«

»Komm, trink deinen Tee aus.«

Mimi stellte den letzten Zuckerstreuer zurück ins Regal anstatt auf einen der Tische. In wenigen Minuten würden schon die ersten Frühstücksgäste aufkreuzen, doch Mimi schnappte sich das Türschild, das im Fenster hing, und drehte das ›Open‹ auf ›Closed‹.

»Ich weiß, was wir jetzt machen.«

»Aber hoffentlich nicht das, was ich denke?«

Dass Mimi für verrückte Aktionen zu haben war, wusste ich spätestens seit der Algen-Sammler-Nummer, ach was, das wusste ich schon in den ersten Sekunden unserer allerersten Begegnung.

»Genau das!«

»Nie und nimmer!«, sagte ich bestimmt und stellte die Teetasse ein wenig zu heftig auf dem Tisch ab, so dass es einen kleinen Rumms gab.

»Du wirst sehen, wenn du ihn erst kennengelernt hast, ist deine ganze Angst verflogen. Bran Foley ist nur so lange ein angsteinflößender Radiomogul, solange du ihn noch nicht gesehen hast. Bis dahin trickst deine Phantasie dich aus und macht ihn zum Mythos. Das ist genau dasselbe wie die Geschichte von Long John Silver.«

»Wohnt der auch hier?«

Mimi lachte. »Du hast *Die Schatzinsel* nie gelesen?«

Zu meiner Schande musste ich gestehen, dass es so war. Ma und ich hatten es uns zwar immer wieder vorgenommen, aber wir waren nicht mehr dazu gekommen. Mimi griff ein verblichenes Buch aus einem der Regale links neben der Fensterfront.

»Lies es, wenn du Zeit hast. John Silver war ein gewöhnlicher Schiffskoch, der nur durch Hörensagen so groß geredet wurde. Mit jeder Erzählung über ihn wuchs er, obwohl er sogar recht klein war und nur ein Bein hatte. Am Ende der Geschichte war er furchteinflößend und angeblich zwei Meter groß. Alle glaubten es, weil er selten an Land ging und kaum jemand ihn zu Gesicht bekam.«

Ich nahm das schmale Buch in die Hand. Der Leineneinband war bereits so stark abgewetzt, dass einige Löcher die rote Pappe darunter freigaben. Es war sicher schon Hunderte Male gelesen worden.

»Bran Foley ist der Long John Silver von Blackwood«, sagte Mimi, schob mich zur Tür hinaus und schloss hinter mir ab. Die nasskalte Luft legte sich sofort wie ein kühler Umhang um mich.

»Und es ist an der Zeit, dass wir ihn einen Kopf kürzer machen.«

Radio Blackwood war von außen gar nicht als Radiostation zu erkennen. Lediglich ein kleines Türschild in der Größe einer Postkarte neben dem Eingang des einfachen, grauen Steinhauses deutete auf die Existenz der für Blackwood so wichtigen Institution hin. Mimi machte sich gar nicht erst die Mühe zu klingeln, geschweige denn, uns ankündigen zu lassen. Mit einer Wucht, die den tobenden Herbststürmen vor der Tür in nichts nachstand, rauschte sie durch den kleinen, gefliesten Eingangsbereich an dem Portier vorbei, der mit offenem Mund hinter seiner Glasscheibe sitzen blieb. Ich folgte ihr schulterzuckend, denn wenn der Mimi-Zug erst einmal losgerollt war, machte es keinen Sinn, ihn aufhalten zu wollen. Auch vor den beiden Türen mit der Aufschrift »Room A« und »Room B« machte sie keinen Halt und öffnete erstere.

»Na, geh schon«, sagte sie und schob mich hindurch.

Ich stand in einem mit Neonlampen grell erleuchteten Raum, an dessen Decke weiße, quadratische Platten den Ton dämpften und dessen Boden mit grauem Messeteppich ausgelegt war. In der Mitte stand eine Art Schreibtischinsel mit vier Tischen, die am Kopfende aneinandergeschoben waren, an denen aber niemand saß. Dahinter entdeckte ich eine Kabine mit einem großen Glasfenster.

»Da ist er doch«, sagte Mimi und stapfte mit ihren weißen Fellboots, die sie zu einem Sommerkleid mit dicker Strickjacke und Schal trug, zielstrebig Richtung Glaskabine. Ich konnte beim besten Willen niemanden durch das Fenster erkennen und folgte ihr wortlos.

Mimi klopfte mit ihren Fingerknochen mehrmals alles andere als zaghaft gegen die Glasscheibe. Hinter dem Stehtisch mit Mikro, der in der Kabine stand, blickte nun jemand hervor. Oder sollte ich besser sagen: etwas? Eine kleine, zierliche Gestalt, deren Körperbau an einen Zehnjährigen erinnerte, saß auf einer Art Hochstuhl. Der winzige Mann hatte ein mageres, spitzmäusiges Gesicht und wenige, flaumartige Haare, wie man es von Babys oder sehr alten Menschen kannte. Sein Gesicht war blass und leicht picklig, was den Eindruck, einen pubertierenden Jungen vor mir zu haben, noch verstärkte. Einzig sein Look, der aus einer gewollt lässigen Hemd-Pullunder-Lederjacken-Kombination und engen Jeans bestand, deutete darauf hin, dass es sich hier um einen Erwachsenen handeln könnte. Mit seinen winzigen Händen winkte er Mimi, kurz auf ihn zu warten.

»DAS ist Bran Foley?«, fragte ich erstaunt.

»Das ist Bran Foley«, wiederholte Mimi.

Mit einem Rutsch vom Hochstuhl war die ganze Gestalt verschwunden, nur die flaumartigen Haare ragten noch über dem Fensterrand hervor. Ich verfolgte den tippelnden Flaum mit meinem Blick bis zur Tür, die sich nun öffnete. Das winzige Männlein ging Mimi nicht mal bis zu ihrer wankenden Brust, in der es ganz sicher versunken wäre.

»Mimi-Herzchen! Das ist ja eine Überraschung! Hast du was Selbstgebackenes für mich zur Stärkung an diesem ungemütlichen Tag?«

Die Stimme von Bran Foley passte in keiner Weise zu seiner Gestalt. Im Gegensatz zu ihm war sie tief und kräftig und wirkte durch das Mikro natürlich noch einmal so stark. Bei der zierlichen Gestalt vor mir hätte ich viel eher eine Piepsstimme vermutet, und die ungewöhnliche Kombination wirkte recht seltsam auf mich. Mimi schien meine Gedanken zu lesen.

»Die kleinsten Männer haben die besten Stimmen«, sagte sie, und es klang leicht bedauernd. Dann wandte sie sich Bran Foley zu.

»Das ist meine Freundin Gesine Nowak, du kennst sie ja.«

Bran Foley wirkte ein wenig überrumpelt.

»Na ja, was heißt schon kennen …?«

Mimi hob eine Augenbraue. »Zumindest reichte es für einen Verriss.«

Bran hob entwaffnend die Hände. »Da kann ich nichts für. Ich habe nur die Fakten weitergegeben.«

»Ja, ja, so wie du es immer tust«, sagte Mimi und stemmte ihre Hände in die Hüften.

»Willst du mir das jetzt vorwerfen? Ich bin der Letzte, der der kleinen Dame hier nicht einen guten Start wünscht.«

»Na dann kannst du ja auch ein bisschen wohlwollender sein bei deinem nächsten Vernichtungsschlag.«

Mimis Blick konnte richtig Angst machen, und auch Bran Foley schien sich nicht recht wohl zu fühlen in seiner pickligen Pubertätshaut.

Mimi sah zu mir. »Wenn man Long John Silver gegenübersteht, ist es anders, oder?«

Ich hatte immer noch kein einziges Wort über die Lippen gebracht, denn die Situation war dermaßen skurril, dass ich es kaum glauben konnte. Bran Foley wirkte regelrecht eingeschüchtert und noch winziger, als er ohnehin schon war. Wie um Himmels willen kam aus diesem zwergenhaften Körper eine so starke Stimme, die mit voller verbaler Wucht jeden Tag erneut durch Blackwood wütete und nichts stehen ließ, was nicht bei drei auf den wankenden Bäumen war? Dieser Typ sollte Sams Chef sein? Sam war mindestens doppelt so groß wie er und wirkte im Gegensatz zu ihm viel selbstsicherer.

»Das *Long* löst sich gerade irgendwie in Luft auf«, antwortete ich Mimi.

Sie nickte. »Hab ich doch gesagt. Alles Mythos.«

»Wovon redet ihr bitte?«, fragte Bran Foley verunsichert.

»Über ein Buch«, antwortete Mimi. »*Die Schatzinsel*. Solltest du auch mal lesen. Es kommen interessante Charaktere drin vor.«

Mit einem verschwörerischen Blick in meine Richtung deutete Mimi mir an zu gehen.

»War mir eine, ehm, Freude«, sagte ich noch und reichte Short John Silver, aka Bran Foley, die Hand. Die viel zu langen Ärmel verdeckten den Großteil seines winzigen Händchens. Es fühlte sich leicht nass-schwitzig und vollkommen spannungslos an, so, als ob ich einen toten Fisch drückte.

Bran Foley kräuselte seine picklige Stirn.

»Weswegen wart ihr denn jetzt nun hier?«, fragte er irritiert.

»Größenverhältnisse geraderücken«, antwortete Mimi und machte auf dem Absatz kehrt.

»Manchmal hilft es, an Land zu gehen.«

»Bist du sicher, dass du das willst?«

Mrs Todd sah mich an, als ob ich ihr gerade von meinem Entschluss erzählt hätte, nach schwerer Krankheit den Freitod zu wählen.

»Ich meine, wir haben keinen adäquaten Ersatz für dich, und ich weiß auch, dass du die Rolle an sich wunderbar beherrschst, aber so etwas wie bei der Generalprobe können wir uns nicht noch mal leisten.«

Mrs Todds besorgter Blick schweifte aus dem Vorzimmer des Education Room durch das Fenster zu den Bäumen, die sich im stürmischen Herbstwind wiegten. Das war wirklich schön anzusehen, wenn man nicht, wie ich gleich, zu Fuß durch dieses Wetter musste. Den rotwangigen Einwohnern Blackwoods schien das allerdings nie etwas auszumachen. Vor dem Gespräch mit Mrs Todd war ich angespannt gewesen, doch nun hatte ich meine alte Sicherheit zurück.

»Ich kann die Mascha in- und auswendig. Es war ein einmaliger Blackout und wurde nur so hochgepusht, weil Bran Foley dabei war.«

»Er wird bei der Premiere wieder da sein«, sagte Mrs Todd besorgt.

»Genau wie ganz Blackwood«, dröhnte es aus dem Nebenzimmer. Ms Fitzpatrick musste bessere Ohren als ein Luchs haben, dass sie trotz Unmengen klackernden Modeschmucks an ihren Ohrläppchen jedes einzelne Wort verstand.

»Ich weiß«, sagte ich sicher und meinte es auch so.

Nach dem Geständnis vom Lama und der Begegnung mit Bran Foley fühlte ich mich besser. Die Long-John-Silver-Geschichte hatte wirklich genau das bewirkt, was ich gebraucht hatte. Dass es manchmal so einfach war, hätte mir mein knauseriges älteres Ich ja wohl verraten können!

Nur Arian vor die Augen zu treten schien mir im Moment noch fast unmöglich. Ich wusste nicht, ob er sauer oder enttäuscht von mir war, oder entsetzt oder einfach alles zusammen. Zusätzlich machte mir sein nüchternes »Hallo« zuletzt ohne ein weiteres Wort zu dem, was passiert war, zu schaffen. Auch wenn ich keine Berechtigung hatte, verletzt zu sein, war ich trotzdem enttäuscht über so viel sachliche Kälte. Womöglich wollte er auch nicht mehr mit mir zusammen spielen – was sollte ich dann tun? Immerhin hatte ich ihm seinen Auftritt vermasselt, und ich wusste, was es ihm bedeutete. Die Schauspielerei war für Arian das, was für Sam das Radio war. Gerade im Kampf mit seinem Vater war es für ihn sicher besonders wichtig, ein beeindruckendes Spiel abzuliefern. Und das ging nur mit einer professionellen Spielpartnerin.

»Ich werde das ganz professionell durchziehen«, antwortete ich bestimmt. Und dann etwas lauter Richtung Nebenzimmer: »Und zwar vor Bran Foley und vor ganz Blackwood.«

Mrs Todd lächelte sanft. »Ich weiß, dass so etwas passieren kann. Im meinen dreißig Jahren an dieser Schule ist es allerdings nur einmal zu so einer Situation gekommen.«

Sie machte eine bedeutungsvolle Pause.

»Es ist nur wichtig, dass es nicht noch mal passiert, damit wir den Zuschauern gerecht werden, die sich das ganze Jahr darauf freuen.«

»Natürlich«, gab ich ihr recht, »das verstehe ich. Kommt nicht noch mal vor, ich verspreche es.«

»Gut«, sagte Mrs Todd und stand auf. »Vielleicht ist es noch wichtig, dass du mit Arian redest. Er braucht wieder

Vertrauen in seine Spielpartnerin. Nach deinem Abgang war er genau wie wir alle etwas geschockt.«

Ich nickte. »Das ist der schwerere Teil.«

Mrs Todd begleitete mich zur Tür. Bevor ich ging, drehte ich mich noch mal um.

»Wer war es?«, fragte ich. »Damals, als Einziger in den dreißig Jahren?«

Mrs Todds Wangen erröteten auf Anhieb, und sie presste ihre Lippen aufeinander. Ihre Antwort blieb aus, aber die brauchte ich auch nicht mehr.

Gestärkt ging ich erhobenen Hauptes in den Klassenraum. Ich war voller Zuversicht, dass ich alles wieder hinbiegen konnte. Das Lama, der Besuch bei Short John Silver und jetzt auch noch das Gespräch mit MrsTodd hatten mich aufgebaut. Ich fühlte mich so gut wie schon lange nicht mehr. Und das mit Arian würde ich auch noch hinkriegen, immerhin hatten wir uns geküsst. So egal konnte ich ihm einfach nicht sein, Mondschein hin oder her. Ich würde es von nun an besser machen und mich nicht von irgendwelchen äußeren Faktoren aus der Bahn werfen lassen. Wichtig war doch nur, dass ich mich konzentrierte und an mich selbst glaubte, so wie mir mein schlaues (und furchtbar zickiges und nerviges) älteres Ich geraten hatte. Alles andere würde sich dann schon ergeben. Als ich den Klassenraum betrat, setzte wie auf Knopfdruck eiserne Stille ein. Dass meine Klassenkameraden an meinem Abgang mehr zu knabbern hatten als ich, hätte ich nicht vermutet. Der Erste, der die Stille brach, war Sam.

»Scheiße, Ge!«

»Was denn?«, sagte ich und ließ mich unter den wachsamen Augen der anderen auf meinem Platz nieder.

»Es war ein einmaliger Blackout. Das kann jedem mal passieren.«

»Wen interessiert denn der blöde Blackout«, murmelte Sam mit zusammengekniffenen Lippen, obwohl noch gar kein Lehrer im Raum war. »Warst du es?«

»War ich was?«, fragte ich und packte mein Französisch-Heft auf den Tisch. Von mir unbemerkt hatte sich ein großer Kreis um meinen und Sams Tisch herum gebildet, aus dem nun Lilian mit verschränkten Armen hervorkam. Sie trug noch immer ihr wissendes Lächeln, nur funkelten ihre Augen diesmal besonders auffällig.

»Da ist ja unser Langfinger«, säuselte Lilian, und die Backgroundtänzerinnen lachten hämisch. »Ziemlich peinliche Nummer, die du da abgezogen hast.«

»Das kann jedem mal passieren«, wiederholte ich.

»Also gibst du es zu?«

»Was gibt es da zuzugeben? Ist eben passiert, basta.«

»Sie gibt es zu, Leute!«, rief Lilian triumphierend mit ausgestreckten Armen in die Runde, und ein lautes Raunen machte sich breit. »Ich hab' doch gesagt, dass sie es war!«

»Wer war was?«, fragte ich.

»Du hast sie geklaut, du hast es doch gerade sogar selbst zugegeben!«

Ich verstand kein Wort.

»Was? Ich meinte, ich hatte einen Blackout.«

»Aha«, machte Lilian in die Runde, »seht ihr, jetzt schiebt sie es auf den dämlichen Blackout. Als ob der nicht peinlich genug war. Hielt er denn so lange an, dass du dich an alles, was danach kam, auch nicht mehr erinnern kannst?«

»Ich verstehe wirklich nicht, was du meinst, Lilian«, antwortete ich und versuchte, so unbeeindruckt wie möglich zu klingen. Das war doch Methode, jetzt alle erneut aufzuscheuchen, wo ich gerade erst wieder zu mir gefunden hatte.

»Ich selbst habe von Ruben gehört, dass du im Morgengrauen zum Mary Manor Haus gelaufen bist, um angeblich so dringend mit Mabel sprechen zu müssen.«

Lilian schnalzte abwertend mit der Zunge. »Tsss! Als ob irgendjemand morgens um fünf dringend mit einer *Köchin* sprechen müsste! Oder überhaupt irgendwann!«

Lilian sprach das Wort ›Köchin‹ so despektierlich aus, dass man meinen konnte, es handle sich dabei um eine Küchenratte.

Ich verstand nicht, welches Ziel ihre Ausführungen haben sollten, und auf eine Rechtfertigung zu der Mimi-Mabel-Sache hatte ich keine Lust.

»Denk was du willst«, sagte ich gelassen. Sam sah mich immer noch schockiert an.

»Das gibt ja mal brandheiße News.«

»Ich habe Arian gleich gesagt, dass da was nicht stimmt. In den Küchenkatakomben rumschleichen und sich auch noch vor Percival verstecken.«

Lilian schien bestens über meine Besuche im Mary Manor House informiert zu sein, und ich fragte mich, ob sie eine hauseigene Drohne dort versteckte.

»Ich bin nur falsch abgebogen«, rechtfertigte ich mich nun doch.

»Aha!«, sagte Lilian wieder, und es klang wie bei einem Detektiv, der eine Spur entdeckte, die zu seiner Theorie passte.

»Was soll daran so schlimm sein?«

»Hm«, machte Lilian übertrieben laut, »vielleicht, dass die goldene Mary-Kuhglocke seit dem Moment verschwunden ist, in dem du alleine im Mary House herumgegeistert bist?«

»Was?!«

Ich starrte Sam an. »Was soll das denn heißen?«

Sam hob seine spitzen Schultern. »Das fragen wir uns auch.«

»Du glaubst den Mist doch nicht etwa?«, fragte ich ihn und merkte, wie mein Herz zu rasen begann.

»Ich finde es nur ziemlich merkwürdig, eine Köchin im Morgengrauen aufzusuchen oder sich vor dem Butler zu verstecken. Nicht, dass ich die Neugier, die einen in so einem Anwesen umhertreibt, nicht nachvollziehen könnte. Ich hatte ja noch nie die Ehre, einen Fuß in dieses ruhmreiche Haus zu setzen. Aber komisch ist es schon.«

»Sam! Das war doch wegen Mimi und Mabel und wegen des Jubiläumsfests!«, platzte es aus mir heraus, doch das Geraune der anderen übertönte mich.

Jetzt erschien Arian in der Menge. Sein Gesichtsausdruck sagte alles, er musste gar nicht erst fragen.

»Arian, ich weiß nicht, was hier gerade passiert, aber ich weiß, dass ich nichts damit zu tun habe. Ehrlich!«

Lilian zog Arian am Arm zu sich. »Eben hat sie es noch zugegeben«, sagte sie verschwörerisch.

»Ich habe gar nichts zugegeben!«

»Ich denke, wir sollten das von den Leuten klären lassen, die dafür zuständig sind«, sagte Arian kühl und löste sich aus Lilians Umklammerung.

»Ja, die Schulleitung weiß auch schon Bescheid. Ich habe sie gerade selbst informiert«, sagte Lilian triumphierend. Ihr wissendes Lächeln von gestern machte auf einmal Sinn.

Ich war völlig durcheinander und versuchte, meine blitzschnell umherschwirrenden Gedanken irgendwie zu sortieren.

»Arian, du denkst das doch nicht etwa auch, dass ich dieses Kuhdings habe?«

Arians Blick war eine Mischung aus Enttäuschung und Aufgebrachtheit.

»Es ist eine Kuh*glocke*, und sie bedeutet meinem Vater unendlich viel, wie ich dir fälschlicherweise anvertraut habe.«

Ich konnte es nicht fassen. »Ich glaub', ich spinne!«

Ich stand auf.

»Nein, ihr spinnt! Ihr spinnt doch alle!«

Doch noch bevor ich meine Sachen packen konnte, hatte die Gruppe einen Gang gebildet, und Mr O'Reilly stand vor mir. »Mir sind einige unerfreuliche Neuigkeiten zu Ohren gekommen, Miss Nowak. Ich bitte Sie, mit mir zu kommen.«

»Aber ich hab überhaupt nichts …«

»Solange nichts bewiesen ist, gilt natürlich die Unschuldsvermutung«, unterbrach er mich. »Und bitte folgen Sie mir jetzt.«

Lilian lachte wieder triumphierend.

»Die arme alte Tante, schämt sich sicher in Grund und Boden für ihre Nichte. Eine ganze Fauxpas-Reihe, einer plumper als der andere.«

Als ich mich widerwillig hinter dem Direktor durch die Menge schob, hörte ich in dem Stimmengemurmel Worte wie »Diebin«, »peinlich!« oder »unglaublich!«, aber ich konnte nur Arians Gesicht sehen, und seine Augen, die sich enttäuscht abwandten.

Das Polizeipräsidium in Blackwood teilte sich die Räumlichkeiten mit dem örtlichen Schlachter. Die Auslage des Butcher's Shop *Fennelly Meats* war sogar in der Mitte durch eine Art Pappwand getrennt, so dass auf der anderen Seite die Executive Fahndungsfotos auslegen konnte, die allerdings bereits recht vergilbt aussahen. Immerhin gab es zwei Eingänge, denn in einem blutverschmierten Kachelraum ausgefragt zu werden, wäre nun doch eine echte Zumutung gewesen. Eine Zumutung blieb es unter den Umständen allerdings trotzdem.

»Das ist nichts weiter als ein alberner Schülerstreich«, erklärte ich, wohlwissend, dass das wenig überzeugend klang, wenn es ausgerechnet aus dem Mund einer Schülerin kam. Noch dazu von einer, der keiner in Blackwood so richtig über den Weg zu trauen schien.

Mr Commins, der sich mir als diensthabender Ordnungshüter vorgestellt hatte, trug seine Uniform sicher mindestens ebenso lange, wie die vergilbten Fahndungsfotos im Fenster hingen, denn auch diese war von der Zeit gezeichnet. Einige der silbernen Knöpfe waren durch seinen unübersehbaren Bauch zum Bersten gespannt, und ich widerstand dem Reflex, meine Hand schützend vor mein Gesicht zu halten.

Die Fragen, die Mr Commins mir stellte, erinnerten mich an die typischen Krimis, die abends im Fernsehen liefen, von denen Ma und ich aber nie viel Notiz genommen hatten, da wir uns lieber zusammengekuschelt und mit jeder Menge Popcorn und Taschentüchern bewaffnet romantische Liebeskomödien angesehen hatten.

»Stimmt es, dass Sie sich unter Angabe falscher Tatsachen gestern um fünf Uhr Ortszeit in das Mary Manor Anwesen geschmuggelt haben?«

»Ich habe mich nicht reingeschmuggelt«, verteidigte ich mich auf dem kleinen Holzstuhl vor Mr Commins' Schreibtisch sitzend, an dem Mr O'Reilly mich soeben mit den Worten: »Wir informieren Ihre Tante und hoffen auf Ihre Mitarbeit zur schnellen Aufklärung dieses unschönen Vorfalls«, abgeliefert hatte.

»Bitte beantworten Sie nur die Fragen, die Ihnen gestellt werden«, sagte Mr Commins und zwirbelte an seinem grauen Zwirbelbart.

»Das tue ich aber doch«, murrte ich ungehalten und kassierte dafür einen strengen Blick.

»Was wollten Sie in der Herrgottsfrühe von Mabel Onta McCloud?«

Ich erzählte Mr Commins die ganze, unsägliche Geschichte. Ich erzählte ihm auch von Lilian und Arian, von dem Mondschein, von Mimi und Mabel, von Mr O'Reillys Idee zum Schulfest und all dem Schlamassel. Ab und zu drehte Mr Commins an seinem Zwirbelbart herum, machte »Hm« oder »Haja« und schrieb gelegentlich mit. Als ich mit meinen Ausführungen abgeschlossen hatte, sah Mr Commins auf.

»Schon fertig?«

Ich sah auf die Uhr. Ich hatte ihm seit einer geschlagenen Dreiviertelstunde mein Leid seit der Ankunft in Blackwood geklagt.

»Das ist eine sehr schöne Geschichte. Wenn auch ein bisschen traurig. Aber spannend!«

Ich traute meinen Ohren nicht. »Das ist keine Geschichte. Das ist … na ja, eben *meine* Geschichte!«

»Hmm«, machte Mr Commins und zwirbelte. »Das führt uns nur leider nicht näher an die Ursache Ihres Besuchs hier bei mir.«

»Aber ich habe Ihnen doch gesagt, dass das Ganze mit Mabel und Mimi zu tun hat«, erklärte ich resigniert.

»Glauben Sie, Mabel macht ihren guten Weihnachtsturkey zum Schulfest? Ich habe nur davon gehört und würde ihn so gerne einmal selbst probieren! Und Mimis Pies dürfen auf keinen Fall fehlen, sagen Sie ihr das!«

Er war wohl von allen guten Geistern verlassen.

»Ich sitze hier, eines Diebstahls bezichtigt, den ich nicht begangen habe, und Ihnen fällt nichts Besseres ein, als von Ihren kulinarischen Wünschen zu sprechen?«

»Das leibliche Wohl steht über allem«, sagte Mr Commins und streichelte sich seinen Bauch. »Na ja, über fast allem. Die Executive steht über allem.«

Dann legte er seinen Block und den Stift auf den Tisch, mit dem er allerlei unleserliches Zeug – ich erkannte nur ›Pie‹ und ›Turkey‹ sowie ›junge Liebe‹ und ›Mondschein‹, konnte das sein? – auf das Papier gekritzelt hatte.

»Außerdem gilt die Unschulds…«

»…vermutung«, beendete ich seinen Satz. »Ja, ich weiß. Vermutung hin oder her, ich war's nicht. Lilian Swanton wollte mich von Anfang an loswerden, ganz sicher hat sie die Glocke irgendwo versteckt!«

»Wir werden noch weitere Zeugen hören und der Sache nachgehen und uns erst dann ein Urteil bilden«, sagte Mr Commins jetzt wieder trocken.

»Ich bitte Sie, sich bis dahin weder dem Mary Manor House noch der Familie Mary zu nähern.« Dann sah er mich wieder streng an. »Das gilt für alle Mitglieder.«

»Das geht wohl schlecht«, erwiderte ich, »denn wir spielen die Hauptrollen im Winterstück zusammen. Wie Sie ja wissen.«

»Ja, das haben Sie in Ihren Ausführungen deutlich gemacht. Die Sache mit dem Blackout tut mir übrigens leid.« Dann schob er mit vorgehaltener Hand flüsternd hinterher: »Ich hatte auch mal einen bei der theoretischen Führerscheinprüfung. Peinliche Sache«, was überhaupt keinen Sinn ergab, denn wir waren alleine im Zimmer.

Er räusperte sich. »Kein Kontakt außerhalb der Proben.«

»Das heißt, ich darf doch mit Arian sprechen?«

»Nur das, was im Drehbuch steht. Keine privaten Mauscheleien. Das wird alles nachgehalten.«

Ich atmete tief aus. Bis zum großen Schulfest war es nur noch ein Tag, an dem ich meine Ehre retten, Lilian überführen, Arian zurückgewinnen (ohne mit ihm zu sprechen), Mabel und Mimi versöhnen und schlussendlich die Premiere mit Bravour überstehen musste. Man konnte sagen, ich hatte was zu tun hier in Blackwood.

24. KAPITEL

Wie war das noch mal mit dem Zweck, der die Mittel heiligte? Wenn ich meine Unschuld beweisen wollte, blieb mir nichts anderes übrig, als wieder ins Mary Manor House zu gehen. Die Kuhglocke war so riesig, dass ich davon ausging, dass weder Lilian (die Glocke war sicher so groß wie ihr Kopf) noch jemand anderes sie unbemerkt aus dem Haus geschmuggelt hatte. Und da das nicht ging, musste sie noch dort sein. Mein Bauchgefühl jedenfalls sagte mir, dass ich an den Ort des Verbrechens zurückkehren musste (taten das nicht auch immer diese Serienmörder in den Krimis?). Langsam kam ich mir wirklich wie die fieseste Stalkerin vor, und in dem Punkt hatte Lilian ausnahmsweise sogar einmal recht: Schon wieder machte ich mich auf den Weg zum Mary House, nur diesmal unter erschwerten Bedingungen. Aber immerhin hatte ich schon einen Plan. Na ja, oder zumindest ansatzweise so etwas wie eine Idee. Durch das Gartentor würde ich hoch über die Wishing Stairs die Mauer entlang unbemerkt zum Hintereingang des Hauses kommen, der mehrmals am Tag offen stand, wie Arian mir verraten hatte, damit die frische Meerluft ab und an das Haus durchflutete. Ich musste nur Percival abpassen, die Kuhglockenspur aufnehmen und aufpassen, dass mich sonst keiner sah. Aber Arian war in der Schule – die ich heute ausnahmsweise mal schwänzte, aber das gehörte eben auch zu den Mitteln, die der Zweck und so weiter –, Arians Vater sicherlich in der Fabrik, Mrs Mary verließ nie ihr Zimmer, und wo Avi Lee war, wusste ich nicht. Meine Vorsicht musste also hauptsächlich Percival und Avi Lee dienen, die die größten Gefahrenquellen darstellten. Ich zog meine Mütze noch etwas tiefer in mein Gesicht, damit die nasskalte Luft nicht in jede einzelne meiner Poren drang. Ganz Blackwood verschwand seit Herbstbeginn in dicken Nebelschwaden, die sich nur für wenige Stunden rund um die Mittagszeit auflösten. Durch ein Fenster betrachtet war es sicher irgendwie romantisch, aber jetzt, halbblind über den Matschweg zum Mary Haus stapfend, fand ich es weniger prickelnd. Am Tor angekommen, lief ich gebückt die Mauer entlang, um den Überwachungskameras auszuweichen. Zwanzig Minuten brauchte man bis zum Gartentor, hatte Arian gesagt, und dann noch mal den ganzen Weg auf der Mauer zurück. Wobei ich wahrscheinlich doppelt so viel Zeit einrechnen musste, wenn ich den Weg kriechend zurücklegte. Percival durfte mich, selbst wenn er auf der Terrasse stand, auf keinen Fall sichten, und die Gefahr sank, wenn ich mich seitlich auf der Mauer entlangzog. Ob das so eine wasserdichte Idee war, wusste ich auch nicht, aber eine bessere fiel mir nicht ein. Das Einzige, das ich wusste, war, dass Lilian Swanton ein für alle Mal das Handwerk gelegt werden musste. Diese Kristallzicke glaubte wirklich, sie sei die Prinzessin von Blackwood. Solange sie ihren Mund nicht aufmachte, war sie wirklich wunderschön, aber sobald sie anfing zu reden, kam meist nur Gehässiges dabei raus. Manche Menschen, die besonders schön waren, wurden mit dem Sprechen reizloser, einige sogar hässlich. Und manche, die unscheinbar wirkten wie das Lama oder Wanda, sagten etwas Besonderes und leuchteten damit auf.

Da war es, das Gartentor. Ich stapfte die ersten beiden Stufen der Wishing Stairs hoch, bis ich mich selbst stoppte. Wie war das noch? Woran man dachte, während man hochlief, erfüllte sich? Ich schloss meine Augen und versuchte mich zu konzentrieren. Ich hatte mittlerweile eine ganze Liste von Dingen, die ich mir runterwünschen wollte. Allerdings machte sich statt der Liste nur wieder ein einziger Gedanke breit. Und der ließ sich nicht verdrängen, so sehr ich mich auch anstrengte. Weder Lilian kam darin vor noch die verschwundene Kuhglocke, Mr Commins oder das Theaterstück, selbst Mimi und Mabel nicht. Das Einzige, an das ich denken konnte, waren Arians weiche Lippen und wie sie geschmeckt hatten, als wir beide hier oben standen.

Den Weg über die Mauer mit ihren bemoosten Steinen hatte ich kriechend erfolgreich hinter mich gebracht, nur die Knie meiner Jeans waren dem Ganzen zum Opfer gefallen. Aber den Destroyed-Jeans-Look konnte ich sicher als gewollt verkaufen, wenn man von den grünen Moosflecken mal absah, die sich in die hellblaue Hose gerieben hatten. Aber auch dafür gab es sicher irgendeinen Modetrend (Dschungellook?). Ich ließ mich so langsam wie möglich seitlich an der Mauer herab, was sich als schwierig herausstellte. Vorher hatte ich auf dem Bauch liegend sichergestellt, dass kein Percival in Sichtweite war. Ich glitschte also mehr oder weniger auf den Boden und kam mit einem Rumms, lauter als geplant, auf der Terrasse auf die Füße. Die gläsernen Terrassentüren mit den weißen Streben standen tatsächlich offen, und ich schob mich mit dem Rücken an die Wand gedrückt langsam näher.

Vorsichtig lugte ich mit dem Kopf in das Hausinnere. Es war weder jemand zu sehen, noch ein Geräusch zu hören. Ich schien den perfekten Moment ausgewählt zu haben. Meine Sneakers streifte ich ab und versteckte sie hinter einem der überdimensionalen Blumentöpfe, die rings um die Terrasse platziert waren, so dass ich nun auf besockten Zehenspitzen in das Wohnzimmer schlich. Mein Herz pochte wie verrückt, aber ich versuchte, mich nicht weiter darauf zu konzentrieren. Bis zur Eingangshalle war es nicht weit, und wenn ich von dort aus in eines der Nebenzimmer gelangen könnte, würde mich niemand entdecken. Ich war zwar nicht sicher, wo ich genau anfangen sollte zu suchen, aber das wusste James Bond ja auch nicht, wenn er sich auf die Spur eines Übeltäters begab. Die grobe Richtung musste reichen. Gut, James hatte bessere Klamotten als ich, vor allem sauberere, aber das war reine Nebensache. Da dies mein erster Halbeinbruch war (ist es überhaupt einer, wenn man etwas Verschwundenes zurückbringen will, statt etwas zu klauen?), fühlte ich mich schon ein wenig durchtrieben. Es hatte in jedem Fall etwas Verwegenes. Tatsächlich schaffte ich es ungesehen an dem großen Kamin mit den drei beigen Sofas vorbei, die in U-Form davorstanden, den Korridor entlang in die Eingangshalle. Ich hielt mich mit dem Rücken immer so dicht an die Wand gedrückt wie möglich. Natürlich würde ich leider nicht in der Wand verschwinden können, wenn nun plötzlich jemand auftauchte, aber ich wollte so wenig Angriffsfläche wie möglich zeigen, und da schien mir die seitliche Variante am plausibelsten. In der Eingangshalle angekommen, in der nur ein goldener Kronleuchter mitten im Raum gedämmtes Licht abgab, herrschte absolute Stille. Doch es war die Art von Stille, der man nicht trauen konnte, weil sie etwas verbarg, das im nächsten Moment schon über einen hereinbrechen konnte. Auf meiner Stirn hatten sich kleine Angstschweißperlen gebildet, und mein leerer Magen schien sich auch langsam umzudrehen. Ich musste es nur durch das Foyer zu der holzgetäfelten Wand zwischen den beiden Treppenaufgängen schaffen, an dem mittig das riesige Ölbild der Mary-Kuh hing. Von dort aus gingen rechts und links einige Zimmer ab, und da dies die nächstbeste Gelegenheit war, etwas zu verstecken, was zu groß war, um damit ungesehen durch die Haustür zu marschieren, beschloss ich, dort mit der Suche zu beginnen.

Und da war sie: Mary. Über das Ölgemälde musste ich trotz der nervenaufreibenden Umstände erneut schmunzeln. Die flauschige Kuh mit ihren treulieben, braunen Augen betrachtete mich aus ihrem goldenen Rahmen, als wolle sie sagen: *Kindchen, du hast auch schon mal bessere Ideen gehabt.* Und tatsächlich – die goldene Kuhglocke fehlte. Ich wollte mir gar nicht vorstellen, was so ein vergoldetes Kaliber wert war. Natürlich wurde so ein Theater um sie gemacht. Mal abgesehen von ihrer Bedeutung für die abergläubische, irische Seele. Aber welches Zimmer sollte ich zuerst durchsuchen? Rechts oder links, links oder rechts … mein Blick fiel auf eine übergroße Kristallvase, die auf einem verschnörkelten Beistelltischchen neben dem Türeingang des rechten Zimmers stand. Sie war mindestens genauso groß wie der Tisch selbst und hatte die Form einer überlebensgroßen – überobstgroßen? – Ananas. Das geschliffene Glas schimmerte in allen nur erdenklichen Nuancen und war in der Mitte durch einen goldenen Rand getrennt. Mein Bauch sagte mir, dass ich das rechte Zimmer nehmen sollte. Ich taperte auf Zehenspitzen auf die Tür zu, drehte den goldenen Türknauf und … verdammt! Die Tür war verschlossen. Ich stöhnte leise auf. So ein Mist! Es war also davon auszugehen, dass auch die gegenüberliegende Tür verschlossen war. So kam ich ganz sicher nicht weiter, und im Türenaufbrechen war ich leider nicht besonders bewandert. Abgesehen davon war davon auszugehen, dass diese Türen auch für Lilian versperrt gewesen waren. Mein Blick fiel auf die schillernde Ananas. Sie schien sogar von innen zu leuchten.

»Was tun Sie hier?«

Ich schnellte vor lauter Schreck über die fremde, schrille Stimme herum – mit fliegenden Armen wie ein Kettenkarussell. Es kam, was kommen musste. Mit der rechten Handfläche erwischte ich die Ananas in voller Breitseite, die ich daraufhin in Slowmotion von dem Tischchen kippen sah. Ich warf mich auf die Knie, um sie noch aufzuhalten, doch es war längst zu spät. Mit einem dumpfen Geräusch landete die Ananas auf dem Teppich. Noch bevor ich die Ausmaße des Schadens genauer betrachten konnte, hörte ich die fremde Stimme erneut.

»Einbrecher. Hilfe.«

Ich hob erschrocken meinen Blick. Vor mir stand die Frau, die ich schon einmal kurz im Augenwinkel gesehen hatte und über die ganz Blackwood sprach. Diesmal trug sie allerdings keinen weißen Bademantel, sondern ein schwarzes, enganliegendes Abendkleid mit goldenen Zierelementen, das weniger zur Tageszeit, allerdings perfekt zum Interieur passte.

»Einbrecher.«

Dass Mrs Mary vor mir stand, hatte mir einen Schock versetzt, aber was mich noch viel mehr irritierte, war die Tatsache, dass sie weder schrie – sie sprach allenfalls laut – noch sonst irgendwie aufgeregt klang. Im Gegenteil – ihr Gesicht sah nicht erschrocken oder überrascht aus, sondern vollständig emotionslos, fast wie eine Puppe.

»Psssschht!«, machte ich und legte den Zeigefinger auf meinen Mund, was angesichts des Umstandes, dass ich mich im Haus der Frau befand, der ich nun empfahl, leise zu sein, nur ein ganz klitzekleines bisschen absurd war. Mrs Mary schrie immer noch nicht, aber sie blieb auch nicht still.

»Hilfe, Hilfe«, sagte sie erneut, vollkommen ohne Mimik; ihr Ausdruck war fast wie in Stein gemeißelt.

Sofort kam Percival aus einem der Zimmer angelaufen, und ich hörte, wie sich noch eine weitere Tür öffnete. Ich erkannte Rubens Stimme.

»Was ist hier los?«

Mrs Mary zeigte mit ihren knochigen Fingern auf mich.

»Eine Einbrecherin. Sie wollte die Ananas stehl…«, unvermittelt brach sie ab. Mein Blick und der von Percival und Ruben, der mittlerweile auch neben uns stand, folgte ihrem.

»Das gibt's doch nicht!«

Die heruntergefallene Ananas hatte dank des weichen Hochfloorteppichs anscheinend nicht allzu großen Schaden erlitten. Lediglich ihren Deckel aus Blättern, die wie eine Krone aussahen, hatte sie verloren, und der Krone fehlten ein paar Zacken. Aber etwas ganz und gar anderes, Erstaunliches war passiert: Sie hatte durch den Sturz auch ihren Inhalt offenbart. Und der war goldglänzend. Und glockig. Sozusagen kuhglockig.

»Ach du heilige Scheiße!«, entfuhr es mir, und sofort legte ich meine Hand auf den Mund.

Ruben hob die Mary-Kuhglocke auf, während Percival mit zitternden Fingern emsig begann, die anderen beiden Teile aufzusammeln.

»Da ist ja unser besonderes Stück.«

Ruben hielt die Glocke ins Licht. »Scheint nichts drangekommen zu sein.«

Mit einem Blick auf mich, mein ängstliches Gesicht und die kaputte Ananas hob er die Schultern.

»War das nicht sowieso nur ein Werbegeschenk von den Swantons?«

Mrs Mary ignorierte Rubens Bemerkung.

»Was macht sie hier? Wieso tut keiner was? Ruft die Polizei.«

»Die weiß schon Bescheid«, sagte ich, nachdem ich meine Fassung wiedergefunden hatte. »Ich komme gerade vom …« – ich überlegte: Wie nannte man das, wenn ein einzelner Polizist sich die Räumlichkeiten mit einem Metzger teilte? – »… vom Präsidium.«

Ruben sah mich fragend an.

Ich wagte mich beherzt vor. »Allerdings wissen die noch nichts über die neuesten Entwicklungen. Mir scheint, als hätte Lilian Swanton einen Gruß dagelassen.«

Dann sah er zu Mrs Mary.

»Keine Sorge, ich kenne die junge Dame hier, eine Freundin von unserem Arian. Sie stellt keine Gefahr dar.«

Percival hielt fassungslos inne. »Miss Lilian soll das gewesen sein?«

Angesichts von so viel Blödheit konnte ich auch nur den Kopf schütteln, schob Lilians nicht ganz ausgereiften Plan aber auf die Zeitnot, die sie gehabt haben musste, während sie die Glocke verschwinden ließ. Sie hatte vermutlich einfach das erstbeste Versteck genommen, während Arian vor ihr her in sein Zimmer gelaufen sein musste. Und das war eben ein Geschenk ihres Hauses gewesen.

»Nicht besonders clever, aber für eine Zeitlang immerhin sehr effektiv«, kommentierte ich sherlockmäßig den Tatort. »Mr Commins wird erfreut sein, dass sich sein neuester Fall bereits in Luft aufgelöst hat.«

»Das sollten Sie jetzt wohl auch tun«, sagte Mrs Mary trocken. »Ich frage besser nicht, wie Sie hier reingekommen sind.«

Ich überlegte, ob ich den Unterschied zwischen Einbruch und Kuhglockenwiederbeschaffung erklären sollte, entschied mich dann aber doch dagegen. Eine letzte Sache war allerdings noch zu klären, bevor ich mich wirklich in Luft auflöste.

»Ist Mabel kurz zu sprechen?«, fragte ich in die Runde, und Percival verdrehte die Augen. Das tat er so ungelenk, dass man vermuten konnte, dass er so etwas sicher das allererste Mal in seinem Leben tat.

»Ich weiß, ich weiß«, beteuerte ich. »Aber diesmal geht es wirklich um …«

»… Leben und Tod«, beendete Percival meinen Satz, und Ruben grinste. »Jaja.«

»Ich bringe dich hin«, sagte Ruben, doch Mrs Mary hielt ihn ab.

»Ich begleite dieses seltsame Mädchen. Sie kann mir auf dem Weg nach unten erklären, wie es hierzu kam.«

Mrs Mary musterte mich mit ihren dunklen Augen, die von tiefen Augenringen umrahmt waren.

Ich konnte nicht behaupten, dass ich mich nun, da meine Mission erfolgreich gewesen war, komfortabler fühlte.

Auf dem Weg nach unten überschlugen sich meine Erklärungen. Mrs Mary hörte die ganze Zeit zu, ohne auch nur eine Emotion zu zeigen. War sie sauer? Wütend? Erschrocken? Erleichtert? »Ich musste leider ungefragt hier einsteigen, mich hätte ja sonst niemand reingelassen, nachdem Mr Commins mir Hausverbot erteilt hatte«, schloss ich meine Ausführungen. »Aber ich war einfach sicher, dass die Glocke noch hier ist. Trotzdem kann ich Ihnen gar nicht sagen, wie unangenehm mir die ganze Sache ist.«

Mrs Marys leeres Gesicht verunsicherte mich mehr, als jeder berechtigte Wutausbruch es getan hätte. Mit einem Seitenblick auf ihr unbewegliches Gesicht schob ich noch hinterher: »Sind Sie noch wütend auf mich?«

»Ich weiß es nicht«, antwortete sie.

Ich stockte. »Sie … Sie wissen es nicht?«

Ich wunderte mich über diese höchst merkwürdige Antwort.

»Richtig.«

Ich nahm meinen Mut oder das, was davon noch übrig war, zusammen.

»Mir ist klar, dass ich mich nicht gerade in der besten Position befinde, hier Fragen zu stellen, es sollte eher andersrum sein. Aber darf ich wissen, warum Sie mir es nicht sagen können?«

»Weil ich nichts fühlen kann«, sagte Mrs Mary und öffnete die schwere Küchentür.

Wie auch immer es mir gelungen war, Mabel davon zu überzeugen, Hand in Hand mit Mimi in deren Laden zu arbeiten, es schien so zu sein, dass beide das Kriegsbeil (zumindest für einen Tag) für Ruhm und Ehre begraben würden. Die Premiere stand vor der Tür, und Mabels Küchenhelfer schwirrten emsig und mit allerlei Köstlichkeiten bepackt vom Mary Manor House zu Mimis Laden und zurück, und auch Mimi hatte jede verfügbare helfende Hand eingespannt. Sogar Randle Molloy packte mit an und hievte schwere Mehlsäcke hinter Mimis Theke, so dass der gesamte Laden, eingehüllt in zarte Mehlwolken, wie eine zauberhafte Winterwunderlandschaft wirkte. Ich konnte beobachten, wie Ruben, der mit etlichen Butterlieferungen und -nachbestellungen beschäftigt war, Randle argwöhnisch betrachtete. Er ließ Mimis Exmann nie aus den Augen und bestellte in dessen Anwesenheit immer eine extragroße Tasse Kaffee, und zwar nicht in einem Pappbecher zum Mitnehmen wie sonst, sondern schlürfte sie auffällig langsam an Mimis Theke gelehnt. Was Mimi und Mabel betraf, hatte ich für genügend Puffer gesorgt, so dass beide nie alleine waren. Jedenfalls dachte ich, dass das helfen würde. »Diese Schnapsdrossel! Überall macht sie Alkohol ran! Wir leben ja nicht mehr im letzten Jahrhundert, in dem man noch alles von innen desinfizieren musste!«, schimpfte Mimi, während sie sich mit ihrer mehligen Hand über die erhitzte Stirn strich.

Ein weißer, stirnbandähnlicher Streifen bildete sich.

»Mimi, du hast da …«, begann ich, konnte aber nicht ausreden.

Ruben, der schon mindestens eine halbe Stunde an seinem mittlerweile sicher eiskalten Kaffee nippte, beugte sich zu Mimi über die Theke nach vorne.

»Darf ich?«, fragte er und legte seinen Daumen auf Mimis Stirn. Mimis düsterer Blick hellte sich in Sekundenschnelle auf, so, als ob Ruben mit seinem Daumen, der jetzt entlang der weißen Mehllinie glitt, dunkle Gewitterwolken wegschieben könne.

»Danke«, hauchte Mimi mit zart erröteten Wangen, nachdem Ruben den Streifen abgewischt hatte.

»Da nicht für«, sagte Ruben und räusperte sich in die Faust. Ich fühlte mich augenblicklich fehl am Platz und rutschte von meinem Hocker. Mimis neugieriger Blick fiel auf mein Handy, das ich, seit ich hier war, fast nie benutzte, denn der nächste Telekommunikationsmast war über fünfzig Meilen entfernt, und entsprechend schlecht war hier der Empfang.

Ich hatte indes mittels einer kurzen Onlinerecherche eins und eins zusammengezählt: Mrs Marys Verschwinden aus dem Dorf nach Avi Lees Geburt, Arians merkwürdiges Verhalten, was seine Mutter betraf, und ihr Geständnis, dass sie nichts fühlen könne. Das Internet ließ keine Zweifel offen und spuckte nach endlosen Minuten des Bildaufbaus nur eine Diagnose aus: Mrs Mary litt unter Alexithymie. Diese Krankheit, auch Gefühlslegasthenie genannt, war eine emotionale Dysfunktion, die es Betroffenen unmöglich machte, Gefühle zu spüren oder zu zeigen. Dadurch, sagte ein schlauer medizinischer Onlineartikel, würden Bindungsstörungen verursacht, denn dem Umfeld der betroffenen Personen fiele es oft schwer zu verstehen, warum der Familienangehörige keinerlei Gefühlsregungen zeigt. Das hatte Avi Lee sicher gemeint, als sie am Tag auf der Terrasse behauptet hatte, ihre Mutter sei eine böse Frau. Mrs Mary war weder böse, noch war sie eine Banshee, sondern sie litt an einer Krankheit, die ihrer Familie das Leben schwermachte.

Es war sicher nicht hundertprozentig lupenrein gewesen,

in das Mary House einzusteigen, aber immerhin war die Kuhglocke wieder aufgetaucht, Mr Commins konnte seinen Fall nach einer Abmahnung für Lilian schließen (man munkelte, Lilian habe danach sämtliche Türen geknallt), und ich verstand Arians seltsames Verhalten endlich.

»Alles o.k. bei dir?«, fragte Mimi immer noch rotwangig. »Ich meine, wegen der Premiere heute Abend.«

Ein bisschen stolz sah ich Mimi an.

»Jetzt, wo ich ein paar Dinge geraderücken konnte, ja. Und der Text sitzt wie eine Eins. Ich darf ihn nur eben nicht wieder vergessen.«

Ruben grinste. »So etwas in der Art hat Arian heute Morgen auch gesagt.«

»Ach ja?«, fragte ich neugierig. »Hat er noch was gesagt?« Seit dem Verschwinden der Kuhglocke hatte ich mit Arian – außer seine kurze Entschuldigung anzunehmen – nicht viel gesprochen. Eigentlich hätte ich eine ordentliche Entschuldigung verdient, auch wenn er mich nicht direkt verdächtigt hatte. Lilian hatte sich erwartungsgemäß natürlich nicht entschuldigt, im Gegenteil. Sie würdigte mich keines Blickes, und ich war froh, wenn ich ihr aus dem Weg gehen konnte. Für mich zählte heute nur, die Premiere so gut wie möglich über die Bühne zu bringen.

Ruben schmunzelte. »Ich glaube, er hat so was in der Art gesagt wie: ›Ich wusste, dass sie es nicht gewesen sein konnte.‹ Und dann hat er noch etwas gesagt, das ich aber wortwörtlich vergessen habe. Es hatte damit zu tun, dass er sich einige Irrtümer eingestehen muss, meine ich.«

Ruben zwinkerte mir zu. Ich wusste zwar nicht genau, welche Irrtümer Arian gemeint hatte, aber ich spürte, wie mir jetzt die Röte in die Wangen stieg. Dieser Junge war noch nicht mal anwesend und schaffte es, mich verlegen zu machen.

»Raus mit dem Unkraut aus meiner Küche!«, brüllte jemand, und sofort stolperte Mimis Helfer, ein junger Azubi aus dem Bestattungsunternehmen nebenan, durch die Holzschwingtüren. »Ich kann nichts dafür«, sagte er und zuckte mit den Schultern. In der Hand hielt er ein großes Bündel Algen, die nun auf den Boden tropften.

»Unkraut?!« Vor Mimis Blick schoben sich augenblicklich wieder düstere Wolken, diesmal aber eher in Richtung eines Gewitters. Die Hände in die Hüften gestemmt, rief sie über die Holztür hinweg auf direktem Weg in die Küche: »Hat hier jemand Unkraut gesagt?«

»Ja, ich war das!«, kam es von drinnen zurück, und sofort rollte der Mimi-Express schnaubend los.

»Oha«, machte Ruben, und auch ich war froh über die Theke, hinter der ich mit einem gewissen Sicherheitsabstand verfolgen konnte, wie Mimi und Mabel in der Küche wie zwei Kampfhühner aufeinander losgingen. Ab und an flog ein Bündel Algen über die Holztür, dann wurde es ganz still, dann wieder ganz laut, und ein fliegendes Mini-Nudelholz traf mich beinahe an der Stirn, wenn Ruben mich nicht rechtzeitig weggezogen hätte.

»Es ist eindeutig zu gefährlich hier für eine Hauptrolle ohne Zweitbesetzung«, sagte er. »Komm, ich bring dich ins Theater.«

Ich nahm sein Angebot dankend an, auch wenn ich das Aufeinandertreffen mit Arian gerne noch etwas hinausgezögert hätte. Es war sicher besser, ohne Blessuren auf die Bühne zu gehen, und Ruben versicherte mir, dass er danach direkt zurückfahren und ein Auge auf Mabel und zwei auf Mimi haben wollte. Wie genau Ruben an drei Augen kam, wusste ich zwar nicht, aber vielleicht war das auch nur so ein Bodyguard-Insider-Scherz. Ich wusste nur eines: In wenigen Stunden würde ich Arian wieder auf der Bühne gegenüberstehen, von unzähligen Scheinwerfern beleuchtet, und unter den kritischen Augen von ganz Blackwood meine Premiere als Mascha geben. Und diesmal würde ich es auf keinen Fall vermasseln.

RADIO BLACKWOOD

»Leute! Ihr glaubt es kaum! Ich bin so aufgeregt, dass ich sogar die Begrüßung vergessen habe! Der größte Goldraub von Blackwood ist aufgeklärt, und das von der letzten Person, von der wir so was vermutet hätten. Ich bin mir sicher, der alte Commins denkt an eine Nachfolge, dem hat's glatt die Sprache verschlagen, so baff war er über den sherlockmäßigen Einsatz von unserer kleinen Ge. Ja, ihr hört richtig, ich sage ›unsere‹. Wer sich so für die Gemeinschaft einsetzt, der muss auch gewürdigt werden. Was uns alle von den Socken gehauen hat, war natürlich die Lilian-Swanton-Sache, wer hätte das für möglich gehalten! So ein zauberhaftes Wesen und solche Abgründe. Die Abmahnung hat sie allerdings schriftlich bekommen, versicherte der gute alte Commins mir, und am Ende zählt ja nur, dass die goldene Glocke von Blackwood wieder da ist, wo sie hingehört: Im Mary Manor House. Apropos Mary House – die Banshee-Geschichte wurde wohl doch ein wenig überhitzt gesendet, einige der helfenden Journos arbeiten nicht ganz sauber, man ist ja praktisch nur von Dilettanten umgeben! Jedenfalls gibt es da so eine Gegendarstellung, der wir natürlich zugestimmt haben, man kann ja nichts für seine amateurhaften Schülerpraktikanten. Also, damit es alle wissen: Mrs Mary ist natürlich keine Banshee, das hat ja auch niemand geglaubt, nein, nein, aber wir sagen das hier noch mal in aller Ausführlichkeit, dem ist dann Genüge getan. So, und nun zum Thema des Tages: Die Premiere des Theaterstücks steht an, ihr könnt euch schon auf den Weg machen, denn für das leibliche Wohl ist gesorgt. Ich hab mir sagen lassen, dass Algen-Muffins und Old Irish Whiskey Stew ein Topf-an-Topf-Rennen machen, und Mabel Onta McCloud und Mimi Molloy noch am Leben sind, auch wenn es einige kleinere Handgreiflichkeiten gegeben hat. Passt am Büfett also auf, liebe Leute! Harhar! Ich mache mich natürlich auch auf den Weg zum Fest, allerdings nicht, ohne der kleinen Dame Glück für heute zu wünschen. Ge, du schaffst das, wir drücken dir die Daumen!

Euer Bran Foley.«

»Bereit?«

Mrs Todd sah in die Runde. Die Ratten rund um Sam schwitzten unter ihren Kostümen und dem heißen Scheinwerferlicht so stark, dass sich bei einigen schon unschöne Ränder unter den Armen gebildet hatten. Lilian hatte sich bis zur letzten Sekunde nicht blicken lassen, was vielleicht daran lag, dass sie einer Schmährunde wegen der Mary-Glocke aus dem Weg gehen wollte, oder auch nur daran, dass die Standpauke ihrer Eltern so lange gedauert hatte.

Ich spürte, wie eine Hand sich von hinten auf meine Schulter legte.

»Sind wir bereit?«

Ich drehte mich um und sah Arian direkt in die Augen.

»Sind wir«, flüsterte ich.

»Wir sind bereit«, sagte Arian lauter zu Mrs Todd, die nickte.

»Toi, toi, toi! Theatre Break a leg!«, hörte ich noch, bevor der samtrote Vorhang sich öffnete. Dann lief alles wie in einem seltsamen Film ab, bei dem ich neben mir stand und mich selbst beobachten konnte. Der Text sprudelte nur so aus mir heraus, und das Zusammenspiel mit Arian lief Hand in Hand, so, als hätten wir nie etwas anderes gemacht. Die Ratten tanzten feixend um uns herum, und Lilian spielte ihre Zuckerfee zwar etwas sauertöpfisch, was der Performance aber keinen Abbruch tat, im Gegenteil, sie sogar besonders echt wirken ließ. Alles flog in gefühlter Sekundenschnelle an mir vorbei, so dass ich gar nicht dazu kam, mich vor dem *einen* Moment zu fürchten. Als er da war, zog Arian mich an sich. »Du bist meine einzige Prinzessin«, lautete der Text, den Arians Lippen nun formten. Ich schloss meine Augen, als unsere Münder voneinander angezogen wurden und ich Arian endlich wieder spüren konnte. Die Scheinwerfer waren verschwunden, ebenso die anderen um uns herum, ja, ganz Blackwood hatte sich in Luft aufgelöst. Es gab nur noch ihn und mich. Für einen Moment stand die ganze Welt still. Erst der tosende Applaus holte uns zurück auf die Bühne.

»Bravo! Bravo!«, hörte man immer wieder und »Zugabe! Zugabe!«

Arian nahm mich an die Hand, während wir uns vor dem Publikum verbeugten, und ich erkannte Bran Foley neben dem Direktor in der ersten Reihe. Beide waren jubelnd aufgestanden (und im Stehen so groß wie alle anderen im Sitzen), und ein Stein in der Größe von Wandas Stone Cottage fiel mir vom Herzen. Auch Wanda und das Lama klatschten stürmisch, und Mimi, die noch mit Küchenschürze am Seiteneingang stand, klatschte kleine Mehlwolken in die Menge.

»Können wir gleich kurz reden?«, fragte ich Arian, während die Menge vor uns immer noch tobte.

»Ich muss erst etwas erledigen«, sagte Arian und sah zu Lilian rüber, die uns argwöhnisch betrachtete. Sam hatte sie ihrerseits an seine Hand genommen, und wir wechselten uns immer wieder mit dem Verbeugen und Nachvornekommen ab. Ich schluckte meine Enttäuschung herunter.

»Ja, natürlich.«

Als der Samtvorhang sich geschlossen hatte, ging Arian auf Lilian zu, nahm ihre Hand und verschwand mit ihr hinter den Kulissen.

»Ich hätte es wissen müssen«, sagte ich, drehte mich kurz weg und nahm heimlich einen Löffel des beschwipsten Irish Stew von Mabel, so dass Mimi es nicht sehen konnte. Ich hatte mich alleine zum Büfett in der Aula geschlichen, denn mir war weder nach feiern noch nach den vielen umherwuselnden Menschen zumute. Und was in solchen Situationen immer half, hatte ich nun mal von Mimi gelernt.

»Du brauchst dich nicht wegzudrehen«, sagte Mimi, die mit Genugtuung beobachtete, wie sich ganz Blackwood über das schier endlose, üppige und meterlange Büfett in der Schulaula hermachte. Es sah alles einfach herrlich aus: Riesige Tontöpfe mit Fischsuppe, aus denen große Holzlöffel ragten, endlos lange Tabletts mit Kuchen und Pies, Etageren mit verzierten Muffins und Cupcakes, zwei überdimensionale Torten – beide mit einer 200 drauf, ich hätte wetten können, dass Mabel und Mimi sich nicht einig geworden waren, wer die Festtorte machen sollte, und deswegen beide eine gebacken hatten –, ein Spanferkel, umringt von dampfenden Backäpfeln und jeder Menge anderer Köstlichkeiten.

»Ich hab's ganz genau gesehen, dass du Mabels beduselten Stew probiert hast.«

Ertappt schluckte ich das Fleisch unzerkaut runter und spürte den Whiskey leicht brennend in meiner Kehle. Mabel hatte es damit wirklich gut gemeint.

»Aber ich verzeihe dir.«

Mimi seufzte selig. »Heute ist ein zu guter Tag, um Kleinigkeiten übelzunehmen.«

Sie grinste mich verschmitzt an. »Nicht nur du hattest Premiere.«

»Ruben?«, flüsterte ich mit aufgerissenen Augen. Mimi wackelte hysterisch mit dem Kopf.

»Ja! Du glaubst es nicht, wie dieser Mann küssen kann. Es ist zwischen den Karpfenköpfen passiert. Der Salzwasserduft machte es noch romantischer!«

Ich schluckte erneut. Nur jemand wie Mimi konnte einen Kuss umringt von toten, stierenden Fischaugen romantisch finden, aber ich wusste, dass es für sie genau so gewesen war.

»Ich freu mich so für dich«, sagte ich, während Mimi meine Hände beinahe zerdrückte. »Es war aber auch wirklich Zeit!«

»Und was ist mit dir und Arian?«

Ich hob die Schultern. »Er ist direkt nach der Aufführung zu Lilian gerannt. Ich glaube, es soll einfach nicht sein.«

Ich sah, wie Wanda mit dem Lama im Schlepptau winkend auf uns zustürmte.

»Nicht den Kochlöffel ins Korn werfen«, flüsterte Mimi

mir noch zu, bevor ich von allen Seiten laut beklatscht und bejubelt wurde.

»Da ist ja unser Goldmädchen!«, rief auch Bran Foley, der Wanda und das Lama beiseiteschubste und mir ein Mikrophon hinhielt.

»Wie fühlt es sich an, der Star in Blackwood zu sein?«

Ich sah verdutzt in die fröhlichen Gesichter. Es war nicht so, dass ich meinen Erfolg nicht genießen konnte, aber der bittere Beigeschmack von Arians Abgang machte es mir schwer. Ich hätte ihn mir wenigstens jetzt an meiner Seite gewünscht.

»Es ist ganz schön«, erwiderte ich in das Mikro, aber Bran Foley schüttelte den Kopf.

»*Ganz schön?!* Du warst großartig! Die beste Mascha, die man sich überhaupt nur vorstellen kann!«

»Das finde ich auch.«

Arians Stimme war glockenklar aus der Menge herauszuhören. Es war, als wäre die tobende Masse um mich herum augenblicklich auf *mute* gestellt worden, und ich konnte nur noch ihn hören. Arian nahm meine Hand und küsste mich auf die Wange. Sofort rief jemand: »Foto! Foto! Schnell!«, doch ich hörte nicht weiter hin.

»Und, hast du alles erledigt?«, fragte ich.

Arian nickte. »Es gab nur noch eine Sache«, sagte er.

»Und das wäre?«

»Zuckerfeen sind nichts für mich. Ich mag lieber mutige Mädchen, die dem Prinzen an ihrer Seite auch mal den Hintern retten.«

Er lächelte mich an, und ich kräuselte die Stirn.

»Falls du es genauer wissen willst: Ich habe gerade mit Lilian Schluss gemacht. Das war mehr als überfällig. Wir hatten uns ewig schon nichts mehr zu sagen. Im Grunde war es nur noch Gewohnheit.«

Ich spürte, wie mein Herz einen Hüpfer machte. Einen kleinen, denn ich traute dem Braten noch nicht.

»Und das heißt?«, wollte ich es ganz genau wissen.

Doch statt einer Antwort gab es den einen [KUSS], von dem ich schon so lange geträumt hatte.

»Hier, hier!«, schrie einer, »Mascha und der Nussknacker!«, und ein anderer: »Da auch, da auch! Die Zuckerfee und der Rattenkönig!«

Liebe alte Ge,

bitte verzeih mir meinen letzten Brief und dass ich nicht mehr geantwortet habe. Ich weiß jetzt, was du meintest, als du gesagt hast, dass ich mein Leben selber leben muss. Eine Anleitung für das Leben wäre zu schön, aber eben nur in der Vorstellung, denn wo bliebe der Stolz, Dinge aus eigener Kraft geschafft zu haben, der Triumph, die Glückseligkeit? Du hattest mit so vielem recht. Ja, auch die Menschen, die mir helfen, sind um mich herum, ich musste nur erkennen, dass sie mir längst ihre Hände gereicht hatten. Die letzten Wochen und Monate haben mir also gezeigt, dass ich doch nicht so alleine bin, wie ich zuerst gefühlt habe. Und nicht zuletzt du hast mir die Sicherheit gegeben, dass ich auf dem richtigen Weg bin, auch wenn er noch so steinig zu sein scheint. Auch Steine können zu puderweichem Sand werden. Ich danke dir für deine Hartnäckigkeit, dass du mich ›ich‹ werden lässt, obwohl es so leicht für dich wäre, mir zu sagen, was ich tun soll. Denn

dann wäre ICH nie der Mensch geworden, der DU nun bist.
Um das zu verstehen, musste erst so viel passieren. Ich glaube, die Retrospektive ist ohnehin der einzige Weg, Dinge zu verstehen. Erst im Rückblick fügt sich alles zusammen, und Fehler machen Sinn. Im Moment des Versagens selbst ist man viel zu wütend und enttäuscht, um klar sehen zu können. So etwas braucht Zeit, und Zeit heilt vieles. Nicht jede Wunde, ich denke, du weißt, dass zumindest eine immer bleiben wird. Ich brauchte dich, um mich besser zu verstehen. Und ich danke dir fürs Dasein, auch wenn das bedeutet, dass du mich manchmal loslassen musst.

Deine Ge

25. KAPITEL

»Es ist wunderschön«, sagte ich, während mein Blick über Blackwood schweifte, über dem die warme Herbstsonne unterging. Heute war sicher einer der letzten milden Tage, morgen war offizieller Winteranfang. Und die Church View war einfach der schönste Platz zu dieser Tageszeit. Gut, mit Arian neben mir wäre es wahrscheinlich selbst auf dem Friedhof mitsamt seinen freilaufenden Kühen romantisch gewesen, aber diese Aussicht übertraf wirklich alles.

»Ich hätte nie geglaubt, dass die Geschichte so zu Ende geht«, murmelte ich in Arians Ohr, der mich von hinten umarmt hatte und sein Gesicht neben meines drückte.

»Vielleicht ist sie das ja noch gar nicht«, erwiderte er, »vielleicht fängt sie gerade erst an.«

Es war nicht so, dass Arian und ich uns nicht unterhielten, wir küssten uns nur viel. Das war eigentlich in den letzten Tagen unsere Hauptbeschäftigung geworden. Wenn man etwas gut konnte, sollte man dem ja auch nachgehen, fand ich.

»Sieh mal, deine Pferde sind wieder rosa!«, ich zeigte auf die beiden Schimmel Mara und Maisie, die tatsächlich im rotglühenden Sonnenuntergangslicht überirdisch rosé wirkten. Ich hatte mich erneut aufs Pferd gewagt, allerdings diesmal nur unter der Vorgabe, dass lediglich Schritt geritten wurde, woran Arian sich auch vorbildlich gehalten hatte.

»Ja, es ist immer wieder magisch«, sagte Arian und sah

Richtung Horizont. Wir schwiegen einen Augenblick. »Ich habe es ihm noch nicht gesagt«, schob er dann hinterher und drückte sich noch ein wenig fester an mich.

»Wem was nicht gesagt?«

»Meinem Vater. Dass ich nicht ins Buttergeschäft einsteigen werde. Er war nach der Aufführung so stolz, dass ich die gute Stimmung zu Hause erst mal genießen wollte. Aber irgendwann muss ich es ihm sagen. Ich muss zugeben, dass ich Angst davor habe. Es wird die größte Enttäuschung seines Lebens.«

»Aber nur für eine gewisse Zeit«, antwortete ich. »Irgendwann wird er trotzdem stolz auf dich sein. Am wichtigsten ist aber ja doch, dass du es sein kannst.«

»Dieses verrückte Mädchen«, feixte Arian und drückte mich noch fester an sich. »Hat immer die richtige Antwort parat. Wie machst du das nur?«

»Was? Richtig zu antworten?«

»Dass man sich besser fühlt in deiner Gegenwart, stärker irgendwie. Als wärst du ein Kompass, der einem den Weg weist.«

Ich fühlte mich alles andere als kompassartig, im Gegenteil. Durch die Schule zu gehen war im Moment jeden Tag wie der Gang nach Canossa. Zu meinem Glück zeigte Lilian zwar noch keine Ambitionen für neue Boshaftigkeiten, denn sie war rund um die Uhr damit beschäftigt, sich von Sam anbeten zu lassen. Aber wer konnte schon sagen, wie lange dieser Zustand anhalten würde. Ich wusste nicht genau, ob Sam klar war, dass er als Ablenkung von Arian herhielt, aber er genoss es zusehends, und vielleicht war es ihm in seinem Glück auch egal. Trotzdem hatte ich mir vorgenommen, Sam ein wenig vor sich selbst zu beschützen, was bedeutete, dass ich Lilian nicht für längere Zeit aus dem Auge lassen durfte. Aber das durfte man bei ihr ja ohnehin nicht.

»Wenn ich dein Kompass bin«, sagte ich jetzt und streckte meinen Arm aus, »dann drehe ich mich jetzt in diese Richtung.«

Ich zeigte auf das Stone Cottage, das wie ein winziger Felssteinwürfel etwas abseits von Blackwood unter uns lag.

»Da gibt es nämlich ein Zimmer, in dem wir ungestört sind. Bei Wanda huschen auch keine Geister durch die Katakomben, und das würde mich eindeutig ruhiger schlafen lassen.«

»Bei uns gibt es auch keine Geister«, entgegnete Arian amüsiert.

»Doch«, antwortete ich und machte ein gruseliges Gespenstergeräusch, während ich mit den Armen umherwedelte. »In den Katakomben war etwas. Ich hab's selbst gehört, an dem Tag, als ich Percival entwischt, ähm, ich meine, verloren gegangen bin.«

»Na ja, vielleicht spukt es wirklich«, sagte Arian augenzwinkernd, bei so einem alten Haus weiß man ja nie.«

Dann grinste er. »Aber es könnten auch Santir und Hazianne gewesen sein, die du meinst. Sie schleichen immer um die Küche herum, in der Hoffnung, dass der ein oder andere Knochen für sie abfällt.«

»Sag nicht, dass ich vor Geisterhunden Angst hatte?«

»Eher irische Wolfshunde«, lachte Arian. »Mein Vater liebt sie, obwohl sie so groß wie Kälber sind. Aber sie haben ein freundliches Gemüt.«

Das erklärte so einiges. »Blackwood ist gar nicht so mystisch, wie ich zuerst dachte,« bemerkte ich ein bisschen ernüchtert. »Eure ganzen Feen und Geister und Banshees stellen sich am Ende doch immer nur als ganz normale Wesen heraus.«

»Hm«, machte Arian. »Niemand weiß, ob das Übernatürliche existiert. Aber ich würde auch nie behaupten, dass es das nicht gibt.«

»Irgendwie sagen das alle hier.«

Grinsend zog ich mich auf mein Pferd. Mittlerweile hatte ich den Dreh raus, wie ich nicht ganz so mehlsackartig wirkte, wenn ich mich mit einem ordentlichen Schwung vom Boden hochschob.

»Dann einigen wir uns also darauf, dass wir es nicht wissen«, sagte ich.

»Bis uns das Gegenteil bewiesen wird.«

»Genau. Bis uns das Gegenteil bewiesen wird.«

»Was hast du gleich eigentlich vor?«, fragte Arian, während wir auf dem Rücken der Pferde den Weg zurücktrotteten.

»Das wirst du schon noch sehen«, schmunzelte ich. »Es hat in jedem Fall damit zu tun, dass wir mein Zimmer abschließen. Nicht, dass Wanda aus Versehen hineinstolpert.«

»Das hört sich überaus interessant an!«

Arian strahlte, und wir mussten beide laut lachen.

Die Zeit mit Arian verging unendlich schnell, Tage zogen wie im Flug an uns vorbei. So vieles, über das ich mir den Kopf zerbrochen hatte, schien sich in Luft aufgelöst zu haben. Einzig Lilians Blicke hatten immer wieder aufs Neue etwas Diabolisches, und ich fühlte mich in ihrer Gegenwart ernsthaft unwohl. Jedes Mal, wenn ich in den Schaufenstern der Stadt das beliebte Irish Crystal sah – ob es nun die Zuckerdose beim Bäcker oder die große Obstschale im Education Room war –, lief mir ein Schauer über den Rücken. Lilians Familie, und damit auch indirekt sie selbst, war einfach überall präsent. Ihre stummen Blicke waren mir immer noch nicht ganz geheuer, und ich war jedes Mal froh, wenn ich mit Arian allein und unbeobachtet sein konnte. Und was gegen eigentlich alles half, war das Küssen. In diesen Momenten stand die Zeit still, und alles um uns herum löste sich zumindest für diesen einen Moment in Wohlgefallen auf.

»Das nennt sich ›Sorgen wegküssen‹«, sagte Mimi seufzend und legte einen bombastischen Augenaufschlag hin. Ruben, der sich soeben verabschiedet hatte und sich im Türrahmen noch mal umdrehte, fiel es sichtlich schwer, den Laden zu verlassen. Kein Wunder, bei diesem Blick gepaart mit einem lustvollen Seufzer. Marilyn Monroe wäre vor Neid erblasst.

»Ja, das trifft es ganz gut«, stimmte ich zu. »Wenn ich mit Arian alleine bin, ist die Welt da draußen für die Zeit ganz weit weg. Ein irres Gefühl.«

Ich biss in ein Mini-Croissant, das mit Irish Cheddar aus der neuen Mary-Produktion und Schinken gefüllt war.

»Möstlich«, murmelte ich kauend. »Mast mo mut mie müssen!«

Mimi sah immer noch verträumt Ruben hinterher, als wolle sie ihn mit ihren Blicken festhalten.

»Was?«

Ich schluckte. »Fast so gut wie küssen«, wiederholte ich.

»Ja, falls es mal einen Kussengpass gibt, lässt sich das ganz wunderbar mit einem warmen, buttrigen Käsecroissant ausgleichen«, sagte Mimi, stand auf und sah an sich herunter. »In letzter Zeit allerdings ist das so gut wie nicht mehr notwendig.«

Es stimmte, Mimis Kleid saß auffallend locker. Sie kicherte. »Wir kommen kaum mehr zum Essen.«

Ich verstand genau, was sie meinte. Nicht nur einmal hatten Arian und ich Wandas Abendessen ausgelassen, um mehr Zeit zu zweit herauszuschlagen. Auch wenn Wanda sich bemühte, verständnisvoll zu reagieren, glaubte ich doch, dass sie jedes Mal ein wenig betrübt darüber war. Ich nahm mir vor, das heutige Dinner in keinem Fall zu verpassen. Schulter an Schulter sitzend, beide das Kinn auf die Hand gestützt, saßen Mimi und ich nebeneinander da und sahen in das graunebelige Regenwettergemisch. Ich hatte mal gehört, dass die Inuit über hundert Wörter für die verschiedenen Arten von Schnee kannten. Mindestens genau so viele musste es hier für Regen geben. Nieselregen, Nebelregen, seitlicher Windregen, schüttender Regen, Regengüsse …

»Jetzt fängt die gemütliche Jahreszeit an«, sagte Mimi. »Saisonende, weniger Touristen, schlechteres Wetter und ganz viel …«, sie suchte scheinbar nach einem Wort.

»… Kusszeit«, beendete ich ihren Satz.

»Genau.«

Der Croissantduft erfüllte den ganzen Raum, und der buttrige Nachgeschmack sorgte für ein samtweiches Gefühl in meiner Kehle.

»Besser kann es nicht mehr werden«, seufzte Mimi. Und da musste ich ihr mal wieder ganz und gar recht geben.

In meinem Zimmer angekommen, wollte ich noch schnell alles in Ordnung bringen, bevor Arian kam. Ich hatte mir frische Bettwäsche aus dem Schrank genommen, die nach grünen Wiesen duftete. Während ich das Laken bezog, fiel mein Blick auf den Schreibtisch. Die Feder und das Tintenfass waren von einer feinen Staubschicht überzogen, denn ich hatte sie länger nicht mehr benutzt.

Wie viel sich seit meiner Ankunft hier verändert hatte! Mit einem großen Schwung schlug ich das Laken auf.

Nie hätte ich geglaubt, dass am Ende doch alles gut werden würde. Sogar Catan, der sich seit neuestem wieder in meine Nähe traute, schien das Waschtrauma überwunden zu haben und räkelte sich auf meinem Kopfkissen. Als sich die Bettdecke mit einem Luftschwung über das Kissen legte, sprang er leise fauchend auf. Lachend beruhigte ich ihn.

»Nur das Laken noch, dann kannst du dich wieder breitmachen, du Tiger.«

Mein älteres Ich hatte recht behalten: Ich war stolz, dass ich es ganz allein geschafft hatte – ohne Anleitung für mein Leben. Auch wenn so etwas alles ein wenig einfacher gemacht hätte, war ich froh darüber, meinen eigenen Weg gefunden zu haben. Ich wusste nun, dass ich meinem Bauchgefühl trauen konnte, das mir schon sagte, was richtig oder gut für mich war, und was nicht. Auch wenn ich noch einige Fehltritte vor mir haben würde, machten sie mir nun viel weniger Angst. Es war das Leben, das einen zu leben lehrt, das hatte ich durch mein älteres Ich verstanden.

Ich beugte mich über den Schreibtisch, um den Staub mit einem großen Atemzug wegzupusten. Dabei hatte ich allerdings nicht bedacht, dass das Fenster offenstand und die kühle Meeresluft mir den Staub geradewegs ins Gesicht fegte.

»Puh«, machte ich und hustete mir das trockene Gefühl aus dem Rachen. Das war fies.

»Irgendwo muss doch so was wie ein Lappen sein oder

ein Taschentuch«, murmelte ich in Gedanken vor mich hin und zog jede der Schubladen auf. Doch außer den unangespitzen Bleistiften, dem Papier, allerlei Kleinkram und einem Umschlag fand ich nichts und drückte die Schubladen alle nacheinander wieder zu.

Stopp, halt – ein Umschlag?!

Ich erinnerte mich nicht, einen Brief in der Libellenschublade liegen gelassen zu haben. Meine Antwort war der letzte der Briefe gewesen, danach war nie wieder etwas gekommen. Oder hatte ich doch eine Antwort von mir übersehen? Neugierig zog ich die Schublade wieder auf. Das vertraute Briefpapier löste sofort ein gutes Gefühl bei mir aus, und ich nahm den Brief in die Hand; er war noch verschlossen. Eine neue Nachricht aus der Zukunft! Ich freute mich. Was würde ich mir wohl Wichtiges zu sagen haben? Mit einer schnellen Bewegung drehte ich den Brief um. »*Für Ge*« stand wie immer darauf, aber ich stutzte.

Es war nicht meine Handschrift.

Mit zitternden Händen griff ich nach dem Brieföffner. Doch meine Hände waren viel zu unruhig, um die feine Spitze in die Lasche zu bekommen, und ich war gleichzeitig viel zu ungeduldig, um es erneut zu probieren, also legte ich den Öffner beiseite. Es war nicht so, dass mir die Handschrift unbekannt war. Im Gegenteil, ich kannte sie sogar so gut, dass diese zwei Worte ausreichten, um sie zu erkennen. Einige Male hatte ich sie an der Schultafel gesehen oder bei flüchtigen Blicken auf Französischtests mit der Note A+. Die Buchstaben waren schlank, fast dürr und wenig ausladend, dafür aber mit einer gewissen Eleganz ausgeführt, so, als ob sie sich zurückhalten würden, um perfekt in gerade Reihen zu passen. Ich faltete das Papier auseinander, und beim Anblick der vielen Worte machte mein Herz einen Sprung. Es bestand kein Zweifel: Es war Arians Schrift.

Aber wie konnte das sein? War er meinem Geheimnis auf die Schliche gekommen und hatte einen Liebesbrief hier deponiert? Allerdings war er nie ohne mich in diesem Zimmer gewesen, zumindest nicht lange genug, um es zu durchsuchen und einen Brief zu schreiben. Wie seltsam! Meine Augen wanderten hastig über die Zeilen – sicher würden sie Aufschluss darüber geben.

Liebe Gesine,

ich wende mich in meiner größten Not an dich. Ich hätte nie gedacht, dass gerade ich an so etwas wie das hier glauben könnte, aber in Situationen wie diesen greift man zu allen Mitteln. Das hier ist mein letzter Ausweg, und ich schicke Stoßgebete in den Himmel, dass alles, was ich in den letzten Stunden über dich herausgefunden habe, wahr ist und du wirklich diesen Brief erhältst.

Du bist vor acht Tagen, dreiundzwanzig Stunden und elf Minuten gestorben, und es vergeht keine Sekunde, in der ich nicht nach dir Ausschau halte, nach einem Ton, einem Zeichen von dir, dass es vielleicht doch nicht wahr ist und du durch die Tür kommst und alles nur ein böser Traum war. Mein Herz fürchtet sich davor, die Tatsache, dass du nicht wiederkommst, zu akzeptieren. Deswegen tue ich etwas, das ich selbst für absurd halte, aber das ist dein Tod ja auch. Ich bin es, meine Liebe, dein Arian. Ich bin einunddreißig Jahre alt, und du bist vor acht Tagen dreißig geworden. Es war dein Geburtstag, und wir wollten uns hier in Wien in dem kleinen italienischen Restaurant neben meiner Schauspielschule treffen, in das du so gerne gehst, das mit den rotkarierten Tischdecken. Es sollte eine kleine Feier werden, nur wir zwei, bei Kerzenschein. Du hattest keine Lust auf eine große Party, und ich hatte dir diesen Ring besorgt. Ehrlicherweise muss ich zugeben, dass ich ihn schon eine Weile mit mir herumtrug und nur den richtigen Augenblick abgewartet habe. Dein dreißigster Geburtstag schien mir der richtige zu sein, aber es kam nicht dazu. Ich weiß nicht, wo ich anfangen soll ... deinen Briefen nach müsstest du jetzt fünfzehn Jahre alt sein und noch in Blackwood leben. Du bist dort mit mir, dem Arian aus der Vergangenheit, zusammen. Ich schreibe dir als Arian aus der Zukunft, als der Mann an deiner Seite, deine große Liebe, dein Partner. Als der Mann, der dich nicht beschützen konnte vor einem Schicksal, das scheinbar auf deiner Familie lastet.

Denn jede Magie hat ihren Preis – wir leugnen die Existenz von Feen und Waldgeistern nicht und zahlen dafür mit einem schier übermächtigen Aberglauben.

Trotzdem hätte ich es dir nie geglaubt und verüble es dir deswegen nicht, dass du mir nie von den Briefen erzählt hast. Und ich bitte dich, erzähle es bloß nicht meinem jüngeren Ich – ich würde es nicht verstehen. Allein die Umstände meiner tiefen Verzweiflung bringen mich dazu, das Unmögliche in Betracht zu ziehen.

Das, was ich dir jetzt schreibe, ist wichtig, Gesine. Es ist lebenswichtig, und ich flehe dich inständig an zu tun, worum ich dich bitte.

Wenn es stimmt, was ich herausgefunden habe, haben wir

durch diese Briefe die unfassbare Chance, die Zukunft zu verändern und unser Schicksal zu lenken. Denn ich bin nicht bereit, dich jetzt schon gehen zu lassen. Laufe deinem Schicksal nicht davon, wie es deine Mutter getan hat!
Ich will alles tun, dass sich diese schreckliche Vorherbestimmung nicht wiederholt. Hilf mir, Gesine. Lass uns zusammen gegen das Schicksal antreten. Du kamst genau wie deine Mutter auf einer regennassen Straße in einem Verkehrsunfall um, mit dem einzigen Unterschied, dass du nicht selbst am Steuer saßt. Ich weiß nicht, wie wir deinen Tod verhindern können, nur, dass wir es müssen. Komm also an deinem dreißigsten Geburtstag nicht zu Fuß zu dem Restaurant, geh überhaupt nicht auf die Straße. Bitte bringe mich dazu zu glauben, dass es wichtig ist, das Haus nicht zu verlassen. Aber selbst wenn wir deinen Geburtstag überstehen, bleibt die Angst, dass dir an einem anderen Tag etwas zustößt, so, als wolle dein Schicksal etwas einlösen. Ich hoffe, du weißt mehr als ich und findest eine Lösung, diese Tragödie zu verhindern. Wenn dieser Schreibtisch wirklich existiert und Briefe aus der Zukunft in die Vergangenheit schicken kann, dann liest du das jetzt, wo noch alles offen ist. Deine Zukunft ist jetzt noch nicht besiegelt, bitte glaube mir, dass du sie ändern kannst. Du musst es, für mich und für dich.

Lass uns nicht im Stich –

Dein Arian

Meine Kehle hatte sich bei dem Wort *gestorben* so fest zugeschnürt, dass ich kaum schlucken konnte. So zittrig ich gerade noch gewesen war, so erstarrt war ich nun.

Ich würde an meinem dreißigsten Geburtstag sterben?! Und zwar fast so, wie es Ma passiert war? Konnte das alles wahr sein? Sollte es etwa einen Fluch geben, der nach meiner Mutter nun auch mich einholen würde? Meinte Arian das mit »… *Schicksal einlösen«?*

War es wirklich möglich, die Zukunft zu verändern?

Und wenn ja, wie?

»Du wirkst irgendwie seltsam«, sagte Arian und strich mir sanft über die Wange. »Als wärst du gar nicht richtig hier.« Wir saßen auf meinem Bett, und Arian beugte sich zu mir, um mich zu küssen, doch ich entzog mich.

»Müssen wir wieder von vorn anfangen?«

Meine Lippen öffneten sich langsam, um etwas zu antworten, aber ich bremste mich in letzter Sekunde.

»Was ist los?«

Arians Worte aus der Zukunft brannten wie Feuer in meinem Brustkorb, und ich wollte sie am liebsten hinausschreien. Aber ich wusste, dass er mit seiner Selbsteinschätzung recht hatte, sein gegenwärtiges Ich würde mich für verrückt erklären. Das war es ja auch – vollkommen verrückt. Aber ich konnte nicht riskieren, Arian zu verlieren. Ich liebte ihn jetzt und auch in der Zukunft, und ich brauchte ihn, damit er mir diesen Brief schreiben konnte. Ohne ihn und seinen Brief konnte ich mein späteres Ich nicht retten. Ich biss mir auf die Lippen.

»Nichts.«

Ich antwortete wie diese Mädchen, die sich ständig mit ihren Gedanken und Wünschen selbst im Weg standen, weil sie sich nicht trauten, die Wahrheit auszusprechen und stattdessen ein belangloses »*Nichts*« vorschoben. Genau so wollte ich nie sein, und jetzt blieb mir nichts anderes übrig.

»Denkst du an einen anderen?«, feixte Arian und legte sich mit verschränkten Armen rücklings auf mein Bett. Wir hatten uns heute noch nicht einmal richtig geküsst – ich konnte mich schlichtweg nicht darauf konzentrieren. Erschrocken sah ich ihn an.

»Nein, natürlich nicht!«, entgegnete ich ein wenig zu energisch.

»Das will ich doch hoffen«, sagte Arian und betrachtete mich skeptisch. »Obwohl man es fast denken könnte, so fremd wie du dich heute benimmst.«

Wie recht er hatte – und doch wieder nicht. Ich dachte an einen anderen, an den Arian aus der Zukunft, der er einmal sein würde. Und schließlich war es doch kein Betrug, wenn man seinen Freund mit ihm selbst betrog, oder? Wobei *betrügen* hier sicherlich ein wenig zu weit gegriffen war – ich enthielt Arian ja lediglich einige Informationen, mit denen er ohnehin zum jetzigen Zeitpunkt nicht viel würde anfangen können. Ich sah in Arians silbergraue Augen, die mich skeptisch und herausfordernd anblitzten. Am liebsten hätte ich ihm alles erzählt, von Anfang an. Jede Zeile, jeden Gedanken, jede Angst.

»Ich denke nur an dich«, antwortete ich, »und zwar rund um die Uhr.«

Und das entsprach ganz und gar der Wahrheit.

26. KAPITEL

»Es ist doch nur für ein paar Stunden!«

Ungeduldig zerrte ich an Sams Jackenärmel, der sich kaum vom Schulhof bewegen ließ.

»Du bist doch gleich wieder bei deiner Prinzessin.« Das hinterhergeschobene »… aus Glas so hart wie Stein« ignorierte Sam geflissentlich.

»Sie ist einfach übermenschlich«, schwärmte Sam, während er immer noch keine Anstalten machte, sich vom Fleck wegzubewegen, obwohl Lilian längst in den dunklen SUV eingestiegen war, der sie oft nach der Schule abholte. Vorher hatte sie mich aber noch mit einem abfälligen Lächeln bedacht und Sam halbwegs ignoriert. Ich verstand immer noch nicht, wie er es überhaupt in ihrer unterkühlten Nähe aushalten konnte. Jedes Mal, wenn sie auftauchte, war es, als ob man seinen Kopf ins Gefrierfach hielt.

»Das glaube ich gern«, murmelte ich ungeduldig. Ich hatte Sam nichts über meine Gründe gesagt, warum ich seine Hilfe brauchte, sondern nur, dass ich ihn brauchte. Wofür genau, wusste ich nämlich selbst noch nicht. Er war für meine Mission genau der Falsche. Aber er war auch der Einzige.

»Komm schon, hinterherstarren bringt nur Nackenschmerzen«, maulte ich und zog wieder an Sams Ärmel, diesmal jedoch mit mehr Kraft, so dass wir beide ein Stück zur Seite stolperten. Sam sah mich sauertöpfisch an, zog seinen Arm weg und strich seine Jacke glatt.

»Was kann so wichtig sein, dass du mich über den ganzen verdammten Schulhof zerren musst?«

Ich wusste, dass ich den folgenden Satz schon das eine oder andere Mal zu häufig bemüht hatte, aber diesmal stimmte er ausnahmsweise wirklich. Wenn ich Arian glauben durfte.

»Es geht um Leben und Tod«, sagte ich ernst.

»Das hast du schon mal gesagt«, maulte Sam prompt, »und da ging es um Fleischkäsepierezepte!«

»Ja, das mit Mabel und Mimi …«, seufzte ich. »Das war auf einer anderen Ebene gefährlich.

Sam schmunzelte. »Ah.«

»Diesmal stimmt es aber wirklich«, protestierte ich und zog erneut an ihm.

»Wo willst du hin?«

»In mein Zimmer«, erklärte ich, »ich muss dir was zeigen.«

»Gesine, du unzüchtiges Ding«, kicherte Sam, »so was hätte ich nicht von dir erwartet. Außerdem bin ich meiner Prinzessin treu ergeben.«

»Nicht, was du wieder denkst«, seufzte ich. »Etwas, das selbst du nicht erwartest. Und ich weiß auch, dass du die absolut falscheste Person im ganzen Universum für diese Mission bist. Aber du bist mein einziger Freund, und wenn man so wenig Auswahl hat, dann muss das eben reichen.«

Sam tat beleidigt und trottete voraus, ich lief ihm hinterher und stellte mich immer wieder mit flehendem Blick vor ihn.

Irgendwann winkte er ab. »Ein irisches Sprichwort besagt, dass Freunde wie das Wetter sind. Man muss sie so nehmen, wie sie sind.«

Ich wusste, dass Sam es mir nicht übelnahm, immerhin sprach er selbst immer jede noch so unangenehme Wahrheit aus, die keiner hören wollte. Zumindest, was sein Umfeld betraf.

»Eine Mission also«, sagte Sam nachdenklich, während wir weitergingen, »und wieso hilft dir da dein Butterprinz nicht aus der Patsche?«

»Um den geht es ja«, erklärte ich. »Na ja, nicht direkt, eher um mich. Aber um ihn auch, allerdings nicht in seiner aktuellen Version.«

»Ich verstehe kein Wort«, sagte Sam und blieb stehen wie ein sturer Esel. »Ich gehe keinen Schritt weiter, wenn du mir nicht auf der Stelle erklärst, was es mit diesem seltsamen Gefasel auf sich hat. Und was für eine Mission das sein soll.«

Ich stöhnte. »Eigentlich wollte ich dir alles in Ruhe zu Hause erklären.«

Doch Sam schüttelte den Kopf.

»Keinen Schritt.«

»Gut, wenn es sein muss, dann eben auch hier auf einem Matschweg im Regen mitten im Woodland Park.«

Sam verschränkte die Arme. »Schieß los.«

»Ich muss dir vorher noch ein Versprechen abnehmen«, erklärte ich mit Nachdruck. »Du kannst wirklich alles ausplaudern, ich verzeihe dir jede Gemeinheit, aber diese eine Sache nicht. Es geht wirklich um Leben und Tod.« Dann schob ich zögernd hinterher: »Und zwar um meinen.«

Sam sah mich mit weitgeöffneten Augen an.

»Ich muss meinen Tod in der Zukunft verhindern, und du bist der Einzige, der verrückt genug ist, mir dabei zu helfen.«

Und zum allersten Mal erlebte ich, wie mein Freund Sam sprachlos vor mir stand.

Nachdem ich Sam die ganze, verwirrende Geschichte erzählt hatte, waren wir auf meinem Zimmer angekommen, und Sam hatte sich den Stapel Briefe auf den Schoß gelegt, griff immer wieder nach dem einen oder anderen und schüttelte in regelmäßigen Abständen den Kopf. Zwischendurch murmelte er Halbsätze vor sich hin.

»... ist doch irre.«

»... nee, wirklich nicht.«

»Wer's glaubt ...«

Ich sagte erst mal nichts weiter dazu, denn er brauchte sicherlich einige Momente, um sich an die verrückte Tatsache zu gewöhnen, dass wir hier über mein älteres Ich aus der Zukunft sprachen, über Arian aus der Zukunft und über mein zukünftiges Ableben. Irgendwann legte Sam die Briefe beiseite und sah mich an.

»Gesine Nowak, wer sagt mir, dass das nicht alles ein inszeniertes Hirngespinst von dir ist, mit dem du mich gerade vollkommen hochnimmst? Willst du, dass ich das ausplaudere und damit gegen die Wand fahre, als eine Art Rache für meine etwas durchlässige Verschwiegenheit in letzter Zeit?«

Ich sah aus dem Fenster. Die Sonne hatte sich wieder durch die Wolken gekämpft, und einige Strahlen brachen wie riesige Scheinwerfer hervor, die einzelne Häuser oder Bäume wie die Helden auf einer Theaterbühne beleuchteten.

»Glaub mir, über meinen eigenen Tod mache ich keine Scherze. Was denkst du, wie das für mich ist? Ich weiß vor lauter Angst nicht, was ich tun soll. Auf der anderen Seite muss ich etwas tun, denn Weglaufen ist keine Option. Das hat schon bei meiner Mutter nicht funktioniert. Sie hat Blackwood verlassen und ist trotzdem früh gestorben.«

Sam stöhnte. »Weglaufen ist niemals eine Option.«

»Na siehst du.«

»Aber das ist doch total irre! Völliger Wahnsinn! Wie soll so was gehen? Briefe aus der Zukunft!«

Ich sah Sam herausfordernd an.

»Wie können Banshees rote Augen haben oder Waldgeister in Schuhen wohnen?«

Er winkte ab. »Das ist was anderes.«

»Mag sein. Aber irre ist es trotzdem.«

Sam legte die Briefe beiseite und stellte sich zu mir ans Fenster. Das Meer glitzerte jetzt durch die unzähligen Sonnenstrahlen, als ob es von einem Kristallteppich überzogen worden wäre.

»Du musst mir versprechen, niemandem auch nur ein Sterbenswort davon zu erzählen.« Ich seufzte. »Was für ein passender Begriff.«

Sam wandte seinen Blick vom Meer ab und mir zu. »Du glaubst doch nicht allen Ernstes, dass ich jemandem von dieser Sache hier erzähle? Jeder würde mich für komplett wahnsinnig halten. Nein danke, das behalte ich ganz sicher für mich.«

»Gut«, sagte ich und atmete auf.

»Und nun?«

»Nun brauchen wir einen Plan.«

»Schreib dem alten Arian einfach, dass du an deinem Geburtstag nicht rausgehen wirst«, sagte Sam lässig, so, als hätte er sich in Sekundenschnelle doch ganz gut an die Tatsache gewöhnen können, dass ich Briefe aus der Zukunft bekam. »Und dann ist die Sache erledigt.«

Ich schüttelte den Kopf. »Ich denke, so einfach ist es nicht.«

Mein Blick wanderte immer wieder über diese schrecklichen Zeilen, und ich spürte, wie Tränen in mir hochstiegen und die Worte vor meinen Augen verschwammen. Eine Träne tropfte auf das Papier, auf dem sich die Tinte nun wie ein dunkelblauer See ausbreitete. Das Wort *Schreibtisch* löste sich nach und nach auf.

»Nicht weinen!«, insistierte Sam. »Frauen, die weinen, kann ich nichts abschlagen!«

Doch es war mir egal, was Sam über mich dachte. Der Gedanke an meinen Tod und ein so kurzes Leben war das Schrecklichste, was ich mir seit Mas Tod vorstellen konnte.

Sam schien das Ganze ebenfalls mitzunehmen. Er stützte sich mit ratlosem Blick am Schreibtisch ab. Dann zog er blitzartig die Hand weg, so, als wäre der Schreibtisch elektrisiert. »Besser, ich berühre dieses seltsame Ding nicht. Sicher ist sicher«, kommentierte er meinen fragenden Blick.

Der Schreibtisch! Ich schob meinen Stuhl ein Stück nach hinten und betrachtete das schwere Stück mit seinen Löwenkopffüßen, den unzähligen Ornamenten, der Libellenschublade und dem großen Eisenschlüssel.

»... jede Magie hat ihren Preis«, stand in Arians Brief.

Sollte der Preis für die Briefe aus der Zukunft etwa mein Tod sein? Mas Abschiedsbrief an mich kam mir in den Sinn. War es das, was sie gemeint hatte? Das, worum mich jetzt auch Arian bat? Nicht wegzulaufen und mein Schicksal selbst in die Hand zu nehmen? Doch wie konnte ich das? Ich wischte mir die Tränen von den Wangen und pustete das Papier an, in der Hoffnung, dass nicht noch mehr Worte verschwammen. Ich musste einen klaren Kopf bewahren, denn es ging schließlich um mein Leben.

Wenn Magie immer einen Preis verlangte, würde ich meinen Tod niemals verhindern können, egal wie lange ich nicht auf die Straße ging. Es blieb nur eine andere Möglichkeit, mich zu retten.

Ich musste die Magie selbst zerstören. Nur wie?

»Gut, du bleibst also dabei, dass das alles wahr ist?«

Es war einige Zeit vergangen, in der Sam den Brief wieder und wieder kopfschüttelnd gelesen, weggelegt und wieder zu lesen begonnen hatte. Zwischendurch untersuchte er ihn akribisch, hielt ihn sogar vor dem Fenster ins Licht, so, als ob er zwischen den Zeilen noch irgendwelche Indizien finden könnte, die auf einen Scherz hinwiesen.

»Ich kann mich vor diesem Fluch, oder was auch immer das sein soll, nicht verstecken. Ma hat sogar das Land verlassen, und es hat sie trotzdem eingeholt. Jede Magie hat ihren Preis, du hast es doch selbst gelesen.«

Sam pustete lautstark Luft aus dem Mund.

»Puuuhhh. Also gut, wenn wir davon ausgehen, dass dieser ganze … dieser ganze …«, er suchte nach dem richtigen Wort, »… dieser ganze Spuk hier wahr ist, dann kannst du der Magie nicht entkommen.«

»Richtig.«

»Und demnach würde es auch nichts nützen, sich in der Zukunft anders zu verhalten. In einen Rapunzelturm oder so was zu ziehen, beispielsweise.« Er musterte mich von oben bis unten. »Die Haare dafür hättest du ja.«

Ich sah meinen besten Freund eindringlich an. Meinen einzigen.

»Sam.«

»Ist ja schon gut.«

Pause.

»Das ist alles so verrückt.«

»Ich weiß.«

»Und was willst du jetzt also machen?«

Ich zuckte mit den Schultern. Eine Weile schwiegen wir, und ich grübelte vor mich hin. Ich wollte unter keinen Umständen mein Leben damit verbringen, wie auf Eiern durch die Welt zu laufen und auf mich selbst aufpassen zu müssen, wie der berühmte Schießhund, nur um dann am Ende doch viel zu früh zu sterben. Hätte ich erst gar nicht angefangen, diese verfluchten Briefe zu schreiben, dann müsste ich jetzt auch nicht den Preis dafür zahlen! Das alles war nichts als irre Zukunftsmusik, wie sollte ich die ändern?

Schlagartig kam mir ein Gedanke.

»Wenn ich durch mein Handeln in der Zukunft nichts verändern kann, dann kann ich vielleicht *jetzt* etwas tun, damit sich später alles ändert!«

»Du meinst, du musst die Magie lenken.«

»Ich fürchte, wir müssen eine Stufe radikaler denken.«

Mein Blick fiel auf den Schreibtisch, dessen dunkel poliertes Holz durch das einfallende Sonnenlicht majestätisch glänzte. »Oh«, machte Sam.

»Ja.«

Jetzt, da ich den Gedanken zu Ende gedacht hatte, kam es mir wie ein Verbrechen vor. Wie könnte ich einen so wertvollen Schreibtisch zerstören wollen? Seine Magie war einmalig, nicht nur für mich. Wenn so etwas zwischen Himmel und Erde existierte, musste man es nicht beschützen? Hüten wie seinen Augapfel? Ich erinnerte mich an Wandas Erzählung von Ma, wie sie sich vor den Schreibtisch geworfen hatte, als er verkauft werden sollte. Aber ihr hatte diese Entscheidung nur den Tod gebracht.

»Ich muss es tun.«

»Was hast du genau vor?«

»Wir müssen ihn irgendwie hier rausschaffen«, überlegte ich, »wenn Wanda nicht da ist. Und dann irgendwo im Wald verbrennen.«

»Klar, kein Thema. Ich nehme ihn unter den Arm«, witzelte er spöttisch.

»Bitte denk nach, Sam«, redete ich auf ihn ein, »wer könnte uns dabei helfen? Ich meine, wer kann das Ungetüm mit anpacken und uns beim Transport helfen und würde vor allem keine unnötigen Fragen stellen?«

Sam hob die Augenbrauen. »Da fällt mir eigentlich nur einer ein.«

Yorick Horsley war Sams Bitte gefolgt – wenn auch ein bisschen widerstrebend, wie ich an seinem skeptischen Blick erkennen konnte – und stand nun mitsamt seiner Kutsche und Chepi vor dem Stonecot. Wir hatten drei Tage gebraucht, um den richtigen Moment abzupassen. Wanda war mit Mimi in die Stadt gefahren, um Besorgungen zu machen, was uns ein großzügiges Zeitfenster verschaffte. Horsley hatte Chepi heute mit einer gelben Plastikrose geschmückt, die wie immer hinter dem ledernden Stirnriemen steckte und ebenfalls mitwippte, als Chepi schnaubend ihren Kopf auf und ab warf.

»Wir müssen einen Schreibtisch rüber zum Wäldchen vor den Cliffs bringen«, erklärte ich, »er ist ziemlich groß.« Und nach einer kurzen Pause schob ich ehrfurchtsvoll hinterher: »Und leider auch ziemlich schwer.«

»Dunkle Eiche«, erklärte Sam fachmännisch, als wir zu dritt in meinem Zimmer vor dem Schreibtisch standen, »aus dem vorletzten Jahrhundert.«

Ich hatte den Schreibtisch komplett leergeräumt und die Briefe sorgfältig unter meiner Matratze verstaut. Nur Arians Brief trug ich in der Innentasche meiner Jacke, so wie ich Mas Brief anfangs immer mit mir herumgetragen hatte. Es gab mir ein besseres Gefühl, ihn bei mir zu haben.

»Meinen Sie, dass Chepi das schafft?«, fragte ich vorsichtig.

Horsley betrachtete mich spöttisch.

»Die Frage ist nicht, ob Chepi das schafft. Die gute alte Dame hat mehr Pfeffer unterm Hintern als manch Jungspund. Die Frage ist, ob die Kutsche das schafft. Wenn wir das Monster überhaupt hier rauskriegen.«

»Ich frage mich allerdings auch, wie das Ding hier reingekommen ist«, murmelte Sam nachdenklich. »Als ob man das Haus drumherum gebaut hätte.«

»Durch die Tür passt er in jedem Fall, sie ist zwar nicht hoch, aber breit genug. Nur die Treppe bereitet mir Sorgen.«

»Und es ist dir so wichtig, dass er wegkommt?«, fragte Yorick Horsley, während er seine Pfeife stopfte.

»Ja, ich habe … ich meine, ich verknüpfe schreckliche Erinnerungen damit. Von meiner Ma.«

Das müsste als Erklärung reichen, mehr konnte ich einfach nicht erzählen.

»HmmmmMmmmhh«, machte Horsley, während er auf seiner Pfeife kaute. »Dann wird der alte Horsley dir helfen, die schlechten Erinnerungen loszuwerden.«

»Danke«, sagte ich und atmete erleichtert aus.

»Na denn mal los«, rief Horsley händeklatschend, und es hörte sich an wie ein Befehl, den Chepi erhalten hatte, und ich hörte das Pferd von unten durch das Fenster wiehern.

»Hau-ruck!«

Es war tatsächlich ein Kraftakt sondergleichen gewesen, den Schreibtisch zu dritt die Treppe herunterzubugsieren. Er war auch mehr geglitten als getragen worden, und dabei fielen gleich drei selbstgemachte Bilderrahmen von Wanda, die an der Treppenwand hingen, unserer Mission zum Opfer.

»Ich werde es Wanda schon irgendwie erklären«, prustete ich vollkommen verschwitzt und außer Atem, als wir den Schreibtisch bis zur Türschwelle gezogen hatten.

»Vergiss es«, sagte Sam, der ebenfalls nach Luft rang, »wir kriegen das Teil nie und nimmer auf die Kutsche hochgehoben. Es ist einfach zu schwer.«

Mit einem Blick auf Horsley, der im Türrahmen aufgestützt aussah, als würde er im nächsten Moment durch einen Herzinfarkt das Zeitliche segnen, resümierte er: »Wir brauchen mehr Hilfe. Vor allem jüngere Leute. Sorry, Horsley, ist nicht böse gemeint.«

»Schon gut«, ächzte Horsley, »Horsley hat seine Kräfte ein wenig überschätzt. Hat schon lange nichts mehr gehoben, der alte Bursche.«

Ich sah verzweifelt in unsere prustende Runde.

»Sam, wen sollen wir denn jetzt auf die Schnelle noch finden, der, du weißt schon, keine komischen Fragen stellt?«

Sam grinste. »Das ist der Vorteil, wenn man unzählige Geschwister hat. Wohl auch der einzige.«

»Sind sie denn alt genug? Ich meine, stark genug dafür?«

»Drei mindestens. Ich rufe kurz zu Hause an.«

Keine dreißig Minuten später standen drei Jungs, etwas jünger als Sam, aber nicht viel kleiner, vor dem Stonecot.

»Das sind Sean-Kenny, Shawn-Luca und Sully. Das ist Ge, eine gute Freundin.«

Die drei sommersprossigen Jungs schenkten mir einen kurzen Blick, bevor sie sich dem Schreibtisch zuwandten.

»Das Ding muss da rauf«, erklärte Sam, »und im Wäldchen vor den Cliffs wieder runter. Schafft ihr das?«

»Klar«, sagte Sean-Kenny, den ich für ungefähr dreizehn Jahre schätzte, »hab schon Schwereres alleine geschafft!«

»Eindeutig deine Geschwister«, seufzte ich, und Sam lachte.

Tatsächlich war es uns gelungen, den Schreibtisch auf die Kutsche zu bugsieren. Chepi kannte den Weg anscheinend im Schlaf, denn sie war vollkommen unbeeindruckt ob der Schwere des Schreibtisches losmarschiert und auf der Strecke mehrmals beinahe eingedöst, so dass Horsley ihr die Peitsche hinhalten musste, damit sie die zumindest sah. Benutzen musste er sie nie, dafür war Chepi dann doch zu pfiffig.

»Da sind wir«, sagte Sam zufrieden, als wir auf einer kleinen Lichtung umringt von Fichten ankamen. Er rieb sich den Staub von der Schreibtischrückwand von den Sachen, während er von der Kutsche sprang.

»Hier, ich habe Streichhölzer mitgebracht.«

Sean-Kenny, Shawn-Luca und Sully sahen mürrisch drein. »Hättest was sagen können, dass es ein Feuer gibt. Hätten dann Stockbrot mitgebracht.«

»Das hier ist eine Mission«, erklärte Sam feierlich und zündete das erste Streichholz an, »da gehört kein Stockbrot hin. Ihr könnt wieder abziehen.«

Der Ton innerhalb der Carey-Bande war für meinen Geschmack etwas hart, schien aber gang und gäbe zu sein. Ohne ein Murren zogen Sams Brüder wieder ab.

»Danke noch mal!«, rief ich hinterher, aber Sam winkte ab. »Ist doch kein Staatsakt. Für irgendwas müssen Geschwister ja gut sein.«

Während Horsley kopfschüttelnd und auf seiner Pfeife kauend auf seiner Kutsche auf uns wartete, sammelte Sam Reisig, um das Feuer zu entfachen. Während er die brennenden Bündel auf der Tischplatte, in den Schubladen und um den Schreibtisch herum verteilte, spürte ich den Impuls, das Feuer auf der Stelle wieder zu löschen. Dieser Schreibtisch war pure Magie, er war ein Fenster zur Zukunft, zu mir selbst, zu Arian. Erst jetzt wurde mir klar, wie viel er mir bedeutete. Es bereitete mir körperliche Schmerzen, ihn hier, mitten im Nirgendwo, zwischen ein paar brennenden Zweigen stehen zu sehen.

Ich hielt meine Hand auf die Brust. *Reiß dich zusammen, Ge*, sagte ich mir in Gedanken. Ja, er war das Fenster in die Zukunft. Aber auch der direkte Weg zu meinem Tod. Ich musste es zulassen, wenn ich leben wollte. Aber es selbst tun, das konnte ich einfach nicht.

Doch wir merkten schnell, dass das schwere Holz kein Feuer fing. Im Gegenteil, es verschmolz nahezu mit der Hitze, so dass es fast wie versiegelt wirkte.

»Es brennt einfach nicht«, sagte ich und lehnte mich fast erleichtert an Chepis Seite. Die wieherte spöttisch, so, als wolle sie uns sagen, dass sie das längst vor uns gewusst hatte.

»Das Holz ist wohl zu schwer, um es zu entzünden«, nuschelte Horsley mit der Pfeife im Mund, »bei einem Hausbrand vielleicht. Wenn er viele Stunde geht. Aber nicht so.«

»Und was machen wir jetzt?«, fragte ich Sam und streichelte Chepi die Mähne aus der Stirn. Die gelbe Plastikrose hatte auch schon bessere Zeiten gesehen und wirkte aus der Nähe ein wenig zerfetzt. Ich nahm mir vor, Horsley zum Dank für seine Mühe eine neue zu besorgen. Zusammen mit einem ganzen Paket von Mimis Pies.

Vom Meer wehte eine steife Brise zu uns herüber, die Chepis Mähne wieder zerzaust aussehen ließ.

»Ins Meer«, murmelte ich vor mich hin, »warum bin ich nicht gleich darauf gekommen ... Da kommt er ganz sicher nicht mehr raus. Das ist eine phantastische Idee!«

Auch Sam und Horsley stimmten der Idee zu, und so wuchteten wir den Schreibtisch wieder auf die Kutsche. Es fehlte nicht viel, und wir hätten wieder Sams Brüder dazuholen müssen. Das Ganze war eine furchtbare Plackerei, und wir schafften es nur, indem wir den Tisch erst senkrecht hievten und dann langsam auf die Kutsche kippen ließen.

Ich würde den Schreibtisch also dem Ozean übergeben. Mir fiel ein Zitat von E. E. Cummings ein, das wir im Englischunterricht interpretieren sollten. *For whatever we lose (like a you or a me), it's always ourselves we find in the sea.*

Ich würde mein Schicksal dem Meer übergeben, und es würde es für immer besiegeln.

Nachdem wir den Schreibtisch mittels Ziehen und Zerren auch noch erfolgreich auf den äußersten Rand der Cliffs geschoben hatten, würde es nun nur noch einen einzigen, leichten Schubs brauchen, damit das Ungetüm kippte und hinunterstürzte. Horsley hatte sich mit den Worten: »Den Rest schafft ihr jetzt auch ohne den alten Horsley. Der muss noch ein paar wenige Kröten verdienen, bevor die Saison ganz im Eimer ist«, verabschiedet.

Nur Sam und ich waren noch übrig.

»Na, los, worauf wartest du?«, sagte Sam herausfordernd, während uns der raue Wind die Haare ins Gesicht fegte. Das Meer peitschte an den Klippen auf und ab, und die Luft roch nach Salz und frischen Algen. Der Blick auf den glänzenden Horizont, der schier endlos erschien, war atemberaubend. Ich wusste, dass ich es tun musste, aber ich spürte den Kloß im Hals, der sich seit dem Verbrennungsversuch im Wald gebildet hatte und mittlerweile doppelt so groß anfühlte. Ich legte meine Hand auf die Eckkante des Schreibtischs vor mir. Ein Schubs, kaum ein Kraftaufwand mehr, und der Tisch würde kippen, und mein Schicksal wäre besiegelt.

Ich zog die Hand wieder weg. »Ich kann es nicht, Sam. Er bedeutet mir einfach zu viel. Es geht nicht.«

»Soll ich dich allein lassen?«, fragte er mitfühlend. »Vielleicht brauchst du einen Moment.«

Momente. Ganze Leben waren aus ihnen gemacht, aus Abertausenden von ihnen, und jeder Einzelne entschied darüber, welche Wendung sie nahmen. Sie reihten sich aneinander und ergaben nur zusammen das große Ganze, das wir waren. Wohin würde diese Wendung nun führen? Konnte man die einem vorgegebene Richtung überhaupt selbst ändern? Oder würde am Ende alles auf dasselbe Ziel hinauslaufen? Gab es ein Schicksal, oder lag wirklich alles in unserer eigenen Hand? Würde sich mein Schicksal wirklich abwenden lassen, wenn ich den Schreibtisch und seine Magie zerstörte? Oder war ich auf eine ganz andere Weise mit ihm verknüpft, von der ich vielleicht noch gar nichts ahnte? Ein Gefühl der Hoffnungslosigkeit durchströmte mich. Ich ging in die Knie. »Ich schaff's einfach nicht. Dieser Schreibtisch ist sicher einmalig auf der Welt. Ich kann ihn nicht zerstören.«

Sam beugte sich zu mir herunter und nahm mein Kinn in seine Hand.

»Sieh mich an, Gesine. Wenn nur ein Funken von dem stimmt, was du mir erzählt hast, dann musst du es tun. Es gibt kein Zurück! Mal ganz abgesehen davon, dass der alte Horsley dir einen Vogel zeigt, wenn er das Teil wieder zurückfahren muss. Hast du Arians Brief dabei?«

Ich nickte stumm.

»Lies ihn noch mal, vielleicht hilft das.«

Ich zog das zusammengefaltete Stück Papier aus meiner Jackentasche, das augenblicklich im Wind zu flattern begann. Da stand es, blau auf weiß: Ich musste die Magie beenden. Ich wusste ja, dass er recht hatte. Als unsere Blicke sich über dem Brief trafen, hörte ich eine Stimme.

»Das kann ja wohl nicht wahr sein!«

Ich schreckte herum. Hinter uns stand Lilian mit verschränkten Armen und sah mit hasserfüllt-funkelnden Augen auf uns herab. Ihre langen, goldglänzenden Haare wehten im Wind mit ihrem weißen Pelzkragenmantel um die Wette, wie bei einer Gallionsfigur.

»Wie niederträchtig von dir!«, sagte sie abfällig zu Sam, der sofort mein Kinn losgelassen hatte, als er sie sah. »Ich wusste, dass ich dich besser nicht aus den Augen lasse. Aber mich mit dieser *Soith* zu betrügen, das ist ja wohl das Letzte!«

Dann sah sie mich mit einem vernichtenden Blick an.

»Und du hast es dir wohl zum Hobby gemacht, jeden Kerl in Blackwood aufzureißen?«

»Was?«

Ich stand entsetzt auf. »Ich verstehe, dass du sauer wegen Arian bist, aber das hier ist was völlig anderes!«

»Ich sehe, wie anders das ist!«, schrie Lilian mich an.

Ich wusste nicht, ob es ihr dabei wirklich um Sam ging – denn sie schien ihn sonst eher mitleidig zu ertragen – oder ob es ihr verletztes Ego war.

»Was macht man denn sonst mutterseelenallein auf den Cliffs!« Dann fiel ihr Blick auf den Schreibtisch.

»Mit einem … Schreibtisch?!«

Entgeistert wanderte ihr Blick von Sam zu mir und wieder zurück. Ich hatte aus Angst, den Schreibtisch zu verlieren, meine Hand fest um die ornamentene Umrandung gekrallt.

»Ihr Spinner!«, rief Lilian und lachte laut und gehässig.

Auch wenn ich noch nie eine Banshee gesehen hatte, stellte ich mir so ihr Gelächter vor. Es klang einfach gruselig. Plötzlich streckte Lilian in Sekundenschnelle ihr schlankes Bein aus, und ehe ich mich versah, war es geschehen. Mit einem Tritt gegen den Schreibtisch kippte er nach vorne – und meine Hand löste sich von dem glatten Holz.

»Neeeeeeeeeeeeeeeiiin!«

Der Schreibtisch neigte sich unendlich langsam mit seinem Gewicht vornüber, bis er dann lautlos die Klippen hinunterstürzte. Ich sprang im Affekt so weit ich konnte nach vorne, aber es war natürlich sinnlos, ihn halten zu wollen. Es blieb mir nur noch übrig, ihm nachzusehen, wie er in das Meer eintauchte. Das Geräusch dabei verschwand im Gebrüll der Meereswogen, die an den Klippen hoch- und runterpeitschten.

Das war es.

Er war für immer verloren. Ich setzte mich auf und spürte, wir mir heiße Tränen die eiskalten Wangen herunterliefen. Ein erneuter Windstoß ließ mich gefährlich weit nach vorne kippen, und ich breitete meine Hand aus – mit Arians Brief darin. Er wehte mit einem Stoß davon. Ich zwinkerte mir die salzigen Tränen aus den Augen, um zu sehen, wohin der Brief flog, doch er war verschwunden, so, als hätte er sich geradewegs vor meinen Augen in Luft aufgelöst. Jedes Mal, wenn ich meinte, ihn vor den weißen Wolken schweben zu sehen, stellte es sich doch nur als ein Flimmern vor meinen Augen heraus.

Für einen Sekundenbruchteil war es ganz still. Es war, als hätte der Wind plötzlich aufgehört zu wehen und das Meer von den Klippen abgelassen.

Mein Schicksal war besiegelt.

»Was auch immer das in den letzten Tagen war, heute bist du wieder die Alte«, sagte Arian zwischen zwei Küssen. Ich rümpfte die Nase, auf die er mir einen dritten Kuss gegeben hatte, weil es kitzelte.

»Hmm, ja«, antwortete ich. »Ich war zwischenzeitlich wohl wirklich nicht ganz ich selbst. Aber ich konnte mich retten, ich glaube es zumindest.«

Arian sah mich ein wenig irritiert an. »Ich bin in ein echt verrücktes Mädchen verliebt.«

Bei diesen Worten blieb mein Herz fast stehen. Er hatte es gesagt, und es fühlte sich so einfach an, so richtig.

»Ich auch. Also, verliebt in dich, meine ich«, stammelte ich, und Arian lächelte.

Dann zog er mich noch näher an sich und gab mir einen vierten Kuss. Wir saßen eingekuschelt zusammen unter einer warmen Decke auf dem gemütlichen Verandasofa auf der Mary Manor-Terrasse, vor uns zwei dampfende Tassen Kakao. Neben dem Sofa lagen Santir und Hazianne, die beiden fusseligen irischen Wolfshunde von Arians Vater, und sie waren wirklich so groß wie Kälber. Aber sie waren mir immerhin lieber als irgendwelche Geister in den Katakomben.

Inzwischen hatte ich auch den Grund für Wandas Gräuel gegen die Marys herausgefunden. Wanda war zwar, genau wie Ma, was ihre Vergangenheit betraf, recht einsilbig, aber ich hatte herausgefunden, dass eine gewisse Hartnäckigkeit durchaus Erfolge erzielte. Und in der Kombination mit einem alten Portwein, den ich in Wandas Vorratsschrank gefunden und entstaubt hatte, wurde meine Tante fast so etwas wie redselig.

Sie war Mr Marys erste große Liebe gewesen, doch der hatte sie wegen einer Unternehmertochter verlassen – die heutige Mrs Mary –, um sein Geschäft mit dem Geld ihrer Familie aufzubauen. Wenn ich mir Wanda heute jedoch ansah, glaubte ich, dass es für sie besser so gewesen war. Und auch Mrs Mary war ja mit dieser Verbindung nicht glücklich geworden.

»Das Dinner ist serviert.«

Percivals höfliche Stimme holte uns sanft aus dem Kuschelmodus.

»Danke, Percival.«

Arian sah mich verschwörerisch an. »Ich habe eine Überraschung für dich.«

»Puh«, seufzte ich, »eigentlich mag ich Überraschungen nicht besonders gerne.«

»Die hoffentlich schon.«

Als wir uns endlich aus unserer Umarmung lösen konnten und an dem langen, wie immer aufwendig gedeckten, Tisch setzten, an dem Mr Mary mit Avi Lee bereits wartete, trat auch Mrs Mary – zu meiner Verwunderung vollkommen normal in Jeans und Bluse bekleidet – durch die Tür.

»Ist das die Überraschung?«, flüsterte ich Arian zu, der allerdings selbst überrumpelt aussah.

»Nein«, flüsterte er zurück, »das überrascht jetzt sogar mich.«

»Ich dachte, ich versuche mich heute in Konversation«, sagte Mrs Mary sachlich, »jetzt, da wir immer häufiger Besuch haben«, und setzte sich zu uns.

»Das freut uns außerordentlich«, antwortete Mr Mary. Man sah ihm an, dass er stolz war, seine gesamte Familie an einem Tisch zu haben.

Avi Lee, die jetzt neben ihrer Mutter saß, rutschte vom Stuhl und versteckte sich unterm Tisch.

»Avi!«, rief Arian und hob eine Ecke der feinen Damastdecke hoch, »komm da sofort wieder raus!«

»Nur wenn ich zu Ge auf den Schoß darf!«, verhandelte Avi Lee und klang überaus kompromisslos.

Arian sah mich mit hochgezogener Stirn an.

»Na klar!«, lachte ich.

Avi Lee genoss es sichtlich, weibliche Verstärkung im Haus zu haben, und so, wie die Dinge mit ihrer Mutter lagen, verstand ich es gut.

Auch wenn Mrs Mary sich sichtlich bemühte, umgab sie noch immer eine besondere Kühle. Anders und komplizierter als bei Lilian, die offen feindselig war. Die lachte sich höchstwahrscheinlich immer noch ins Fäustchen, meinen geliebten Schreibtisch zerstört zu haben. Auch wenn sie sich bis heute fragen musste, was zum Teufel er dort auf den Cliffs zu suchen hatte, so war es für mich immer noch unfassbar, dass gerade Lilian irgendwie mein Leben gerettet hatte. Sam hatte sich nach einer gnadenlosen Abfuhr von Lilian auf Ava und Hedda konzentriert; wen er von beiden nun mehr anschwärmte, konnte er noch nicht entscheiden.

Während die Vorsuppe serviert wurde, hob Arian sein Glas. »Gut, wenn wir hier alle schon beisammensitzen, ist es wohl der richtige Zeitpunkt für eine Ankündigung.«

Avi Lee, die auf meinem Schoß herumzappelte und wohl bereits die ein oder andere Rede miterlebt hatte, schnappte sich einen Löffel und schlug beherzt gegen mein kristallenes Wasserglas. So beherzt, dass es beim dritten Schlag zersprang. Das Wasser lief auf den Tisch und auf Avi Lees Kleid, das meine Hose davor verschonte auszusehen, als hätte ich mich nicht ganz unter Kontrolle. Ich versuchte hektisch, das Gröbste mit der Serviette abzutupfen. Keinen am Tisch schien es sonderlich zu stören, dass das Glas kaputtgegangen war, und Percival sammelte stumm und vollkommen gelassen die Scherben auf. Ich tippte auf eine Kristallglasflat bei den Swantons.

»Ich darf mit einer erfreulichen Sache rechnen?«, sagte Mr Mary, und es klang nicht wie eine Frage.

»Es kommt auf die Perspektive an«, antwortete Arian und klang für einen kurzen Moment zögerlich. Er schien sich einen Ruck geben zu müssen.

»Also … Ich werde nach dem Abschluss nicht ins Buttergeschäft einsteigen. Und bevor du was sagst – ja, ich habe sehr lange darüber nachgedacht. Eigentlich die ganze letzte Zeit. Ach was, schon immer! Mein Weg führt mich woanders hin. Ich habe recherchiert und eine sehr renommierte Schauspielschule in Wien gefunden. Ich *weiß* einfach, dass es das Richtige für mich ist.«

Ohne die Antwort seines konsterniert dreinblickenden Vaters abzuwarten, drehte Arian sich zu mir.

»Und ich hoffe, du begleitest mich.«

Er zwinkerte mir zu, und mein Herz klopfte wie verrückt. Wir würden eines Tages zurück nach Wien gehen, so wie es in dem Brief gestanden hatte.

»O ja«, flüsterte ich selig, denn ich war außerstande, einen ganzen Satz zu formulieren. Ich würde wieder nach Hause kommen, und es würde wieder ein echtes Zuhause sein, denn Arian wäre bei mir.

»Das klingt doch sehr nett«, sagte Mrs Mary unbeeindruckt zwischen zwei Löffeln Suppe.

»Also ich liebe ja Butter«, murmelte Avi Lee auf meinem Schoß. »So sehr, dass ich für immer in ihr schwimmen könnte!«

»Aber ich kann nicht glauben, dass unsere Geschichte so enden soll!«, schimpfte Mr Mary, stand auf und warf seine gesteifte Stoffserviette wütend auf den Tisch.

»Tut sie auch nicht«, entgegnete Arian, nahm meine Hand und sah mir in die Augen.

Ich beendete seinen Gedanken.

»Ich glaube, sie fängt gerade erst an.«

EPILOG

RADIO LIMERICK

»Guten Morgen, liebe Hörer von Radio Limerick Twosevenpointtwo, da bin ich, euer Sam Carey. Wir spielen heute wieder die neusten Hits und sprechen über den brandheißesten Gossip der Stadt. Wie ich höre, ist meine neue Kategorie ›City Gossip‹ grandios eingeschlagen, tja, man will ja selbst in einer so großen Stadt wie Limerick wissen, was für News den Shannon hinunterfließen. Und die zweitgrößte Stadt unseres schönen Landes hält sich nicht zurück, zumindest nicht, was die Liebeleien angeht, wie im aktuellen Fall zwischen dem Bürgermeister John O'Hanlon und dem Turteltäubchen Lissy McAberdeen aus dem Waxing-Studio Wax Hex. Ja, ihr habt richtig gehört, wir machen es hiermit als Erste offiziell: Die beiden sind ein Paar. Da fragt man sich ja schon, wie das zustande gekommen ist, denn so eine Waxingbehandlung ist ja alles andere als romantisch! Allerdings lässt man ja auch die Hosen runter, gut, an dieser Stelle zensiere ich mich besser selbst, sonst laufen hier noch die Leitungen heiß. Das Ganze gefällt Mrs O'Hanlon sicher weniger gut als euch, aber auch da ist was im sprichwörtlichen Busch, wenn man dem guten O'Nelly Glauben schenkt. Ach, Postboten sind doch wunderbare Menschen! Frühmorgens auf und unterwegs und kriegen jede noch so kleine Abweichung vom üblichen Tagesgeschehen mit. Da muss ich an meine Anfänge zurückdenken, wie ihr wisst, komme ich nicht von hier, sondern aus der Paarhundertseelengemeinde Blackwood, in der ich meine ersten journalistischen Erfolge feiern durfte. Ihr werdet es nicht glauben, aber mein Talent wurde lange verkannt. Vielleicht hing das auch damit zusammen, dass ich nicht jeden Hund in die Pfanne gehauen habe, der mir über den Weg lief. Ja, ihr hört richtig, auch ich kann schweigen wie ein Grab. Nicht allzu oft, sonst wäre ich nicht DER Sam Carey, aber ab und an schaffe ich es doch, meine Klappe zu halten. Und damit sende ich spezielle Grüße nach Wien, zu meiner lieben Freundin Ge, falls sie jetzt überhaupt zuhört. Sie feiert heute ihren einunddreißigsten Geburtstag, und sicher hat Avi Lee als neue Oberhäuptin der Mary-Dynastie eine haushohe Buttercremetorte geschickt! Jedenfalls wünsche ich Ge und ihrem Liebsten Arian nichts weniger als nur das Beste und ein langes und erfülltes Leben. Gut, das Zweitbeste, das Beste behalte ich für mich, ihr wisst ja, man ist sich immer selbst der Nächste. Das habe ich von meinem guten Freund Bran Foley gelernt. Hey, Bran! Ich weiß, dass du zuhörst, schöne Grüße nach Blackwood, ich hoffe, dein Stuhl wackelt nicht mehr und du hast mittlerweile ein neues Mikro, das alte war ja wirklich nicht mehr zu gebrauchen, du hast dich angehört wie ein alter Zweitakter. So, ihr Schmuddelwettermäuse, weiter geht's mit einem schönen Klassiker von Adele, das geht bei jedem Wetter!

Bis später, euer Sam the Whistleblower Carey.«

DANKSAGUNG

Nach vielen Büchern kennt man den Marathon, der einem bevorsteht, um einen Roman zu Ende zu bringen. Diesmal war er besonders, in vielerlei Hinsicht.

Als diese besondere Idee zu mir kam, ging ich gerade mit meinem Mann am Nordseestrand spazieren, und hatte soeben beschlossen, wirklich zu entspannen und die Arbeit außen vor zu lassen. Doch dann traf mich dieser Gedanke mit voller Wucht, im wahrsten Sinne des Wortes, denn die Idee kam mit einem Windstoß übers Meer gefegt. Später erst sollte ich herausfinden, dass das echte Blackwood (das allerdings nicht als Vorlage für meine Geschichte diente) in der geraden Luftlinie zu dem Ort lag, an dem ich mich damals befand. Sofort musste ich die Idee meinem Partner erzählen, der ebenfalls Feuer und Flamme war. Gemeinsam rannten wir, so schnell wir konnten, zur nächsten Strandbude, um etwas zum Aufschreiben zu ergattern, denn diese Eingebung durfte auf keinen Fall verlorengehen.

Das war am 24. Mai 2015, und ich behielt nicht nur den ganzen Tag, sondern noch viele weitere Gänsehaut, wenn ich an die Idee zu dem Buch dachte. Warum hatte sie gerade mich ausgesucht, wo ich doch weder auf der Suche war noch mir vorstellen konnte, ein so umfangreiches Buch, auch noch in einem neuen Genre, zu schreiben?

Doch es war nun mal so, und ich wusste, dass ich den richtigen Verlag dafür finden musste, was auch geschah. Ich fand beim Fischer Verlag FJB eine wunderbare »Hebamme« für mein Buchbaby – liebe MA, ich bin so froh, dich getroffen zu haben, denn du hast all das gesehen, was bis zu dem Zeitpunkt nur in meinem Kopf vorhanden war. Lexa, du kamst ganz am Ende, und doch ist es erst der Anfang – ich freue mich, weiter mit dir zu arbeiten. Und ich bleibe dabei – deinen Namen muss ich irgendwann noch mal stibitzen!

Ich wusste, dass ich nicht über einen (wenn auch erfundenen) Ort in Irland schreiben wollte, ohne dagewesen zu sein, also packte ich meine Siebensachen, schnappte mir meinen Mann und machte mich auf den Weg in diese Märchenwelt, die voll von übernatürlicher Schönheit und wunderbarer Begegnungen war. Und zurück kam ich mit einem fertigen Plot für mein Buch – und schwanger. Irland bescherte mir also gleich zwei wunderbare Babys, ein Buchbaby und ein echtes Baby, meinen kleinen Sohn. Ich gebe zu, dass das Schreiben mit einem Baby zu den größten Herausforderungen meines Lebens zählte, aber dieses Kind ist definitiv das allerschönste Urlaubsmitbringsel, das man sich vorstellen kann. Er erfüllt mich jeden Tag mit Stolz und Freude.

Ich danke meinem Mann für seinen Glauben an die Idee und die Unterstützung, Kyra fürs Mitfiebern (der Schampus steht kalt), Regina und Franziska, und Petra fürs Babysitten, während ich in Rekordzeit versuchte, jede freie Sekunde in eine geschriebene Seite umzuwandeln. Du bist eine echte Mary Poppins!

Und natürlich danke ich euch, meinen Leserinnen und Lesern, dass ihr dieses Buch gekauft (wenn es geliehen oder stibitzt ist, bitte schamvoll in die Ecke schauen, losgehen und es nachkaufen, das Kind muss ja was zu essen bekommen) und mit mir auf die Reise nach Blackwood gegangen seid.

Ich rate euch, mindestens einmal im Leben nach Irland zu reisen –, ihr werdet die Magie dort überall spüren.

Feicfidh tú go luath! Eure Britta

Mein Brief an mich

BLAC
Mary Manor House
B
Kikok Road
Blac
Swanton Villa